L'Affaire Delma

Par Pierre Bougie

Première Édition

L'Affaire Delma

ISBN : 978-2-9814057-9-1

Dépôt légal - Bibliothèque et Archives nationales du Québec, 2013
Dépôt légal - Bibliothèque et Archives Canada, 2013

Site Web de l'auteur : http://www.pierrebougie.com

L'affaire Delma est un récit sorti de mon imagination. Bien que l'action se déroule dans certains lieux qui existent réellement au Québec, il n'en demeure pas moins que tous les personnages et événements décrits sont parfaitement fictifs. Toute ressemblance avec des personnes ou des faits réels serait donc pure coïncidence et nullement intentionnel de la part de l'auteur.

Avertissement :

Le récit contient certaines scènes qui sont destinées à un lectorat adulte.

Prologue

30 mars 1977.

Quito, province de Pichincha, Équateur.

Il était cinq heures dix et le jour commençait à peine à pointer lorsqu'une jeep s'arrêta brusquement devant l'*Iglisia de Santo Domingo*. Juchée sur son piédestal de pierre, la statue du *Gran Mariscal Antonio José de Sucre* tournait le dos à la scène qui se déroulait à moins de quinze mètres de là. Deux gaillards sautèrent du véhicule et s'empressèrent de traîner le corps inanimé d'une jeune femme vers les marches de pierre du portail principal.

Sans ménagement, ils laissèrent choir le corps inerte au plus profond du renfoncement du parvis, où régnait encore l'ombre de la nuit. Ici, elle resterait cachée du regard d'éventuels passants pour encore plusieurs minutes. Les deux hommes eurent vite fait de remonter à bord de la jeep, conduite par un troisième comparse. Ce dernier démarra sans perdre une seconde et fonça vers les rues étroites et sombres de la ville, désertes à cette heure matinale.

∞∞∞∞

Armand et Marielle, deux jeunes Québécois qui effectuaient un périple ayant débuté à Mexico pour ensuite traverser le Guatémala, la Colombie, le Pérou, puis maintenant l'Équateur, arrivèrent dans la capitale, Quito, à bord d'un camion. Ils s'étaient réveillés de bonne heure et avaient fait du stop, dès leur campement de fortune levé. Le paysan qui conduisait l'antique tas de ferraille rouillée se rendait au marché pour y vendre ses légumes. Armand n'avait pas envie de se rendre jusqu'aux étals et il demanda à Marielle d'expliquer à leur bon samaritain qu'ils voulaient descendre au « centre-ville ».

Marielle se débrouillait bien en espagnol, alors qu'Armand ne savait baragouiner que des « *si* », pour indiquer qu'il avait compris ou encore un « *gracias* » lorsqu'il voulait remercier quelqu'un.

Le camion s'arrêta donc devant la statue du Gran Mariscal et Armand et Marielle y descendirent avec leur bagage restreint. Armand répéta deux ou trois fois « *gracias* » alors que Marielle agitait la main pour saluer le gentil fermier qui s'empressa de regagner le marché avant que le soleil ne pointât à l'horizon. Alors que le camion s'éloignait en pétaradant, les deux jeunes amoureux allèrent s'asseoir sur les marches de l'église de Santo Domingo pour examiner leur carte de la ville et décider de leur plan pour la visiter. Quito possédait une belle réputation pour ses édifices historiques et Marielle s'intéressait à l'architecture ancienne.

Alors qu'Armand allait proposer qu'ils aillent s'installer à une des tables vides du café-terrasse d'en face, Marielle leva la main, lui intimant l'ordre de se taire :

-Tu as entendu?

-Quoi…?

-On aurait dit un gémissement…

Armand prêta l'oreille et à peine une seconde plus tard, il bondit vers le haut des marches en deux enjambées. Là, dans un coin toujours dans l'ombre, il aperçut une jeune femme allongée sur le dos, à demi inconsciente. Sous sa robe au motif fleuri, tachée de terre et d'herbe, on distinguait clairement son ventre arrondi comme un ballon de foot. Par terre, entre ses jambes couvertes d'ecchymoses, Marielle vit le liquide transparent qui miroitait sur les dalles grises.

-Elle a perdu ses eaux, Armand. Cette fille va accoucher d'un instant à l'autre. Va chercher du secours, vite!

-*Si*! répond-il machinalement.

Marielle savait que son jeune mari ne parlait pas la langue du pays, mais elle était tout aussi persuadée que son Armand n'était pas homme à se laisser démonter pour si peu. Il saurait frapper aux portes, interpeller quelqu'un sur la rue, gesticuler et cracher des mots incompréhensibles; mais à la fin, elle était convaincue qu'il réussirait à trouver du secours.

En attendant, Marielle s'empressa de soulever la tête de la jeune femme et de lui verser quelques gouttes de la bouteille d'eau qu'elle traînait constamment dans son sac à dos. Malgré l'apparente inconscience de la pauvre fille, Marielle espéra que les paroles et les gestes de réconfort qu'elle lui prodiguait aideraient la jeune mère à se cramponner à la vie et à accoucher d'un enfant combatif et sain!

∞∞∞∞

Trois jours plus tard, Armand et Marielle étaient toujours à l'hôpital. Armand avait su faire assez de tapage pour que quelqu'un appelle la police. Une fois sur le perron de l'église, les agents comprirent l'urgence de la situation et réquisitionnèrent aussitôt une ambulance par radio. Les ambulanciers arrivèrent après la naissance du bébé. C'était Marielle qui avait accueilli le bambin dans ce monde étrange, pendant qu'Armand exécutait son raffut dans le voisinage!

Les infirmiers avaient embarqué la mère, mais l'enfant demeurerait dans les bras d'une Marielle soudainement devenue très possessive. Elle refusait obstinément de laisser le nouveau-né à qui que ce soit. « Occupez-vous de la mère! » ordonnait-elle aux hommes en blanc. Ces derniers obtempérèrent devant cette jeune femme autoritaire et drôlement persuasive. Ils laissèrent Marielle monter à bord de l'ambulance, le bébé toujours dans ses bras, alors qu'Armand fut reconduit à l'hôpital à bord de l'auto-patrouille des policiers qui suivaient derrière, les deux véhicules se déplaçant avec gyrophares et sirène en marche. Les policiers espéraient prendre une déposition en règle auprès de tous les intervenants, dès que le calme serait revenu.

Les deux jeunes mariés expliquèrent qu'ils étaient en voyage de noces, qu'ils étaient rendus au terme de leur parcours planifié, mais qu'ils ne rentreraient pas au Québec avant d'être rassurés sur l'état de l'orphelin. Car la maman n'avait malheureusement pas survécu à l'accouchement.

∞∞∞∞

L'enquête n'avait pas permis d'identifier la mère. Les rares mots, sortis par bribes, qu'avait recueillis Marielle durant

5

l'accouchement de l'inconnue, portèrent la police à soupçonner qu'il s'agissait d'une jeune fille qui avait été enlevée par un commando de rebelles vivant dans les montagnes. Ces bandits de grands chemins kidnappaient à l'occasion des adolescentes vivant à la campagne, pour s'en faire des jouets sexuels dans leur repère. Si la fille tombait enceinte, elle était bien souvent tuée sur place et son corps enterré dans la jungle. Au moins celle-ci avait-elle eu le privilège d'être ramenée à la ville pour lui permettre d'accoucher. Trop tard.

Marielle avait le bébé dans ses bras et lui donnait le biberon quand le directeur de l'hôpital entra dans la chambre, accompagné du chef de la Police. Le médecin-chef expliqua à Marielle que l'enfant devait être remis à la crèche, puisque la mère était décédée sans que les autorités n'aient pu établir son identité. Cela éliminait tout espoir de retrouver un parent qui aurait pu accueillir le nouveau-né :

-On pourrait l'adopter? implora Marielle. Ses yeux fixaient le directeur de l'hôpital, mais le son de sa voix s'adressait beaucoup plus à son Armand adoré.

-*Si*, affirma Armand sans sourciller!

Il n'était pas certain de ce que les mots signifiaient, mais son amour inconditionnel pour Marielle le fit répondre ainsi au regard implorant de sa douce épouse.

Le directeur objecta que cela allait à l'encontre des règles; le chef de la Police supposait qu'un jour on finirait peut-être par identifier la mère et que quelqu'un de sa famille adopterait l'enfant.

Armand s'approcha de Marielle et lui demanda de traduire: « La mère a peut-être été kidnappée il y a très longtemps, voire des années! Son identification éventuelle est plus qu'improbable. De plus, cette jeune femme a été malmenée et violée, donc a accouché d'un enfant illégitime. Pour des gens aussi croyants que les Équatoriens, cela porte un sérieux préjudice à une éventuelle adoption. Si l'enfant est remis à la crèche, cela occasionnera des frais à l'État, sans savoir si le petit garçon sera un jour adopté ou non. Et de toute façon, la crèche le soumettra à l'adoption un jour ou l'autre, non? »

Marielle dévisagea son Armand, les yeux pleins d'eau. Elle se retourna alors vivement et traduisit, des trémolos pleins la voix. Elle était fière de son mari. Pour un si jeune homme, il montrait ainsi sa vive intelligence et du même coup comblait si bien les attentes de son épouse! Ce fut pour Marielle une grande preuve d'amour que son Armand lui donnait là!

∞∞∞∞

Il leur fallut deux semaines pour enfin convaincre les autorités et obtenir les documents officiels qui feraient de Marielle et Armand les parents adoptifs de bébé Joseph. Lorsque toutes les démarches furent terminées, les jeunes mariés s'envolèrent vers le Québec pour commencer une toute nouvelle vie de famille.

Armand ignorait alors qu'il embrasserait la carrière de policier... Que douze années plus tard, sa bien-aimée Marielle se ferait renverser par un chauffard ivre et qu'elle décéderait des suites de ses blessures... Qu'il déciderait alors de demeurer veuf et consacrerait toute son énergie à élever seul son fils adoptif... Que le jeune Joseph de Quito, comme ils se plaisaient à le nommer, deviendrait instinctivement et insatiablement assoiffé de Justice et qu'il suivrait éventuellement les traces de son papa...

Chapitre 1.

25 décembre 2009

Elle gisait là, sur le plancher de la salle de séjour, un tout petit trou en plein milieu du front. Les yeux ouverts, elle affichait un air d'effroi et de douleur. Sa bouche entrouverte laissait voir deux incisives centrales blanches, plutôt proéminentes. Les lèvres fines portaient un rouge à lèvres cerise, bordé d'une mince ligne violacée. Il y avait un petit filet de sang coagulé sur sa joue droite.

Ses cheveux blonds, longs et frisés, baignaient dans une mare de sang encore humide. Son peignoir de soie bleu ciel, imprimé de motifs floraux en rose et vert, était noué par un ceinturon bleu uni, de la même étoffe que le vêtement, autour d'une taille fine. Très légèrement entrouvert au-dessus et en dessous de la ceinture, il laissait deviner des sous-vêtements de dentelle noire.

Son bras gauche était replié, la paume de la main dirigée vers le haut, le bout de ses doigts près de la tête, effleurant ses cheveux. L'autre bras était allongé à côté du corps, la paume de sa main posée à plat sur le plancher, tout près de la hanche. L'apparence était soignée : des ongles longs, d'un manucure récent et impeccablement réussi, peints d'un rouge semblable à la teinte de ses lèvres.

Les jambes étaient longues, nues et la peau blanche, contrairement à la teinte du visage qui, lui, offrait des reflets verdâtres comme on pouvait s'imaginer de quelqu'un ayant eu la nausée…

La jambe droite était allongée, mais l'autre était anormalement repliée sur elle-même, amenant la plante du pied à toucher presque la hanche gauche. La fine cheville arborait une délicate chaînette en or. Ses pieds étaient aussi soignés que ses mains et portaient le même vernis cerise éclatant. Le peignoir étant court, Quito pouvait clairement voir ses longues jambes fines et bien sculptées. Ses pieds étaient aussi très beaux. L'arche était prononcée et les orteils étaient fins et parfaitement proportionnés.

Joseph Quito s'approcha du cadavre avec précaution et mit un genou à terre pour examiner de plus près le visage de la morte. Il y décela une marque bleutée sur la droite de la bouche, sous le rebord du menton, en plus d'une entaille qui avait saigné sur sa joue. Il y avait une subtile odeur d'amande qui flottait dans l'air.

Le policier estima qu'elle pouvait avoir dans les quarante ans... Des pattes d'oie au coin des yeux le laissaient voir lorsqu'on était assez près. Mêmes petits plis aux commissures des lèvres, moins prononcés mais aussi visibles à l'œil nu.

Elle avait sans doute été très belle, quelques années auparavant. Malgré le temps, son corps était encore très attirant. Il était certain qu'elle faisait tourner les regards, mais là maintenant? Elle avait plutôt un visage repoussant. Son expression faciale, avec une grimace sur la bouche, exprimait du dédain mêlé de crainte, sinon de peur.

Ce n'est pas là un visage d'ange, ma petite dame. Je suis d'avis que tu devais en faire baver à ton entourage... se dit l'inspecteur Quito *in petto*.

Chapitre 2.

Les spécialistes en scène de crime de la Sûreté du Québec achevaient de relever les empreintes et autres indices, alors que deux agents de la police municipale de Sainte-Adèle étaient plantés devant l'entrée principale du chalet pour restreindre l'accès à la résidence de la victime.

Leur chef était sur les lieux avant l'arrivée de Quito, mais avait dû s'absenter pour une autre affaire urgente. Les deux agents excusèrent respectueusement leur chef lorsque Quito était arrivé sur place et s'était identifié à eux, quelques minutes plus tôt. Sans autre préambule, l'inspecteur avait revêtu une combinaison jetable, ainsi qu'une paire de gants chirurgicaux devant leur regard approbateur et était entré immédiatement pour examiner le logis et le cadavre de la victime.

Au-delà d'un minuscule portique au plancher de carreaux de céramique, la porte intérieure donnait sur le rez-de-chaussée à aire ouverte. L'espace était plutôt vaste et peu meublé. Seul un canapé deux places en cuir blanc, flanqué de deux tables hautes, occupait en angle le tiers du séjour. Sur une carpette ocre, la table à café de stratifié blanc, supportait trois ou quatre revues de mode et un cendrier contenant quelques mégots. Même marque de clopes à bout filtre, toutes portant des traces de rouge. *Même teinte que celle des lèvres de la morte...*

Sur le mur opposé à l'entrée, l'âtre du foyer contenait encore des cendres. Aucune chaleur détectée lorsque Quito allongea le bras et tendit la main au-dessus. Sur la gauche, un immense chaudron de cuivre martelé avec quelques rondins d'érable sec, quelques bouts de bois refendus plus finement et de vieux journaux. Sur la cheminée, une assiette décorative en porcelaine d'un vert émeraude, représentant une madone. Une boîte d'allumettes de bois, quelques bibelots insignifiants. Sur la droite, un poste de télé à écran plat.

Sur les murs, choisies avec goût, des toiles originales de peintres peu connus, représentant des paysages laurentiens. Le plafond cathédrale était très haut; les deux puits de lumière laissaient entrer un soleil rayonnant qui illuminait presque toute la pièce.

Ce blanc partout était éblouissant sous cet éclairage naturel et donnait des reflets dégradés de gris très pâles dans les zones d'ombre situées plus loin. Sur le mur à droite de l'entrée, la rampe de l'escalier menant au balcon de la mezzanine tranchait sévèrement. Elle était faite de fer forgé et ses barreaux anthracite se découpaient tel un ceinturon ajouré, en reliant l'étage supérieur à celui du séjour.

L'inspecteur emprunta l'escalier et grimpa les marches de bois de pin blond, retenues par leur centre sur le limon de métal peint en blanc lui aussi. L'espace des contremarches étant ouvert, les madriers bien vernis donnaient l'impression d'être suspendus dans le vide...

Tout le balcon de la mezzanine était recouvert d'un tapis coquille d'œuf à poils ras. Sur la gauche, un étroit passage où trois portes s'alignaient.

Avant d'emprunter le corridor, Quito retrouva curieusement une mule de satin noir qui gisait sur son côté, abandonnée sur le tapis juste en haut de l'escalier. Jetant un coup d'œil en surplomb sur le séjour, il vit, juste en dessous, le cadavre de la femme qui était maintenant dans le grand sac noir que la morgue emportait après l'avoir soulevé et placé sur une civière. *Hum... Que fait cette pantoufle sur la mezzanine! C'est donc ici qu'elle aurait été tirée...?*

Penché par-dessus la rampe, quelque chose attira son attention sur le plancher, là, en bas! On aurait dit un trou dans le parquet... à moins que ce ne fût un de ces nœuds dans le bois de pin. Il était juste au beau milieu de la flaque de sang, là où gisait la tête de la victime à peine une minute auparavant. *Bizarre que les gars du labo ne l'aient pas remarqué... Faut que je voie ça de plus près en redescendant tout à l'heure!*

La première porte donnait sur une chambre minuscule, meublée d'un lit double sur lequel était jetée une couette à motif abstrait mêlant le blanc et le gris perle sans effet. Une table de chevet sur la droite et une sorte de coffre en bois de pin, au pied du lit. Le tout complété par un minuscule bureau, ou plutôt une table de travail avec en son centre un petit tiroir. Au-dessus de ce meuble, un miroir encadré de bois dur teint en blanc. Rien dans le tiroir, ni dans la penderie. *Chambre d'invité...*

La deuxième porte, au bout du couloir, donnait sur une salle de bain, plutôt étroite, avec le strict minimum: une baignoire, une toilette et un évier sur pied, tous de porcelaine blanche. Seuls deux ensembles de serviettes et essuie-mains marine donnaient une touche de couleur à ce décor autrement d'un blanc immaculé.

La troisième porte, face à la première, serait donc celle de la chambre de la morte et elle devrait livrer quelques indices. C'est du moins ce que Quito espérait...

Il s'avança donc vers la chambre de la victime et y pénétra. Le lit était grand et occupait une bonne partie de la pièce. Les draps et les couvertures étaient en chamaille, le tiers sur le matelas, le reste pendant vers le plancher. Près de la porte une chaise était renversée, ayant entraîné dans sa chute les vêtements qui y avaient été déposés en pile et sans doute à la hâte, puisque aucun ne semblait avoir été plié: des collants de couleur taupe, une jupe de cuir noir, une blouse en crêpe beige et un foulard de soie à motifs verts et bruns. En dessous de la chaise, une paire d'escarpins à talons hauts, à empeigne de cuir souple vert olive, doublée de veau brun. *De la qualité tout ça! Madame ne porte pas n'importe quoi...*

Le policier souleva délicatement les draps et les couvertures qui pendaient et il entendit l'autre mule tomber par terre. *Tiens, c'est curieux ça...Pourquoi diable est-ce qu'une pantoufle se retrouve empêtrée dans les draps alors que l'autre a été abandonnée sur la mezzanine...?*

Rien sous le lit, mis à part quelques amas de moutons. La moquette n'avait pas été entretenue depuis assez longtemps... On n'y remarquait aucune des traces que laissait normalement le balai de l'aspirateur. Des moutons aussi à la base des rideaux, de chaque côté de la fenêtre. *Madame soigne très bien son apparence mais n'est pas très portée sur l'entretien du logis... Pas de femme de ménage non plus, c'est évident! Proche de ses sous, sans doute...*

Aux murs saumon, quelques cadres accrochés avec goût. Des affiches pour la plupart; pas d'originaux, pas de photos. Sur la gauche du lit, une commode de stratifié blanc à six tiroirs. Un examen de chacun des tiroirs révéla que la victime portait des vêtements choisis: soies, pulls de cachemire, blouses de lin, soutien-gorge et petites culottes assorties, tous de fine dentelle et de couleurs très variées, jambières, collants et bas nylon de toutes les teintes. Une incursion dans la garde-robe accentua l'étonnement du flic pour tout ce luxe: quatorze paires de chaussures fermées, la plupart étant des escarpins à talon aiguille; trois paires de bottillons de cuir souple, six paires de sandales à fines lanières et des mules en satin blanc. Une quantité impressionnante de robes pendues aux cintres, des vestes, des costumes, des lainages; toutes des griffes de designers bien connus. *Madame devait sûrement avoir de bonnes relations dans les boutiques haute couture!*

Chapitre 3.

Sur la droite, tout au fond de la chambre principale, une porte donnait sur une deuxième salle de bain complète, beaucoup plus grande que l'autre. Une baignoire à jets tourbillons, une toilette et un bidet, deux éviers dans un comptoir suspendu, des miroirs tout autour de la pièce, des carreaux de marbre vert, robinetterie et accessoires de laiton massif, serviettes de bain épaisses vert émeraude, débarbouillettes et essuie-mains saumon.

Sur le comptoir, un verre que l'équipe technique semblait ne pas avoir remarqué, contenait quelques gouttes de liquide. Quito y renifla une vague odeur d'alcool… *Amaretto*. Sortant de sa poche un de ces sacs de plastique pour pièces à conviction, il prit le verre de ses doigts gantés de latex et le glissa dans le sac, prenant bien soin d'y conserver la goutte de liquide qui reluisait toujours au fond. *Je le remettrai aux gars qui sont actuellement affairés dans la cuisine juste en dessous*, se dit-il.

Il ouvrit ensuite l'armoire à pharmacie : des flacons de pilules à profusion, allant de l'aspirine jusqu'aux Valiums, Libriums et autres antidépresseurs, calmants et somnifères. *Ouach! Quel arsenal chimique ! Elle en avait pour tenir des mois complètement assommée!*

Tous les flacons étaient plus ou moins remplis. Cette femme voulait sans doute avoir sous la main un approvisionnement complet de béquilles pour longtemps à l'avance… Avec tout ce qui était là, Quito se permit d'ébaucher un portrait intuitif sommaire de la victime : *femme de carrière, sans enfant, réussissant fort bien. Caractère sans doute autoritaire, féministe sur les bords vivant seule. Elle consacre beaucoup d'argent pour s'habiller ainsi que pour son apparence corporelle, mais elle est peu intéressée par l'entretien de son modeste logis. Poule de grand luxe, à la portée exclusive d'une classe d'hommes galants avec de gros moyens financiers! Voyons ce que dira le rapport officiel... C'est plutôt rare que je me trompe.*

L'enquêteur redescendit au rez-de-chaussée et examina de très près le petit trou, au centre de la mare de sang, qu'il avait découvert en regardant du balcon un peu plus tôt. Ce n'était pas un nœud noir dans le bois de pin. Avec la lame de son canif suisse, Quito en extirpa la balle qui avait vraisemblablement traversé le crâne! *Si la balle se retrouve incrustée dans le plancher, c'est donc qu'elle a été tirée ici même... À bout portant! Et non pas là-haut... Hum...*

Un autre sac de plastique et le petit bout de plomb déformé se retrouva lui aussi au fond de la poche de côté du veston de l'inspecteur. C'est à ce moment que se fit entendre la voix grave de St-Aubin, chef de la police locale de Sainte-Adèle, qui s'adressait à ses hommes à l'entrée. Quito se dirigea aussitôt vers lui :

- Chef! Lorsque vous aurez terminé votre entretien, je voudrais que vous veniez voir quelque chose...

D'un signe de tête, le chef de police de Sainte-Adèle confirma avoir bien entendu. Quito retourna alors vers la cuisine poursuivre son examen, qu'il n'avait pu faire auparavant, les techniciens y étant occupés à relever les empreintes et à faire leur boulot. Quito demanda au photographe de bien vouloir refaire quelques prises du plancher, là où était la tête de la victime dont le contour avait été délimité par la craie.

- Trou de projectile... lui spécifie-t-il.

- OK.

Dans le lave-vaisselle il y avait deux couverts encore souillés de sauce tomate. *J'espère que le labo a pris des échantillons...*

Quito le demanda aussitôt à un des techniciens et ce dernier lui confirma que ça avait été fait. Bien. L'inspecteur aperçut aussi la bouteille d'Amaretto sur le comptoir à déjeuner. Il y manquait environ le tiers de son contenu.

- Vous allez embarquer cette bouteille aussi les gars?

- Oui, inspecteur. On sait comment faire notre boulot!

- Évidemment. Désolé, les gars... Oh, voici un verre qui se trouvait dans la salle de bain de la victime. J'aimerais qu'on analyse son contenu, les empreintes...

- Oui, inspecteur.

Quito s'empressa de sortir son calepin et y nota ces détails de vaisselle sale, de bouteille d'Amaretto, sans trop savoir si cela avait son importance. Le reste de la cuisine ne laissait supposer rien d'anormal et ce fut le même constat pour l'espace salle à dîner qui, de fait, était partie prenante de l'immense pièce de séjour. Quito se dirigea vers le vestibule alors que le géant St-Aubin s'approchait en sens inverse, la main tendue en avant. Quito lui prit chaleureusement la main droite et se souvint que celle de l'autre faisait presque le double de la sienne! *J'espère seulement qu'il ne se mettra pas à serrer trop fort...*

Quito et son père avaient depuis longtemps établi des règles professionnelles entre eux : chaque fois que les deux hommes se voyaient dans le cadre de leurs fonctions respectives, ils se vouvoyaient. D'ailleurs, depuis la mort de Marielle, survenue bêtement alors que Joseph Saint-Aubin avait douze ans, le père avait élevé son fils de façon très responsable, mais sans lui manifester tout l'amour qu'il avait pour Joe. Le fils ressentait bien que son papa l'aimait, mais il y avait de la retenue de la part d'Armand.

C'est à partir de cette même époque aussi que le Jeune Joseph manifesta son intérêt à vouloir modifier son nom. Plus tard, les deux hommes s'étaient parlé sérieusement et d'un commun accord, ils avaient décidé de faire changer le nom de famille de Joe : de Saint-Aubin, à celui de Quito. Le fils voulait en quelque sorte affirmer ses origines sud-américaines et renouer avec sa mère biologique morte à sa naissance. D'avoir souffert à nouveau de la perte de sa mère adoptive l'avait fait mûrir d'un coup! Les deux seules femmes de sa vie qu'il adorait et qu'on lui avait enlevées si tragiquement, avait rendu Joe Quito amèrement déçu de l'irresponsabilité des hommes de loi présents lors de ces deux événements survenus à douze ans d'intervalle...

- Enchanté de vous avoir sur cette affaire, inspecteur Quito.

- Je suis content d'être là, chef. Dites, j'ai trouvé ceci juste après que l'équipe du coroner a sorti la dépouille...

Quito lui montra la balle dans le sachet retiré de sa poche et l'invita à le suivre vers l'emplacement où reposait le cadavre.

- Vous voyez ce trou dans le parquet, là-bas...?

- Ça parle au diable ! La balle s'est logée dans le plancher?

- Ça m'en a tout l'air, chef. Toute cette scène me paraît plutôt très étrange, ne trouvez-vous pas?

Le chef St-Aubin ne répondant pas, Quito poursuivit :

- Vous réalisez que cette femme a été tirée à bout portant alors qu'elle gisait au sol!

- Quelle affaire! Le meurtrier devait lui en vouloir en diable!

- N'avez-vous rien noté d'autre qui vous semble bizarre, chef?

- Que voulez-vous dire exactement, Quito?

Le chef St-Aubin n'aimait vraisemblablement pas la question; cela se voyait bien à l'expression sur son visage. Saint-Aubin demeurait mal à l'aise devant le talent de son fils adoptif. Habitué à la routine de sa petite municipalité située au cœur des Laurentides, il n'avait pas souvent l'occasion d'être mêlé à une enquête pour homicide.

La majorité des payeurs de taxes des environs habitaient une résidence secondaire selon les saisons. Les crimes les plus courants étaient des infractions au code de la route et les entrées par effraction alors que les chalets étaient inoccupés pendant les deux périodes hors saison. Très rares étaient les crimes violents comme celui-ci et de toute façon, on faisait toujours appel à la Sûreté du Québec pour régler les affaires suspectes de mort violente, qu'elles fussent accidentelles ou de nature criminelle…

Personnage imposant par sa stature et sa corpulence, St-Aubin était un homme très fier qui tenait, à tout prix, à garder ses distances. Il avait le gabarit et la personnalité, du moins en apparence, du gars dur pour bien tenir son rôle de chef. Mais il ne semblait pas en ce moment vouloir s'aventurer à suggérer des hypothèses. Quito revint pourtant à la charge et insista :

- La position du corps…

Le chef aussitôt se renfrogna, fit la moue, fronça les sourcils et pencha la tête légèrement de côté, d'un air intrigué en attente de la suite. Mais la suite ne vint pas. Quito était trop préoccupé par ses pensées et était lui-même en pleines ténèbres! L'index de sa main droite en l'air, Quito fit signe à son père d'attendre alors qu'il retourna dans le séjour examiner la scène d'un autre angle. Son cerveau tournait alors à plein régime et il essayait de comprendre.

- Si la balle lui a traversé le crâne et qu'elle s'est logée dans le plancher, ça veut dire que le meurtrier lui a tiré dessus à bout portant alors qu'elle gisait au sol allongée sur le dos!

- Diable!

- Mais cette pantoufle coincée dans les couvertures, et l'autre sur le balcon de la mezzanine... Ça ne colle pas! La position du corps suggère une chute. On aurait pu croire qu'on ait fait feu sur la victime en haut sur le balcon et qu'elle soit passée par-dessus la rampe sous la force de l'impact... Mais non, la balle s'est logée dans le plancher!

- La balle semble être de petit calibre...

- Vous avez raison. Le labo nous confirmera sans doute du calibre «.22 long rifle» ou quelque chose du genre. Mais je n'ai pas trouvé de trou de sortie lorsque j'ai palpé l'arrière de sa tête tantôt!

- Ah?

- Ce qui veut dire que la balle a dû ressortir par la base du crâne, juste au-dessus des vertèbres... Ce qui implique un angle de tir de biais. Ça m'a échappé...

- Ouais! C'est plausible.

Pendant que Quito ruminait tout haut ses hypothèses, le chef St-Aubin acquiesça, mais l'attention de l'enquêteur était ailleurs. Il essayait de reconstituer les événements, mais rien ne lui semblait normal. Pourquoi était-elle tombée du balcon? Elle était malade? On l'avait poussée? Une tentative de cambriolage qui avait mal tourné? Non, ça ne collait pas. Il y aurait des tiroirs ouverts, la télé aurait disparu...

Ce n'est que plus tard que Quito comprit que le chef avait filé en douce. Son attitude mystérieuse et renfermée avait dû l'intimider et il avait profité de la grande concentration de son fils pour s'éclipser sans faire de bruit. Pour ne pas déranger, mais sans doute aussi pour éviter d'avoir à donner son opinion.

Plusieurs minutes s'étaient écoulées à ruminer les faits et à regarder le plancher, la mezzanine, la chambre, sans pour autant que l'enquêteur n'arrivât à comprendre ce qui avait pu se passer!

L'officier de service semblait s'impatienter. Son compagnon n'était plus à ses côtés et il avait manifestement hâte que l'inspecteur sorte pour qu'il puisse refermer sous scellés la porte du logis et fixer les dernières bannières de police interdisant l'accès au lieu du crime.

- Ça va les gars, je m'en vais...

- Mon partenaire a quitté avec le chef, inspecteur. Je suis seul ici.

- Ah. Désolé de vous avoir retenu, agent Murphy.

- Y'a pas de quoi, m'sieur...

- Bon, je vous laisse sceller les lieux selon les directives de votre chef; il semble bien que toutes les équipes en aient terminé pour le moment.

- Tout le monde a effectivement quitté, inspecteur. Vous êtes le dernier sur place...

- Bien.

Chapitre 4.

La fille était là, assise au bar, à la place où Joe s'assoyait d'habitude. Elle avait les jambes croisées, et sa jupe fendue sur le côté laissait entrevoir un peu de la partie opaque d'un bas de soie noire, fermement retenu par l'attache métallique du porte-jarretelles. Rares étaient les femmes qui portaient des bas et non des collants de nos jours, spécialement une aussi jeune femme qu'elle! Il y avait de quoi garder les yeux rivés sur cette rafraîchissante apparition!

En grande conversation avec la barmaid, elle tira une bouffée de fumée de sa fine cigarette, plus longue qu'une cigarette normale, faisant danser son escarpin à talon aiguille au bout de son pied, le retenant tout juste du bout de ses orteils retroussés.

Ce pied en mouvement capta toute l'attention de Joe, car il ne pouvait concevoir comment elle faisait pour ne pas perdre son soulier qui virevoltait ainsi dangereusement depuis au moins vingt secondes! Ce pied était aussi très attirant : la courbure de l'arche, la rondeur du talon, ce membre fin semblait très mignon malgré l'éclairage tamisé de ce bar du centre-ville de Montréal où Quito se rendait presque chaque jour. La barmaid Nicole était pendue aux lèvres de la jeune blonde, qui ne prit connaissance de l'arrivée du policier que lorsque Nicki lui fit un bref salut de la tête. L'inconnue se retourna alors et dit : Bonsoir! d'une voix douce et sensuelle.

Joe demeura immobile, la tête légèrement penchée sur la droite, ses yeux ayant peine à quitter la scène du pied dansant...

- Vous voyez quelque chose qui vous intrigue ?
- Votre chaussure...
- Oui?
- Très joli soulier! Enfin, je veux dire la façon dont vous le balancez comme ça au bout de votre pied... c'est assez captivant!

Comme si elle voulait constater par elle-même de quoi il lui parlait, elle tendit la jambe vers Joe et pointa le pied avec la chaussure sur le point de tomber, à peine retenue du bout de son gros orteil.

- Je perds ma chaussure ! s'écria-t-elle.

D'un geste galant, Joe plaça la main gauche sous le talon mince et effilé et retint l'escarpin avant qu'il ne tombât par terre. Tout en s'excusant, elle rabaissa la jambe un peu, de telle façon que son pied sortit complètement du soulier. Quito eut alors tout le loisir d'admirer ses petits orteils, à peine visibles à travers la partie plus opaque du bas de nylon à l'embout renforcé. Ils étaient légèrement écartés par l'effort d'extension de sa jambe et par la cambrure donnée au pied pointé, qui attendait de regagner son étui de cuir de veau noir à l'empeigne très pointue. Joe remarqua, par réflexe du métier, sans doute, que les ongles étaient peints d'une teinte de rose très pâle et qu'ils se terminaient par une étroite ligne blanche au bout de chaque petit doigt de pied. Cela le ravit de manière inattendue!

- Permettez-moi… lui dit-il.

Et sans lui laisser le loisir de réagir, il agrippa sa cheville de sa main droite et lui remit sa chaussure avec lenteur, dégustant chaque instant.

- Vous avez le pied parfaitement proportionné, madame… que Joe se surprend à murmurer.

Normalement, le jeune homme était plutôt d'une retenue pudique. En dehors de son travail, Joe ne parlait pas très facilement aux dames; la gêne sans doute.

- Mademoiselle! Je suis toujours célibataire.
- Oh pardon, mademoiselle, alors.
- Il n'y a pas de quoi.

Il la regarda dans les yeux et admira son visage tout jeune. Un front dégagé, des yeux verts avec un petit peu trop de maquillage; nez fin et court, à peine retroussé; de petites joues en saillies colorées d'un peu de fard rouge; une bouche attirante avec des lèvres charnues bien astiquées de rose; un menton droit avec une mâchoire bien dessinée mais très féminine. Sa chevelure blonde était longue, et Joe estimait qu'elle lui descendait jusqu'au milieu du dos au moins, à en juger par le volume total de ses cheveux, ramenés en un magnifique chignon retenu par une broche et un ruban de velours noir, mince et discret.

Elle portait une blouse blanche immaculée sur sa jupe de lainage qui devrait lui tomber juste en haut du genou, mais qui, dans sa position assise, était quelque peu retroussée, sans pour autant être outrageusement provocante. Les deux boutons du haut de son chemisier étaient défaits et laissaient deviner une poitrine saillante et ferme, fièrement mise en évidence par un soutien-gorge pigeonnant, mais sans aucune vulgarité. Elle avait du charme et elle le savait ! Le flair de Joe lui dit que cette fille était en mode « drague » et il s'avoua être sérieusement harponné! Mais en ce lendemain de Noël, la présence de cette superbe, fille dans le bar où Joe avait ses habitudes, lui semblait louche.

- Vous venez souvent ici? lui demande-t-elle.

- Oui et vous, non.

- Comment ça?

- Vous êtes assise sur mon tabouret!

- Ah? Je n'ai pourtant pas vu votre nom dessus!

- Non, je sais… Je veux dire que c'est à cette place que je m'assois d'habitude. Et je viens ici presque tous les jours depuis au moins cinq ans… et je ne vous y ai jamais vue auparavant.

Elle lui répondit de façon assez sèche et Joe réalisa tout à coup que son approche plutôt directe était maladroite… Joe ne voulait être ni brusque ni méchant, mais les mots étaient sortis de la bouche du policier et non de celle du jeune homme intéressé par la fille! Joe se sentit alors complètement mal à l'aise. Il n'avait jamais su y faire avec les filles et c'était sans doute pour ça qu'à 33 ans il était toujours célibataire, sans petite amie qui puisse, même à l'occasion seulement, occuper ses temps libres. D'ailleurs, Joe n'avait pas souvent de temps libre, ce qui expliquait en partie cet état de fait…

- Je peux changer de siège… lui dit-elle en amorçant de se lever pour lui rendre le tabouret que Joe, semblait-il, affectionnait autant.

- Non, pas la peine. Je vous en prie, restez à votre place. Je vais prendre le tabouret d'à côté, si vous permettez; mademoiselle?

- Kim. Je m'appelle Kimberley Bell. Et vous?

- Joseph Quito.

- Quel nom charmant! Vous êtes d'Amérique du sud? lui demanda-t-elle en lui offrant sa main droite, que Joe s'empressa de prendre galamment.

- Non... Mais oui...

- Je ne voulais pas être indiscrète, mais j'avoue que vous piquez ma curiosité avec cette réponse ambiguë!

- C'est une longue histoire. J'ai en fait été adopté alors que j'étais bébé et je n'ai jamais connu mes parents biologiques. Mes parents m'ont adopté pendant qu'ils visitaient l'Équateur... Je suis donc de là-bas, mais je n'ai pas connu ce pays...

- Je comprends.

- Je n'aime pas beaucoup parler de moi...

- Vous avez des choses à cacher? le taquina-t-elle.

- De par mon métier, je demeure discret.

- Et vous êtes?

- Inspecteur.

- Inspecteur en bâtiments?

- Euh, non... pas exactement! Je suis lieutenant, à la Sûreté du Québec.

- Vous êtes de la police? lui demanda-t-elle avec étonnement.

- Oui, mademoiselle...

- Vous pouvez m'appeler Kim, comme tout le monde.

- Très bien, Kim. Vous pouvez m'appeler Joe.

- Joe... peut-on laisser tomber le vouvoiement? Je n'aime pas trop.

- Aucun problème, Kim. Tu peux me tutoyer aussi, cela va se soi.

Nicki, demeurée silencieuse mais attentive, en retrait dans son coin derrière le bar, depuis la rentrée de son client coutumier, s'avança vers les deux jeunes gens et demanda :

- Monsieur l'inspecteur prendra-t-il un breuvage?

- Euh... Oui. Une bière, s'il te plaît Nicki.

- Je renouvelle votre verre, Kim?

- Non, ça va aller pour le moment. Merci, Nicole.

Joe regardait toujours la blonde, incapable de se décider à s'asseoir sur le tabouret d'à côté. Celui qu'elle occupait offrait une vue sur toute la salle et la porte d'entrée, car c'était le dernier au bout du bar. Si Joe prenait place sur le suivant, il aurait le dos tourné à la porte...

- Tu ne t'assois pas, Joe?

-Je... C'est que je suis plutôt vieux jeu...

Sans un mot, mais avec un petit sourire en coin qui se dessinait sur ses lèvres roses, Kim se leva d'un bond et recula le tabouret d'à côté pour y prendre place, tout en déplaçant son verre et son sac à main sur le bar. Puis d'une petite tape sur le siège qu'elle venait de libérer elle dit :

- Tiens, Joe... prends ta place et n'en parlons plus.

- Je suis vraiment désolé... vous n'aviez pas à vous déplacer.

- Je comprends très bien, Joe. Tu es policier et tu veux avoir une vue d'ensemble sur les lieux! C'est bien ça?

- Non... En fait, oui, vous avez vu juste, Kim.

- Tu.

- Pardon?

- Tu as vu juste... On s'est mis d'accord pour se tutoyer, tu te souviens, Joe?

Elle regarda Quito avec de grands yeux doux et un sourire digne d'El Nino, c'est-à-dire capable de faire fondre la moitié du pôle nord en moins d'un quart d'heure!

- Oui, bien sûr. Désolé, Kim. Je crois que tu m'intimides.

- C'est bon à savoir... lui dit-elle tout en souriant de plus belle. Une fille aime bien avoir la confirmation qu'elle plaît au plus beau jeune homme de l'endroit...

Joe regarda tout autour de lui et lui répondit en riant :

- Je suis le seul gars dans les environs!

- Pas d'importance! Même s'il y avait plein d'autres mecs, c'est toi que je serais en train de séduire de toute façon.

Elle souriait toujours et sa franchise lui fit un bizarre d'effet. Joe se sentit rougir et il appela Nicole, pour lui commander une *Broue Blonde*.

- Bon, tu deviens Alzheimer, Joe?

- Comment? lui demanda-t-il les sourcils froncés.

- Tu l'as déjà, ta bière, Joe...

- Oh, pardon...

C'est à ce moment-là que le portable de Joe se mit à vibrer au fond de sa poche.

Chapitre 5.

- Quito…

- Salut, Joe. Les résultats préliminaires de l'autopsie sont rentrés pour l'affaire Delma.

- T'es sérieux? On est le lendemain de Noël!

- Nous avons eu une chance inespérée! Primo, il n'y avait pas d'autres cadavres sur les tables de la morgue hier midi et comme le coroner Chamberland était sur place, il a bien voulu faire le travail dès l'arrivée du corps. Même si c'était Noël!

Divorcé depuis quelques semaines, sans enfants ni autre famille, le coroner Émile Chamberland, bourreau de travail depuis ses débuts dans le métier, se trouvait à son bureau comme si c'était une journée normale. *Vaut peut-être mieux noyer son ennui dans le travail que dans l'alcool,* songea Joe, tout en regardant Kim assise à ses côtés qui fouillait dans son sac.

- Tu peux me faire un résumé de la situation, Marco?

- La fille est morte des conséquences de sa chute du balcon. Cou cassé. La balle tirée dans la tête l'a été *post mortem.*

- Intéressant…

- Mais écoute bien ça, mec… La fille serait morte de toute façon, même si elle n'était pas tombée sur la tête et même si on ne lui avait pas mis un peu de plomb dans la cervelle!

- Comment ça?

- Cyanure, mon vieux! Elle a été empoisonnée!

- Ben, dis donc… c'est toute une surprise, ça… C'est bon, Marco. Je vois ça dès demain matin. Tu me laisses une copie du rapport sur mon bureau?

- Bien sûr! Mais c'est dimanche demain, Joe…

- Je sais. Bon dimanche à toi, vieux!

- Ben, à toi aussi, ma poule! Prends ça cool pour le boulot, Joe.

- Ne t'inquiète pas pour moi, Marco. Hé, j'y pense, tâche de passer une belle semaine de vacances avec ta douce!

- Ouais, merci mec.

- À lundi du nouvel an, donc.

Voilà que ça devenait très intéressant pour le cas Nadine Delma! Trois fois plutôt qu'une on lui avait fait la peau! À moins qu'elle ne fût tombée accidentellement du balcon de la mezzanine... mais cela eut été très surprenant. Joe avait la ferme conviction qu'on l'avait « aidée » à passer par-dessus la rampe!

- Je m'excuse, Kim.

- Y'a pas de quoi, Joe. Je comprends.

- Ce sont les inconvénients du métier. Les heures ne sont jamais comptées et les journées de congé sont rares.

Joe goûta à la bière froide que Nicole venait de lui servir et il lui adressa un signe de tête pour la remercier. Joe sentit la mousse qui lui touchait le bout du nez alors qu'il avala deux bonnes lampées du délicieux breuvage. Le cerveau voulut se mettre à attaquer les hypothèses de l'affaire de meurtre qui l'accaparait en ce moment, mais comme il était en excellente compagnie, Joe se décida à décrocher du boulot. Au moins durant le temps où Kim demeurerait sur les lieux. Ce fut elle qui reprit l'initiative de la conversation :

- Je m'excuse d'être indiscrète, mais j'ai cru comprendre que tu irais au bureau demain? lui dit-elle, tout en utilisant son pouce droit pour essuyer la petite trace de mousse blanche que Joe avait au bout du nez.

- Oui, pourquoi?

- Je suis juste curieuse. Demain c'est dimanche, non?

- En effet, mais pour moi les week-ends et les jours de semaine se ressemblent beaucoup!

- Tu n'as pas tes fins de semaine libres?

- En principe, oui. Mais quand j'ai une affaire en cours je fais parfois abstraction des horaires...

- Je vois. Tu n'es pas marié alors...

- Non, lui répondit-il, un peu mal à l'aise.

- Pas de petite amie non plus?

- Non plus. Tu ferais une bonne enquêtrice!

- Je m'excuse. Je ne voulais pas être indiscrète.

- Tu ne l'es pas, toi non plus?

- Enquêtrice?

- Non! Je veux dire mariée ou avec un fiancé, tu vois ce que je veux dire?

Son sourire moqueur le désarçonna et Joe eut tout à coup un peu peur de ce qui allait suivre. Son intuition lui faisait très rarement défaut, mais avec les filles... Joe n'avait pas toujours le flair aussi affûté que celui qui lui réussissait lors de ses enquêtes!

- Non Joe, je n'ai pas de mari, pas de « fiancé » comme tu dis, - elle avait appuyé sur le mot - ni de copain ou d'ami qui occupe une place dans mon cœur!

- On ne dit pas « fiancé »?

- Oui, mais ça fait un peu vieux jeu, tu ne trouves pas?

- Sans doute...

- Écoute, je ne voulais pas te vexer. Peut-être que pour toi un fiancé ça a son importance? Tu as probablement des mœurs ou des coutumes différentes des miennes; je ne sais pas...

- J'avoue être un peu vieux jeu, comme tu dis. Pour moi, le romantisme existe encore!

- Comme c'est mignon! J'ai rencontré le dernier des princes charmants! dit-elle avec un petit rire qui se voulait franc et pas du tout moqueur.

- Quoi, tous les gars ne sont pas comme ça lorsqu'ils veulent flirter une fille?

- Tu me flirtes, Joe?

- Euh... ben, peut-être que si, lui répondit-il, tout penaud.

- Je te taquine. Pour donner suite à ta question : non, pas vraiment! Aujourd'hui je dirais que les hommes sont assez égoïstes, mal élevés, narcissiques, impolis... Toujours trop pressés d'embarquer la fille, direction la couchette...

- Ma foi! Tu es, soit très difficile, ou totalement malchanceuse.

- Peut-être un peu des deux. Je sais quel genre d'homme me plaît! Ou me plairait, devrais-je plutôt dire, car je n'en ai rencontré aucun qui ait satisfait à tous mes critères jusqu'à présent!

Son visage traduisit alors la peine et la douleur lorsque ces mots sortirent de sa jolie bouche aux lèvres pulpeuses, astiquées de ce rose givré. Joe eut l'impression que cette fille n'avait pas eu de chance dans ses amours. Un peu comme lui-même, tiens...

- Ça viendra, Kim. Il faut cultiver la patience.

- C'est peut-être déjà en train de se produire? lui dit-elle avec un sourire radieux qui chassa du même coup son air mélancolique qu'elle avait quelques instants auparavant.

Joe cala le reste de sa bière et fit signe à Nicole de leur resservir la même chose, à Kim et à lui. Puis, pour chasser son malaise et sa gêne :

- Tu as faim, Kim?

- Pas pour l'instant. Toi, oui?

- Un peu, mais je peux attendre.

- Si tu as faim, il faut manger!

- Tu veux m'accompagner pour le dîner? Il y a une excellente table juste au-dessus de ce bar.

- Avec plaisir, mon prince!

Cette réponse accrocha un radieux sourire aux lèvres du policier. Il se sentit soudainement heureux et chanceux d'avoir une aussi jolie fille à ses côtés. Joe était de nature plutôt méfiante mais avec Kim il ne ressentait rien d'autre qu'un intérêt grandissant pour la connaître davantage! Il y avait une force, tel un aimant sur lequel il n'avait aucun pouvoir, qui l'attirait beaucoup vers cette jeune femme à l'allure saine et épanouie.

Chapitre 6.

Après avoir terminé leurs apéritifs, Joe et Kim se dirigèrent vers la salle à manger du restaurant installé au premier étage de cette construction ancestrale de Montréal. Les murs étaient construits d'une très épaisse maçonnerie qui datait des débuts de l'histoire de la Nouvelle-France. Les grosses poutres de bois laissaient voir les coups de hache qui les avaient équarries il y a plus de deux cent cinquante ans! La bâtisse avait été érigée en 1754, d'après ce que racontait le menu. Fait cocasse, le bâtiment avait déjà notamment servi, au XIXe siècle, de résidence privée à l'une des premières millionnaires du pays, une certaine Dolly Hart.

- C'est un décor très chaleureux! dit Kim, tout en regardant autour d'elle.

- Tu n'es jamais venue ici, je présume.

- Non.

- Où vas-tu au restaurant, habituellement?

- Je ne vais pas au restaurant, du moins pas ici à Montréal. J'y allais à Paris…

- À Paris?

- Je viens de terminer mes études de droit à McGill et mes parents m'ont offert un voyage de quelques mois en Europe. J'y ai passé l'été et je suis même restée trois mois de plus, tellement il y a plein de belles découvertes à y faire. Mais toute bonne chose ayant une fin, je suis rentrée à Montréal il y a trois jours.

- Tu as un travail qui t'attend, j'imagine?

- Non. Je n'ai absolument rien en vue à l'heure qu'il est! Pour être très franche avec toi, je suis venue dans ce bar pour essayer de rencontrer des avocats… Pour tenter de me faire engager… Pas très brillant de ma part, un lendemain de Noël, n'est-ce pas?

- Disons que ce n'était sans doute pas le meilleur « timing »…

- Je suis arrivée chez mes parents deux jours avant Noël et je n'en pouvais déjà plus de rester à la maison avec eux. Je me suis dit que si j'allais dans un bar de la rue Saint-Paul ou de la Place Jacques-Cartier, j'aurais une chance de rencontrer un avocat sérieux, très travaillant! Mais je crois que j'ai foiré…

Kim regarda par terre, comme une enfant coupable d'une action idiote. Elle se mordit la lèvre inférieure puis leva les yeux vers Joe avec un air espiègle d'une toute jeune fille qui voulait se faire pardonner. Elle était adorable et Quito ne put s'empêcher de rire.

- Quoi! On est tout près du Palais de Justice, non?

- Oui, Kim, tu as bien raison sur ce point.

- Alors, une fille tente sa chance comme elle le peut!

- C'est, disons, fort peu réaliste comme possibilité.

- Tu doutes que je sois capable de rencontrer des avocats dans les environs?

- Non, pas du tout! Je crois en effet qu'il serait plus que probable que tu rencontres plein de ces types en complet marine et à la serviette de cuir par ici!

- Alors, où est le problème?

- Le problème est qu'en ce moment, la plupart de ces messieurs sont en vacances, en train de se faire dorer sur une plage dans le sud! Ou encore en train de faire du ski sur les pentes du Mont-Tremblant ou du Mont Sainte-Anne, près de Québec!

- Ouais... Tu m'as démasquée, Joe. Si je suis ici, c'est tout simplement parce que je voulais échapper aux mondanités qui ont lieu chez mes parents.

- Ce n'est pas prudent d'agir comme tu le fais! Je veux dire, venir seule dans un bar du Vieux-Montréal...

- Mon beau prince serait-il jaloux, par hasard?

Elle sourit de façon narquoise et encore une fois Joe se sentit rougir d'être aussi bêtement démasqué! Il ne connaissait cette fille que depuis deux heures ou un peu plus et voilà qu'il devenait protecteur et inquiet pour elle?

- Ça doit être le policier en moi qui s'exprime...

- Oui monsieur l'inspecteur! Et c'est très apprécié, crois-moi. Je ne faisais que te taquiner...

L'arrivée du serveur sortit Joe d'embarras. Il leur tendit les menus et demanda s'ils prendraient un apéritif. Le couple opta plutôt pour une bouteille de vin en accompagnement du repas, puisqu'ils avaient déjà pris un verre ou deux au bar, en bas. Le serveur leur accorda quelques minutes pour qu'ils fassent leur choix. Joe ne regarda même pas le menu. Comme à son habitude, ce serait le steak-frites avec une salade César. Depuis le temps qu'il venait manger ici, il avait pu goûter à chacun des plats à maintes reprises et c'était pour lui ce qu'il y avait de meilleur pour lui remonter le moral à la fin d'une journée déprimante. Ou au début d'une enquête qui s'annonçait pénible, bien que fort intéressante, comme celle qui s'amorçait en ce moment.

- T'as déjà fait ton choix, Joe?
- Je commande pratiquement toujours la même chose ici...
- Et ce sera?
- Steak-frites, avec une salade César. C'est un *New York Cut* d'une belle épaisseur! Une assiette pour homme, quoi.
- Ils ont comme spécialité le Chateaubriand pour deux personnes... Tu ne voudrais pas partager cela avec moi?
- Ben, oui. Ça fera différent un peu! Changer de tabouret, puis changer de menu... Mais tu disais que tu n'avais pas faim il y a quelques minutes à peine...
- Disons que ça s'est modifié depuis que l'on est arrivé dans cette magnifique salle à manger. Les odeurs qui me chatouillent les narines depuis tantôt ont vite fait de changer tout ça!
- Je suis heureux de te l'entendre dire. Quelqu'un qui n'a pas d'appétit, c'est mauvais signe. Mais ne sois pas inquiète si jamais tu n'arrives pas à tout manger, je suis volontaire pour te donner un coup de main, que Joe lui dit tout souriant.

Elle le regarda avec son visage ravi, apparemment satisfaite de savoir que quelqu'un veillait sur elle et qu'il n'y aurait aucun gaspillage de nourriture. Ce qu'elle ignorait, c'est que Joe avait sauté le lunch et qu'en plus, la bière lui avait ouvert l'appétit!

- Ce n'est pas très sain de manger beaucoup, surtout pour un policier, s'inquiéta-t-elle.
-Ne crains rien! Je fais de l'entraînement intensif chaque jour de la semaine. D'abord un jogging d'au moins vingt minutes dès mon lever du lit, après avoir fait quelques réchauffements et étirements dans ma chambre. Si la température n'est pas assez clémente pour que je coure à l'extérieur, alors je vais au gymnase de la Sûreté. Puis je fais

des séances diverses de karaté, de kickboxing et de Kung-Fu en alternance avec des séances de tir au pistolet. Et Marco se met presque chaque fois de la partie avec moi.

- C'est ton partenaire?

- C'est un autre inspecteur à la Sûreté, mon subalterne et ami de longue date. Lui aussi pratique les Arts Martiaux. Il est le plus grand et le plus musclé de nous deux. Au gymnase de la Sûreté, on s'entraîne presque toujours ensemble. On va parfois en excursion, faire du canoë, du vélo de montagne, un peu de ski alpin…

- Il te reste du temps pour enquêter avec tout ça?

Joe éclata de rire et lui expliqua que oui :

- Tout se fait dans le cadre de mon travail, pour ce qui est des activités au gymnase. Nous avons des profs d'Arts martiaux qui viennent sur place et la salle de tir est au deuxième sous-sol, sous le gymnase, justement, dans l'édifice même où est mon bureau. J'arrive donc chaque matin une heure plus tôt et je m'entraîne sur place. Je prends ensuite une douche, je me change et je suis prêt à attaquer mes tâches de la journée, en super forme!

Kim sembla impressionnée. Le serveur arriva et prit leur commande. Ils étaient d'accord pour une bonne bouteille de rouge, et ce fut Kim qui la choisit dans la carte des vins. Vu son séjour prolongé en Europe, elle avait appris à connaître beaucoup mieux que Joe les subtilités en matière de cépages et de l'art de bien vinifier le précieux jus de raisins. C'est sans aucune appréhension que Joe lui céda volontiers cet honneur.

Le dîner se déroula rondement et le jeune couple fit plus ample connaissance. Kim en apprit à Joe un peu plus sur elle ainsi que sur son père. Ce dernier avait subi un infarctus l'année précédente. Il ne travaillait plus autant et cela lui manquait beaucoup, car c'était un homme d'affaires très occupé. Elle lui parla ensuite de son voyage en Europe et cela fascina le policier de l'entendre lui décrire tous ces endroits où l'histoire s'était écrite. Joe l'écouta avec beaucoup d'intérêt tout au long de ce que Kim raconta.

La viande était cuite à point, les légumes étaient croustillants, la sauce, divine et le vin absolument délicieux!

Comme Kim parla beaucoup plus que lui, son assiette fut à moitié dégustée, alors que celle de Joe était déjà terminée. Elle décida donc de lui couper une grosse part de la viande qu'il lui restait et la déposa dans l'assiette de Joe. Puis elle y ajouta aussi pratiquement tous ses légumes en le priant de se servir, qu'elle pigerait au besoin... Elle lui décrocha un joli clin d'œil en même temps et Joe se sentit comme si Kim et lui se connaissaient depuis des lustres!

C'est avec nostalgie que les deux jeunes gens se séparèrent, vers les 22 heures, l'estomac bien rempli et la tête qui leur tournait juste un petit peu. Après s'être excusée pour aller aux toilettes, Kim fit ensuite un détour par le bar, pour y récupérer ses bottes et saluer Nicole. Sur le porche extérieur du restaurant, Kim s'arrêta et se tourna vers Joe :

- On se reverra, Joe?
- Mais oui, bien sûr!
- J'ai passé une merveilleuse soirée, tu sais...
- Moi aussi, Kim.

Joe était très mal à l'aise. Il aurait voulu la serrer dans ses bras et l'embrasser, mais la gêne et la peur de la froisser le retinrent. C'est Kim qui prit tout à coup l'initiative et lui flanqua un baiser sur la joue qui le laissa figé par la surprise! Elle tourna aussitôt les talons pour se diriger vers sa voiture d'un pas décidé.

- À bientôt, Joe, qu'elle lui cria joyeusement, sans se retourner.

- À bientôt, Kim, qu'il lui répondit en la regardant s'éloigner.

Joe la regarda ouvrir la portière et s'asseoir au volant de sa voiture, une Toyota Camry SE rouge. Comme elle prenait place sans se retourner vers lui, Joe tourna les talons à son tour et commença à faire quelques pas vers son loft, tout près de là. Puis il s'arrêta pile! *Merde! Je ne lui ai pas demandé son numéro de téléphone!*

Malgré une volte-face rapide et quelques pas de course en direction de la place de stationnement tout juste libérée, il était trop tard. La voiture de Kim avait déjà disparu en tournant le coin, rue Saint-Paul...

Chapitre 7.

Il y avait peu d'activités rue Saint-Paul, dans le Vieux-Montréal, en ce dimanche matin. Les commerces ouvraient plus tard en matinée parce que personne n'était au bureau le dimanche, justement. Et ce serait aussi comme ça pour encore une quinzaine de jours, pour les vacances des Fêtes.

Le soleil était à peine levé lorsque Joe sortit pour entreprendre son jogging matinal dans les rues désertes et silencieuses.

Dès sa sortie sur le trottoir de la rue Saint-Paul, il se dirigea d'un pas de course normal vers l'ouest, empruntant le côté sud de la rue. Lorsqu'il arriva à la rue Saint-François-Xavier, il tourna vers le sud et descendit la rue jusqu'au musée de Pointe-à-Callière et poursuivit vers la Promenade-du-Vieux-Port qui longeait le bord de l'eau. Joe changea alors de direction pour piquer un sprint vers l'est à vive allure, passant le quai Victoria jusqu'à la rue Bonsecours, où il remonta vers le nord jusqu'à Saint-Paul en marchant, le temps de reprendre un peu son souffle. Puis sur Saint-Paul il refit un dernier sprint jusqu'à chez lui, tout près de la rue Saint-Sulpice et de la Basilique Notre-Dame de Montréal.

Une fois de retour dans le loft, Joe prit une douche et se changea pour le travail. Normalement, il porterait une chemise de couleur sur un pantalon de toile noir. Un veston de lainage de couleur anthracite et une paire de chaussures lacées, de cuir noir souple et confortable. Mais comme c'était dimanche et qu'en principe il n'était pas de service, Joe enfila une chemise blanche sous un pull en polar kaki et un jean noir délavé.

Il s'arrêta à un petit café situé en face du Palais de Justice et avala un latté avec un croissant, suivi d'un expresso, le temps de lire le journal. Puis il entreprit une marche pour filer directement au bureau. Comme il était difficile, pour ne pas dire impossible de stationner dans le Vieux- Montréal, Joe laissait souvent son véhicule sur son lieu de travail. Sa voiture y était donc depuis la veille.

Dès son arrivée, Joe se précipita vers son bureau. La pièce était minuscule et ne contenait qu'un bureau métallique avec deux tiroirs de chaque côté et un autre au centre. Un fauteuil sur roulettes pour lui et un autre fauteuil en bois pour le visiteur qui devait s'y recroqueviller au besoin. Une seule fenêtre, au onzième étage d'un édifice tout ce qu'il y avait de plus moche, offrant cependant une vue agréable sur l'ouest de Montréal. Sur son bureau trônaient un poste de téléphone ainsi qu'un écran d'ordinateur. Une patère de bois à côté de la porte et deux classeurs de métal gris sur un des murs complétaient le décor très zen de son environnement de travail.

Oh, des papiers aussi… beaucoup de papiers! Certains dans les classeurs, d'autres de simples notes prises à la hâte, qui gisaient là, pêle-mêle sur le bureau et que Joe fouillait au besoin.

Dans l'apparent fatras recouvrant le plan de travail, en plein milieu, Joe aperçut un dossier tout neuf que Marco lui avait laissé la veille. Baptisé « Affaire Delma », il contenait le rapport préliminaire d'autopsie. Le coroner avait eu beau travailler le jour de Noël, il n'avait pas pour autant terminé toutes ses analyses. De même, il n'y avait pas le rapport des autres labos, dont celui de la balistique pour l'analyse du projectile retiré du plancher, ni ceux-là sur les aliments, boissons et autres objets recueillis sur place. Il manquait aussi le rapport sur les empreintes digitales relevées sur les lieux du crime ainsi que des analyses des fluides corporels, contenu de l'estomac, etc.

Cependant, Quito avait sous les yeux quelque chose qui lui confirmait que la cause du décès de Nadine Delma était bien ce que Marco lui avait appris la veille : « *Selon mes premières constatations, la mort semble due à une rupture des vertèbres cervicales ayant conduit à un arrêt brutal de la respiration et de la circulation sanguine. Il semble évident que le corps a fait une importante chute.* »

N'importe qui ayant eu le privilège d'avoir été sur la scène de crime l'aurait deviné: la victime s'était cassé le cou en tombant de ce balcon!

Le coroner avait aussi indiqué que la morte avait dans le sang une présence importante de cyanure, et résumait ainsi ses conclusions préliminaires que Quito lut en diagonale : « *… qui seront ultérieurement confirmés par les analyses plus poussées* *en laboratoire... examen de l'estomac... odeur prononcée d'amandes...; ...il est plus que probable que la victime ait absorbé une dose significative de cyanure dans l'heure ayant précédé sa mort... ...fort probablement par ingestion sous forme liquide, ce qui sera confirmé par les analyses plus poussées des restes retrouvés dans le système digestif et par des analyses sanguines plus élaborées... etc.»*

Cela rendait le crime assez compliqué à cerner! Si quelqu'un s'était donné la peine d'empoisonner la victime, pourquoi diable aller jusqu'à la pousser en bas de la mezzanine! Et surtout pourquoi lui avoir, en plus, mis une balle dans la tête! Cela n'avait aucun sens... Il était possible que Nadine Delma ait fait une chute accidentelle, mais cette blessure du côté droit de sa mâchoire laissait penser à Joe que quelqu'un l'avait frappée et qu'elle s'était trouvée à passer par-dessus la rampe en perdant pied sous la force du coup. *Voyons voir si le coroner a relevé quelque chose là-dessus...*

La lecture du peu de texte qui complétait le rapport préliminaire ne lui apprit rien sur l'origine de cette marque. Le coroner avait bien relevé le bleu et l'écorchure, mais ne tentait pas de l'expliquer dans ce premier jet. Joe prit donc note de questionner le coroner là-dessus lorsqu'il serait de retour de son congé des Fêtes, s'il en prenait un. Depuis son récent divorce, le coroner Chamberland était devenu un bourreau de travail et ne s'absentait pratiquement plus des locaux de la Morgue!

Il fallait donc que Joe en sache plus long sur cette Nadine Delma et qu'il trouve qui aurait pu lui en vouloir à ce point! Il réveilla donc son ordinateur de son mode de session suspendue en y entrant son identifiant et son mot de passe. Il questionna ensuite les différentes bases de données, en commençant par celles de la Sûreté. Il consulta le rapport sur les empreintes digitales, afin de savoir si cette dame s'y trouvait fichée pour un délit quelconque.

À sa grande surprise, Joe ne trouva rien à partir des empreintes de la morte, mais débusqua son nom fiché dans le système! Il y avait en effet plusieurs entrées! Pour la plupart, reliées à des délits mineurs relevant de possession de marijuana, mais une autre concernant deux plaintes pour voies de fait portées contre l'époux de madame, un dénommé Pierre Bouliane, remontant à 1994. Le fichier donnait les renvois aux numéros de dossiers de la cour. Une note indiquait que la plaignante avait voulu retirer sa plainte… Joe se promit d'aller fouiller au Palais de Justice pour lire ces dossiers. Puis, après réflexion, il prit note d'envoyer un subalterne en chercher une copie papier, pour éventuellement l'incorporer dans le dossier Delma.

Joe commença donc à tout noter sur des feuilles mobiles lignées et les inséra dans le dossier cartonné encore tout neuf. Toutes ces feuilles seraient ensuite bien classées dans un cartable à trois anneaux et Quito eut l'impression que le premier serait bien vite rempli et peut-être même faudrait-il plusieurs cartables…

D'autres recherches au sein des archives de la Société de l'Assurance Automobile du Québec lui permirent de retracer le permis de conduire de la victime et d'établir que Nadine Delma était née le 9 juillet 1970 à Montréal. Avec cette date, Joe pourrait aussi retracer son passeport, de même que son certificat de naissance qui mentionnerait évidemment le nom des parents. C'est en fouillant tous ces fichiers électroniques que Joe retraça enfin une certaine Michèle Delma, la sœur de Nadine, une infirmière diplômée.

Un sandwich et un soda ramassés à la cantine suffirent à le combler en énergie assez longtemps pour retracer l'adresse de cette femme et Joe envisagea de prendre contact avec elle dès le lundi matin suivant à l'hôpital où elle était employée : L'Institut Philippe-Pinel de Montréal.

La tentation était grande pour Joe de se servir de son ordinateur de bureau pour tenter une recherche sur Kimberly Bell… Mais cela n'aurait pas été conforme aux politiques de la Sûreté! D'ailleurs, toute utilisation inadéquate du système pouvait être signalée.

Pour l'instant, l'heure de l'apéro approchait et le joli visage de Kim devenait de plus en plus présent à son esprit! Il serait temps que Joe se mit à sa recherche! Il devrait donc agir par ses propres moyens pour retracer cette fille adorable qui avait réussi à le chambouler dès leur première rencontre.

Chapitre 8.

Joe s'empressa donc d'aller rencontrer Nicole au bar du Saint-Gabriel. Comme Kim et Nicole avaient été un certain temps seules toutes les deux, avant son arrivée la veille, peut-être avaient-elles bavardé de choses personnelles qui pourraient l'aider à retrouver Kim. Moins de quinze minutes plus tard, il y entrait d'un pas pressé, anxieux d'en apprendre plus.

- Salut Niki.
- Bonjour Joe. T'as l'air en forme...
- Mouais... Dis-donc, la fille d'hier...
- La belle Kim?
- Oui, Kim. C'était la seule cliente ici, alors vous avez bavardé assez longtemps avant que j'arrive?
- Pas si longtemps que ça, mon beau Joe. Pourquoi?
- Ah, simple curiosité.

Nicole le regarda avec les sourcils en accents circonflexes et un petit sourire en coin qui en disait long. Elle les avait vus, Kim et lui, quitter le bar pour monter à la salle à manger au-dessus et elle se doutait bien que Joe s'intéressait à la jolie blonde. Elle avait aussi vue Kim, lorsque cette dernière était passée prendre ses bottes en fin de soirée...

- Bon, d'accord! Je cherche à la joindre, là. Elle ne t'aurait pas donné son numéro de téléphone, par hasard?
- Mais c'est à toi qu'elle aurait dû le donner, Joe! qu'elle lui balança avec un certain ton de reproche dans la voix.
- Évidemment, mais j'ai oublié de le lui demander... lui rétorqua un Joe tout gêné.

Nicole pivota lentement la tête de gauche à droite, lui démontrant ainsi combien il était nul dans sa façon de s'y prendre avec les filles.

- Tu me désoles, Joe Quito.
- Bon, ça va... Pas besoin d'en faire tout un plat! Tu veux bien me verser une *Broue Blonde*, s'il te plaît?
- Tout de suite, monsieur l'inspecteur!

Comme l'humeur de Joe venait de changer, Nicole tenta de se faire discrète en lui servant rapidement sa bière. Puis elle s'activa à essuyer des verres, déjà propres, question de s'occuper sans avoir à poursuivre la conversation. Joe regarda dans la salle et il n'y avait que quatre clients assis à la même table. Des touristes japonais. Ils riaient entre eux, regardant des images prises plus tôt sur les écrans de leurs caméras numériques. Deux appareils circulaient autour de la table en bois vernis, leurs tuques et leurs mitaines de laine posées dessus. Ils étaient sans doute là pour se réchauffer, prendre un verre avant le dîner et se remémorer de joyeux moments passés plus tôt dans la journée ou la semaine, à visiter le Vieux-Montréal. Les meilleurs étant immortalisés dans leurs Nikon Hi-Tech.

- Dis-moi, Nikki…

- Oui?

- Kim et toi… Vous avez discuté de quoi au juste?

- De tout et de rien. Elle m'a surtout parlé de son voyage en Europe. Elle a beaucoup aimé Paris mais ce sont les régions viticoles qu'elle a préféré visiter. Les vieilles maisons, les châteaux le long de la Loire, les vignobles eux-mêmes… Elle y était en pleine période des vendanges, tu sais!

- Je vois. Rien sur Montréal?

- Qu'est-ce que tu veux dire?

- Ben, elle habite chez ses parents, ici. Alors elle t'a peut-être parlé de la maison et du quartier où elle vit en ce moment?

- Non.

- Dommage…

- Par contre…

- Oui?

- Elle m'a dit que sa mère avait une jolie boutique de dessous féminins à Westmount!

- Ça explique ses bas.

- Pardon?

- Non, rien.

- Enfin, j'ai cru comprendre que la boutique est sur la rue Sherbrooke mais elle ne m'a pas dit le nom du commerce. Je m'en serais souvenu.

- Ah oui? Tu portes de la lingerie à tes heures, Nikki?

- Mais oui! J'aime bien les sous-vêtements de dentelle de belle qualité. Pas toi?

- Moi, je porte des boxers noirs!

- Sur une femme, espèce d'idiot!

- Tu as un annuaire des pages jaunes ici, Nick?

- Certainement. Tu veux que je cherche ça pour toi?

- Tu serais gentille.

- Il n'y a pas beaucoup de clients et parler avec toi, c'est démoralisant, alors autant m'occuper à quelque chose de plus intéressant!

Nicole entreprit donc de fouiller les pages jaunes à la recherche de boutiques de lingerie fine. Elle était toute concentrée en pointant et parcourant de son index chaque colonne de noms des commerces inscrits sous cette rubrique, pour la plupart imprimés en toutes petites lettres. Puis, tout à coup elle se redressa en disant avoir trouvé! Joe avait le nez dans son gobelet de bière et il sentit la mousse qui s'agrippait juste au-dessus de ses narines après avoir été surpris par l'éclat de voix de la barmaid.

- Ne bouge pas, Joe. Je vais m'en occuper… qu'elle lui dit tout en se dirigeant vers le téléphone à l'arrière de la caisse, à l'autre bout du bar.

Tout en s'essuyant le bout du nez avec son mouchoir, Joe la regarda composer un numéro et ensuite engager la conversation avec son interlocutrice. Enfin, le policier présuma que ça devait être une femme… Il s'imaginait mal un homme, commis dans une boutique de lingerie fine! Mais avec l'égalité des sexes, aujourd'hui… plus rien ne le surprendrait! Il verrait même ça possible dans le quartier gay, mais dans Westmount, là où Nicole disait avoir trouvé? Hum, pas certain!

Nicole était trop loin de lui et seulement quelques mots sans suite parvenaient jusqu'aux oreilles de Joe. Il ne pouvait pas comprendre ce qu'elle disait, d'autant plus que les éclats de rire de ses copains japonais lui firent perdre le fil. Mais à son sourire et aux regards rapides et répétés qu'elle jetait dans sa direction, Joe s'imagina que Nicole parlait effectivement à la mère de Kim. Puis, la barmaid raccrocha brusquement et fit mine d'aller essuyer d'autres verres. Elle lui tournait le dos, mais au tremblement de ses épaules, Joe vit bien qu'elle riait au sujet de quelque chose ou de quelqu'un… Il avait comme l'impression que c'était bien lui le dindon de la farce!

- Nikki, fais-moi pas ça! Qui as-tu rejoint au téléphone? Tu as parlé à la mère de Kim?

- Non.

- Comment ça, non? Tu as bien discuté avec quelqu'un au bout du fil! C'était bien la boutique de sa mère oui ou merde?

- Oui.

- Ben, quoi… accouche!

Nicole n'arrêtait pas de rire. Un petit rire nerveux et satisfait de quelqu'un qui savait quelque chose et voulait faire languir celui qui attendait de savoir de quoi il retournait! En l'occurrence, Quito, l'impatient inspecteur de police qui ne tenait plus en place sur son tabouret de bar! Par chance que Joe connaissait Nicole depuis des années… sinon il se serait fâché pour vrai! Ce qui d'ailleurs risquait d'arriver si elle n'arrêtait pas tout de suite son petit jeu!

- Nikki, fais pas chier, s'il te plaît! Explique-moi…

- Bon, OK espèce de grand nounours mal léché. C'est bien parce que je t'aime que je te taquine de la sorte, tu sais.

- Oui, moi aussi je t'aime bien Nikki… aboutis!

- Eh bien imagine toi-donc que j'ai pu confirmer que la boutique « Bell Lingerie » est bien le commerce de Madame Bell, mère de Kim. Elle s'appelle Anita Long, en passant.

- Tu as parlé à la mère de Kim donc!

- Non, j'ai parlé avec une employée.

- Ah.

- Et cette employée, tu la connais…

- Ah oui?

- Elle s'appelle Kimberly.

- Je ne vois pas.

- Kimberly Bell, t'es bouché ou quoi, espèce d'idiot! Kim!

- Vraiment?

- Eh oui! Kim travaille à la boutique de sa mère parfois les week-ends, dont ce dimanche. Je me suis nommée et elle m'a tout de suite reconnue. Je lui ai dit que tu étais à sa recherche…

- Je ne la recherche pas exactement…

- Ah non? J'avais cru comprendre que tu avais le béguin pour elle.

- Nick!

- Ben voyons, Joe! C'est écrit sur ta figure, gros comme un panneau publicitaire, que cette fille te manque comme la mayonnaise dans ton sandwich!

- À ce point-là, vraiment?

- Écoute, je suis barmaid depuis bien des années mon garçon, et la physionomie des gens, ça ne m'échappe pas!

- Bon… Si tu le dis.

- De toute façon, elle s'en vient! Elle veut que tu l'attendes sur « ton tabouret » qu'elle m'a dit. Elle sera là dans moins d'une demi-heure.

- Wow. Du bon boulot, Nikki! Je t'engage! lui dit Joe avec le sourire du gars tout ce qu'il y avait de plus satisfait!

- Y'a pas de quoi, monsieur l'inspecteur. Ce qu'on ne ferait pas pour ses amis…

- Merci, Nicole. Je te revaudrai ça…

Chapitre 9.

Kim arriva au bar dans le temps prévu. Elle était encore plus magnifique que la veille. Joe n'eut d'yeux que pour elle et Nicole sourit de voir l'inspecteur ainsi ravi. Les deux tourtereaux bavardèrent au bar pendant plus de deux heures. Puis ils décidèrent d'aller avaler une bouchée dans une pizzeria du secteur. Kim ne voulut pas de tout le chichi qu'ils avaient connu la veille à la chic salle-à-manger du Saint-Gabriel. Cela lui rappelait trop l'atmosphère guindée qu'elle subissait chez ses parents.

Après avoir avalé une large pointe de pizza végétarienne, ils déambulèrent dans le Vieux-Montréal pendant longtemps, arpentant les artères pavées de ces vieilles pierres de granit, usées et arrondies, qui avaient quotidiennement vu circuler chevaux et calèches à une certaine époque. De chaque côté de ces rues étroites, les vieilles façades de pierres grises des bâtiments rappelaient à Kim ces anciens villages de campagne qu'elle avait tant appréciés pendant son séjour en France.

Ils échangèrent sans pudeur des confidences sur eux-mêmes. Discutèrent de leurs intérêts communs et de leurs aversions respectives, demeurant stupéfaits du nombre incalculable de choses qui les rapprochaient! Ils détestaient tous les deux la politique ou les journaux à potins. Leurs goûts pour les voitures se ressemblaient aussi : elle aimait quelque chose de pratique et économique, le moins polluant possible et qui pouvait la mener du point A au point B tout en offrant un certain charme et une fiabilité mécanique assurée.

Comme Kim, Joe recherchait les mêmes qualités pour sa propre voiture, accélération et vitesse de pointe en plus, son métier l'obligeant parfois…

Tous les deux aimaient le jazz, elle un peu aussi la musique New-Age, Joe un peu aussi la musique classique. Tous deux adoraient les animaux, mais tous deux ne pouvaient avoir de chien de compagnie dans les circonstances actuelles de leurs vies respectives. Les parents de Kim avaient horreur des poils sur les meubles et les tapis! Joe avoua avoir adopté une petite chatte, qui, un beau matin, avait miaulé devant sa porte. Il se sentait cependant parfois coupable de devoir l'abandonner à demeurer seule dans le loft pendant des périodes aussi longues qu'étaient ses journées normales (ou anormales?) de travail.

Mais un jour, cela changerait peut-être... Ils voulaient tous les deux avoir un chien. Les chats et les chiens pouvaient très bien vivre harmonieusement sous le même toit, non? Pas de poissons, pas de perruche ou de hamster. Ils avaient les cages en horreur! Elle rêvait d'un intérieur chaleureux où le bois et la pierre se côtoieraient. Un foyer au bois était un « must », affirma-t-elle! Aires ouvertes, avec beaucoup de lumière qui pénétrerait partout durant la journée! Une cuisine bien équipée : une cuisinière au gaz, c'était bien plus rapide pour y sauter les légumes! De grandes surfaces de travail, de la tuile émaillée aux dosserets c'était plus facile d'entretien! Ses propos firent sourire Quito...

Sans trop s'en rendre compte, leurs pas les avaient guidés droit devant la porte de son loft...

- C'est ici que j'habite, lui dit Joe sans retenue.

- Tu demeures dans le « Vieux »?

- Ouais...! Ça te surprend tant que ça?

- À vrai dire, non... maintenant que je te connais un petit peu plus. Mais je me serais attendue à te voir habiter en appartement ou dans un condo.

- J'y ai pensé. Pour l'entretien, et surtout pour un espace de garage, un condo ça m'aurait très bien convenu. Sauf que je déteste avoir des voisins.

- Mais ici il n'y a que ça, des voisins! Tous les bâtiments sont collés les uns aux autres!

- Oui, tu as raison. Mais sur cette rue, ce sont pratiquement tous des espaces commerciaux ou des bureaux. Alors il n'y a personne ou presque à partir de dix-huit heures.

- T'es un petit malin, Joe! On entre chez toi?

- Non!

La réponse sèche et brusque effaça le sourire du beau visage de Kim. Joe se sentit tout à coup très mal à l'aise et tenta de lui expliquer :

- Je n'invite jamais personne chez moi. Je suis désolé.

- C'est bon, Joe. Ne t'affole pas...

- Je ne m'affole pas. Je t'explique, tout simplement.

- Je comprends.

- Je suis policier…

- Je te dis que je comprends, Joe. Pas la peine d'en rajouter, qu'elle lui dit doucement.

Son sourire lui revint et elle ne cessait de le regarder droit dans les yeux. Ce que cette fille était belle! Joe soutint son regard sans empêcher ses lèvres de s'approcher des siennes. Elle s'avança et se hissa sur la pointe des pieds pour que sa bouche vienne à la rencontre de la sienne. Leurs lèvres s'effleurèrent, Joe ressentit la chaleur de son souffle sur son visage, il huma son parfum enivrant…

Le baiser qui suivit fut lent et tendre, rempli de douceur en même temps qu'un peu d'appréhension de part et d'autre. Comme si chacun hésitait à s'abandonner à ses sentiments. Joe savait que cette fille l'attirait de façon quasi surnaturelle et il avait l'impression qu'il en allait de même pour Kim. Avec tout ce qu'ils s'étaient dit ce soir… Et maintenant, la proximité de leurs corps… Il serait normal que les barrières tombent!

L'hésitation céda rapidement sa place à la fougue! Les bras de Joe enlacèrent Kim, les mains de Kim agrippèrent le manteau de Joe et l'attirèrent violemment à elle alors que leurs bouches se soudèrent et que leurs langues s'entremêlèrent dans un ballet invisible mais d'une sensualité inouïe!

- Je veux dormir dans ton lit, Joe… qu'elle lui souffla à l'oreille, dès qu'ils reculèrent brièvement leurs visages pour prendre une bouffée d'air.

Joe lui répondit par un autre baiser, ses mains retenant son visage, ses doigts enfouis derrière sa nuque, sous sa chevelure dorée, ses pouces caressant le lobe de ses oreilles.

- Tu as quel âge, Kim?

- J'ai vingt-cinq ans; je suis donc majeure et vaccinée, monsieur l'inspecteur!

- Moi j'en ai trente-trois…

- Excellent! Tu es majeur toi aussi! le coupa-t-elle. Où est le problème alors?

- Ce n'est pas…

- À part toi, il y a un autre inspecteur chez toi? Quelqu'un qui vérifiera l'identité et l'âge des tourtereaux qui y feront l'amour?

- Kim, sois sérieuse un peu...

- Pourquoi? J'ai envie de toi, Joseph Quito. Tu n'as pas envie de moi, toi aussi?

- Beaucoup!

- Tu préfères qu'on loue plutôt une chambre à l'hôtel?

- Non...! Tout de même, lui répondit-il en souriant.

Leurs regards étaient toujours rivés l'un dans l'autre et Joe se laissa guider par cette intuition qui ne lui avait que très rarement fait défaut.

- Tu as gagné. Je vais faire une entorse au règlement, pour une fois...

- Quel règlement?

- Le mien! Allez, on entre avant que je ne change d'idée!

Joe mit la clé dans la serrure et lui ouvrit la porte. Kim passa le seuil et resta sur le paillasson du portique, le temps de retirer ses bottes. Joe l'imita, sans pour autant la quitter des yeux, pendant que la petite chatte grise arrivait en trombe et slalomait entre leurs jambes, les frôlant de son dos arrondi. Joe regarda Kim avancer sur la pointe des pieds, portant toujours ces bas de nylon noirs à la pointe et au talon renforcés. Elle traversa l'espace cuisine en examinant tout, avec des yeux inquisiteurs. Puis elle s'avança jusqu'au divan dans le salon, se retourna et lui dit avec un large sourire :

- Je comprends maintenant pourquoi tu souriais tant lorsque je te décrivais ma maison idéale... C'était exactement comme chez toi Joe Quito!

Joe rit de voir son enchantement. Il était heureux de la voir s'extasier devant le décor qu'elle avait pratiquement décrit tel quel lors de leur longue promenade nocturne.

- Tu prendrais bien une bière?

- Avec plaisir. La cheminée est en état?

- Oui, mais je n'ai pas de bois à brûler... désolé. Il y a peu d'arbres en ville, à part ceux sur le Mont-Royal, tu sais.

- Oui, je m'en doute. Et le prix du bois de foyer est très élevé… J'aurais pourtant bien aimé me coller près de toi devant un bon feu de cheminée!

- On verra à rectifier la situation la prochaine fois.

- Il y aura une prochaine fois, donc? lui demanda-t-elle avec son sourire enjôleur, alors que Joe lui offrait son verre de bière.

- On verra… La nuit porte conseil, dit-on!

La chatte était déjà recroquevillée sur les cuisses de Kim et ronronnait de tout son soûl…

Chapitre 10.

La nuit passée avec Kim fut divine! Tout s'était déroulé avec lenteur. Ils avaient tous les deux envie de faire durer le plaisir, même une fois rendus dans le lit. Elle avait gardé ses bas, son porte-jarretelles, sa petite culotte et son soutien-gorge assorti. Joe lui caressait le corps entier pendant qu'elle le fixait de ses yeux verts tout en souriant tendrement.

Lorsqu'elle lui souffla à l'oreille : « Fais-moi l'amour... » Ce fut le moment le plus mémorable de toute son existence! Jamais Joe ne s'était senti aussi amoureux d'une femme. Il lui fit l'amour avec toute la dévotion que pouvait exprimer son âme! Ils atteignirent l'orgasme quasi simultanément, s'entraînant l'un l'autre par des éclats plaintifs mais ô combien agréables, vers une jouissance sublime...

Ce n'est qu'à bout de souffle et de vitalité qu'ils sombrèrent finalement dans le sommeil, toujours enlacés dans les bras l'un de l'autre.

Au réveil, alors que le soleil commençait à monter dans le ciel, Joe demeura soudé au dos de Kim. Son corps réchauffant le sien, sa main libre caressant ses cheveux, son bras, sa hanche... Bien que Joe sût qu'un amour impossible venait de naître en lui, il s'efforça de prévoir les mots, les explications, avec une logique inébranlable, pour faire comprendre à Kim qu'ils ne devraient pas entrevoir d'avenir entre eux. La différence d'âge, sa profession à lui... rien ne semblait favoriser une possible union entre deux êtres qui pourtant, cela était tellement évident, semblaient faits l'un pour l'autre!

Plongé dans ce dilemme Joe ne s'était pas aperçu que Kim était réveillée... Elle s'était retournée sur le dos et fixait le plafond avec ce sourire béat qui la rendait si belle à ses yeux!

- Bonjour beau prince, lui chuchote-t-elle!
- Bonjour mon ange... bien dormi?
- Comme un bébé! Et toi?
- Aussi.
- Tu as l'air soucieux...
- Je pense à nous.
- Et c'est si mauvais de faire l'amour avec moi?
- Ne sois pas ridicule! Ça été le paradis sur terre!

- Pour moi aussi, Joe. Personne ne m'a fait l'amour comme tu me l'as fait cette nuit! C'était absolument divin!

- Parce que tu as beaucoup de comparables...? Qu'il lui demanda d'un air grincheux.

- Je suis une fille honnête, Joe. Je ne te mentirai jamais! lui répondit-elle d'un air sérieux.

- Je te crois.

- Tu ne vas pas me dire que tu n'as jamais couché avec une autre femme avant moi? Dis!

- Bien, non. Quand même...

- Tu en as connu plusieurs?

- Ça ne te regarde pas.

- Tu as raison.

- Et toi? Tu as eu plusieurs amants dans ta courte vie?

- Ça ne te regarde pas!

- Ouais... touché!

- Je te prépare le petit déjeuner? Ou tu voudrais qu'on remette ça? lui dit-elle d'un air espiègle.

- Qu'on remette le petit déjeuner?

- Qu'on refasse l'amour avant, espèce de crétin! Puis avec un sourire accrocheur : question de voir si ce sera aussi bon de jour comme de nuit?

Joe eut bêtement l'impression qu'on le traitait souvent d'idiot ces jours-ci...

Sans attendre sa réponse, les deux bras de Kim s'enroulèrent autour du cou de Joe et elle l'attira en le faisant basculer au-dessus d'elle. Ses jambes s'écartèrent puis ses pieds glissèrent sur ses mollets, ses jambes s'enroulèrent autour de ses hanches. Ses talons le tirèrent vers elle, pendant qu'ils s'embrassaient et que Joe reprenait goût au sexe! Leurs ébats furent encore plus excitants que la nuit précédente et le fait de pouvoir admirer leurs corps dans la lumière du soleil rendait le tout encore plus cru et terriblement aguichant! Joe la pénétra et dégusta la sensation de glisser en elle alors que Kim gémit de plaisir. Leur façon de haleter, de bouger en cadence, allant en accélérant pour ensuite se fondre en une masse soudée qui vibrait intensément. Ils ressentirent une suite de spasmes qui les soulevèrent, ils s'accrochaient l'un à l'autre, comme si leur vie en avait dépendu! À nouveau, ils atteignirent l'orgasme sous la forme d'une éruption explosive et partagée du plus profond de leur être!

- Ce n'est pas rien que de jouir simultanément comme ça! lui dit-elle, le souffle court.

- C'est un grand bonheur…!

- Tu es un dieu, monsieur l'inspecteur!

- Ne me fais pas rougir, gamine…!

- Allez, hop! J'ai une faim de loup, pas toi?

- Oui…

- Alors, repose-toi quelques minutes, je vais te préparer un petit déjeuner à ta hauteur! Tu permets que je prenne ta cuisine d'assaut?

- Je ne sais pas trop… ce n'est pas rassurant que de t'entendre me le demander comme ça.

- Rassure-toi, Joe. Contrairement à la majorité des grands chefs, moi je me ramasse à mesure! Ta cuisine sera impeccable, je te le promets!

- Dans ce cas… permission accordée. Mais attention! Je te surveillerai d'un œil sévère…

- Raconte pas d'histoires! Tu vas descendre t'asseoir à la table lorsque je t'appellerai. Pas avant!

- OK.

La chatte sauta sur le lit et vint se blottir contre le flanc de son sauveur. Joe resta allongé sur les draps, les mains croisées derrière la tête. Son cerveau se remit en route et analysa la situation. Ce n'était plus une analyse froide et détachée comme il avait l'habitude d'en faire normalement dans le cours de ses enquêtes. Ce coup-ci, il était dedans! Et jusqu'aux oreilles, en plus! Donc difficile de faire la part des choses quand on se sentait aussi bien avec quelqu'un qui pourtant avait huit années de moins que soi! Ce n'était pas rien, quand même. Mais des histoires de couples heureux avec de grandes différences d'âge, ce n'était pas lui qui allait en vivre une le premier! Il en avait entendu de belles histoires d'amour. Il connaissait même des gens qui en avaient vécu une, tiens… Le grand patron des « beaux habits… » *Sa femme avait bien une dizaine d'années de moins que lui. Et ils étaient ensemble depuis quoi, au moins douze ans! Donc, c'était envisageable,* se surprit-il à cogiter.

Bon, je ne vais quand même pas me gâcher le moment présent avec de pareilles réflexions! Je suis sans doute en train de mettre les bœufs derrière la charrue... ou est-ce que ce n'est pas plutôt la charrue devant les bœufs? Qu'est-ce que ça peut bien foutre! Après tout, un jour à la fois, comme on dit! L'avenir nous le dira! Bon! Ça suffit les dictons...!

- Le petit-déjeuner de monsieur est servi. À Table!

- OK, j'arrive. Dieu que ça sent le bon café... et le bacon aussi...!

Une fois leur petit déjeuner terminé, Quito avait laissé partir Kim à contrecœur; mais il avait une enquête pour meurtre à résoudre. Il communiqua avec Tozzi en milieu de matinée. Ce dernier supervisait une équipe d'enquêteurs dont certains faisaient du porte-à-porte, alors que d'autres fouillaient les alentours du logis de la victime, à la recherche d'indices. Tout ce beau monde revint bredouille de leur voyage dans les Laurentides. Quito se rendit à son bureau et passa le reste de la journée à relire ses notes, ainsi que les divers rapports qui lui parvenaient des divers services. Ses recherches lui permirent de retracer au moins un membre de la famille de la victime, qu'il s'empressa de contacter.

Chapitre 11.

En ce lundi matin, Quito avait rendez-vous avec la sœur de la victime, Michèle Delma. Joe se présenta donc sur les lieux de son travail, à l'Institut Philippe-Pinel de Montréal dès dix heures trente, tel qu'elle le lui avait demandé. Cela devait laisser assez de temps à l'infirmière pour faire une tournée rituelle de ses patients avant l'arrivée du policier et ainsi pouvoir se libérer pour une vingtaine de minutes pour répondre à ses questions.

Dans une petite salle, réservée aux conciliabules de familles qui venaient voir un patient, parfois même après avoir emmené ce dernier de force pour le faire interner, Michèle invita Quito à prendre un fauteuil en face d'elle. L'inspecteur eut le temps de l'examiner de la tête aux pieds, pendant qu'elle terminait de remplir une fiche quelconque, accrochée à la planche à pince qu'elle tenait sur ses genoux.

Dans son uniforme d'infirmière de teinte rose très pâle, Michèle Delma semblait flotter sous sa blouse. D'une maigreur quasi rachitique, elle avait pourtant le teint coloré d'une personne en bonne santé. Sa chevelure brune coupée au carré juste sous les oreilles, lui donnait une allure de jeune fille, malgré ses trente-huit ans. Elle portait les traditionnels collants blancs opaques et une paire de souliers blancs à semelle compensée, chaussures spécialement conçues pour le personnel hospitalier ayant à demeurer debout durant de longues heures.

Elle était propre et soignée de sa personne, peu maquillée. Ses ongles n'étaient même pas vernis, mais peut-être était-ce une exigence prescrite par le règlement de l'hôpital. Ses yeux bougeaient constamment : regard à gauche, puis à droite, avant de se fixer sur Quito. Elle semblait névrosée. Pas laide, ni jolie non plus, Joe attendit qu'elle soit prête et qu'elle le lui manifeste.

- Je m'excuse pour le retard... lui dit-elle d'une voix frêle qui manquait d'assurance.

- Je vous en prie, c'est moi qui vous dérange à votre travail; c'est la moindre des choses que je patiente le temps nécessaire.

- Je vous remercie, inspecteur.

- Lieutenant Joseph Quito. Voici ma carte avec mes coordonnées, si jamais vous aviez besoin de me reparler ou si je puis vous être d'une quelconque utilité.

- Bien. Je vais la ranger en lieu sûr, lui assura-t-elle en souriant nerveusement.

- Mademoiselle Delma...

- Vous pouvez m'appeler Michèle, l'interrompit-elle de sa petite voix gênée.

- Michèle, donc... Dites-moi, euh, permettez-moi en tout premier lieu de vous offrir mes plus sincères sympathies, mademoiselle.

- C'est gentil, merci. Mais peu de gens pleureront ma sœur Nadine, vous savez.

- Ah? Et pourquoi donc, selon vous?

- Parce que ma sœur a toujours été une vraie garce! Depuis qu'elle a seize ans, je dirais. Elle a pris plaisir à faire chier tout le monde de son entourage.

La remarque incisive désarçonna le lieutenant! Il ne s'attendait nullement à cela de la part de la sœur même de la victime. Mais il trouvait ces propos absolument très intrigants et souhaitait en apprendre plus!

- Intéressant! Vous pouvez élaborer un peu?

- Disons pour résumer que ma sœur se prenait pour le nombril du monde! Vous voyez ce que je veux dire?

- Donnez-moi plus de détails, si ce n'est trop vous demander...

- Eh bien, au début, disons que ce n'était pas sa faute. Notre père était un vrai con qui préférait rapporter des friandises au chien, plutôt qu'à ses enfants! Il est parti pour New York alors que ma sœur et moi étions très jeunes. Moi, j'avais à peine quatre ans et ma sœur en avait six. Puis ma mère s'est mise à sortir pas mal; elle a fini par se trouver un amant. Un Montréalais anglophone du nom d'Allan Banks, un nom prédestiné, je vous assure!

- Ah oui? répondit Joe machinalement, pour l'encourager à continuer pendant qu'il notait le nom dans son calepin.

- Oui, mais pas parce qu'il travaillait comme banquier.

- Alors pour quelle raison son nom était-il prédestiné?

- Pour les voler… les banques! Vous comprenez?

- Allan Banks était un voleur de banques?

- Pas dans le sens commun, c'est-à-dire celui du gars armé qui se présente aux guichets pour voler l'argent; non! Lui, c'était plutôt les fraudes par cartes de crédit ou de débit, vous voyez?

Michèle Delma avait une facilité à résumer l'essentiel d'une vie! Son débit était rapide et les événements qu'elle décrivait se déroulaient dans une logique sans faille, même s'ils étaient extraordinairement accélérés. Quito en était ravi et ne voulait rien manquer.

- Je comprends. Continuez…

- Allan est devenu presque un membre de la famille, à force de sortir avec ma mère de plus en plus souvent. Il a fini par entrer dans la maison, pas par effraction, s'entend, mais bien invité par ma mère. De courtes présences au début, puis il restait à souper… jusqu'à éventuellement y passer la nuit. Puis il a passé deux jours, puis une semaine… Mais c'est rare qu'il restait plus longtemps qu'une semaine. Ça, c'était quand il sentait la soupe chaude… vous savez?

- Je ne vous suis pas exactement…

- Quand la police était à ses trousses et posait des questions sur ses allées et venues dans son entourage. Ses amis devaient le prévenir et il venait se réfugier chez nous, jusqu'à ce que ça se calme.

- Je vois! Pas très futé de mettre votre famille dans le coup comme ça.

- Il disait qu'il n'y avait aucun danger. Il ne parlait de ma mère à aucun de ses amis. En tout cas, pas aux gens avec qui il allait aux champs de courses ou avec qui il jouait aux cartes et tout ça. Pour lui, ma mère c'était son refuge sacré. Il lui faisait beaucoup de cadeaux, l'emmenait en voyage dans le sud une ou deux fois par année, quand les affaires roulaient. Aux Fêtes, il louait une chambre au Chanteclerc, dans les Laurentides pour nous quatre.

- À Ste-Adèle?

- Oui, c'est ça. Ma sœur et moi, on y allait pour une dizaine de jours, incluant Noël et le Jour de l'An. C'est là qu'on a appris à faire du ski alpin toutes les deux.

- Je vois. Et qu'est-il advenu de cet Allan Banks par la suite?

- Eh bien quand Nadine a fêté ses douze ans, on dirait que quelque chose a changé chez lui.

- Vous pouvez expliquer?

- Eh bien, c'est à cette période que ma sœur a commencé à avoir des seins... Si vous l'avez vue en tant qu'adulte, vous avez dû remarquer sa poitrine! Disons que la nature l'avait si bien pourvue en ce sens qu'il a fallu qu'elle subisse une chirurgie à l'âge de trente ans! Au contraire de presque toutes les autres clientes de son chirurgien-esthétique, elle, c'était pour une *réduction* mammaire qu'elle le consultait! Vous voyez?

- Oui, je comprends.

Quito avait en effet remarqué la poitrine volumineuse de la morte.

- Allan a commencé à la regarder différemment à partir de ses douze ou treize ans. Il voulait qu'elle s'approche de lui pour lui raconter des histoires. Il lui faisait de plus en plus de cadeaux, même pour d'autres occasions que son anniversaire, à Noël ou à Pâques. Vous voyez?

- Je vois, oui.

- Quand Nadine a eu seize ans, elle était devenue une vraie femme. Je veux dire, en apparence physique, vous voyez? Elle faisait déjà son mètre soixante-dix et avait la poitrine très généreuse. Je ne sais pas si ça vous dit quelque chose, mais à seize ans, ça faisait drôlement des jalouses parmi ses copines!

- Et Allan s'est entiché d'elle?

- Mouais... Ça pouvait sembler être le cas, mais je dirais que c'est plutôt le contraire qui s'est produit.

- C'est Nadine qui est tombée amoureuse de lui?

- Non, pas comme vous le dites. Nadine avait plutôt commencé à comprendre comment manipuler un homme. Allan a été son premier cobaye, si vous voyez ce que je veux dire.

- Je crois bien me douter un peu. Vous pouvez me raconter en détail ce qui s'est passé? C'est important pour l'enquête.

- Je n'aurai pas le temps de tout vous raconter ce matin. Il y a beaucoup trop à dire sur les frasques de ma sœur. Sachez simplement qu'avec Allan Banks, Nadine avait appris que, de lui faire plaisir de temps en temps, lui rapportait toujours en échange quelque présent ou gâterie. Ma sœur allait s'asseoir sur ses genoux pour obtenir une crème glacée lors d'une sortie, lorsqu'elle avait douze ans, par exemple. Plus tard, elle le prenait par le cou et l'embrassait sur la joue pour qu'il lui achète une montre pour laquelle elle avait le béguin. À seize ans je ne sais plus jusqu'où elle allait vraiment pour se faire habiller de la tête aux pieds, de robes et de chaussures à prix fort! Tout ce que je sais c'est que pour ses dix-huit ans, oncle Allan lui offrait un appartement bien à elle sur la rue Papineau, près du Parc Lafontaine!

- Ils y habitaient ensemble?

- Non. Ma sœur savait donner, mais quand même, elle s'en tenait au strict minimum dans l'échange! J'ignore sincèrement si elle a déjà couché avec lui. Je ne le lui ai jamais demandé et j'avais dit à Nadine que je préférais ne pas le savoir! Mais que ma sœur habite le même logis qu'un homme assez vieux pour être son père, jamais! Elle tenait bien trop à sa liberté, d'une part. Et elle ne l'aimait tout simplement pas, d'autre part.

- Je vois. C'était donc une sorte de chantage affectif, si je comprends bien…

- Oui, on peut qualifier ça comme vous dites. « Allan, tu veux bien m'acheter ceci et puis cela et en échange je te ferai ce que tu aimes tant, mais samedi après-midi seulement… » Vous voyez le genre?

- Oui, malheureusement. Vous savez si ce petit chantage a duré longtemps par la suite? Nous sommes bien en 1988 lorsque Nadine a dix-huit ans, n'est-ce pas?

- C'est exact. Son petit jeu n'a duré que quelques mois, en fait.

- Vraiment? Cela me surprend.

- Oh, ça aurait duré bien plus longtemps si Allan ne s'était pas fait pincer par la police aux Bahamas! Voyez-vous, Allan était allé y faire un tour en « vacances » pour deux semaines, selon son plan. Mais les cartes de crédit qu'il utilisait avaient été rapportées volées plus rapidement que prévu. Il s'est fait attraper à Nassau. Si ma mémoire est bonne, c'est au Crystal Palace Casino qu'ils l'ont repéré alors qu'il achetait une pile de jetons et tentait de payer avec une carte volée...

- Il a donc été arrêté là-bas?

- Oui monsieur! Il a été traduit en justice et a dû passer quelques mois en prison sur place. Pas très jojo le cachot de Nassau, à ce qu'il paraît. Il n'a pas du tout apprécié son séjour dans cet hôtel-là!

- Il est pourtant revenu au Québec depuis. Il a revu Nadine?

- Ils se sont revus, oui. Mais Nadine n'est pas le genre à se languir très longtemps lorsqu'un homme n'est plus disponible pour payer ses factures! Elle a trouvé un emploi de serveuse au restaurant Le Rib'n Reef Steak House sur le boulevard Décarie. Ce n'est pas ce qu'elle souhaitait de mieux comme boulot, mais c'est ce qu'elle a pu décrocher assez rapidement pour payer le loyer qu'Allan n'était plus en mesure d'assumer, suite à son arrestation à l'étranger.

- Donc, en 1988, elle décroche un travail au Rib'n Reef Steak House, c'est ça?

Quito prenait toujours des notes et désirait surtout s'assurer des dates. Michèle Delma était très coopérative et lui confirmait tout cela sans broncher.

- Oui, c'est exact. Si je me souviens bien, c'était à l'automne, 1988. En octobre ou début novembre, sans doute. Car elle n'y est pas restée longtemps!

- Ah non?

- C'est là qu'elle a rencontré son premier mari, Pierre Bouliane.

- Il était propriétaire du restaurant?

- Pas du tout. Un client, qu'il était! Un riche homme d'affaires possédant une boutique pas loin de là. C'est sans compter ses autres entreprises d'import-export et tout le reste. Il lui a chanté la pomme au restaurant, l'a convaincue de l'accompagner pour les vacances des Fêtes au Mont-Gabriel, où il avait un chalet tout en haut de la montagne! Elle l'a harponné comme il faut et ils se sont mariés dès le printemps suivant.

- Printemps 1989, donc.

- C'est cela. En mars…

- Et comment est-ce que ce mariage se comportait?

- Inspecteur Quito, ça me ferait plaisir de vous en raconter plus, mais comme je suis au travail, je dois retourner à mes patients. J'en ai de très sérieux qui sont sous médication, et c'est moi qui dois leur administrer leurs médicaments psychotropes à intervalle très régulier, sinon des problèmes surviennent…

- Oui, je comprends. Quand pourrions-nous reprendre cet entretien?

- Je suis de congé jeudi à dimanche prochains inclusivement. Si vous voulez passer me voir chez moi, cela me fera plaisir de vous recevoir, lui dit-elle en se levant pour quitter la pièce.

- Je vous téléphonerai pour prendre rendez-vous… Une question rapide avant de vous laisser partir…

- Allez-y.

- Vous avez une idée de qui aurait pu vouloir tuer votre sœur?

- En fait, à peu près tous les hommes et les femmes qu'elle a connus dans sa vie pourraient avoir une raison de lui en vouloir à ce point, inspecteur. Je vous l'ai dit : ma sœur était une véritable garce!

Sur ces mots, Michèle Delma lui tourna le dos et passa la porte d'un pas rapide pour aller piquer ses malades de sa seringue bien remplie de sédatifs…

Chapitre 12.

De retour au bureau, Joe transcrivit ses notes sur des feuilles lignées et les inséra dans le cartable à trois anneaux qui, pour l'instant, était pratiquement vide. Il se doutait pourtant qu'il serait bientôt bien rempli, s'il en croyait les paroles de la sœur de la victime recueillies le matin même.

Quelqu'un ayant préalablement laissé une note sur son bureau, Joe téléphona au médecin-légiste Chamberland :

- Docteur Chamberland? Quito à l'appareil. Vous vouliez me voir?

- Oui. J'ai d'autres détails à te confirmer sur l'affaire Delma. Tu peux passer avant d'aller luncher, Joe? Ça vient juste d'arriver du labo.

- Oui, je descends tout de suite!

- Viens me rejoindre dans la salle No. 1, lui dit Chamberland avant de raccrocher sans attendre de confirmation.

Joe se dirigea donc vers les escaliers qui guideraient ses pas vers la morgue, située au deuxième sous-sol de l'édifice. Treize étages à descendre à pied et ce serait aussi rapide que de prendre l'ascenseur, puisque ce dernier devait s'arrêter à chaque étage avec le va-et-vient du personnel durant le jour. Et l'exercice physique n'était pas à dédaigner pour le lieutenant, lui qui voulait toujours maintenir une forme olympienne.

Toutes les morts violentes survenues dans les environs de la métropole, ayant nécessité une enquête du coroner, verraient leurs autopsies être pratiquées à la Morgue de Montréal. Qu'elles fussent victimes de meurtres, d'accidents de la route, d'accidents de travail ou de toute autre mort de cause suspecte, les victimes seraient amenées ici, rue Parthenais. Un lieu macabre que Joe s'efforçait d'éviter le plus possible!

C'était aussi à ce même niveau du bâtiment que logeaient les laboratoires des Services Techniques de la police judiciaire. Ici se faisaient les tests et analyses en balistique, tout juste à côté de la salle de tir de la Sûreté. Cette dernière accommodait tout autant les policiers du corps de police de la Communauté Urbaine de Montréal, ce qui faisait qu'il y avait toujours de l'animation dans le corridor central les jours de semaine.

En débouchant des escaliers, Joe fit face à l'entrée des salles de tir et des labos de la balistique. Tournant à sa gauche, il se dirigea vers les grandes portes menant à la morgue, aux compartiments réfrigérés, aux laboratoires d'analyses, etc. La salle numéro un était la plus vaste et était équipée de tout le matériel dernier cri pour que le coroner et ses assistants puissent autopsier un cadavre avec de l'équipement et des outils à la fine pointe de la technologie.

Quito ouvrit doucement la porte à battants et se faufila dans l'ouverture en direction de Chamberland qui avait le dos tourné. Le coroner était penché au-dessus de la table en inox, sur laquelle le corps de Nadine Delma était étendu sur le dos. Il semblait intensément concentré sur le visage de la morte.

Seul le grésillement des néons se faisait entendre dans la pièce. La lumière était blanche et vive, se reflétant sur le drap blanc immaculé qui recouvrait le cadavre nu, ne laissant dépasser que la tête et les deux pieds. Au gros orteil du droit, l'étiquette d'identification pendait au bout de sa ficelle. Joe attendit, immobile, à deux pas derrière lui, n'osant troubler le coroner en chef dans ses pensées.

- L'humain est un drôle d'énergumène, hein Joe? lui dit-il sans se retourner.

- Vous saviez que c'était moi, doc?

- Il n'y a que toi pour s'approcher à pas feutrés, comme un chat!

- C'est par respect pour le lieu et pour vous-même…

- Ouais, je sais. T'es un gars très respectueux, Joe. Un homme bon et conscient d'appliquer la vraie Justice. Sans doute le meilleur policier dans tout l'édifice!

- Merci, doc.

- Non, c'est vrai! Tu es le gentil garçon, poli, doux et acharné à son travail, que tout homme souhaiterait avoir comme fils…

Chamberland lui avoua cela sur un ton amer. Joe savait que le docteur Émile Chamberland n'avait pas eu d'enfants. Son tout récent divorce avait certainement dû contribuer lui aussi à son vague à l'âme apparent. Joe demeura silencieux, les yeux rivés au sol par la gêne. Il n'était jamais à l'aise devant les compliments. Le coroner Chamberland l'avait toujours traité comme s'il avait été son propre fils.

- Dommage que tu hérites de cette sale affaire! lança-t-il à Joe.

- Pourquoi me dites-vous ça sur ce ton de désespoir, doc?

- Eh bien, ça ne sera pas de tout repos de solutionner ce cas-ci, crois-moi! Une si belle femme, se faisant assassiner trois fois de file, la même journée, ce n'est pas rien!

- Je pense bien. Trois fois, hein…?

- Oui, mon garçon! Je n'en ai eu la preuve formelle qu'aujourd'hui, mais je m'en doutais même avant que le labo ne procède aux analyses de ce matin… Les restes recueillis dans son estomac démontrent qu'elle a mangé un spaghetti à la sauce bolognaise, bien épicée, assaisonnée au cyanure et accompagné d'une salade! Le tout arrosé de vin rouge, suivi d'un ou plusieurs digestifs, soit une liqueur d'amande comme de l'Amaretto. Le poison a eu le temps de s'infiltrer dans son système sanguin mais ne l'a pas tuée. Pas eu le temps! Mais sois sans crainte, il y serait parvenu dans pas grand temps…!

- Comment arrivez-vous à ces conclusions?

- Eh bien, chronologiquement, ce sont les disques cervicaux écrasés qui sont la première cause de sa mort. Elle a fait une vilaine chute, ça, c'est certain! Tombée sur le crâne, les vertèbres C1 et C2 ont éclaté et écrasé la moelle épinière sans merci, la tuant sur le coup!

- Il semble qu'elle soit tombée du balcon de la mezzanine de son logement…

- Tout à fait plausible avec ce que le cadavre nous révèle, Joe. J'ai vu les photographies prises sur la scène, et c'est aussi mon avis. Tu crois qu'elle avait la nausée et qu'elle a perdu pied de là-haut?

- Euh… peut-être pas, monsieur.

- Ah? Tu as une autre explication?

- Eh bien, oui, hésite le lieutenant. Enfin, sauf votre respect doc, je crois qu'on l'a un peu « aidée », si vous voyez ce que je veux dire. Il y a aussi cette marque sur sa mâchoire, sur le côté droit de sa figure…

- Bravo mon garçon! Je voulais simplement voir si tu avais bien observé tous les détails. Je vois que c'est le cas et je suis toujours aussi fier de toi.

- Vous l'avez vue, cette marque?

- Bien évidemment! Je fais ce métier depuis plus de quarante ans, fiston. Plus rien ne m'échappe! D'ailleurs tout débutant l'aurait remarquée, cette marque. Ce qui est plus difficile, c'est d'en déterminer la cause... On pourrait croire qu'elle se la soit faite dans sa chute, mais c'est peu probable... quoique pas totalement impossible!

- Évidemment. Vous croyez qu'on aurait pu la frapper?

- Cette marque pourrait en effet avoir été laissée par l'empreinte d'une bague, suite à un coup de poing, par exemple. Une chevalière ou quelque chose d'assez gros. Bague d'homme, j'en suis presque certain, vu le volume de la surface qui est venue en contact avec la peau de la victime. Tu as quelque chose à ajouter, Joe?

- Je crois, j'oserais même à affirmer que, vu que la blessure a été faite du côté droit de sa figure, celui ou celle qui l'a frappé risque d'être gaucher.

- Excellent, mon garçon! Je vois que je ne peux plus te prendre en défaut, dit-il avec une moue aux lèvres.

- Je suis certain que vous allez m'en apprendre un petit peu sur la blessure par balle, tout de même... non?

- Toi d'abord, juste pour voir si tes observations sont exactes.

- Le projectile a été tirée à bout portant ou presque. J'ai remarqué des traces de poudre sur le visage et les cheveux. Quelqu'un qui se tenait debout, à moins d'un mètre de sa tête alors qu'elle gisait sur le dos.

- Pas mal; continue.

- Calibre 22, sans doute du « long rifle », tiré d'une carabine, avec chargeur ou à coup unique, ça reste à voir, si l'on retrouve un jour l'arme du crime. Je penche pour une arme à un seul coup; on n'a pas retrouvé la douille sur la scène... Impact en plein centre du front. Ce qui me chicote un peu, c'est la sortie du projectile. La balle a ricoché à l'intérieur du crâne?

- T'es bon, Joe. Mais non, la balle n'a pas ricoché. Le tireur était dans la position que tu as décrite et il a tiré avec un angle d'environ cinquante degrés par rapport au sol. De sa position, la ligne de tir a permis à la balle de sortir par le creux situé à l'arrière de la boîte crânienne, soit par le trou occipital, juste sous le rebord de la crête occipitale externe. Les premières vertèbres ayant été brisées par la chute, le projectile s'est infiltré au travers de tous les nerfs et de la moelle pour retraverser la peau du cou et s'encastrer dans le bois mou du plancher en pin. Ça l'aurait évidemment tuée, si elle n'avait pas déjà expiré, quelque temps plus tôt...

- Quelque temps, comme combien de temps, doc?

- Ça, c'est la question à cent mille dollars! Le cœur étant stoppé, pas de circulation sanguine, pas de pression artérielle. La plaie ne saigne donc pratiquement pas. Dans le cas présent, comme le cerveau est bien irrigué par les globules rouges, le sang accumulé dans la boîte crânienne s'est écoulé de la blessure de sortie par simple gravité. Ce qui explique la petite mare de sang au sol. Mais tirer sur un cadavre sans vie, cinq minutes après le décès ou quelques heures plus tard... on ne voit pas grand différence dans un impact de balle! Par contre, comme le sang n'a pas eu le temps de coaguler et a coulé de la blessure... pas très longtemps.

- Vous ne pouvez pas me dire non plus s'il s'est écoulé beaucoup de temps entre l'absorption du poison et sa chute?

- Peu de temps... je dirais une heure, ou dans ce coin-là! Elle devait être drôlement malade juste avant de basculer dans le vide. Il est même surprenant qu'elle ait pu se tenir d'elle-même sur ses deux jambes à ce moment-là...

- Je vois. L'enquête apportera sans doute des réponses à toutes ces questions.

- J'admire ton optimisme, Joe. En tout cas je te souhaite bonne chance! Moi, je suis totalement désespéré par le genre humain, à force de voir tant de haine et de fureur. C'est de l'acharnement à vouloir tuer quelqu'un trois fois le même jour!

- Le meurtrier n'est peut-être pas un unique individu... mentionna un Quito songeur, alors qu'il réfléchissait aux possibilités. Rien d'autre à me dire pour m'aider dans mon enquête, doc?

- Je t'ai tout dit ce que tu devais savoir mon garçon. Mais en toute franchise, tu le savais déjà!

- Par intuition seulement. C'est bien plus réconfortant de se le faire confirmer par l'expert qualifié!

- Je te ferai suivre le rapport détaillé dès que j'en aurai terminé la rédaction, Joe. Sans doute en fin de journée ou demain avant-midi.

- Très bien, doc. Merci encore pour vos lumières.

- Y'a pas de quoi, fiston.

Satisfait d'avoir pu confirmer ses doutes à propos de la chute et du coup de feu, il ne restait à Joe qu'à comprendre ce que venait faire le poison dans ce violent puzzle. Joe sortit donc de la morgue et emprunta l'ascenseur pour remonter à son bureau.

L'appétit se faisant sentir, Quito eut bien envie de passer un coup de fil à Kim, question de savoir si elle ne partagerait pas le repas du midi avec lui...

Chapitre 13.

L'après-midi de lundi se déroula comme Joe l'entendait. Après avoir rencontré Kim près de la boutique de lingerie de sa mère, ils avaient lunché ensemble en avalant un sandwich dans un petit café sur la rue Sherbrooke ouest. Kim était toujours à la recherche d'un emploi et bien qu'elle ne lui eut rien demandé, Joe sentit bien qu'elle aimerait qu'il l'aidât dans sa démarche. Comme Quito n'était pas de nature à faire de fausses promesses, il ne lui parla de rien, mais il avait sa petite idée derrière la tête… Qui vivra verra!

Kim dut retourner à la boutique tout l'après-midi pour remplacer sa maman, qui avait un rendez-vous chez son médecin. Joe devait retourner au bureau, remettre de l'ordre dans ses notes, suite à son entrevue avec Chamberland. Il voulait entre autres relire le rapport de balistique ainsi que celui du labo sur le poison. Il avait aussi des appels téléphoniques à passer. Prendre un nouveau rendez-vous avec Michèle Delma et appeler son bon ami Bernard Beaudry, pour Kim…

Le rapport final du coroner, celui de la balistique, ainsi que celui du labo d'analyses toxicologiques étaient tous les trois empilés sur son bureau, alors que Joe y entrait un peu avant quinze heures. Joe se fit tout de suite la remarque que ce pauvre doc Chamberland ne s'occupait pas assez de sa santé. Il avait dû certainement sauter son repas du midi pour pouvoir terminer sa paperasse aussi tôt dans la journée. Quant aux deux autres comptes rendus, Joe imagina qu'il était chanceux. Le temps des Fêtes avait commencé sur une note plutôt tranquille pour que les techniciens aient eu le temps de faire toutes les analyses aussi rapidement. Il se souhaita que cela durât pour le reste de la période des vacances. Le lieutenant commençait à avoir hâte de retrouver son ami et comparse Tozzi! L'enquête prendrait alors son envol avec Marco à ses côtés pour le seconder.

Il téléphona alors à l'hôpital où travaillait Michèle Delma. Le rendez-vous fut fixé au jeudi suivant, chez elle. Ils réalisèrent tous les deux en même temps que cela tombait le 31 décembre!

- Nous pouvons reporter à plus tard… vous devez être occupée en cette veille du Jour de l'An.

- Non, ça ira, s'empressa-t-elle de lui répondre. Si vous pouviez être là tôt le matin, ce serait parfait. Mais vous-même devez avoir…

Elle n'eut pas le temps de demander à Quito si lui-même n'avait pas d'engagements personnels en cette journée pourtant spéciale. Il la coupa pour répondre :

- Est-ce que neuf heures vous convient?

- Oui, excellent. Je vous attendrai donc.

- Merci. Au revoir…

Joe trouva étrange que Michèle Delma n'eût pas voulu reporter leur entretien à plus tard… Mais les festivités de fin d'année ne convenaient sans doute pas à tout le monde également. Lui le premier, il n'aimait pas se retrouver dans ce genre de fête où il y avait trop de monde et où c'était bruyant à outrance. D'ailleurs, chaque année Joe choisissait de travailler durant la période des Fêtes, justement pour se tenir loin de toutes ces obligations de soupers en famille ou entre amis, de cadeaux, de festivités réunissant tout le monde pour boire et manger à excès! Pas pour Joe Quito.

Michèle Delma est peut-être du même genre que moi… songea-t-il. *Elle aussi travaille dans un milieu assez spécial. Mais elle a pourtant quatre jours de congé qui tombent pile pour cette Fête et le week-end qui suit. Le fruit du hasard, sans doute.*

Cinq heures arrivèrent alors que Joe était en train de relire les rapports de Chamberland et de la balistique. La police n'avait pas retrouvé de cartouche vide sur les lieux du crime, seule la balle déformée par l'impact avait pu être analysée. Mais sans une arme en main pour effectuer des comparaisons, cela valait ce que ça valait…

Sans doute que la cartouche est demeurée dans la chambre du canon de l'arme. Joe en prit note mentalement, tout en réalisant que s'il voulait parler à son ami Bernard Beaudry, il était mieux de lui téléphoner à l'instant même!

- Maître Beaudry, je vous prie; Joe Quito à l'appareil.

- Ne quittez pas, je vois si Maître Beaudry est toujours à son bureau…

Bien sûr qu'il est là, mademoiselle. Je connais la formule. Bernard travaille toujours jusqu'à plus de dix-neuf heures tous les soirs de la semaine. C'est toi, la réceptionniste qui normalement quitte le bureau à cinq heures tapantes! Cette fille ne semble jamais se souvenir de moi, d'ailleurs. C'est frustrant à la longue...

- Hé, comment va mon lieutenant préféré?

- Salut Bernard! Je ne te dérange pas?

- Pour toi, il n'y a jamais de dérangement. Qu'est-ce que je peux faire pour toi?

- Oh, rien de spécial. C'est plutôt pour une amie que je te téléphonais...

- Elle est dans le pétrin, cette amie?

- Pas exactement, non. Elle se cherche un job.

- Elle ne peut pas lire les petites annonces classées comme tout le monde? Je ne vois pas comment je pourrais lui trouver un boulot à ton amie, Joe.

- C'est que c'est une étudiante en droit, Bernard. Elle vient de terminer une session à Paris...

- À Paris? Elle est Française?

- Non, plutôt anglophone, même...

- Tu te moques de moi?

- Non, elle parle parfaitement le français! Elle est née ici à Montréal...

- Ah!

- Elle se cherche un boulot de stagiaire. Tu n'engages pas de stagiaires, à l'occasion?

- Oui. Mais on les prend ici, à leur sortie de l'université. Université de Montréal ou Mc Gill, ça dépend de leurs résultats scolaires et des références qu'ils peuvent fournir. Ça se fait normalement au printemps, Joe. Et ce n'est pas moi qui s'occupe de ça. Je laisse mes associés s'en charger...

- Je crois qu'elle est diplômée de McGill, à ce que je me souvienne... Mais ce n'est pas grave, Bernard. J'allais juste à la pêche, question de voir les possibilités, c'est tout.

- Dis-moi, vieille branche, ton amie, là... c'est une amie proche? Quelqu'un que tu connais bien?

- Assez bien, oui... s'entendit-il lui mentir.

- Bien comment? C'est une amie intime? T'as une nouvelle copine, Joe? Ne me dis pas que c'est pour ta petite amie que tu me téléphones!

- Ben, en quelque sorte... oui, hésita-t-il à lui avouer.

- Ben ça alors! Je n'arrive pas à le croire! Quito enfin casé avec une copine!

- Non! Non! Ne va pas t'imaginer tout ce bazar, Bernard. C'est tout récent...

- Je te connais, Joe Quito! Tu ne ferais pas cela pour n'importe quelle fille! C'est donc qu'elle a de l'importance pour toi.

- Ouais, t'as raison sur ce point. C'est la première fois que je laisse quelqu'un entrer chez moi... que Joe lui avoua sur un ton plutôt coupable.

- Ah bien là! Ça me renverse! Ça fait combien de temps que tu habites rue St-Paul? Douze, treize ans?

- Ça va faire quinze ans en juin prochain, mon Bernard. Le temps file, n'est-ce pas?

- Ben ça alors! Quinze ans sans que personne, sauf peut-être ma femme et moi, ait mis les pieds dans cet endroit qu'est ta tanière de vieux garçon... Cette fille doit être tout un morceau!

- Elle est d'une grande beauté en effet!

Quito entendit Bernard pousser un sifflement d'admiration. Il se moque de moi, sans doute. Joe reprit :

- Elle n'a pas qu'un corps magnifique, Maître Beaudry! Elle a de l'intelligence, du charme, une vivacité d'esprit, et son sourire... Um...

- T'es en amour, mon vieux! Ça s'entend tout de suite!

- Écoute, ne répands pas la nouvelle, veux-tu? Je ne veux pas aller trop vite en affaires. Chaque chose en son temps; une journée à la fois; tu connais les dictons aussi bien que moi!

- Ne t'inquiète pas, Joe. Je te taquine, mais sérieusement, je suis très heureux pour toi; que tu aies enfin trouvé quelqu'un qui te convienne. Du moins, pour l'instant. Prends tout le temps dont t'as besoin pour peaufiner ta relation avec la belle et ne brusque pas les choses, si la fille en vaut la peine, comme tu sembles vouloir le laisser deviner.

- Oui, c'est ce que je vais faire, monsieur le conseiller!

- Écoute, je vais voir avec mes associés, mais je ne te promets rien. T'as pas changé de numéro de portable?

- Non, toujours le même.

- Je te rappelle si je vois quelque possibilité, promis.

- Merci Bernard. C'est chouette de ta part!

- Y'a pas de quoi, T'es tout de même mon meilleur ami depuis le collège! Ciao!

Beaudry avait raccroché avant que Joe n'ait pu ajouter quoi que ce soit d'autre. C'était tout de même bon pour Quito de savoir qu'il avait un ami sur cette terre. Un VRAI, s'entend. Peut-être qu'avec Kim cela évoluerait-il dans pareille direction... l'avenir le dirait. Mais son petit doigt le lui soufflait déjà!

Est-ce que je devrais lui téléphoner pour que l'on se voie ce soir? Joe hésita. Elle lui manquait déjà, mais ce serait se lancer beaucoup trop rapidement que d'exiger de la revoir encore... *Dieu que c'est difficile de gérer ses émotions! La raison me dit de renoncer, d'attendre quelques jours. Laisser couler un peu d'eau sous les ponts... Ouais. Mon cœur, lui, me crie d'y aller et de foncer! N'attends pas qu'un autre gars le fasse à ta place, Joe! Cette fille est si belle et tellement gentille... c'est apaisant d'être à ses côtés. Et son sourire...*

Sur ces pensées, son portable se mit à vibrer.

- Quito!

- Joe, c'est moi...

- Kim? Tu vas bien?

- Oui, je vais bien. La boutique a été occupée toute la journée! Je suis épuisée.

- Pauvre toi...

- Mais non, ce n'est pas grave. Au moins j'ai été occupée. Écoute, ce midi nous n'avons pas discuté de nous... je veux dire, on n'a pas parlé pour ce soir...

- Ce soir?

- Oui, Joe... tu sais, ça fait trois soirées de suite que je passe en ta compagnie et je ne voudrais pas te décevoir pour ce soir...

- Je ne comprends pas très bien, là.

- Ah, ne t'inquiète pas, je ne veux pas du tout m'imposer! C'est plutôt le contraire. Je me disais simplement que si tu voulais qu'on se voie encore ce soir, que ce serait difficile pour moi. Je dois aller prendre ma mère chez son médecin et la ramener à la maison. Et comme je suis très fatiguée, j'aurais aimé prendre un bon bain et me coucher tôt, tu comprends?

- Oui, Kim. Pas de problème. Repose-toi...

- Mais si tu tiens à me voir, je peux faire un effort et te rejoindre quelque part, tu sais...

- Non, Kim. Repose-toi. C'est important pour ta santé. Pour moi aussi, une petite soirée tranquille au loft, me fera du bien.

- Tu ne t'arrêteras pas pour voir Nicole au bar, avant d'entrer chez toi?

- Peut-être, je ne sais pas encore. Pourquoi?

- Dis-lui un beau bonjour de ma part, si tu t'arrêtes! Je l'aime bien cette fille!

- Je n'y manquerai pas.

- Ne l'embrasse pas trop, quand même...

- Tu serais jalouse, peut-être?

- Oui!

- T'es sérieuse là?

- Eh bien, oui... Je ne mens jamais, je te l'ai dit. Mais je plaisantais aussi, car je sais que toi et Nicole c'est de l'amitié pure et simple.

- Ah bon...

- C'est elle qui me l'a dit! Alors je dormirai tranquille.

- Tu es coquine!

- Je t'embrasse mon chevalier. Ne rentre pas trop tard... passe une bonne nuit!

- Bien, mon ange... Je t'embrasse aussi. Fais de beaux rêves!

- Toi aussi. Bye!

Joe allait lui dire de saluer sa mère de sa part, mais Kim avait déjà raccroché. *Dieu que les gens sont pressés de nos jours...!*

C'était bien quand le hasard réglait les choses à notre place. Joe se serait trouvé complètement nul de l'ignorer en cette fin de journée et voilà que c'était elle qui lui téléphonait! *C'est elle aussi qui décide de l'orientation des événements... Ça ressemble à de la télépathie.*

Quito se dirigea donc vers le Saint-Gabriel, pour offrir à Nicole les salutations que Kim lui adressait. *Je n'y prendrai qu'une seule bière, avant de rentrer à la maison et me faire un petit souper léger.*

Assis au bar, regardant Nicole s'affairer auprès de la clientèle, son portable se mit à vibrer au fond de sa poche.

- Quito!

- Joe, c'est Bernard.

- Salut vieux... t'as pas pris de temps à me rappeler! Ça va?

- Oui, c'est justement à propos de ce job que tu me demandais, pour ton amie...

- Ah?

- J'ai glissé un mot à Me Pouliot. Tu crois que ta protégée accepterait un poste de réceptionniste?

- Réceptionniste?

- Ouais. Paraît que la nôtre doit prendre un congé de maternité! Elle ne reviendra pas avant un an.

- Elle quitte quand?

- Le 8 janvier! C'est dans dix jours à peine...

- Laisse-moi en parler à Kim...

- Kim? Um... joli prénom avec ça...

- Oui, écoute, je ne pourrai pas la joindre avant demain, mais n'engage pas une autre fille avant que je te revienne là-dessus! C'est OK?

- Pas de problème, mon ami! C'est plutôt toi qui me sauverais la vie si ta copine pouvait accepter le poste!

- Je te reparle demain sans faute! Merci encore!

Cette fois, c'était Joe qui avait raccroché avant que maître Beaudry n'ait pu ajouter un mot. Joe était excité pour Kim! Mais peut-être que ce poste ne lui conviendrait pas...

Chapitre 14.

Le mardi matin, Joe rejoignit Kim chez ses parents. Elle venait de se lever et se sentait bien reposée. C'est alors que Joe lui transmit l'offre de son ami Bernard Beaudry. Sur le coup, Kim fut follement emballée. Puis elle se ravisa après avoir compris que le travail ne concernerait pas une participation aux affaires légales, auxquelles elle espérait être affectée en tant que stagiaire.

Joe lui fit tout bonnement valoir qu'il était sans doute mieux d'avoir un pied dans la boîte immédiatement. Que l'occasion se présenterait un jour, bientôt, sûrement, pour qu'ils l'intègrent comme stagiaire... L'embauche se faisait chaque printemps, alors un peu de patience, soit trois ou quatre mois, avec les deux pieds déjà bien ancrés dans la place!

Les bureaux de Beaudry & Associés étant l'un des plus importants cabinets d'avocats criminalistes de Montréal, Kim n'entrerait pas dans un petit cabinet sans importance. Beaudry défendait de grands pontes, soupçonnés à tort ou à raison d'appartenir à la Mafia italienne du Québec, ainsi que d'autres personnages plus ou moins bien connus du monde interlope. La clientèle comptait aussi bien d'autres hommes d'affaires importants, qui, eux, ne faisaient pas les manchettes, parce qu'ils étaient parvenus à passer sous le radar de la Justice. En tout cas, pour l'instant. L'avenir pour Kim ne pouvait qu'être prometteur au sein de cette étude légale.

Kim finit par accepter le point de vue de Joe et se nourrit de l'espoir qu'un jour très proche, elle serait éventuellement intégrée dans l'équipe des juniors du bureau. Et qu'une fois devenue stagiaire, elle y installerait rapidement son petit nid bien à elle. Elle remercia son chevalier bien aimé pour son implication. Joe l'assura que c'était la moindre des choses que d'aider son ange préféré... Il le pensait vraiment.

∞∞∞∞∞

Après une journée routinière au bureau, Joe se rendit dîner en tête-à-tête avec Kim au restaurant, pour célébrer l'événement. Ils avaient convenu de l'endroit et de l'heure où se rencontrer. Kim avoua avoir téléphoné à Me Beaudry pour lui signifier qu'elle accepterait le poste, mais à une condition : qu'il garde à l'esprit qu'elle était une avocate diplômée et qu'elle ne voulait pas moisir derrière ce bureau de la réception trop longtemps! Mais Joe avait déjà été informé de son initiative...

Suite à l'appel de Kim, Bernard avait à son tour téléphoné à Joe pour lui confirmer qu'elle avait accepté et il voulait par la même occasion remercier son ami de lui avoir enlevé une épine du pied en lui trouvant quelqu'un pour combler le poste de réceptionniste aussi rapidement. Puis il avait ajouté, avec une certaine admiration dans le ton de sa voix, qu'il la trouvait « très déterminée, cette petite! ». Kim était attendue le matin du 4 janvier, à neuf heures pile.

Joe était content pour Kim. Il était certain qu'elle serait à l'heure et que son acclimatation serait l'affaire de quelques jours, tout au plus. Pour ce qui était de son avancement au sein de l'équipe Beaudry & associés, Joe ne s'inquiétait nullement pour elle.

∞∞∞∞

Le jeudi matin suivant, le jour se leva avec un soleil radieux, pointant quelques rayons dès sept heures dans un ciel dégagé. Joe n'avait pas beaucoup de temps devant lui puisque qu'il devait être chez Michèle Delma pour neuf heures. Il terminerait donc son jogging plus tôt, coupant par le bout de la rue étroite de Saint-Dizier, et remonterait vers Saint-Paul pour regagner le loft.

En suivant son parcours habituel, pour entamer sa course, Joe arriva enfin sur Saint-Dizier et s'y engagea. Des conteneurs à déchets étaient disposés à l'entrée de la ruelle et sans avertissement, deux hommes portant une cagoule noire, qui ne laissait voir que leurs yeux à travers deux trous en amande, se jetèrent sur Quito et le projetèrent sur le mur de pierre de l'édifice d'à côté!

Tout de suite en mode auto-défense, Joe réussit à se dégager de l'emprise du costaud bonhomme qui tentait de le retenir par derrière. Il le repoussa vivement, puis menaça l'autre gars en lui criant :

- Je suis policier, les gars! Vous avez mal choisi votre victime ce matin!

- Amène-toi, pépère...! lui répondit le plus costaud des deux

- Qu'est-ce que vous me voulez? Je n'ai pas d'argent sur moi et je ne veux pas vous blesser!

- T'as peur, hein?

- Ouais, couilles molles... on va t'en faire baver! renchérit l'autre.

Joe ne sut pas ce qui lui mit la puce à l'oreille, mais malgré la voix qui était quelque peu déformée par l'épaisseur de laine qui cachait sa bouche, il crut reconnaître la façon de bouger, cette taille imposante, la posture... Tous ces détails semblaient indiquer que le plus grand des deux adversaires pratiquait lui aussi les arts martiaux...

Lorsque le plus petit des deux truands revint à la charge, Quito lui saisit le bras et, se servant de l'élan avant de son agresseur, il le fit pivoter sur sa hanche pour ensuite l'envoyer valdinguer contre le mur de pierres. Le pauvre gars tomba à la renverse et se cogna la tête sur le mur!

- Hé, pas si fort, mec! Tu vas le tuer!

- Marco? C'est toi sous ce déguisement?

- Allez mec, défends-toi! qu'il cria, tout en attaquant d'un coup de poing de sa droite, que Joe esquiva d'un pas de côté tout en se baissant en pliant les genoux.

- Marco, mon salaud! Tu n'es pas supposé être en vacances de ski dans les Laurentides, toi?

- Pas question de laisser pépère se la couler douce... Allez, essaie de me frapper espèce de p'tit vieux!

- Écoute, Marco, arrête tes conneries! J'ai pas beaucoup de temps, ce matin. J'ai un rendez-vous important à neuf heures! Je dois aussi prendre une douche et avaler un café avant de me rendre là-bas!

- T'es qu'une poule mouillée, Joe.

- Tu veux bien enlever cette foutue cagoule avant qu'un policier du S.P.V.M. en patrouille dans le coin ne vienne t'arrêter!

- Bon, OK. On abandonne. Mais tu ne pourras pas dire que ton partenaire te laisse tomber! Même en vacances! que Tozzi lui lança avec un sourire radieux, après avoir retiré son masque d'un geste rapide qui lui ébouriffa les cheveux.

- T'es une ordure, Marco! Me jouer ce sale tour alors que je te croyais loin de la ville. J'aurais pu te blesser! Comme ton copain, là! C'est qui ce gars?

- Hé John! Relève-toi, vieux. On est démasqués!

Mais le gars était assommé et ne bougeait pas. Quito et Tozzi se mirent alors à genoux près du pauvre type et lui retirèrent sa cagoule. Joe l'examina, lui palpa le crâne avec les doigts. Le gars avait une bosse derrière la tête, mais il ne saignait pas. Alors que Joe lui replaça doucement la tête au sol, sur sa cagoule faisant office d'oreiller, John reprit soudainement conscience.

- Hé, mon vieux, tu l'as échappé belle! Comment te sens-tu?

- Um... un peu sonné.

- Tu peux voir mes doigts?

- Oui...

- Il y en a combien?

- Trois.

- Quel jour sommes-nous?

- Jeudi.

- Bien. Tu crois pouvoir te relever?

- Ouais. J'ai déjà vu pire! Mais t'es un gorille, toi! Tozzi m'avait dit qu'on t'aurait par surprise. Que c'était une blague!

- Ouais. Ton copain Tozzi n'a pas réfléchi. Ces petits jeux peuvent être dangereux! J'aurais pu vous blesser sérieusement tous les deux!

- Quoi? Non mais pour qui tu te prends, hein? s'indigna Tozzi. Je sais me défendre, moi aussi! Tu ne serais jamais arrivé à me toucher, mec!

- Ouais, mettons. Mais sans savoir qui tu étais, avec ce déguisement, j'aurais pu te foncer dessus de façon bien plus maligne que je ne l'ai fait!

- Impossible, Joe. Je te connais trop. Tu es incapable de faire réellement du mal à quelqu'un, toi... Je me demande même si t'es pas un peu trop...

- Un peu trop quoi...!

- Un peu trop mou, disons. Vu le métier que tu exerces.

- Être inspecteur, ce n'est pas comme être policier sur le terrain. Je ne suis pas avec les stups, moi! Pour un gars comme John Smith, là, je peux comprendre... D'ailleurs John, tu devrais pratiquer un peu plus ta défense, vieux...

- Faut toujours être prêt au pire, bonhomme! N'importe où, n'importe quand, lui dit Tozzi

- Ouais, t'as raison, Marco. Tu viens prendre un café?

- Je t'accompagne, mais il faut que je file tout de suite après. Je dois retourner à St-Jovite pour midi.

- Qu'est-ce que tu fais à Montréal, bordel! T'es en congé!

- Je suis revenu à Montréal hier en début de soirée pour chercher des médicaments que Darlene a oubliés à la maison. Le chalet que nous avons loué a sans doute hébergé un chat avant notre arrivée et elle a vidé sa pompe de Ventolin... Tu connais ses allergies... Mais le plus important, c'était son ragoût!

- Son ragoût?

- Ouais, Darlene nous avait mijoté un superbe ragoût de pattes de porc avec les boulettes de viande... le vrai truc des Fêtes, tu vois? Elle y a mis beaucoup de temps et c'est le plat principal pour le réveillon de ce soir, mec. Elle s'en voulait beaucoup de l'avoir oublié au frigo, alors je me suis offert pour la balade jusqu'à la maison pour ramasser ces deux trucs, mais je lui ai dit que je coucherais à Montréal, parce que je n'avais pas envie de me taper tout le trajet de retour en pleine noirceur.

- Malin! C'est pour ça que t'as pensé à me piéger ce matin, mon espèce de salaud!

- Je t'ai bien foutu la frousse, au moins?

- Comment t'as su que je prendrais par Saint-Dizier?

- Je ne le savais pas. Si tu avais continué tout droit sur De La Commune, on t'aurait attaqué par derrière!

- Ne me refais plus jamais ce genre de coup sans au moins m'avertir la veille.

- T'es malade, ma poule? C'est là tout le but de l'exercice mon vieux, la surprise! C'est comme ça que tu garderas tes réflexes bien aiguisés, bordel! Non mais l'avertir... quel pépère tu deviens!

- T'as sans doute raison, mais si jamais un jour c'est un véritable voyou qui me saute dessus, j'aurai tendance à penser que c'est encore toi. Et là, je n'oserai pas le frapper, craignant de blesser mon meilleur copain...

- Crains pas, Joe. Quand ce sera un autre gars, tu le sauras d'instinct. Il ne se tiendra pas comme moi, bougera différemment, ne parlera sans doute pas, et lui, il va tenter de te frapper pour vrai et tu le sauras tout de suite, crois-moi mec!

- Ouais, c'est vrai que toi, je t'ai reconnu. Espérons que je n'aurai jamais à en arriver là avec un véritable voyou. Faut avouer que je n'ai pas reconnu ton copain John, par contre. Et lui en a souffert un peu...

John Smith était sergent aux stups. Quito le connaissait surtout de vue, mais Tozzi était copain avec le gars. Smith, encore sonné, essayait de suivre la conversation entre les deux amis qu'étaient Marco et Joe, mais il se frottait l'arrière du crâne en grimaçant. Quito lui ordonna d'aller à l'hôpital pour faire examiner sa bosse.

- Bah! Ça va désenfler avec un peu de glace.

- Écoute, John! Il ne faut pas badiner avec une commotion cérébrale. Ça peut être très sérieux et avoir des conséquences à long terme.

- Ouais, je sais. Je vais appeler un taxi et me faire conduire à l'urgence de Notre-Dame...

- Bien.

C'est ce que Smith fit. Un taxi arriva quasi instantanément et Quito s'assura que le chauffeur allait reconduire leur copain à l'hôpital. Dès que la voiture s'éloigna, les deux compères se mirent en route vers le restaurant qui se trouvait en face du Palais de Justice, rue Notre-Dame.

Ils y entrèrent pour boire un café et avaler une brioche. Joe résuma les grandes lignes sur l'enquête Delma, avoua à son ami qu'il avait hâte de poursuivre le travail en sa compagnie. Marco se sauva cinq minutes après qu'ils eurent été servis et Joe se dirigea à son tour vers le loft à peine deux minutes plus tard, non sans regarder tout autour de lui en s'y rendant, tous ses sens en éveil et sur le qui-vive. Avec ce foutu Marco dans les parages, on ne pouvait être trop prudent!

Après une bonne douche, Joe enfila un pantalon et une chemise propre. Il sauta ensuite dans sa voiture et prit la route en direction de la résidence de Michèle Delma. Il était huit heures trente, ça lui donnait tout juste le temps de se rendre chez elle, à Pointe-Aux-Trembles.

Chapitre 15.

Sur la rue du Colombier, Michèle Delma habitait dans un condominium qui se situait dans un bâtiment en briques rouges. C'était un amoncellement de blocs rectangulaires, empilés de façon à donner à l'ensemble l'apparence d'une sculpture moderne. Les arbres étaient encore jeunes. La neige recouvrait le terrain bordant le trottoir en ciment qui menait à l'entrée principale. Joe imagina que s'y cachait une pelouse qu'on reverrait verdir au printemps. Il gara son véhicule sur un coin du terrain de stationnement où une petite pancarte blanche affichait le mot visiteurs à l'encre noire.

Dans le grand hall d'entrée, dallé de plaques d'ardoise bien astiquées, Quito remarqua la présence d'un fauteuil roulant, à proximité de l'ascenseur. Ce modèle semblait être portable, puisque muni d'un mécanisme sur charnières. Joe se dit qu'il s'agissait sans doute là d'un fauteuil de courtoisie, servant aux visiteurs âgés.

L'unité de Michèle se situait au deuxième étage. Joe prit l'escalier. À l'étage, il déboucha sur un petit hall sur lequel donnaient trois portes fermées, chacune menant à une unité distincte. Il sonna au 203. Des pas feutrés sur surface dure; la porte s'ouvrit :

- Bonjour inspecteur Quito, vous êtes ponctuel!
- Bonjour mademoiselle Delma.
- Vous prendrez bien un café?
- Oui, merci.
- Passez au salon. Je vous rejoins tout de suite…

Elle se dirigea vers la cuisinette pendant que Quito se débarrassait de ses couvre-chaussures. Il les déposa dans un bac de plastique destiné à recevoir bottes et autres souliers salis de gadoue, à gauche du tapis protecteur déposé sur les carreaux de tuile blanche qui recouvraient le hall d'entrée. Les bottes de Michèle Delma y étaient rangées, bien droites et parfaitement nettoyées.

Trois pas et Joe se retrouva au beau milieu du salon, bien éclairé par une porte-fenêtre qui donnait sur un balcon de belle dimension. Le décor était moderne. Carpette colorée jetée au milieu d'un plancher en lattes de bois verni. Un fauteuil sur la gauche, avec une lampe sur pied derrière et une toute petite table à côté. Le coin lecture.

Sur la droite, un grand fauteuil de cuir noir pouvait asseoir trois personnes très confortablement. Devant, une plaque de verre fumé, reposant sur une tubulure chromée faisait office de table à café. Sur le mur opposé, un écran plat assez impressionnant; sans être trop grand il semblait proportionnel à la profondeur de la pièce. Il était savamment accroché au mur, au centre de la surface de Placoplatre peinte en jaune blé. Les câbles et les fils avaient été dissimulés derrière le revêtement mural. En dessous de l'écran, une armoire stratifiée noire à la façade de verre teinté laissait voir l'appareil capteur et enregistreur par câble, un lecteur DVD ainsi qu'un lecteur CD. Sur la tablette du centre, côté droit, une collection d'albums CD bien empilés sur quatre colonnes. En dessous, quelques boîtes de DVD. Impossible d'en lire les titres à cause du verre fumé qui, de par son opacité, assombrissait la tranche de chaque pochette.

C'était impeccablement propre et rangé. Les trois magazines sur la table de verre étaient disposés en éventail de façon soignée. Pas de cendrier en vue nulle part. Elle était non-fumeuse, c'était évident. Humant l'air, Joe ne devina aucune trace de tabac dans le logis. Il dirait plutôt que ça sentait le désinfectant; un peu comme dans les hôpitaux, tiens. Ce qui ne devait pas le surprendre. Mais bientôt, l'odeur du café frais envahit le salon. La manette du contrôle universel reposait sur la table de verre, à côté des revues. Joe ne remarqua aucune trace de doigt ni de poussière sur la surface luisante.

Quito prit place au bout du divan de cuir. Michèle Delma arriva avec un petit plateau sur lequel il y avait deux tasses de café fumant, chacune reposant dans une soucoupe avec une cuiller posée à côté; un petit récipient de crème et un sucrier complétaient le tout. Elle le déposa sur la surface en verre fumé, juste devant le policier.

- Voilà, servez-vous, lui dit-elle poliment.
- Merci, c'est gentil.

Pendant que Joe versait un peu de crème dans sa tasse, elle prit place dans le fauteuil d'en face et croisa les jambes, déposant sa soucoupe sur son genou tout en la maintenant de sa main gauche. Elle lui sembla plus jolie que lorsque qu'il l'avait vue pour la première fois. Elle portait un maquillage très discret, un rouge à lèvres d'un ton de framboise qui soulignait ses lèvres fines et bien dessinées. Un peu de fard sur les joues qui rehaussait son teint autrement pâlot. Elle avait l'air plus en santé que lorsque Joe l'avait rencontrée à l'hôpital. Pas de trace de crayon autour des yeux. Des cheveux bruns et propres, coupés au carré juste sous les oreilles, qui bougeaient avec les mouvements de sa tête; le tout encadrant son fin visage à l'expression réservée.

Elle portait une robe à motif fleuri, des chaussettes de coton blanc, minces. Des ballerines noires bien échancrées, qui laissaient voir son arche de pied très prononcé. Elle était souriante, l'air un peu gêné. Elle leva sa tasse et avala une petite gorgée de café. Quito en fit autant tout en continuant de l'examiner, un sourire poli aux lèvres.

- Vous faites un excellent café, dit-il.

- Merci. C'est du déca. Méthode suisse, à l'eau. Ce qui nous permet d'en boire un peu plus sans en redouter les effets néfastes.

- Je n'avais jamais bu un café décaféiné qui ait autant de goût. Faudra que vous me donniez la marque que vous achetez.

- Ce n'est pas une marque en tant que tel…

- Ah?

- Je l'achète d'importateurs de grains de café, qui s'assurent que la production dite équitable est bien respectée. C'est un peu plus cher, mais j'ai au moins l'impression d'aider quelques familles qui gagnent honorablement leur vie quelque part en Amérique du sud. Et non pas d'enrichir une multinationale qui ne respecte ni la nature, ni les travailleurs!

- C'est tout à votre honneur. Bravo.

- C'est tout naturel. Si tous les gens faisaient la même chose, particulièrement ici au Québec avec nos producteurs locaux, la richesse serait bien mieux distribuée!

- Vous croyez?

- C'est l'évidence même! Si tout le monde achetait sa viande, ses légumes, ses épices, son pain de petits producteurs de leur région, l'argent circulerait parmi tout ce beau monde, au lieu d'atterrir dans les poches d'une poignée seulement de géants de l'alimentation.

- J'admire votre idéal. J'avoue que je n'avais jamais pensé à cela.

- Vous devriez! C'est une obligation morale envers l'humanité.

- C'est vrai. Je vous promets que j'en tiendrai compte dès mes prochains achats! Même si je dois faire quelques détours pour aller m'approvisionner.

Quito était sincère en lui disant cela. Sa façon de voir les choses rendit Michèle Delma encore plus intéressante aux yeux du policier qui ne vivait que pour rétablir l'Ordre et la Justice! Pour Joe, il ne s'agissait pas que d'un idéal lancé dans une conversation pour épater la galerie. C'était sa mission première... Il écouta ce que lui disait Michèle :

- C'est gentil à vous. Mais j'imagine que vous n'êtes pas venu me rencontrer pour me parler des cartels de l'alimentation...

- Non. Passons donc aux raisons véritables qui m'amènent chez vous.

- Je suis prête à répondre à toutes vos questions.

- Bien.

Quito sortit donc de la poche de son veston, un crayon et le carnet où il rédigeait ses notes. Il sourit à cette femme frêle avant de se lancer :

- Mademoiselle Delma...

- Michèle!

- Bien, Michèle, alors. Je dois tenter de découvrir qui pouvait avoir des motifs sérieux de vouloir tuer votre sœur Nadine. Lors de notre premier entretien, vous m'avez surpris en me disant qu'à peu près tout le monde qui a côtoyé Nadine Delma avait plus ou moins une raison de souhaiter sa mort. Vous pouvez me dire pourquoi vous pensiez que ça pouvait être le cas?

- Comme je vous l'ai dit, ma sœur était une vraie garce!

- Oui.

- J'ai toujours été en contact étroit avec ma sœur. Malgré son style de vie totalement différent du mien. J'imagine que j'étais pour elle son seul lien avec la réalité.

- C'est-à-dire?

- Bien, voyez-vous, ma sœur vivait dans un monde de rêve depuis sa plus tendre enfance. Même enfant, elle rêvait d'avoir un père qu'elle aurait côtoyé à la maison. Une présence masculine qui aurait été son ami, son pourvoyeur d'amour, de caresses affectueuses et de soins. Et accessoirement, de biens matériels. Ce que notre père biologique n'a jamais été!

- Je vois. Elle a donc sérieusement souffert de l'absence de son père, si je comprends bien. Vous m'avez dit que votre père avait quitté le foyer alors que vous étiez très jeunes toutes les deux, c'est bien ça?

- Oui, c'est à peu près exact. En 1976, notre père a quitté Montréal pour les États-Unis. Nadine avait six ans, moi, quatre. Il voulait vivre son « rêve américain » et aller faire fortune à New York! Il l'a réalisé. Ma mère a refusé de l'accompagner. La langue, mais surtout à cause de ses enfants. À tort ou à raison, notre mère voulait que ses filles soient éduquées au Québec.

Michèle sourit tout en fixant un point imaginaire sur le plancher, perdue dans ses souvenirs d'enfance. Elle raconta ensuite comment son père avait ouvert une sorte de local où des machines distributrices de boissons, de sandwiches et de friandises étaient alignées. Il avait réussi à amasser quelques dollars pour ensuite ouvrir d'autres succursales dans Manhattan, le Bronx et autres quartiers ouvriers de la *Grosse Pomme*. Chaque endroit était stratégiquement choisi en fonction de sa proximité du trafic piétonnier et de la présence quotidienne de travailleurs. Avec les années, il avait accumulé une importante fortune, mais n'en avait jamais fait profiter sa petite famille demeurée à Montréal.

Le père venait parfois rendre visite à sa femme et aux deux filles. Jamais il n'envoyait de lettre, ni même une carte postale, pour souligner un anniversaire. Jamais il n'apportait de présents lors de ses rares passages à Montréal. Mais il donnait des bonbons au chien, tout en refusant d'en offrir à ses filles, sous prétexte que les friandises causeraient des caries à leurs jeunes dentitions!

L'absence prolongée du père fit en sorte que la mère des deux jeunes sœurs s'était mise à sortir. Au début, un ou deux soirs par mois pour chasser l'ennui. Elle aimait bien, le samedi soir, aller dans une salle de danse, non loin de chez elle. Puis, cherchant la compagnie d'un autre homme, elle avait fini par rencontrer quelqu'un avec qui cela était graduellement devenu plus sérieux. Cependant, il lui avait fallu quelque temps avant de s'apercevoir que ce beau garçon aux cheveux longs était un escroc! Son nom : Allan Banks. Un anglophone venu des provinces de l'Ouest canadien et qui aimait mener la grande vie!

Chapitre 16.

L'entrevue se poursuivit rondement. Michèle Delma, une fois lancée, était une personne volubile. Elle raconta avec moult détails comment sa sœur Nadine s'était mise à comprendre comment elle pouvait manipuler un homme. Des hommes!

Avec Allan Banks, cela avait commencé assez innocemment. Pour obtenir un cadeau, Nadine devait le mériter, en quelque sorte. Un système de marchandage s'était sournoisement mis en place entre elle et Banks. Alors que Nadine avait douze ans, le jeu semblait bénin aux yeux de tous. Puis à seize ans, le troc prit une autre tournure, impliquant des attouchements discrets, une caresse à la dérobée, un baiser où les lèvres s'attardaient un peu trop longtemps pour être un simple bisou...

Nadine se retrouva avec un corps de femme à un âge très précoce. Dès ses seize ans, elle avait des seins volumineux, un corps parfait sur de longues jambes bien sculptées. Les garçons et les hommes de tout âge ne pouvaient s'empêcher de tourner la tête lorsqu'elle passait près d'eux. Elle était très jolie. Et elle en fut très tôt consciente. Elle y voyait tout de suite un outil de marchandage dont elle ferait vite usage sans retenue, mais sans non plus jamais se rendre jusqu'au bout, c'est-à-dire consentir à l'acte sexuel complet. Nadine Delma ne se considérerait jamais comme étant une pute!

Nadine constata qu'elle obtenait des passe-droits dans les files d'attente au snack-bar ou au cinéma; qu'on lui consentait un meilleur prix lorsqu'elle s'informait sur l'achat d'une bricole dans un magasin; ou encore qu'on lui faisait carrément cadeau de menus objets que les autres filles de son âge devaient se payer... Simplement en ouvrant son chemisier d'un bouton de plus que ses copines n'oseraient le faire, la faveur survenait comme par enchantement. Comme en écartant un peu les genoux lorsqu'elle était assise dans une salle d'attente et que le médecin ou le dentiste, qui devait la recevoir plus tard, l'apercevait alors qu'il était penché au bureau de la secrétaire. Ce petit geste, innocent en apparence, aurait pour résultat, comme par magie, de la faire passer devant madame Machinchouette, qui pourtant avait rendez-vous bien avant elle!

C'était aussi avec de semblables comportements qu'elle en était venue à mener Allan Banks par le bout du nez. Ce dernier avait donc fini par lui offrir un appartement bien à elle, coin Papineau et Sherbrooke, juste en face du grand Parc Lafontaine, là où poussaient un nombre imposant d'arbres matures et où les écureuils se sentaient chez eux au beau milieu de la métropole. Il le payait pour six mois à l'avance. De l'argent sale provenant de transactions frauduleuses. De cartes de crédit volées ou contrefaites, servant à acheter des biens de consommation qui étaient ensuite revendus à une clientèle de bars, pour convertir le tout en argent sonnant. Ce pécule ainsi lavé, il pouvait le déposer à son compte en banque, mais la majorité de ses transactions se faisait toujours en « *cash* »!

Lorsque Nadine avait emménagé dans son appartement, il lui avait fallu acheter des meubles, de la literie, de la vaisselle, des ustensiles, des poêlons et des casseroles et aussi des éléments de décoration comme des cadres, des lampes, etc. Elle alla magasiner avec Allan. Il sortit une carte par ici, une autre à cette boutique-là et Nadine lui souriait, aussi heureuse qu'une nouvelle mariée. Mais Allan Banks, alias Al Burbanks, Ronald Bankroft et une bonne demi-douzaine d'autres noms d'emprunts n'était pas son mari, ni même ne le considérait-elle comme son amant. Nadine disait : « *mon sugar daddy* ».

- Je ne sais pas si elle couchait avec lui. Je ne le lui ai jamais demandé et je ne voulais pas le savoir!

- Pourquoi donc?

- Ma sœur jouait à des jeux dangereux et je ne voulais pas être mêlée à ça!

- Je vous comprends.

- Elle profitait de biens acquis illégalement. Elle était devenue complice de ce bandit et elle s'en fichait complètement. Pas moi.

- Hum.

- Nadine me racontait pas mal de choses. Après tout, c'était ma sœur... Mais moi, je ne voulais pas faire partie de son existence un peu trop hors de la normale. Entre ses seize et dix-huit ans, elle a elle-même commis plusieurs petits larcins. Des vols à l'étalage pour des vêtements ou des bijoux. Elle avait même le culot d'entrer dans un magasin de chaussures, par exemple, pour se faire montrer plusieurs paires de souliers. Puis dans un geste d'impatience et de dégoût apparents, elle se levait et filait vers la sortie en laissant le vendeur stupéfait devant cinq ou six boîtes d'escarpins divers éparpillées devant lui. « Il n'y a rien qui me plaît dans ce magasin! » criait-elle. Et par le temps que le jeune homme s'aperçoive que Nadine venait de quitter le commerce chaussée d'une paire de talons hauts tout neufs, il était trop tard pour la rattraper!

Ce que Michèle Delma raconta fit dresser les cheveux sur la tête de Quito! Comment imaginer qu'une jeune femme d'à peine seize ou dix-sept ans ait pu accomplir pareils exploits illégaux sans se faire prendre. Jamais. C'était à peine pensable. Mais Nadine était une fille très intelligente et elle savait se servir de ses charmes pour en quelque sorte hypnotiser les commis de sexe masculin!

Sous l'effet d'un flirt, doublé d'une promesse sous-entendue, ces derniers perdaient toute leur vigilance habituelle. Pris au piège, plusieurs n'avaient même jamais rapporté le méfait dont ils avaient été la victime. Rongés par la honte, craintifs envers les reproches de leur supérieur ou simplement trop piteux pour pouvoir avouer leur idiotie du moment. Sans compter la peur de perdre leur emploi.

C'est avec de pareils stratagèmes que Nadine Delma s'était si bien meublée, habillée, chaussée, parfumée, maquillée, jusqu'à ce qu'elle atteignît sa majorité. Toutes les filles de son entourage l'enviaient. Comment faisait-elle pour être si belle; combien avait-elle payé cette robe de soirée... lui demandaient ses copines de classe, ou plus tard, ses voisines de palier. « C'est un cadeau. » répondait-elle sans gêne aucune. Tout était un cadeau pour Nadine. La terre entière lui devait bien tous ces présents, n'est-ce pas? Elle était une belle femme et pour elle, la femme idéale se devait de demeurer belle et choyée de tous! C'était sa mission dans la vie. Jusqu'au jour où Allan Banks s'était fait pincer!

Nadine venait d'avoir dix-huit ans. *Sugar Daddy* était parti passer deux semaines aux Bahamas. Dans ses poches, toute une série de nouvelles cartes bien fraîches à exploiter! Rien de mieux qu'un casino pour acheter des jetons avec une carte platine Visa ou American Express! Et en fin de soirée, les rapporter au caissier pour se les faire échanger contre de l'argent sonnant! Sauf que cette fois, les cartes avaient été signalées volées bien avant le délai escompté. Fin du rêve. Visite des cachots peu accueillants de Nassau. Apprentissage du système judiciaire bahamien, beaucoup plus lent et surtout bien plus punitif que celui du Québec. Malgré son statut d'étranger, celui d'une première offense, et malgré tous les efforts déployés par Banks pour prétendre à son innocence, le juge lui imposa de purger une peine de plusieurs mois de détention.

Entre-temps, le loyer de Nadine allait devenir exigible bien avant le retour prévu de papa gâteau. Nadine n'eut d'autre choix que de se trouver un travail, si elle ne voulait pas perdre son bel appartement!

C'est alors qu'elle s'était mise à la recherche d'un emploi. Vu l'absence de diplômes ou de certificats en apprentissage d'un métier digne de ce nom, toutes les places convoitées dans des bureaux lui étaient refusées. C'était majoritairement des femmes qui conduisaient les entrevues. Sinon, elle aurait pu jouer du pied…

C'est à regret qu'elle comprit qu'il fallait regarder ailleurs. Dans son esprit, elle savait que n'importe qui pouvait devenir serveuse! Mais pour Nadine Delma, elle ne le serait que dans un restaurant super chic! Là où la clientèle se composait de riches hommes d'affaires, de professionnels ou autres bonshommes ayant les poches pleines de billets.

Allan Banks avait souvent amené Nadine avec lui au champ de courses Blue Bonnets, où il pariait sur les chevaux et blanchissait de l'argent sale. Un après-midi, il lui avait présenté le propriétaire du restaurant *Le Rib'n Reef Steak House*, qui d'ailleurs se situait tout près de là, sur le boulevard Décarie, à Montréal. La cuisine de grillades, poissons et fruits de mer de ce restaurant de grand renom, attirait une clientèle aisée, qui s'y rassemblait autant pour le repas du midi que celui du soir. C'était là le genre d'employeur potentiel dont Nadine rêvait et elle se fit un devoir de rencontrer cet homme.

Elle ne fut pas embauchée comme serveuse, mais bien comme hôtesse de jour. Vu son apparence bien mise, le proprio lui avait attribué le poste tout de go! Nadine serait donc plantée à l'accueil tous les midis de la semaine, pour accompagner les clients vers leur table et ensuite leur remettre les menus. Elle devait alors s'éclipser poliment et faire en sorte qu'une serveuse vienne prendre la commande des apéritifs sans tarder. Un boulot taillé sur mesure pour Nadine Delma. La jeune femme aux allures de grande dame!

Elle savait repérer les clients importants. Elle connaissait les tissus fins, les mocassins de cuir souple, les cravates en soie… Tout ce qui coûtait cher! Et elle s'attardait toujours un peu plus face à ceux-là, leur souriant davantage, se penchant plus bas que nécessaire pour qu'ils puissent plonger leur regard dans son décolleté. Cela faisait immanquablement son effet. Et Nadine recevait de généreux pourboires. De même que bien des avances…

C'est d'ailleurs ainsi qu'elle rencontra l'homme qu'elle allait éventuellement épouser : Pierre Bouliane. Riche homme d'affaires dans le domaine manufacturier, dont une usine de fabrication de chaussures, une chaîne de magasins, et autres business d'import-export. Et beaucoup de sous dans son compte en banque!

Avant que Michèle Delma n'abordât l'épisode Pierre Bouliane, Quito brûlait de lui poser une question :

- Mademoiselle Delma…

- Michèle.

- Oui, Michèle, pardon. Il y a une question qui me tracasse.

- Allez-y!

- Voilà. C'est à propos de votre mère…

- Oui?

- Eh bien, je me demandais… Comment réagissait-elle? Elle devait bien être au courant des manigances de son amant envers sa fille aînée, non?

- En effet, ma mère savait qu'il se passait des choses. Elle ne croyait pas que cela puisse porter à conséquence, au début. Mais avec le temps, elle s'est bien rendu compte qu'entre

Nadine et Allan, ça devenait bien plus que de simples flirts innocents!

- Cela a dû la fâcher?

- Et comment! Elle a eu de multiples prises de bec, autant avec Allan qu'avec Nadine. Mais lui, il niait tout. Elle, elle lui souriait avec insolence… Ça mettait ma mère dans tous ses états!

- Assez pour que votre mère souhaite la mort de Nadine?

Il y eut alors un silence inconfortable qui s'en suivit et il dura au moins une bonne minute. Michèle Delma fixa une poussière imaginaire sur le parquet et elle sembla réfléchir à la question. Les lèvres pincées, sa bouche esquissa de rapides grimaces qui s'estompèrent aussitôt. Puis, comme prise par surprise, elle émergea de son analyse intérieure pour répondre au lieutenant :

- Vous savez, je dois être franche avec vous. Je ne m'étais jamais posé la question, mais je crois bien que oui! Ma mère souhaitait sans doute qu'il arrive malheur à sa fille aînée. Mais de là à l'assassiner elle-même, j'en doute fortement. Je ne vois pas maman pousser Nadine en bas de la mezzanine. Et encore moins lui loger une balle d'arme à feu dans le crâne! D'ailleurs, les mésaventures de Nadine avec Allan sont devenues choses du passé pour maman.

- Votre sœur a aussi été empoisonnée…

- Ouais… Il reste cette possibilité, j'avoue.

Nouveau silence. Joe la regarda et analysa son expression faciale. Elle fixa à nouveau la poussière imaginaire au sol tout en cogitant sur ces derniers mots, une faible moue sur les lèvres. Quito attendit des paroles qui ne vinrent pas.

Chapitre 17.

Comme Michèle Delma ne répondait pas, c'est Quito qui brisa le silence pour faire avancer l'entrevue :

- Vous semblez douter de cette possibilité…

- Oui.

- Cela veut-il dire que vous croyez que je doive considérer votre mère comme faisant partie des suspects possibles?

- Vous croyez qu'il y a eu plus d'un assassin?

- C'est probable. Nous n'en avons aucune preuve pour le moment.

- C'est aussi mon avis. Au moins deux meurtriers, dont une femme.

- Ah? Et pour quelle raison en arrivez-vous à cette conclusion?

- Je me dis que pour l'avoir poussée en bas du balcon du deuxième et pour lui avoir tiré une balle dans la tête à bout portant, c'est l'affaire d'un homme! Brutalité, fureur du moment, réaction instantanée ou même planifiée. Mais pour ce qui est de l'empoisonnement, ce serait plutôt l'affaire d'une femme… Usage de ruse, moyen détourné pour ne pas avoir à faire face à l'horreur. Pas de geste violent, mais un cruel désir de vengeance!

- Vous avez des aptitudes pour exercer le métier d'enquêteur de police. Moi je crois qu'il y a peut-être eu trois assassins!

- Pourquoi?

- Intuition masculine.

- Ah bon? Je croyais qu'il n'y avait que l'intuition féminine…

- Oui.

- Mais votre côté féminin prendrait-il le dessus, inspecteur?

- Mon côté féminin? lui rétorqua-t-il, abasourdi.

- Tout le monde a un peu des deux sexes en lui. Vous n'ignorez pas cela, quand même!

- Euh, sans doute avez-vous raison, mais je n'y avais jamais pensé. Revenons à Pierre Bouliane, si vous le voulez bien. Vous m'avez dit que Nadine et lui s'étaient mariés peu de temps après s'être rencontrés?

Quito avait hâte de changer de sujet! Cet échange devenait un peu trop personnel! Et ces histoires de côté féminin... ça le mettait mal à l'aise. Michèle enchaîna :

- Oui. Ça n'a pas pris plus de trois mois à Nadine pour rendre l'autre complètement fou d'elle. Son jeu envers Bouliane était assez simple. Faire semblant d'être pute d'expérience en privé, tout en donnant l'impression d'être tout ce qu'il y a de plus distinguée devant tout le monde en général et sur le lieu de son travail en particulier!

- Trois mois seulement? C'est assez inusité! Quel âge avait Bouliane?

- Je crois qu'il a deux ou trois ans de plus que Nadine.

- Plus ou moins le même âge donc.

- Oui.

- J'avais l'impression que cet homme était plus âgé, vu son standing financier...

- Héritier! Son paternel est décédé dans l'année précédant leur rencontre. Il a donc hérité de toutes les affaires que son père dirigeait. Mais Pierre était tout de même à l'emploi des entreprises paternelles depuis l'âge de dix-sept ans. Il y avait travaillé l'été, au début. Puis il avait gravi les échelons jusqu'à occuper un poste dans la haute direction avant de remplacer son père à la tête des entreprises.

- Je vois. Ils ont eu des enfants?

- Oui. Un fils unique. Il a vingt ans déjà!

- Le temps file.

- À qui le dites-vous! Je me souviens de lui avoir changé sa couche comme si c'était hier!

- Vous savez où je pourrais contacter le père et le fils?

- Pierre Bouliane a tout liquidé après son divorce tumultueux d'avec Nadine. Il s'est retiré dans Charlevoix. Il est maintenant *gentleman farmer* sur une terre tout près du village de Baie-Saint-Paul. Je vais vous donner ses coordonnées, si vous les voulez.

- Oui. Cela me sera très utile, je vous remercie.

- Vous comptez l'interroger?

- Absolument!

- Je vois.

100

- Vous voyez quoi?

- Que vous le comptez déjà parmi les suspects…

- En effet. Je ne laisse rien au hasard, surtout un ex-mari.

- Je vous comprends, mais je ne crois pas que Pierre ait pu poser un geste semblable. Malgré que…

Sa phrase demeura en suspens et Joe fixa la jeune femme, attendant patiemment la suite, qui ne viendrait finalement pas.

- Malgré que…? dit Quito pour l'encourager à poursuivre.

- Il y a eu cet incident de violence… un peu après la naissance de David. Puis aussi quelques autres, avant qu'ils ne se décident enfin à se séparer définitivement et à divorcer finalement.

- Il l'a frappée?

- Oui.

- Comment?

- Je crois que c'était une simple gifle au visage. Mais ma sœur en a été outrée! Bien qu'elle l'eût sans doute un peu méritée.

- Vous pouvez m'expliquer tout ça?

- C'est Pierre Bouliane lui-même qui pourra vous l'expliquer mieux que moi. Car, de mon côté, je n'ai eu que la version exagérée de Nadine, vous comprenez? Elle était tellement fâchée contre lui qu'elle en a surement rajouté plus que nécessaire, comme d'habitude d'ailleurs.

- Je ne comprends pas…

- Lorsque Nadine n'obtenait pas ce qu'elle voulait, elle s'arrangeait alors pour démolir son adversaire. Sans pitié aucune, elle pouvait inventer les pires calomnies dans le simple but de faire mal à celui ou celle qui lui refusait quoi que ce soit.

- Et Bouliane lui avait refusé quelque chose d'important?

- C'est plus compliqué que ça, dans leur cas, à eux. Pierre ne lui refusait rien qui soit dans les limites acceptables d'une vie de couple, disons, normale. Mais ma sœur ne voulait pas d'une existence normale!

- Ah bon?

- Nadine adorait le luxe! Jamais assez bien habillée ou chaussée, jamais assez de tableaux sur les murs de sa luxueuse propriété du Sommet Bleu, à Ste-Adèle… Il lui fallait toujours de nouveaux meubles, changer les machines à laver le linge, une voiture de l'année, n'importe quoi! Ça devenait exaspérant, à la fin.

- Et son mari lui a coupé tout cela?

- Non. Il lui offrait tout ce qu'elle désirait, ou presque. C'est à la naissance de leur fils que tout a basculé.

- Comment ça?

- Ma sœur n'avait pas l'étoffe maternelle! D'avoir un bébé à s'occuper, cela la rendait prisonnière de sa propre vie, vous comprenez?

- Sa liberté s'évanouissait, en quelque sorte.

- Exactement! Elle se sentait prise au piège. Un jour elle a téléphoné au bureau de Pierre et lui a dit qu'elle partait, qu'elle laissait David à la maison et qu'elle sortait! Il lui a demandé pourquoi elle agissait ainsi et elle lui a rétorqué que lui, il sortait tous les jours avec sa secrétaire pour aller au restaurant! Que monsieur se payait des distractions de toutes sortes alors qu'elle, pauvre femme esseulée, était clouée à la maison, sans possibilité de pouvoir faire quoi que ce soit d'autre que d'être une nourrice! C'en était assez! L'ultimatum, quoi.

- Et elle l'a fait? que Joe lui demande, estomaqué.

- Oui.

- Vous blaguez!

- Pas du tout. Sauf que c'est seulement ce qu'elle voulait que Pierre croie.

- Expliquez-vous…

- Elle était sortie de la maison par une autre porte, dès qu'elle avait vu la voiture de Pierre entrer en trombe dans l'allée! Elle voulait lui faire croire qu'elle était vraiment partie. Et ça a marché! Bouliane était furax!

- Ça peut se comprendre!

- Et c'est ce soir-là, lorsque Nadine est revenue à la maison un peu pompette, après avoir passé le reste de l'après-midi à l'hôtel à prendre un verre et se laisser flirter par les mâles présents, que la violence a éclaté!

- Il l'a giflée à ce moment-là?

- Oui. Et elle est repartie. Elle a porté plainte contre lui à la police locale. Ce fut le commencement de la fin…

- C'est triste.

- C'était ma sœur…

Elle lui avait fait la remarque avec un certain chagrin dans la voix, mais Quito y décela aussi un sarcasme sous-entendu. Comme si Nadine Delma avait agi ainsi le plus naturellement du monde.

- Écoutez, Michèle, il est près de midi. Je vais vous laisser. Vous devez bien avoir quelques préparatifs à faire pour ce soir…

- Ce soir?

- Nous sommes le 31 décembre… C'est la veille du Jour de l'An. Vous n'avez pas de sortie de prévue, vous ne recevez pas?

- Non.

- Je vois.

Un certain climat de gêne s'installa alors dans la pièce. Quito enfouit son carnet de notes bien rempli au fond de sa poche et se leva. Elle le regarda, un peu hébétée de le voir ainsi mettre un terme à l'entrevue.

- Vous pouvez rester…

- C'est gentil à vous, mais je dois partir.

- Je comprends. Vous, vous avez des projets pour ce soir, j'imagine, lui dit-elle avec un sourire triste.

- Oui. Je suis désolé…

- Mais non. Ne le soyez pas pour moi. J'ai l'habitude de vivre seule. Les Fêtes, ça n'a jamais été très…

Elle fut incapable de terminer sa phrase. Mais Joe pouvait la comprendre. Cette famille disloquée alors que les deux sœurs n'étaient que de toutes jeunes filles. Ces êtres étranges évoluant autour de leur mère frivole. Un père sénile et absent… C'était d'une tristesse inimaginable, d'autant plus que Nadine n'était plus là maintenant, elle non plus.

- Je vous téléphonerai dès qu'il y aura du neuf dans l'enquête, Michèle.

- Merci. J'apprécie.

Chapitre 18.

En après-midi, Quito téléphona à Kim pour savoir quels étaient ses plans pour cette soirée de veille du Jour de l'An. Elle devait normalement fêter avec ses parents, qui étaient invités chez des amis à eux, mais elle n'en avait aucune envie, lui soupira-t-elle à l'autre bout du fil. Joe n'avait pas de plans et il s'attendait à passer la soirée chez lui tranquillement, comme chaque année. Car Joe avait les foules et le bruit en horreur.

Mais l'ours aux habitudes solitaires aurait à changer ses plans pour terminer l'année en cours et vivre l'arrivée de la nouvelle année 2010! Car Kim, elle, souhaitait ardemment être à ses côtés! Et c'est avec force persuasion, mots doux et habileté dans sa présentation qu'elle avait fini par faire accepter à Joe un souper en tête-à-tête; le tout devant se tenir au sein même de la tanière privée de celui qu'elle aimait déjà passionnément! Mais elle ne lui avouerait pas son amour inconditionnel tout de suite, en tout cas pas à ce stade-ci de leur relation. Non pas parce qu'elle n'en était pas elle-même convaincue, mais plutôt par crainte de s'imposer et de peut-être effaroucher le policier aux habitudes de célibataire endurci.

Les deux tourtereaux partagèrent donc un repas intime, que Kim avait fait préparer, puis avait ramassé en chemin dans un restaurant bien coté du Chinatown de Montréal, à quelques rues seulement du loft de Quito. Elle avait aussi acheté deux bouteilles de champagne : Veuve Clicquot Ponsardin, La Grande Dame Brut, Champagne 1998… à 247,00$ la bouteille! « C'est un cadeau de mon père et de ma mère! Ils m'ont donné l'argent pour que je puisse passer une soirée très romantique… » s'était-elle défendue, lorsque Joe lui avait fait de gros yeux interrogateurs. Merci les riches parents!

Dehors, il tombait de gros flocons d'une neige légère. Le Vieux-Montréal était pratiquement désert. Aucune circulation dans les vieilles rues aux pavés de guingois, éclairées par des réverbères à l'allure ancienne mais de facture moderne, donnant une lumière blanche qui éclairait de façon efficace ces étroites rues datant d'une autre époque.

Dans l'atmosphère feutrée du loft aux murs épais, encore plus étouffée par le manteau de neige souple qui habillait tout doucement les vieux édifices en pierres de taille de ce quartier plus que tricentenaire, Kim et Joe dégustèrent avec appétit les mets asiatiques. Tout en pigeant dans la demi-douzaine de plats variés, ils se dévoilèrent l'un à l'autre quelques secrets intimes sur leur jeunesse respective. Le repas s'achevait alors qu'ils avaient déjà fait honneur à la première bouteille de l'exquis champagne bien frais.

Kim fut la première à se lancer, racontant son enfance douillette dans sa famille aimante, financièrement très à l'aise, mais trop collet-monté à son goût. Elle était née au Royal Victoria, puis avait été chouchoutée par sa mère, ainsi que par deux nounous, sous le regard attentif et aimant de son père. Son adolescence se passa dans des collèges privés, puis elle fit ses études en droit à l'Université Mc Gill, suivies de ce stage en France pour perfectionner son français, mais aussi pour avoir un aperçu des systèmes de justice européens. Son père brassant de très grosses affaires à l'International, il souhaitait pour sa fille, le top du savoir juridique! Elle avait donc rencontré un tas de gens de la haute, dont plusieurs reliés au monde des vignobles.

De son côté, Quito lui raconta comment il s'était vu émigrer au Québec à partir de son Équateur natal, après que sa mère biologique a accouché de lui dans des circonstances dramatiques, qu'il n'avait pas envie de dévoiler en cette soirée romantique et festive. Il avait été très chanceux d'être immédiatement adopté par un couple de Québécois dans la vingtaine, dont la jeune femme apprendrait ultérieurement qu'elle était stérile. Les Saint-Aubin effectuaient leur voyage de noces qui devait se terminer à Quito, en Équateur. Ils avaient découvert le Mexique, le Guatémala et la Colombie façon camping, vu leur moyens financiers restreints. L'adoption n'était pas le but de leur périple, mais les circonstances les avaient miraculeusement mis sur la route du petit Joseph. Les Saint-Aubin s'étaient décidés sur un coup de cœur!

Joe était arrivé au Québec peu de temps plus tard, à l'âge de sept jours seulement. C'était en 1969. Malgré toute la paperasse formellement remplie en Équateur, qui faisait du bambin un Joseph Saint-Aubin dûment baptisé, ses parents ne pouvaient s'empêcher de le qualifier amoureusement de : « notre petit Joseph de Quito » lorsqu'ils s'adressaient à lui ou en parlaient à leurs amis. C'est à l'âge de dix-huit ans que son père avait décidé d'entreprendre des démarches officielles pour un changement de nom pour son fils. Le jeune Joseph avait longuement insisté auprès d'Armand pour qu'il change son nom de famille, mais cela n'avait rien de négatif envers ses parents adoptifs! Joe voulait seulement retrouver un compromis qui lui permettrait de se sentir un peu plus près de sa mère biologique, dont il regrettait la fin tragique au moment où lui-même naissait.

Marielle et Armand Saint-Aubin étaient des gens honnêtes, fervents adeptes de la franchise et de la droiture. Lorsque Marielle fut happée mortellement par un chauffard ivre, Armand jugea de son devoir de continuer à élever son fils de douze ans dans le droit chemin. Il le ferait seul, se consacrant entièrement au jeune Joseph dans tous ses moments libres. Armand Saint-Aubin avait lui aussi été élevé dans l'amour par ses parents adoptifs. Il n'avait jamais su qui étaient ses parents biologiques et il aurait bien aimé en savoir plus sur ses propres origines. C'est donc dans cet esprit d'équité que lors du dix-huitième anniversaire de Joe, il jugea que son fils pouvait changer son nom.

Après une petite enfance sans histoires, Joe entreprit ses études primaires à l'école locale de Sainte-Adèle, de 1975 à 1981; puis son secondaire dans la même région des Laurentides jusqu'en 1988.

Pendant qu'il poursuivait ses études au secondaire, Joe se vit encouragé par son père Armand à se trouver quelques boulots, question de se faire de l'argent de poche. C'est ainsi que Joe tondit des pelouses, lava les voitures des voisins et plus tard, travailla comme aide-cuisinier dans un snack-bar de Sainte-Adèle. Il put s'acheter lui-même son premier scooter et, avant d'obtenir son diplôme d'études secondaires, Joseph Quito roula dans sa première voiture : une Pontiac GTO grise munie d'un puissant moteur de 400 chevaux-vapeur, qu'il avait obtenue à prix très réduit, puisque son propriétaire original avait été condamné à une peine de cinq ans de prison pour vol à main armée et que le père du jeune homme avait décidé d'ajouter à la punition de son fils en vendant sa voiture à un prix dérisoire!

Armand devint le chef de la Police de Sainte-Adèle justement cette même semaine et le nouveau Chef avait vu cette transaction d'un œil suspicieux. Joe était suivi de près par son père! Continuellement incité à faire le bien, à respecter autrui et à vivre dans le droit chemin, Joe avait donc été obligé de présenter son père au vendeur, avant que la transaction ne puisse être finalement approuvée. Joe avait les sous et son père n'était nullement sollicité financièrement pour cette transaction. Mais Joe respectait beaucoup son paternel et voulait éviter à tout prix que naisse un quelconque conflit entre eux.

À la fin de son secondaire, muni de son diplôme, Joe déménagea à Montréal dans un petit appartement minable du quartier Rosemont. Il devint gérant de camelots au département de tirage d'un grand quotidien montréalais. Il aimait aider les jeunes à se lancer en affaires, expliqua-t-il à Kim.

Puis il y eut des opportunités de boulots plus payants, en travaillant entre autres, sur des chantiers de construction en tant que manœuvre. Son père l'avait encouragé à poursuivre ses études à l'Université de Montréal, mais Joe ne savait pas vraiment vers quel domaine il devait se consacrer. Bien que le droit l'ait attiré, comme cela fut le cas pour Kim, il ne voulait pas imposer à son père toute la charge financière que ces études représenteraient. Il préféra travailler et mettre des sous de côté. Il ne serait jamais trop tard pour retourner aux études, croyait-il.

En 1989, Joe en eut assez de ces emplois instables, entourés de gars rudes et mal élevés, travaillant souvent en extérieur, dans des conditions difficiles, surtout en hiver. Il n'y voyait pas d'avenir à long terme.

C'est alors qu'il se fixa pour but de suivre les traces de son père et de devenir policier au sein de la Communauté Urbaine de Montréal. Après un stage à l'École Nationale de Police du Québec, à Nicolet, Quito occupa le poste de patrouilleur, parcourant à pied les rues des quartiers du centre-sud de Montréal.

Après seulement 6 mois, il fit le saut vers la Sûreté du Québec, où il gravit les échelons de façon fulgurante : agent-patrouilleur à son entrée au sein du service, il fut promu Caporal en 1991; Sergent en 1993; Lieutenant en 1995; Capitaine en 1997 et finalement Inspecteur aux Crimes Contre la Personne en 1999. Il enquêtait sur des crimes majeurs depuis ce temps et suivait des cours du soir en criminologie depuis l'an 2000, à l'Université de Montréal, dans le but de parfaire ses connaissances personnelles.

Jusqu'à ce jour, Joe était persuadé n'avoir manqué de rien, mais jamais il n'aurait pu soupçonner tout le luxe dont Kim semblait avoir bénéficié pendant ses jeunes années. Ils avaient tous les deux connu une enfance et une adolescence heureuses, mais dans des milieux totalement opposés!

Kim l'avait écouté dans sa narration sans jamais l'interrompre. Elle semblait fascinée par la volonté de réussir de Joe. Un point commun entre eux lui avouait-elle fièrement, après qu'il se soit tu. Ils s'embrassèrent alors tendrement. Joe enlaça Kim dans ses bras puissants et musclés et Kim appréciait regarder et toucher les muscles bien gonflés sous le simple t-shirt de coton noir que Joe aimait porter sur un jean délavé.

Ils firent l'amour devant un petit feu dans le foyer de pierres, qui, depuis que Joe occupait les lieux, n'avait encore jamais servi. Kim avait eu la brillante idée d'acheter trois bûches synthétiques, auxquelles on met le feu à leur emballage de papier pour ensuite les regarder se consumer lentement. Cela n'avait pas le même charme que le crépitement d'un vrai feu de bois, mais à défaut du véritable combustible, les petites flammes de chaque bûche leur procurèrent un semblant de chaleur et de réconfort.

Le souffle court, transpirant légèrement après l'effort, ils se blottirent l'un contre l'autre sur le divan et demeurèrent silencieux, hypnotisés par la danse timide des flammes dans l'âtre tout près. Joe caressa tendrement la chevelure de Kim qui avait calé sa tête au creux de son épaule. Puis ils firent sauter le bouchon de la deuxième bouteille, un peu avant que minuit ne s'affiche sur le cadran numérique du four à micro-ondes.

Les baisers se succédèrent amoureusement, sans qu'aucune parole ne fût prononcée. Puis, en se souhaitant mutuellement une bonne et heureuse année, tous les deux formulèrent secrètement le même souhait: puisse cet amour naissant durer encore longtemps!

Environ une heure plus tard, un peu grisés, ils prirent la direction de la chambre. Nus, ils se glissèrent sous les couvertures et comme si les fines bulles de champagne les carburaient de l'intérieur, ils refirent l'amour. Tout en douceur, cette fois, savourant chaque instant jusqu'à l'orgasme partagé en symbiose totale!

Joe était au septième ciel, mais il se posa la question juste avant de sombrer dans un sommeil réparateur : est-ce que ça n'était pas un peu irresponsable d'avoir des relations non-protégées avec Kim…?

Chapitre 19.

Après une nuit de sommeil paisible, ils s'étaient réveillés en même temps. Traînant au lit quelques minutes, Joe avait proposé à Kim de l'emmener faire un petit voyage...

- Notre voyage de noces? suggéra Kim en riant.

- Quelque chose d'approchant.

- Vers quelle destination? Je ne peux pas aller bien loin, tu sais que j'ai des engagements pour lundi qui vient.

- Ne t'inquiète pas, tu seras de retour à temps pour entreprendre ton nouveau boulot chez Beaudry et Associés.

- Je vois que tu n'as pas oublié.

- Non. Écoute Kim, je dois m'absenter pour le travail... Et je me disais que tu pourrais très bien m'accompagner, si tu le désires, évidemment.

- C'est quoi la mission?

- Ce n'est qu'une entrevue à faire avec un témoin.

- Et tu veux que je sois avec toi pour prendre des notes?

- Non, ne sois pas idiote. Je pensais seulement qu'il serait agréable de t'avoir à mes côtés durant les déplacements. Lorsque je rencontrerai cette personne, tu pourras m'attendre à l'hôtel, ou aller faire du shopping...

- Ah, je comprends. On va où?

- Baie-Saint-Paul. Avec une halte à Québec, ce soir. Ça te convient?

- Ouais...!

- Tant mieux! Alors prenons notre petit-déjeuner et mettons-nous en route dès notre toilette terminée.

- D'accord!

Ils se levèrent, firent le lit ensemble, puis Kim se dirigea prestement vers la cuisine pour lancer la cafetière, préparer les œufs et le bacon tout en plaçant quatre tranches de pain de blé entier dans le grille-pain. Joe ramassa les bouteilles vides et mit de l'ordre dans le salon. Il remplit ensuite un petit sac de voyage pour les trois journées qu'il prévoyait être absent.

- Dis donc, Kim?

- Oui?

- Tu dois passer chez tes parents pour prendre quelques vêtements?

- Pas la peine, Joe. Je savais que je pouvais traîner par ici avec toi quelque temps, alors j'ai mis ce qu'il me fallait dans mon sac...

- Une femme prévoyante, quoi!

- Absolument! T'as faim? C'est prêt dans deux minutes!

- J'arrive! Ce que ça sent bon!

Ils avalèrent le petit-déjeuner avec appétit, puis se débarrassèrent de la vaisselle avec Kim qui la lavait et Joe qui l'essuyait tout en la rangeant au fur et à mesure. Joe nettoya ensuite la litière de la chatte, y ajouta assez de sable absorbant et emplit le distributeur de bouffe sèche pour que l'animal ne manque de rien, sinon d'une présence humaine... Mais la petite boule de poils était habituée à rester seule dans le loft. Moins d'une heure plus tard, ils furent tous les deux à bord de la Mazda Tribute GT 3.0 litres de Quito. Toute noire, avec l'intérieur en cuir véritable, noir lui aussi, la cinq-vitesses-manuelle avait l'allure d'une puissante voiture sport que Kim semblait beaucoup apprécier. Sa voiture à elle avait été laissée sur l'emplacement de celle de Joe pour la durée du voyage, à l'intérieur du stationnement protégé de la Sûreté.

Environ quatre heures de route les firent bavarder encore plus sur leurs goûts respectifs, leurs habitudes de vie et autres détails personnels. Tout semblait s'harmoniser parfaitement entre eux. Ils pouvaient entrevoir une union à long terme sans aucun nuage noir apparent au-dessus de leurs têtes. Joe se sentait privilégié d'avoir fait la connaissance de Kim! Elle se félicitait d'avoir rencontré « son » inspecteur bien-aimé, avec qui elle se sentait si bien!

Arrivés dans la Capitale, ils empruntèrent la Grande-Allée, puis la rue St-Louis jusqu'aux portes du Château Frontenac. Kim insistait pour y passer la nuit. Joe s'étant soumis à la volonté de sa chérie se gara sous le porche de l'hôtel à l'architecture mondialement connue. Il avait dit à Kim qu'il n'y aurait sûrement pas de place, vu la période des Fêtes et le début d'un week-end, en plus! « Nous aurons une chambre! » lui avait-elle répliqué, avec son air de jeune femme déterminée.

Kim ressortit à peine cinq minutes plus tard avec la clé de la chambre en main! Un valet en tenue la suivait de près pour prendre soin de la voiture et elle fit signe à Joe de s'amener avec leurs deux sacs.

- Mais comment diable as-tu fait ça?

- J'ai des relations, qu'elle lui répondit avec son sourire éclatant!

- Il y a un côté de toi que je ne connais pas encore... que Joe lui dit avec un regard sombre.

- C'est mon père, ma relation, idiot! Je lui ai passé un coup de fil pour lui dire que nous partions pour Québec tous les deux...

- Et il était d'accord? l'interrompit Joe.

- Je suis majeure et vaccinée, tu sauras!

- Je demandais ça tout bonnement...

- Je sais. Mon père adore sa fille chérie, tu sais!

- Et il a bien raison!

- Tu es gentil, toi. C'est justement ce que je lui ai dit ce matin, d'ailleurs. Et tu vois ce que cela a donné?

- Disons que ton paternel a le bras long et qu'il sait comment obtenir ce qu'il veut!

- Ça, tu as tout compris! Montons porter nos affaires à la chambre. J'ai envie d'un bon repas! Pas toi?

- Comment tu fais pour manger autant et rester aussi mince et jolie?

- Secret de jeune Québécoise occupée! On a sauté le lunch, tu te rappelles?

- Tu as raison, j'ai faim, moi aussi. Allons-y.

Ils furent tous les deux ravis par la chambre gentiment réservée à leur intention par monsieur Bell. Tapis épais et moelleux aux motifs de fleur de lys bleu sur fond or. Grand lit avec oreillers blancs, couvre-lit à rayures bleues et or; les motifs de fleurs de lys se retrouvaient même sur le papier-peint aux tons or sur or. Joe se dit que cette chambre devait être réservée en permanence pour monsieur Bell, ou autres personnages riches et célèbres de ce monde, qui pouvaient se permettre d'arriver à l'improviste...

Kim prit le téléphone pour réserver une table au restaurant Le Café de la Terrasse, où la tenue décontractée était de mise. Le menu était superbement élaboré sous la direction du chef

Jean Soulard. La vue sur le fleuve Saint-Laurent y était absolument imprenable! Ils dégustèrent lentement leur repas gastronomique pendant que Kim s'amusait à faire du pied à Joe sous la table…

Ils sortirent ensuite prendre une longue marche dans le Vieux-Québec, descendant le cap jusqu'à la rue du Petit-Champlain pour lécher quelques vitrines de boutiques offrant de multiples œuvres d'artistes et artisans locaux. Le froid était mordant, poussé par une petite brise cinglante venant du port.

Peu de temps après, Kim se mit à grelotter et ils décidèrent de rentrer pour aller se blottir sous les couvertures douillettes de leur lit qui leur avait semblé si accueillant à leur arrivée dans cette chambre!

Ils firent l'amour de nouveau; ils avaient tous les deux un rythme à l'accord parfait, qui passait des préliminaires les mettant tous les deux en appétit, aux mouvements lents et languissants, accélérant ensuite progressivement, jusqu'à atteindre un crescendo qui aboutissait par un orgasme simultané des deux partenaires! Ils goûtaient une harmonie parfaite et se sentaient faits l'un pour l'autre. Cela était écrit dans le ciel!

Chapitre 20.

Le trajet entre Québec et Baie-Saint-Paul se déroula sans incident, sur une route des plus pittoresques et parfaitement sèche. Dès leur arrivée dans ce beau village du comté de Charlevoix, niché au pied des Laurentides et en bordure du Fleuve St-Laurent, Joe s'empressa de leur trouver une chambre d'hôtel pour la durée prévue du séjour. L'Auberge se nommait Aux Portes du Soleil et offrait dix-sept chambres, chacune d'un style différent. Ils optèrent pour la chambre nommée Champéry, simplement parce que c'était la seule possédant un très grand lit. Pour y dormir à deux et bien se reposer, Quito avait insisté pour que le lit soit un format King.

L'auberge se situait au cœur du village, près des boutiques et autres attractions touristiques diverses qui pourraient occuper Kim pendant que Joe rencontrerait Pierre Bouliane. Ils s'y installèrent donc sur l'heure du midi et Joe prit contact avec l'ex-mari de Nadine Delma, lui confirmant son arrivée au village et avec qui, il fixa un rendez-vous pour 13h30. Ça ne leur laissait que très peu de temps pour avaler un sandwich, avant que Joe n'abandonnât Kim à elle-même pour l'après-midi.

- Tu me pardonnes de te laisser seule quelques heures?

- Ne t'en fais pas, Joe. Il y a plein de choses à voir dans ce merveilleux village! J'ai de quoi m'occuper. Il se pourrait bien que j'achète une revue ou un bon bouquin et que je m'installe pour lire dans un des salons de notre auberge…

- Je serai de retour pour que l'on puisse sortir dîner tous les deux.

- T'occupe pas de moi, je te dis! Je sais très bien me débrouiller seule. Tu es ici pour travailler et c'est ce qui compte.

Joe la regarda lui sourire, alors qu'il avait, lui, de la difficulté à l'abandonner. Joe se sentait totalement impuissant devant ces nouveaux sentiments qui lui nouaient l'estomac. C'est avec grand effort qu'il l'embrassa sur la joue et se leva pour sortir du petit restaurant où ils s'étaient précipités pour avaler une bouchée.

- Je te reviens en fin d'après-midi!

- J'espère bien!

Kim était tout sourire, mais Joe devinait une ombre de tristesse dans son regard, alors qu'il fit deux pas à reculons en direction de la porte. *Tu vas me manquer, Kim...* se dit-il *in petto*. Puis Quito tourna les talons et se dirigea vers sa voiture.

Moins de dix minutes plus tard, en empruntant une route secondaire bordée d'épinettes qui grimpait en serpentin les flancs de la haute montagne derrière le village, Joe arriva à la propriété de Pierre Bouliane. Jolie petite fermette entourée de clôtures de perches de cèdre centenaires, qui perçaient par endroits l'épaisse couche de neige blanche et scintillante. Le soleil était radieux mais il peinait néanmoins à réchauffer l'air cristallin qui régnait à cette altitude. Quito avança la voiture jusque sous le porche, une solide structure de poutres de bois rond, auquel on avait retiré l'écorce avant de le vernir. Les billes supportaient une toiture de tôle très pentue, qui laissait glisser la neige, évitant ainsi qu'elle ne s'y accumulât.

Sans doute alerté par le crissement de la neige sous les pneus de la voiture du visiteur, Bouliane sortit de la maison pour l'accueillir :

- Inspecteur Quito, je présume?

- Monsieur Bouliane...

L'ex de la victime offrit sa main nue, que Quito saisit pour le saluer. La poigne de l'autre était solide. On voyait que l'homme était volontaire et Quito n'avait aucun doute sur le fait qu'il avait très certainement été un dur en affaires, comme le veut l'expression. Il était grand avec son mètre quatre-vingt. Sous la chemise à carreaux, Joe devinait les larges épaules et les pectoraux saillants. Cet homme était en forme depuis qu'il travaillait sa terre et son jardin. Il avait la chevelure noire et bien fournie; aucune calvitie apparente ni même naissante. Les yeux bleus étaient perçants et fixaient le policier sans aucune gêne. Le nez, un peu large, était bien planté au-dessus de ses lèvres pulpeuses. Son sourire chaleureux semblait sincère et laissait entrevoir une dentition impeccable et aussi blanche que toute la neige qui les entourait. Une barbe foncée d'une journée lui donnait un air de paysan qui effaça toute l'image de l'homme d'affaires que Quito s'attendait à rencontrer.

- Entrez, Quito! Pas besoin de retirer vos bottes, le plancher de tuiles de terracotta pardonne tout d'un simple coup de serpillière humide.

- Merci. Mais je préfère retirer mes couvre-chaussures. J'ai plusieurs questions à vous poser, monsieur. Il serait sans doute préférable que nous nous installions dans un endroit confortable.

- Bien sûr, c'est vous le patron. Passons au salon, dans ce cas. Vous voulez une bière? Un verre de quelque chose d'un peu plus fort?

- Je vous remercie, ça ira très bien.

- Si vous n'y voyez pas d'inconvénient, je vais me servir une bière. J'ai fait de la route toute la journée d'hier et j'ai mal dormi la nuit dernière. Ça va m'aider à me remettre...

- Vous êtes chez vous.

- Installez-vous, j'arrive à l'instant.

Joe en profita donc pour admirer l'intérieur. Il s'agissait d'une construction de bois rond récemment assemblée dans les règles de l'art, car on ne voyait aucun joint apparent entre les billes de bois de pin! L'artisan qui avait fait le travail devait être un expert. La pièce était vaste et bien éclairée par deux bow-windows donnant sur une vue du fleuve, loin en contre-bas. La propriété était sur le dessus d'une montagne tout juste franc nord du village, dont on pouvait apercevoir le clocher de l'église dépassant la cime des épinettes, en bas dans la vallée. Tout comme à l'extérieur, les poutres étaient vernies ou cirées et avec l'énorme foyer en pierre des champs qui trônait sur le mur nord du salon, l'atmosphère était très chaleureuse, d'autant plus qu'un bon feu de bois crépitait dans l'âtre! *Kim serait aux petits oiseaux assise devant cette source de chaleur invitante...*

- C'est une superbe demeure et quelle vue! que Joe lui dit, dès que Bouliane prit place face à lui dans un fauteuil de cuir véritable.

- C'est du sur-mesure! J'ai établi les plans moi-même et j'ai supervisé toute la construction. Il aura fallu presque deux ans pour terminer la charpente, depuis la coupe sélective des arbres, le transport des billes et leur entreposage pour les laisser sécher avant d'entreprendre leur assemblage. J'ai choisi l'emplacement il y a bien des années déjà… J'ai toujours été un adepte de la nature, vous savez. La chasse, la pêche, les randonnées de canot en rivière aux eaux vives… Je suis un gars de la nature!

- Oui.

- Vous n'êtes pas venu me voir simplement pour parler construction! Allons droit au but et posez-moi vos questions. Je n'ai rien à cacher, Quito!

- C'est tout à votre honneur, monsieur Bouliane.

- Vous voulez savoir si j'ai assassiné mon ex-femme, c'est ça?

Son intervention aussi directe désarçonna le policier. Le bonhomme était sûr de lui et alla vraiment droit au but sans perdre une seconde! Joe ne put que balbutier une faible réponse :

- Eh bien, oui!

- Je vous dirai ceci : j'en ai souvent eu l'intention! Cette garce m'a fait sortir de mes gonds à plusieurs occasions, Quito. Vous ne pouvez pas imaginer comment je me suis retenu à bien des reprises de lui tordre le cou!

- Vous l'avez finalement fait?

- Non! Absolument pas. Toute ma vie j'ai appris la maîtrise de soi. En affaires, c'est primordial de garder le contrôle, vous savez. Quand on négocie, la partie adverse ne doit pas savoir ce que vous ressentez, ce que vous convoitez! C'est comme au poker, vous voyez?

- Je ne joue pas, désolé…

- Ça ne fait rien. Vous voyez bien où je veux en venir.

- Oui.

- Donc, j'avoue que Nadine Delma a été une épouse avec qui ce fut très difficile de vivre! Cette femme m'en a fait voir de toutes les couleurs, je vous en passe un papier!

- Vous me raconterez les détails plus tard, si vous le voulez bien. Je désire d'abord savoir où vous étiez la journée du 24 décembre dernier.

- Le jour de son assassinat, j'étais à Sainte-Adèle!

- Vraiment?

- Oui, mon fils David voulait fêter Noël chez des copains à lui qu'il a gardés là-bas. Il a habité chez sa mère pendant quelques années, voyez-vous. Il s'est fait des amis dans la région et il voulait être avec eux pour le Temps des Fêtes. Nous n'habitons tous les deux ici que depuis deux ans. La majorité de ses amis sont de la région de Ste-Adèle ou encore de Montréal. Les parents de ses copains, pour la plupart, ont un chalet dans les Laurentides et leur résidence principale dans la métropole.

- Je vois. Et vous avez vu Nadine Delma durant votre séjour à Sainte-Adèle?

- Non.

- Votre fils, lui?

- Je n'en sais rien.

- Vous n'étiez pas ensemble?

- Non. Nous avons pris deux chambres à l'hôtel Le Chanteclerc. David allait voir ses amis et moi je m'occupais de mon côté. Mon fils aura vingt ans au printemps, vous savez...

- Hum! Vous êtes demeuré combien de temps dans la région de Sainte-Adèle?

- Nous sommes arrivés en soirée du 22 décembre et je suis revenu ici avec mon fils hier, vendredi, soit le premier de l'an. Je voulais entreprendre la nouvelle année à Baie-Saint-Paul!

- Je comprends. Vous étiez donc tout près du domicile de votre ex-femme le jour où elle a été assassinée.

- Oui.

- La veille de Noël, vous étiez avec quelqu'un? Disons entre une heure de l'après-midi et minuit en soirée?

- Vous voulez savoir s'il y a quelqu'un qui pourrait corroborer mon alibi. Voyons ça... L'après-midi du vingt-quatre, j'ai fait du ski sur les pentes de l'hôtel. J'ai ensuite dîné à la salle à manger du même hôtel après m'être douché et changé. Puis je me suis rendu au cinéma Pine pour y voir un film. « *Millénium 2* » en version française. Très bon film! Vous avez lu la trilogie *Millénium* de Steig Larsson?

- Non. Vous avez dîné à quelle heure?

- Vous devriez ajouter cette trilogie à vos prochains bouquins à lire absolument...

Quito ne réagissant pas, Bouliane poursuivit :

- Je devais être à la salle à manger vers les dix-huit heures trente, environ. J'ai pris une bonne heure pour manger leur cuisine exquise, accompagnée d'une demi-bouteille de vin!

- Et ensuite?

- Ensuite, je me suis rendu au cinéma à pied! Pour la digestion, rien de meilleur!

- Oui. Vous vous êtes rendu au cinéma Pine directement?

- Oui. J'ai acheté mon billet puis j'ai attendu dehors que la représentation soit sur le point de commencer. Je n'aime pas demeurer assis en espace clos inutilement.

- Quelqu'un pourrait corroborer votre présence en salle? À l'une ou l'autre des deux salles, en fait?

- Vous voulez parler de la salle à manger de l'hôtel? J'imagine que le maître d'hôtel, le sommelier ou même la serveuse se souviendront de moi! D'ailleurs le repas a été porté à ma note d'hôtel! Il y a donc une trace papier qui devrait vous satisfaire, inspecteur.

- J'en prends bonne note. Mais au cinéma, quelqu'un vous accompagnait?

- Non.

- Personne qui vous y aurait vu?

- Certainement plein de gens! Des jeunes, surtout. Mais pas de mes connaissances personnelles, vous voyez?

- Oui, je vois. Vous n'avez donc pas d'alibi en béton qui vous placerait loin de la scène de crime, monsieur Bouliane.

- J'en suis désolé, inspecteur. J'ai payé comptant, en plus. Pas de trace de carte de crédit ou de débit. D'ailleurs, je ne crois pas que l'on puisse payer autrement qu'en argent comptant au cinéma... Je n'ai jamais demandé. Si j'avais su, j'aurais gardé mon billet d'entrée ou j'aurais fait un brin de causette avec le propriétaire!

- D'autant plus que vous me disiez tantôt avoir des motifs sérieux pour tuer votre femme...

- Ex-femme!

- Ex-femme, oui. Je vous demande pardon.

- Sans offense! C'est que, pour moi, personnellement, ça fait une énorme différence.

- Expliquez-vous.

- J'aurais pu tuer mon ex-femme du temps où je lui étais marié, ça c'est certain. Je l'aurais aussi volontiers étranglée durant les procédures de divorce! La salope! Toutes les ignominies et les mensonges qu'elle a pu inventer pour essayer de m'arracher le maximum… c'est dégueulasse! Et dire que le juge l'a crue, pour la plupart de ses mensonges!

Joe regarda Bouliane s'enflammer en même temps qu'il lui débitait ces mots d'une voix rageuse. Son visage était rougi par la colère, il serra les poings tout en poursuivant :

- J'y ai perdu bien des plumes dans ce divorce, Quito! Et par la faute d'une folle déchaînée qui a inventé des histoires à dormir debout pour me rendre ignoble aux yeux de la Cour et ainsi se faire octroyer des biens qui ne lui revenaient aucunement!

- Elle a menti en cour?

- Ah! Menti, dites-vous? Mieux que ça! Elle avait des amis prêts à témoigner en sa faveur. Elle jouait si bien la comédie devant son avocate et le juge que tout le monde est tombé dans le panneau! Oh oui, je l'aurais tuée durant cette période… Mais depuis deux ans, je me suis fait une raison. J'ai tout mis ce bazar derrière moi. J'ai fait d'énormes efforts pour tout oublier, du mieux que je le pouvais!

- Si vous le dites.

- Je vous le dis! insista l'homme d'affaires.

- Bon, il se fait tard et je ne voudrais pas abuser de votre temps. Néanmoins, j'aimerais bien en apprendre un peu plus sur votre mariage avec Nadine Delma. Les années où vous avez vécu ensemble, etc.

- Pas de problème, inspecteur. Je vous l'ai dit, je n'ai rien à cacher!

- Est-ce que je pourrais revenir demain matin pour poursuivre cette entrevue?

- Avec grand plaisir. Vous voulez prendre votre petit déjeuner avec moi?

- Non, c'est très gentil à vous, mais je vous remercie. J'aurai déjà mangé. Est-ce que vers les neuf heures cela vous conviendrait?

- Même avant, si vous voulez! Je suis debout à cinq heures du matin, à cause des animaux, voyez-vous? J'ai quelqu'un qui vient m'aider au besoin, mais demain il n'y aura personne d'autre que moi, ici. Faut que je nourrisse les chevaux... Je vous attendrai donc dès sept heures, si vous pouvez arriver aussi tôt.

- Votre fils n'est pas avec vous?

- Si, il est ici. Mais comme c'est les vacances pour lui, il ne se lève que très rarement avant midi. Puis il disparaît aussitôt vers le village où il a quelques copains.

- Je vais tenter d'être là assez tôt. Maximum neuf heures, c'est promis!

- À demain alors!

- Comptez sur moi!

Chapitre 21.

De retour à l'Auberge, Quito téléphona à son copain Marco pour lui demander de vérifier certains détails auprès du chef de police de Sainte-Adèle. Puis il emmena Kim prendre le repas du soir en tête-à-tête dans un petit restaurant charmant de Baie-Saint-Paul. Mais durant tout le dîner, Joe sembla préoccupé et absent. Kim lui posa alors la question :

- Est-ce que tu regrettes de m'avoir emmenée avec toi, Joe?

- Pas du tout! Où vas-tu pêcher pareille idée?

- Nous sommes assis face à face dans ce joli décor mais, toi, tu es à des kilomètres d'ici à remuer des idées plutôt sombres, d'après ce que je vois…

- Tu as raison, je te demande pardon. C'est mon enquête qui me préoccupe. Je ne devrais pas traîner le travail à la maison, si tu comprends ce que je veux dire…

- Oui, je comprends. Mais je comprends aussi que tu as toujours vécu en célibataire endurci, avec personne auprès de toi… C'est du moins ce que tu m'as raconté.

- Oui. Et je t'ai dit la vérité.

- C'est donc un peu normal que tu aies tendance à vivre dans ta bulle.

- Normal, peut-être, mais inacceptable! Surtout en présence d'une aussi jolie femme, que j'aime tant…

- Joe… C'est la première fois que tu me le dis.

- Que je te dis quoi…

- Que tu m'aimes! C'est vrai?

- Évidemment que c'est vrai! Je croyais que tu t'en étais aperçu…

- Une femme ne se lasse jamais de se l'entendre dire, Joe.

- Alors je te le redis : je t'aime Kimberly Bell!

- Je t'aime aussi, Joseph Quito. Tu es un homme adorable!

Le repas terminé, sans que Quito ne se replonge dans ses pensées professionnelles, ils reprirent le chemin de leur auberge. Ils refirent l'amour dès leur arrivée dans la chambre au très grand lit, puis ils éteignirent tout et se glissèrent sous les couvertures pour la nuit dès 21h30.

Quito avait un rendez-vous très matinal le lendemain et il avait hâte d'en savoir plus long sur le couple Delma-Bouliane!

Joe n'arrivait pas à se convaincre que le mari puisse être un assassin, mais il était clair comme de l'eau de source qu'il avait eu bien envie de se débarrasser de sa femme dès la fin de leur union et même avant, se son propre aveu!

Chapitre 22.

Quito embrassa Kim dès cinq heures trente du matin, lui interdisant de se lever tout de suite. Il lui donna rendez-vous à la réception de leur auberge pour midi. Si jamais il y avait un empêchement, il téléphonerait à l'auberge pour lui laisser un message auprès de la réceptionniste. Kim n'avait pas encore pris le temps de se procurer un portable, depuis son retour d'Europe. Joe lui suggérerait de s'en occuper, dès leur retour à Montréal. Pour lui, cet outil faisait dorénavant partie des « must » en matière de sécurité, en plus de leur commodité indéniable.

À sept heures tapantes, la Mazda Noire de Quito s'immobilisait sous le porche de la maison de Bouliane. Ce dernier était à la porte et l'accueillit avec deux tasses de café fumant dans les mains.

- Je me doutais que vous seriez là de bonne heure, Quito! J'aime ça!

- Merci.

- Entrez, vous connaissez le chemin.

Durant toute la matinée, et prenant tous les deux plus d'un café, par ailleurs absolument délicieux, Bouliane raconta à Quito la période de sa vie vécue en compagnie de Nadine Delma depuis leur rencontre initiale au restaurant Rib'n Reef Steak House, boulevard Décarie à Montréal, jusqu'au jour où leur divorce fut enfin prononcé par un juge dans une salle du Palais de Justice de Saint-Jérôme, dix ans plus tard.

À propos de sa rencontre avec Nadine, la toute première fois, Bouliane raconta à Quito :

- Vous savez, ce sont ses jambes que j'ai remarquées en premier! Puis lorsqu'elle s'est penchée devant moi pour me remettre le menu, je n'ai pu faire autrement que d'admirer ses seins bien ronds et d'un volume à faire tourner n'importe quelle tête de mâle, puisqu'elle les exhibait de façon assez provocante, tout en demeurant en deçà de la limite de la vulgarité!

Tout de suite Pierre Bouliane s'était mis en tête de flirter avec cette fille au corps formidable. Il n'avait fallu qu'un seul autre repas au restaurant où elle était l'hôtesse à l'accueil, pour l'inviter à un premier rendez-vous. Bouliane rêvait d'amorcer une relation avec elle et elle avait immédiatement accepté. Ce fut le début d'une fréquentation qui se poursuivit sur quelque trois mois avant que Bouliane, la tête dans les nuages, ne la demandât en mariage. Elle accepta là encore, sans prendre le temps d'y réfléchir.

Bien que les affaires de Bouliane fussent toutes basées à Montréal, Nadine Delma avait réussi à le persuader de transformer le chalet qu'il y possédait déjà, en une résidence de rêve au Sommet Bleu, à Sainte-Adèle. Bouliane devait faire la navette matin et soir, mais il était disposé à plaire à sa nouvelle épouse.

Nadine était enceinte lorsqu'ils y avaient emménagé. Leur fils David avait décidé de naître à peine avaient-ils eu le temps de placer tous leurs meubles. C'est à partir de ce moment-là que Nadine Delma changea de comportement de façon radicale. De la femme apparemment gentille et avenante qu'elle avait donné l'impression d'être jusque-là, elle devint rapidement de plus en plus amère, impatiente et exigeante.

Alors que le bébé n'avait que quelques semaines, Nadine avait téléphoné aux bureaux de Bouliane et lui avait fait une première scène. Elle prétendait avoir été informée au sujet des lunchs d'affaires de son mari, où il était presque toujours accompagné de sa secrétaire. « C'est que ma secrétaire m'a toujours accompagné, même avant que je te rencontre, Nadine... Tu l'as même vue au Rib'n Reef, rappelle-toi!» s'était défendu l'homme d'affaires. Mais sa femme s'imaginait une idylle entre son mari et cette fille; quelqu'un lui avait rapporté les avoir vus s'embrasser... Elle lui reprochait le tout de façon véhémente, utilisant un langage très cru et direct! Bouliane lui avait ordonné de se calmer, se défendant de ces accusations ridicules. Nadine s'était emporté et juste avant de lui raccrocher au nez lui avait dit : « Tu ferais bien d'amener ton cul tout de suite à la maison, car moi, je quitte les lieux! »

D'abord furieux, puis de plus en plus inquiet, Bouliane tenta sans succès de rétablir la communication téléphonique que Nadine avait brusquement interrompue sans lui donner la chance de placer un mot de plus. Comme elle ne décrochait pas, il avertit sa secrétaire qu'il devait s'absenter : une urgence personnelle à son domicile. Il ne savait pas comment gérer la situation s'il s'adressait à des tiers, tels des voisins (qu'il ne connaissait pas encore assez bien) ni même la police locale (au cas où Nadine n'aurait que bluffé!)

Dans sa voiture de l'époque, une Mercedez Benz 300SL, Bouliane avait fait le trajet Montréal/Sainte-Adèle en un temps record! Par un heureux concours de circonstances, aucun véhicule de police ne l'avait pris en chasse, alors qu'il filait sur l'autoroute à trois voies, poussant des pointes jusqu'à cent-quarante-cinq kilomètres/heure! Arrivé chez lui, il avait retrouvé son fils endormi dans son petit lit à barreaux protecteurs, seul. La maison semblait vide, Nadine ne répondant pas à ses appels. Pierre Bouliane bouillait de rage! Si son épouse s'était présentée à lui à ce moment précis, il l'aurait (de son propre aveu) probablement tuée!

Il avait néanmoins réussi à se calmer dans l'heure qui avait suivi. Il s'était occupé de son fils. Il lui avait changé sa couche, préparé son biberon, puisque sa mère refusait de l'allaiter, sous prétexte que cela déformerait sa poitrine! Puis Bouliane l'avait bercé le temps que l'enfant fasse son rôt.

Nadine était revenue en début de soirée, à moitié soûle. Elle avait passé l'après-midi au bar d'un hôtel situé à peine à cinq cents mètres de leur résidence! Il y avait eu confrontation. Beaucoup de gros mots de part et d'autre, puis Bouliane, à bout de nerfs, l'avait giflée!

Nadine s'était immédiatement sauvée de leur domicile pour une deuxième fois le même jour. Bouliane avait tenté de la rattraper à l'extérieur; il faisait trop noir, elle avait disparu. Pas question d'abandonner l'enfant à son tour. Il était demeuré sur place, jusqu'à l'arrivée des policiers, une heure plus tard.

C'était Nadine qui avait porté plainte pour voies de faits. L'accusation avait été consignée, la procédure judiciaire enclenchée. Ce n'est que deux ou trois semaines plus tard, après qu'ils se furent parlé longuement et calmement que Nadine avait accepté de retirer sa plainte. Peine perdue. Contrairement à quelques années auparavant, la justice n'annulait plus les plaintes reçues pour violence conjugale et se substituait à la plaignante pour que justice soit rendue contre l'agresseur. Bouliane écopa d'un dossier, avait dû payer une amende salée, tout en vivant une brisure importante au sein même de son mariage. Ce jour-là, le climat avait changé. Ce fut le commencement de la dégringolade...

Dans les années qui suivirent, l'amour entre les deux époux avait fini par s'éteindre complètement. Puis un début de haine s'était insinué dans leurs sentiments respectifs. Malgré toute la bonne volonté de Bouliane à vouloir passer l'éponge, Nadine se refusait toute forme d'affection envers son mari. Lui, il faisait des pieds et des mains pour tenter de l'amadouer en lui offrant des cadeaux : bijoux, vêtements, voyages dans les Caraïbes, rien n'y faisait! Nadine demeurait froide et distante. Elle avait réussi à se bâtir un réseau d'amies, des femmes ayant toutes plus ou moins un caractère semblable au sien. Pour la plupart, elles-mêmes des professionnelles ou épouses de professionnels : gâtées, féministes et acariâtres jusqu'au bout des ongles! Les hommes étaient tous des ordures pour elles et ils devaient tout à leur femme ou aux femmes en général! Telle était la mentalité de ce petit groupe sélect, dans lequel Nadine avait été accueillie à bras ouverts. Entre femmes soi-disant abusées, on se tenait!

C'est sous l'influence de cet entourage de femmes plutôt engagées que Nadine élabora un plan pour obtenir le maximum d'argent et de biens de Pierre Bouliane. Elle se mit à marchander pour permettre à son mari d'avoir avec elle des relations sexuelles! Elle se faisait payer des biens de luxe, s'était fait établir un compte en banque à son nom de jeune fille pour que Bouliane lui verse une sorte de rente hebdomadaire, pour ses services d'épouse et de mère! Une abomination que Bouliane voyait progresser, sans pouvoir y échapper, tout en subissant l'ouragan des reproches et des menaces que Nadine brandissait dès qu'il manifestait la moindre réticence à satisfaire ses exigences. Il se sentait pris au piège d'une mégère qui avait de l'intelligence et de solides relations pour l'aider à obtenir tout ce qu'elle voulait!

Bouliane s'était rendu compte, trop tard, que Nadine fréquentait maintenant aussi des avocats et des notaires sur un plan autre que professionnel... Les amies de ses amies lui présentaient ces personnes lors de cocktails mondains, de fêtes anniversaires ou de tout autre prétexte permettant à Nadine de s'évader de la maison, seule. Bouliane n'aimait pas du tout le cercle d'amis de sa femme. Les deux époux optaient pour des distractions différentes et sortaient donc chacun de son côté.

Privé de relations sexuelles à moins de débourser pour y avoir droit, Bouliane éprouvait le besoin d'escapades occasionnelles qui lui permettaient de vivre quelques aventures sans lendemain. Ces aventures d'un soir, provoquées par son trop plein de testostérone, passaient inaperçues puisqu'elles se produisaient la plupart du temps en synchronisme avec les escapades de son épouse. Cela dura quelques années jusqu'à ce que Nadine eût d'autres plans pour améliorer encore plus sérieusement son avenir financier personnel!

La mégère s'était acoquinée avec une de ces féministes à l'extrême, membre de son groupe d'amies. Avec l'aide de cette femme mûre, à la poitrine bien refaite (de la main experte d'un chirurgien esthétique de renom) et aux longues jambes bien galbées, elles avaient mis sur pied un plan très bien élaboré pour que Bouliane finisse au lit avec cette même copine, par ailleurs très séduisante. Ensuite, la citant à titre de témoin de première main, Nadine l'utiliserait légalement en poursuite et prouverait devant le juge, la culpabilité de son mari d'avoir ainsi commis l'adultère! Monsieur serait alors jugé coupable et responsable de la dissolution de leur mariage et du même coup, devrait payer pour les procédures légales et les honoraires des avocats de madame. Mais le plus important de tout, était que Nadine réclamerait alors la moitié du patrimoine familial, et exigerait évidemment une somme supplémentaire à titre de dommages moraux et psychologiques causés à l'innocente épouse qu'elle prétendrait avoir toujours été…!

Le piège légal se referma une fois de plus sur Bouliane, après qu'il eut évidemment succombé aux avances de la belle… Le plan s'était déroulé si facilement, puisque Nadine elle-même tirait les ficelles de l'intérieur!

Inconscient de tout ce qui se tramait contre lui, l'homme d'affaires avait agi innocemment, profondément persuadé qu'un accord tacite les liait, Nadine et lui, leur permettant leurs escapades extra-maritales respectives et sans conséquences. Les amies de Nadine avaient tout orchestré pour permettre à leur protégée de remporter cette bataille juridique, malgré toutes les objections soulevées par le défendeur! Bouliane n'avait pas pris la peine de préparer une contre-attaque avec témoins et autres preuves qui auraient pu démontrer une culpabilité toute aussi équivalente de la part de son épouse légitime.

Il avait cru, à tort, qu'avec un peu de patience et de discussions à tête reposée, il aurait réussi à faire cesser les procédures. Mais le plan de Nadine était coulé dans le béton! L'enjeu financier avait, pour elle, bien trop d'importance et l'emportait sur tout le reste. Alors, contre l'attaque sans pitié si bien orchestrée par sa femme et cette flopée de témoins à charge sans merci aucune, Bouliane y avait perdu la moitié de tous ses biens, incluant les actions de toutes ses entreprises et ses avoirs en liquide. Le patrimoine familial y passait au grand complet!

La résidence de Sainte-Adèle avait entièrement été attribuée à madame. La garde de son unique enfant était aussi attribuée à madame, parce que selon le jugement de la cour, c'était elle qui était bien plus responsable que monsieur! Pierre Bouliane y perdait surtout sa fierté et son honneur. C'était là une trahison inacceptable!

- Elle m'a lavé, Quito! Complètement lessivé! Et sali avec des accusations sans aucun fondement, m'entendez-vous?

- Oui.

Bouliane avait le visage tout rouge, la rage s'entendait dans sa voix. Mais il était loin d'avoir fini de tout raconter sur son ex-femme :

- Nadine et moi nous sommes mariés en 1989. Et nous avons divorcé officiellement en 1999. Cela fait maintenant plus de dix ans que le divorce est prononcé, mais elle m'a de nouveau atteint par le biais de mon fils cette fois!

- Racontez-moi…

- Le dernier épisode s'est produit il y a environ un an et demi. Le 3 juin 2008, Nadine travaillait depuis quelques mois déjà comme secrétaire administrative pour un important courtier en valeurs mobilières. Évidemment, comme vous finirez par tout apprendre d'elle, éventuellement, vous arriverez à comprendre qu'elle devait probablement être un peu plus que sa simple secrétaire, vous me suivez?

- Oui.

- Elle avait accès aux coffres. Fouineuse comme je la connais, elle a trouvé des bons, payables au porteur. Sans doute des titres en garde pour un client, je ne sais pas, on n'a pas obtenu tous les détails.

- On?

- Attendez. Vous allez comprendre. Je disais donc qu'elle savait que dans les coffres de son patron dormaient des bons ou obligations monnayables... Elle en a donc volé pour dix mille dollars! Je ne comprends pas pourquoi elle n'en a pas pris plus que ça.

- Il y en avait beaucoup?

- Pour au-delà de cinq cent mille dollars, apparemment! Elle aurait dû tout emporter et disparaître dans la nature. Mais non. Elle s'est contentée de dix mille, qu'elle a ensuite « prêtés » à son fils David, lui demandant de les encaisser et de déposer l'argent dans son compte épargne pour six mois... Elle lui laisserait les intérêts accumulés pour cette période en cadeau, et lui promettait aussi l'achat d'un lecteur DVD portable, s'il lui rendait ce service. Il n'a jamais reçu ce lecteur de DVD, ni vu la couleur des intérêts, comme vous le devinez!

- Ce n'est pas sérieux?

- Comme je vous le dis! David a toujours aimé sa mère, comme un fils se doit de le faire. Pour lui, sa maman ne pouvait pas être une femme aussi cruelle. Le petit n'a rien soupçonné, bien évidemment. Et c'est lui qui s'est fait pincer, puisque les bons avaient été déclarés volés et qu'on avait les numéros de série en note dans les registres dudit courtier. Mon fils a été arrêté, puis condamné pour vol. Comme il était majeur, il a écopé de six mois derrière les barreaux. Il venait tout juste de terminer sa peine lorsque nous sommes allés passer les Fêtes à Sainte-Adèle. C'est moi qui l'ai ramassé à sa sortie de taule le vingt-deux décembre dernier.

- C'est à peine...

Quito allait dire que cela lui semblait à peine croyable qu'une mère puisse faire pareil coup à son propre fils, mais il s'en abstint. Il ne voulait pas que le père décèle chez lui quelque émotion ou réaction trop personnelle dans cette histoire. Bouliane avait évidemment lu dans ses pensées :

- À peine croyable, hein? Mais non! C'est du Nadine Delma tout craché, mon vieux! Une femme acariâtre et sans aucun scrupule. Seul l'appât du gain la fait carburer! Personne d'autre ne compte pour elle; même pas les autres garces de son clan!

- Votre fils a pris ça comment?

- Il a subi une grande déception, évidemment. Mais il est demeuré muet comme une carpe et il n'a jamais voulu dénoncer sa mère! Incroyable, n'est-ce pas? Pour lui, sa mère demeure sa mère... Mais ce n'est pas la même chose dans l'autre sens! Pour cette garce de mère qui ne mérite pas d'en avoir été une, son fils n'était qu'un autre bouc émissaire sans aucune espèce d'importance. Je vais lui en vouloir pour le reste de mes jours d'avoir ainsi trahi la confiance du seul être humain qui éprouvait encore un semblant d'amour véritable pour cette femme!

- C'est très triste, en effet. Mais vous devez deviner qu'avec tout ce que vous venez de me raconter, je suis obligé de vous garder sur la liste des suspects; vous le réalisez sûrement!

- Je ne l'ai pas tuée, que je vous dis!

- Je ne demande qu'à vous croire, mais vous m'apportez des motifs plutôt convaincants de vouloir sa mort, reconnaissez-le!

- Oui, ça peut sembler comme vous dites... Mais je vous répète que je ne l'ai pas tuée. Que vous me croyiez ou non n'a d'ailleurs pas d'importance.

- Bien. Je regrette de devoir vous l'avouer, mais à ce stade-ci de l'enquête, monsieur Bouliane, vous êtes mon suspect numéro un!

- Je comprends, Quito, mais je vous répète que vous vous trompez!

- Vous avez autre chose que vous voudriez ajouter, monsieur Bouliane?

- Non. Je vous ai tout dit.

- Très bien. Je vous remercie de m'avoir reçu chez vous. Je vous tiendrai informé des progrès de mon enquête. Soyez assuré que je corroborerai vos déclarations, ce qui d'ailleurs est déjà en train de se faire, par le biais d'une équipe d'enquêteurs. Si jamais les preuves devaient s'avérer concluantes envers votre participation dans ce crime, je devrai alors procéder à votre arrestation.

- Je doute que l'on se revoie pour cette raison, Quito! Bonne chance quand même dans votre investigation. Vous ne manquerez pas de suspects avec une femme pareille! C'est moi qui vous le garantis!

- Au revoir, monsieur Bouliane.

Chapitre 23.

De retour à Montréal dès le soir du 3 janvier, Joe décida, avec l'accord de Kim, qu'il serait préférable qu'ils soient tous les deux séparés pour la semaine qui suivrait. D'abord Kim devait commencer son nouveau travail chez Beaudry et Associés dès le lendemain matin. Joe voulait un peu plus de liberté pour se consacrer pleinement à son enquête en cours et interviewer le maximum de témoins alors que le crime était toujours récent. Il avait de la difficulté à se faire une opinion sur Pierre Bouliane. Le personnage lui semblait être franc et sympathique; mais d'un autre côté, cet homme avait de sérieux motifs de vengeance envers son ex-épouse! Était-il capable de l'avoir assassinée de sang-froid? Joe devait corroborer certains faits, vérifier les alibis et voir s'il y avait d'autres suspects potentiels. Beaucoup de travail s'annonçait pour cette enquête!

Les deux tourtereaux se firent donc des adieux temporaires lorsque Joe laissa Kim devant la résidence de ses parents, à Westmount. Un long baiser et un câlin interminable prouva à chacun que cette séparation de quelques jours seulement s'annonçait pourtant difficile à supporter. « On se téléphonera à la fin de chaque journée? » avait demandé Kim d'une petite voix remplie d'espoir. « Bien évidemment, mon ange… » lui avait répondu un Joe Quito tout souriant et anxieux de la retrouver dès le week-end suivant.

∞∞∞∞

Le lendemain matin, Kim se présenta avec une quinzaine de minutes d'avance à la porte des bureaux de son nouvel employeur. La réceptionniste qu'elle devait remplacer durant son congé de maternité avait monté les marches du perron de pierres extérieur en même temps qu'elle. Judy Young était tout sourire pour accueillir Kim.

Elle invita cette dernière à l'accompagner dans la pièce qui servait de vestiaire et de mini-cuisine avec salle de toilette attenante, réservée au personnel. Les deux jeunes femmes retirèrent leurs manteaux et bottes d'hiver pour ensuite enfiler une paire d'escarpins. Toutes les deux portaient un complettailleur, avec de fines rayures verticales ton sur ton de gris anthracite qui se dessinaient sur le veston et la jupe. Un chemisier blanc boutonné au cou, collant opaque noir pour Kim et gris pour Judy, avec des chaussures de cuir verni noir à talons hauts et fins complétaient l'ensemble de chacune des jeunes femmes.

- On pourrait dire que nous nous sommes préalablement consultées sur l'habillement... ricana Judy.

- En effet, constata Kim, hébétée. J'aurais peut-être dû mettre autre chose, s'excusa-t-elle presque.

- Non! Maître Beaudry est très pointilleux sur l'apparence physique de sa réceptionniste. « C'est la première image projetée du bureau sur un nouveau client », qu'il dit toujours. Alors votre tenue est parfaite!

- Oui, mais à pratiquement un seul détail près, on dirait bien que l'on porte une copie conforme de ce que l'autre a sur le dos...

- Ça n'a aucune espèce d'importance en ce qui me concerne, Kim. On dira que c'est le costume officiel de la maison, si vous voulez bien.

- OK, mais à une condition.

- Laquelle?

- Que l'on puisse dès à présent se tutoyer... J'ai horreur du vouvoiement entre de jeunes personnes comme nous.

- D'accord! Tu as besoin de passer par la salle de bain?

- Non, ça va.

- Alors suis-moi. Je te fais faire la tournée des lieux.

Moins d'une demi-heure plus tard, Kim était assise à la console téléphonique et prenait les premiers appels de la journée. Elle avait mémorisé l'emplacement de tous les bureaux installés sur les trois niveaux de cette ancienne demeure cossue de la rue Sherbrooke, transformée en bureaux sur chaque étage. Judy était assise à ses côtés et la surveillait, prête à intervenir en cas de pépin.

Mais Kim semblait se débrouiller superbement. Elle répondait d'un « Beaudry et associés, bonjour... » avec une voix douce mais ferme d'une personne sûre d'elle-même. Puis : « Ne quittez pas, je vais voir si maître untel est à son bureau... »

Elle savait évidemment si tel associé était rentré ou non et si tel autre était en conférence avec un client ou déjà pris au téléphone. Le panneau lumineux lui montrait d'un seul coup d'œil quelles lignes téléphoniques étaient libres ou occupées. Un autre tableau indiquait tous les noms des associés et un petit cercle aimanté se tenait soit dans la case indiquant *entré* ou dans l'autre marquée *sorti*, offrant un résumé visuel de qui était à son bureau ou non.

Dès que Kim obtenait le nom de la personne à l'autre bout du fil, elle l'écrivait rapidement sur un bloc rose, prenant juste le temps de s'enquérir du regard auprès de Judy pour savoir si tel client avait une importance particulière ou non, s'il pouvait être mis en attente ou s'il fallait absolument avertir l'avocat concerné. Puis elle mettait les deux correspondants en connexion ou répondait d'un ton poli que maître untel était occupé ou absent. Elle notait ensuite les coordonnées de la personne, la raison de son appel, la date et l'heure, puis déposait le mémo dans le casier de l'associé concerné. Jusqu'à ce que Kim connaisse mieux tous les avocats du bureau, ainsi que la clientèle ayant déjà un dossier actif avec Beaudry et Associés, il lui était difficile de pouvoir deviner qui bénéficiait de passe-droits avec priorité absolue.

Judy la trouvait formidable! Elle aurait pu jurer que Kim avait déjà fait ce boulot avant ce premier lundi de janvier. Elle avait une aisance incroyable face à toutes ces communications, qui parfois arrivaient simultanément sur plus d'une ligne à la fois : « Beaudry et associés, ne quittez pas... » puis elle passait à une autre ligne sans attendre pour répéter la même formule d'accueil. Elle revenait ensuite au premier appel en ligne : « Excusez-moi de vous avoir fait attendre. Comment puis-je vous aider? » Puis elle transmettait l'appel à qui de droit ou prenait une note sur son bloc de mémos, dans le cas d'un associé absent ou dans l'impossibilité pour celui-ci de répondre immédiatement. Une vraie pro.

- Judy, comment fait-on pour prendre une pause pipi...?

- Ha! Tu dois y aller maintenant?

- Bien, ce n'est pas absolument nécessaire à ce moment précis, mais ça ne tardera sans doute pas trop...

- Vas-y, je vais prendre ta place.

- Oui, merci beaucoup. Mais que vais-je faire lorsque tu ne seras plus là à mes côtés?

- Bien, il y a un risque à s'absenter de la console... Si tu n'es pas là et que personne ne répond, ça se saura et ça n'est absolument pas bon pour toi!

- Je m'en doute bien.

- Mais j'ai trouvé un moyen de prendre une pause rapide, lorsque absolument nécessaire, sans qu'il y ait trop de risque. Je te le dis en secret, car les patrons n'en savent rien. Alors tu gardes ça pour toi, d'accord?

- D'accord.

- Voilà, tu bloques toutes les lignes entrantes en initiant un appel, puis tu te dépêches d'aller prendre soin de ton petit besoin! Si quelqu'un téléphone pendant ton absence, l'appel tombera automatiquement sur le système du répondeur et on y laissera un message. Dès ton retour en poste, tu dois aller vérifier le système et y relever les messages, s'il y en a. Et là, tu transmets l'information à qui de droit.

- Ingénieux!

- Oui, mais vaut mieux essayer de prévoir à l'avance. Moi, j'évite le café ou autres breuvages au moins une demi-heure avant d'être en poste. J'essaie aussi de ne pas boire durant la matinée.

- Mais c'est très malsain! Il faut boire beaucoup d'eau dans une journée...

- Oui, tu as raison. Mais ce poste ne favorise pas beaucoup cet aspect de la bonne santé.

- Il n'y a personne qui puisse nous remplacer, ne serait-ce que cinq minutes?

- Oui, c'est possible qu'une des secrétaires des associés puisse prendre le relais pour quelques minutes. Mais c'est très difficile d'en trouver une qui soit libre au bon moment. C'est certain que maître Beaudry préfère le contact humain aux systèmes informatisés. Il déteste tomber sur un système entièrement robotisé et il s'est bien promis d'éviter ce désagrément à sa clientèle. Alors mieux vaut n'utiliser ce stratagème qu'en cas d'absolue nécessité!

- Je vois. Eh bien, je tenterai de faire comme toi alors.

Le reste de la matinée se déroula sans problème et les deux jeunes femmes purent bavarder quelque peu entre les appels. Elles devinrent amies et sourirent joyeusement jusqu'à l'arrivée d'un client nommé Ahmed Abdhallah. Ce dernier était accompagné de son chauffeur et garde du corps, Saad Rahbar. Maître Beaudry attendait l'Iranien pour midi. Une brève discussion dans les bureaux de maître Beaudry serait ensuite suivie d'une sortie au restaurant pour lunch d'affaires, avait-il prévenu Judy et Kim à son arrivée au bureau, un peu plus tôt.

Judy prévient alors Kim qu'il fallait faire attention avec le chauffeur... un gars entreprenant et plutôt malpoli. Dès que son patron fut introduit dans le bureau du boss, Rahbar ne tarda pas à s'approcher de Kim pour engager la conversation avec un fort roulement prononcé des lettres « r » :

- Bonjour mademoiselle! Vous me dites votre nom?

- Je me nomme Kimberly. Et vous êtes?

- Saad Rahbar! Enchanté de faire votre connaissance, jolie demoiselle. Je vous invite à luncher ce vendredi. Je vous prendrai ici à midi pile.

- C'est gentil, mais je ne pourrai pas.

- Comment osez-vous refuser un rendez-vous si galamment offert!

- Je n'ai pas de pause pour le lunch, désolée.

- Mais tout le monde doit prendre pause pour aller luncher! Je vais discuter avec votre patron! Vous avez droit de manger.

- Oui, j'ai le droit de manger et je mange en effet. J'apporte ce qu'il me faut et je le déguste ici même.

- Mais c'est bien mieux au restaurant! On mange chaud avec bon service...

- Écoutez, l'interrompit Kim, qui commençait à le trouver un tantinet exaspérant, c'est très gentil à vous de vous préoccuper de mon bien-être, mais je ne peux accepter.

- Non-non. Vous ne pas vous faire du souci! Je vais arranger les choses avec votre patron.

- J'ai dit non! Vous comprenez, monsieur?

- J'ai entendu votre réponse, mais je ne comprends pas, non.

- Eh bien en français, ça veut dire que je refuse d'aller luncher avec vous.

- Pourquoi?

- Parce que c'est mon droit…

- Dans mon pays, les femmes n'ont pas ces droits. La femme doit obéir à l'homme!

- Écoutez, mon vieux! Primo je ne suis pas dans votre pays, nous sommes au Canada, ici. Et deusio, je ne suis pas votre femme! J'ai déjà un petit copain, pigé?

- Vous êtes très insolente. Je ferai rapport sur vous!

- Faites comme vous voulez, mon vieux, mais laissez-moi travailler en paix, s'il vous plaît!

- Monsieur Rahbar, s'il vous plaît, laissez mon amie faire son boulot. C'est sa première journée aujourd'hui… tenta Judy de sa petite voix chevrotante de peur.

- Toi, tu mêles pas toi à cette conversation! Compris! lui lança Rahbar sur un ton sans équivoque.

- Non, mais quel culot! Soyez poli, mon vieux! asséna Kim sur un ton provocateur.

L'Iranien à la chevelure noire fournie et une barbe de deux jours tout aussi sombre que tous les autres poils de son corps, avait les yeux écarquillés, serrait des dents et fixait Kim en tremblant de rage! Ce fut une chance inouïe de voir son patron sortir du bureau de l'avocat, accompagné de maître Beaudry à ce moment précis. Le patron, M. Abdhallah, lui intima aussitôt l'ordre d'approcher la voiture : « Saad, nous quittons pour le restaurant! Voiture, s'il vous plaît!»

Le sbire tourna immédiatement les talons sans dire un mot, mais son regard lançait des éclairs à l'endroit des deux jeunes femmes. Judy était toute tremblotante même si l'Iranien l'avait tout ce temps presque totalement ignorée. Après que le trio a franchi le seuil et que la porte se soit refermée derrière eux, Judy s'empressa de dire à Kim :

- Kim, tu n'aurais pas dû le provoquer…

- Le provoquer? Non mais t'as vu ce type! Quelle arrogance tout de même…

- Oui, mais c'est un client de maître Beaudry!

- Ce n'est pas lui le client. Lui, c'est le chauffeur.

- Et garde du corps de monsieur Abdhallah…

- Ouais, sans doute. Mais c'est un connard qui ne sait pas accepter un non comme réponse. Qu'il aille se faire foutre!

- Moi, il me fout les jetons, ce type. T'as vu ses yeux! Ce regard mauvais… J'espère qu'il ne reviendra pas de sitôt.

- Ne t'en fais pas, Judy. Il faut savoir tenir tête à pareil connard de macho!

Mais Judy n'en était pas convaincue pour autant et continuait de trembler de tout son corps. Quant à Kim, elle était assez petite dans ses souliers, malgré ses bravades en apparence décontractées. Mais au fond d'elle-même, elle n'avait pas perçu de très bonnes vibrations en provenance de ce type…

Chapitre 24.

Joe s'ennuyait déjà de Kimberly… cette fille pleine de joie de vivre, au sourire chaleureux sur ce petit visage encore tout jeune et innocent. *Bon, ça suffit mon vieux, il faut reprendre le boulot!*

Dès son arrivée au bureau en ce lundi 4 janvier, Quito n'avait qu'un objectif en tête : vérifier les allégations de Pierre Bouliane.

Pendant que Tozzi enquêtait sur le terrain, dans le voisinage du lieu de résidence de la victime, Quito effectuait ses propres recherches dans les archives accessibles par le système informatique de la SQ et utilisait Internet pour certaines autres. Il confirma ensuite par téléphone des informations qui n'étaient pas répertoriées ou auxquelles il n'avait pas accès électroniquement.

En fin de matinée, Quito avait donc pu reconstituer tout le portrait de cet homme peu ordinaire : depuis sa naissance au sein d'une famille aisée, son enfance vécue entre la maison de ville de ses parents et le chalet à la campagne en été; son adolescence, semblable à celle de tous les jeunes gens de son époque, jusqu'à son mariage avec Nadine Delma en 1989 au Palais de Justice de Montréal. Quito imprima une copie du certificat de mariage et la versa au dossier.

Joe avait aussi retracé tout son parcours d'entrepreneur et d'homme d'affaires averti. Bouliane avait fait beaucoup d'argent en s'occupant des compagnies, en partie héritées de son père dans le domaine de la chaussure et pour d'autres, lancées par lui-même, dans l'import-export touchant les textiles, les ustensiles et accessoires de cuisine et autres produits de consommation courante.

Une copie du certificat de naissance de David Bouliane qui avait vu le jour à l'hôpital de St-Jérôme en 1990, rejoignit à son tour le dossier.

Joe ajouta aussi au cartable une copie des plaintes enregistrées auprès de la police de Ste-Adèle que Nadine Delma avait par la suite tenté d'annuler, mais qui avaient été transférées aux procureurs de la province de Québec. Joe pourrait, ultérieurement, aller consulter les documents relatifs au procès qui s'en était suivi en allant fouiller les archives du Palais de Justice de St-Jérôme.

Quito obtint aussi une copie du certificat de divorce et il eut la chance de s'entretenir avec l'avocate au dossier. Celle qui s'était occupée des procédures en divorce pour madame Delma avait bien voulu lui faxer le document et aussi verbalement lui confirmer qu'effectivement, le jugement avait été très favorable à madame et que monsieur avait dû débourser de très grosses sommes en faveur de sa cliente. De plus, la résidence familiale avait dû être totalement dévolue à Nadine Delma. L'avocate semblait très fière d'avoir remporté sa cause et après cet échange téléphonique de plusieurs minutes, où elle donnait au policier les détails financiers des acquis de madame, Quito se fit la réflexion intime qu'il ne voudrait jamais avoir affaire à cette chipie sur le plan légal, ni même autrement d'ailleurs! Une vraie déchaînée!

Difficile de relever les changements financiers au patrimoine de Pierre Bouliane après le prononcé de ce divorce. Quito retraça certaines transactions et il fut évident que Bouliane avait dû liquider la majorité, sinon la totalité de ses entreprises pour se plier aux ordonnances de la cour.

Sans pour autant être un homme à la rue, Pierre Bouliane avait dû encaisser un très dur coup sur le plan social! Ses revirements professionnels avaient certainement provoqué de la colère et du ressentiment, mais ce n'était là que des suppositions... Quito devait trouver des témoins de cette époque, qui, eux, pourraient lui raconter les états d'âme de Bouliane et tenter de savoir si le bonhomme était d'humeur à vouloir assassiner son ex-épouse.

Pendant le séjour de Joe à Baie-Saint-Paul, Marco Tozzi avait pu corroborer certains faits relatifs au passage de Bouliane dans les Laurentides, jusqu'au retour du business man à son domicile. Cela correspondait parfaitement à ce que Bouliane lui avait déclaré en entrevue, alors que Joe l'interrogeait chez lui.

Autre détail significatif, le film « Millénium 2 » était bien à l'affiche du Cinéma Pine de Ste-Adèle à l'heure et en date du 24 décembre donnés par Bouliane. L'information avait été colligée par Marco lui-même, alors qu'il s'était rendu sur les lieux pour interroger le personnel de vive voix et ainsi juger des réponses en fixant les témoins droit dans les yeux. On ne mentait jamais devant la personne de Marco Tozzi!

Marco avait aussi pu confirmer que Bouliane avait bien dîné à l'Hôtel Le Chanteclerc avant de se rendre au cinéma. Était-il seul à table? Le personnel de l'hôtel ne s'en souvenait pas, mais le total de la facture portée au compte de la chambre de Bouliane laissait supposer que oui. En demeurant vague sur le sujet, le personnel de l'hôtel voulait probablement montrer un peu de discrétion envers un de leurs meilleurs clients... Mais si Bouliane avait été en compagnie d'une autre personne pour le repas du soir, une des deux n'avait sans doute rien avalé.

Cet homme n'avait apparemment menti sur rien. Mais les plaintes auprès de la police de Ste-Adèle confirmaient qu'il avait frappé sa femme à une certaine époque et que donc, poussé dans les câbles, il pouvait devenir assez violent pour en venir aux coups! Et avec tout le mal que Nadine Delma lui avait fait sur le plan financier, il avait tout un mobile pour vouloir l'assassiner! Joe ne pouvait donc pas éliminer son premier suspect!

Il fallait tout de même envisager toutes les possibilités et pour arriver à dénicher d'autres suspects potentiels dans l'entourage de Nadine Delma, Joe se devait de revoir sa sœur Michèle une fois de plus, pour en apprendre davantage sur la victime et son entourage.

∞∞∞∞

La chance lui sourit! Michèle Delma était en congé et elle était prête à le recevoir chez elle pour un entretien en tête-à-tête. Quito lui promit donc d'être là dans l'heure suivante, le temps de ramasser un sandwich à la cafétéria du QG, puis de sauter dans son véhicule pour se rendre chez elle tout en mangeant son repas pendant le trajet. Chaque feu rouge rencontré lui permettait de prendre une bouchée, puis une gorgée de sa cannette de cola diète.

Tout comme la veille du Jour de l'An, le logis de Michèle Delma était impeccable. Chaque surface avait l'air d'avoir été lavée, époussetée ou essuyée puis astiquée à peine quelques minutes auparavant.

- Bonjour inspecteur. Toujours aussi ponctuel, à ce que je constate.

- Oui, c'est une habitude dont je ne veux pas me départir. Vous allez bien?

- Oui, merci.

- C'est très gentil à vous de me recevoir encore une fois, et ce coup-ci sans préavis aucun.

- Oh, vous savez, je n'ai pas beaucoup de loisirs. Je ne sors pratiquement jamais et les émissions de télé m'ennuient. Alors parfois je lis, je regarde un film, mais j'aime bien entretenir mon logement.

- Oui, cela se voit! Félicitations pour la propreté. Vous êtes un as!

Michèle eut un sourire gêné mais on vit qu'elle apprécia le compliment. Ils reprirent leurs places respectives, comme la fois précédente, après que Joe a refusé un café. « Je viens juste de terminer mon repas. » lui dit-il pour expliquer son refus. Il lui remémora alors, tout en feuilletant son carnet de notes, que lors de leur dernier entretien, ils s'étaient concentrés sur la relation de sa sœur Nadine avec son époux, Pierre Bouliane. Joe lui mentionna aussi avoir rencontré monsieur Bouliane, sans toutefois lui faire part des détails de cet entretien à Baie-Saint-Paul. Il lui expliqua seulement que, compte tenu des circonstances de la mort de sa sœur, il semblait plus que probable qu'elle avait été assassinée par plus d'une personne. Ce qu'elle-même semblait croire, selon ses dires de la dernière fois.

- À votre avis, croyez-vous que Pierre Bouliane soit l'assassin de Nadine?

- Je ne sais pas… Il a déjà été violent avec elle dans le passé. Mais c'était en réaction à une provocation du moment. Vous comprenez?

- Oui.

- Mais ça faisait déjà depuis le divorce qu'ils ne se voyaient plus, près de dix ans je crois, sauf à l'occasion où Pierre allait reconduire David chez sa mère pour un week-end, par exemple.

- David aimait bien sa mère?

- Oh oui! Je crois que c'est le seul être humain qui ait toujours pu faire abstraction de ce que sa mère pouvait faire comme gaffes. Envers lui ou envers n'importe qui. David semblait tout lui pardonner…

- Pouvez-vous alors me parler des autres relations de votre sœur? Avait-elle des amis intimes, hommes ou femmes, ou avait-elle rencontré quelqu'un avec qui elle sortait de façon sérieuse?

- Eh bien, ce que je vais vous dire ne devrait pas vous surprendre, après tout ce que je vous ai déjà raconté sur Nadine, lors de notre dernier entretien. Bien évidemment qu'elle a eu des relations tout de suite après son divorce d'avec Pierre Bouliane. Même pendant les procédures de divorce! Mais sur les conseils de son avocate, Nadine était super prudente.

- Donc elle était elle-même adultère, si je comprends bien votre raisonnement?

- Effectivement. Nadine était une personne très peu scrupuleuse, voyez-vous. Rien ne la dérangeait sur le plan moral. Seule la possibilité d'augmenter ses avoirs matériels ou financiers pouvait influencer son comportement dans un sens ou dans l'autre. Quand son avocate lui a expliqué les motifs pour lesquels elle devait garder un profil bas, à tout le moins pour la durée des procédures, Nadine a tout de suite compris qu'elle devait jouer son rôle de femme blessée, de mère abandonnée et de quelqu'un à plaindre; et non plus en femme du monde ayant plein d'activités avec ses relations, vous voyez?

- Oui.

- À cette époque, elle se tenait beaucoup avec un groupe de gens qui, pour la plupart, étaient des professionnels. Médecins, avocats, notaires… ce genre de statut social… Enfin. Industriels et hommes d'affaires très prospères aussi, évidemment. Ces gens-là ont tous un standing plus ou moins équivalent. En tout cas, c'est ce que je crois et c'est sans doute comme cela que Nadine le voyait, elle aussi.

- Oui : qui se ressemble s'assemble, comme le veut le dicton.

- Exactement.

- Nadine voyait quelqu'un en particulier?

- Non, je ne crois pas. Elle se sentait valorisée en tant que femme, dans ce groupe d'amis et c'est avec les femmes du groupe qu'elle se tenait surtout. Ses relations avec les hommes n'étaient qu'aventures sans lendemain. Du moins, pour Nadine…

- Je vois. Vous pouvez me donner des noms?

- Oui, bien sûr. Dans ce groupe, il y avait le médecin Louis Longpré et son épouse Carole; un autre médecin généraliste, le docteur Gilles Landreville et sa femme Denise, une Française; Il y avait aussi le notaire Armand Leconte, Français lui aussi et sa femme Émilie. Armand était fou furieux de Nadine et il lui avait avoué vouloir abandonner son épouse et ses quatre enfants pour emmener Nadine vivre avec lui à Montpellier, en France! Vous imaginez? Il semble que les hommes perdaient facilement la tête pour ma sœur! Je n'ai jamais compris cela…

- Assez étrange en effet, même si votre sœur était plutôt canon à l'époque, non?

- Ah ça, oui! Et elle l'affichait volontiers. Jamais rien de vulgaire, remarquez, mais avec les vêtements griffés qu'elle portait tout le temps, tout la mettait en valeur. Je ne connais pas un seul homme qui ne se soit jamais retourné sur le passage de Nadine, à moins d'être aveugle! Malgré que, même un non-voyant aurait pu s'arrêter pour humer son parfum de prix!

- Donc, elle fréquentait ce cercle d'amis fortunés. Est-ce que tout ce beau monde habitait dans les Laurentides?

- Pas tous, non. Le notaire Leconte habite toujours à Laval. Mais comme il était ami, mais aussi parent avec le docteur Longpré (les femmes sont les deux sœurs, je crois), ils se voyaient souvent. Et Nadine était une patiente du docteur Longpré.

- Je comprends. Poursuivez…

- Après son divorce, Nadine a eu des relations avec plusieurs hommes. Je veux dire, elle a habité avec plusieurs messieurs!

- Expliquez-moi, avec le notaire Leconte, il y a eu relation intime?

- Pas que je sache. Je crois que Nadine aimait bien flirter avec lui durant leurs soirées mondaines. Histoire de rendre tout le monde un peu mal à l'aise. Nadine était une pro pour mettre la bisbille dans son entourage. Excusez mon franc-parler, mais faire chier une autre femme lui procurait une jouissance indescriptible!

- Vous êtes excusée. Les mots crus sont parfois bien utiles pour faire comprendre le sens de nos propos. Vous avez rencontré chacun de ces hommes avec qui votre sœur a eu une relation? Je veux dire, ceux avec qui elle a cohabité?

- Oui. Enfin, presque tous, je crois.

- Vous voulez bien me les nommer, s'il vous plaît?

- Bien sur. Il y a d'abord eu Pierre Letendre, un gars qui travaillait dans le domaine de la radio, je crois. Il était toujours mêlé à des lancements de disque, des spectacles ou des événements du genre. Nadine aimait bien les gens qu'elle pouvait rencontrer en sa compagnie. Beaucoup d'artistes de la télévision, notamment.

- Elle est demeurée avec lui longtemps?

- Nadine n'a pas été plus d'un an avec chacun des hommes que je vais vous énumérer. Je dirais qu'après deux ou trois mois, Nadine avait fait le tour du potentiel financier du pigeon.

- Je ne suis pas certain de vous comprendre…

- Eh bien disons que ma sœur avait très bien développé son expertise à pouvoir dépouiller quelqu'un très rapidement, sur le plan financier. Elle se laissait désirer, exigeait des preuves d'amour, toujours sous forme matérielle, évidemment, puis cédait un petit bout de terrain (comprendre son corps…) jusqu'à ce que le pigeon n'ait plus une seule petite plume sur le dos.

- Je vois. Une arnaqueuse professionnelle, en somme.

- Oui. C'est exactement ce qu'elle était! Prenez son second conjoint, un dénommé Pierre Gervais.

- Votre sœur avait un faible pour les Pierre!

- Oui, c'est vrai! Mais je ne crois pas que cela ait été intentionnel. Le hasard, j'en suis persuadée.

- Pardonnez-moi de vous avoir interrompue. Continuez, je vous en prie.

- Comme je le disais, Nadine a demandé à ce Pierre Gervais, agent immobilier de sa profession, d'acheter leur prochaine résidence ensemble et de mettre la propriété au nom de Nadine, pour lui prouver formellement son amour! Une résidence de type bungalow, dans le coin de Rosemère ou de Sainte-Thérèse, je ne me souviens plus exactement.

- Il l'a fait?

- À peine croyable, mais oui, il l'a fait! Et aussi incroyable, Nadine l'a plaqué moins de trente jours plus tard sous prétexte qu'elle l'avait vu sourire à une autre fille alors qu'ils étaient à une soirée entre amis!

- Wow! Excusez ma réaction, mais le type devait être en beau pétard!

- Évidemment. Mais que voulez-vous, il avait légalement les mains liées. Les actes de vente et autres documents légaux étaient formels, la maison appartenait à Nadine. Elle l'a vendue et a empoché tout le profit sans même offrir quelque compensation que ce soit à Gervais. Quelque chose comme cent cinquante mille dollars nets, si ma mémoire est bonne. Elle avait du culot, ma sœur!

- Comme vous dites!

Quito eut beau noter tout cela dans son carnet, il n'arrivait pas à croire tout ce que lui racontait Michèle Delma. Si Nadine avait fait la moitié de ce que Michèle venait de lui raconter, Joe se rendait soudainement compte que sa liste de suspects potentiels venait de s'allonger drôlement!

Chapitre 25.

Michèle Delma poursuivit son énumération des conjoints de sa sœur Nadine. Quito prenait en note tous les noms, les adresses, l'emploi ou la profession de chacun. Mais il ne se voyait pas enquêter sur tous ces gens à la fois! Il lui faudrait l'appui de plusieurs détectives pour venir à bout de tout ce beau monde.

L'entrevue prit une tournure tout à fait différente lorsque Michèle Delma mentionna le nom d'une des dernières conquêtes de sa sœur Nadine :

- L'an dernier, Nadine a fait la rencontre d'un dénommé Peter Marshall. C'était à l'automne 2009. Marshall était un revendeur de drogue dans les bars et les clubs du nord.

- Du nord de la ville?

- Non. Je veux dire des Laurentides : Sainte-Adèle, Piedmont, Saint-Sauveur…

- Je vois. Continuez.

- Le gars avait toujours plein d'argent sur lui et cela a évidemment très impressionné ma sœur, comme vous pouvez le deviner.

- Nadine prenait-elle des substances illégales, se droguait-elle? Mis à part les pilules prescrites que j'ai pu voir dans son armoire à pharmacie?

- Je ne dis pas qu'elle n'a pas essayé quelques bricoles, comme fumer un joint ou renifler une ligne de coke de temps en temps. Mais je n'ai pas connu ma sœur comme étant une habituée des drogues ou de la boisson. Le CASH! C'était ça, sa véritable drogue. Mais vous avez raison en ce qui concerne les médicaments psychotropes comme les Benzodiazépine, le Librium, par exemple. Excusez-moi, c'est le côté professionnel qui prend le dessus…

- Je ne m'y connais pas vraiment, mais pourquoi faisait-elle usage de ces pilules?

- Ma sœur et moi sommes toutes les deux un peu névrosées, je dois l'admettre… Nous avons besoin de ce genre de médicament pour pouvoir décrocher et trouver le sommeil, à certains moments de notre vie…

- Bien. Avec Marshall donc, ça s'est passé comment?

- Eh bien au début, je dirais que tout baignait dans l'huile. Ils ont habité ensemble dans une superbe maison du Sommet Bleu à Sainte-Adèle. Avec la piscine creusée, le terrain de tennis, vue sur un paysage de rêve du haut de cette montagne...

- Vous avez l'adresse de cette propriété?

- Je dois l'avoir dans mon répertoire d'adresses. Vous la voulez?

- Non, pas maintenant. Vous me la donnerez plus tard, si vous l'avez. Poursuivez, je vous en prie.

- Eh bien Marshall devait aller à Vancouver, un peu avant Noël. Pour faire une rencontre reliée à de nouveaux fournisseurs de drogue, mais Nadine n'en savait pas beaucoup plus. Ma sœur l'a dénoncé à la GRC.

- C'est sérieux?

- Comme vous êtes là! Elle a dit à la police canadienne que son Jules s'en allait rencontrer des dealers à Vancouver à une date qu'elle leur précisa. Ils ont pris Marshall en filature dès son arrivée à l'aéroport de Vancouver. Ils l'ont filé pendant deux jours, puis ils ont arrêté toute la bande alors qu'ils faisaient une transaction dans un entrepôt désaffecté du secteur industriel de la ville.

- C'est à peine croyable...

- Marshall fut mis en détention, cité à procès et condamné pour une peine de deux ans. Mais sa durée de détention avant et pendant le procès, puis sa bonne conduite en prison lui ont permis de sortir après quelques mois seulement. Si je me rappelle bien, il devait sortir de taule quelques jours avant Noël.

Cette dernière information capta toute l'attention de Quito, car elle lui semblait capitale. Marshall venait de sauter au premier rang des suspects, en compagnie de Pierre Bouliane! Un dealer brûlé par sa petite amie, c'était du sérieux! Joe ne se souvenait pas avoir jamais entendu parler de ce type. Il ignorait si c'était un dur de dur ou une petite crapule de deuxième niveau qui se contentait de ramasser du blé sur son territoire protégé. Mais que le gars se soit donné la peine d'aller rencontrer de nouveaux fournisseurs potentiels à l'autre bout du pays, prouvait qu'il avait certainement les couilles endurcies!

Ce gars-là avait dû suspecter la dénonciation et vouloir se venger. Mais encore fallait-il qu'il sache qui l'avait dénoncé…

- Michèle, vous savez si Marshall a appris qu'on l'avait donné à la police?

- Non, je n'en sais rien. Tout ce que je sais, c'est que Nadine a profité de la maison pendant pratiquement toute l'année où il a été absent. Elle ne payait rien; pas de loyer, ni les frais de chauffage ou d'électricité. Ni aucun autre compte, d'ailleurs. Personne ne lui a jamais rien demandé. Moi, je me suis dit que Marshall avait préautorisé les prélèvements directement sur son compte bancaire. Pour l'hypothèque, l'électricité, le chauffage, le téléphone, tout quoi.

- Vous avez sans doute raison. Quoique pour l'hypothèque, il est possible qu'il n'y en ait pas eu. Si Marshall était un solide dealer, il est possible qu'il ait payé la maison comptant.

- C'est probable. Il roulait en Hummer H2 et Nadine a pu utiliser ce véhicule pendant les mois d'absence de Marshall. C'est d'ailleurs avec ce même véhicule qu'elle a pu flirter et ensuite entreprendre une relation plutôt inhabituelle avec une autre fille.

- Ah?

- Oui. Elle se nomme Paula. Paula Agostina, je crois.

- Vous l'avez rencontrée, cette Paula?

- Oui, une seule fois. Je n'étais pas très à l'aise avec elle. J'ai dit à Nadine que je ne souhaitais plus la revoir.

- Qu'y avait-il?

- C'est une lesbienne!

- Vraiment?

- Ouais. Nadine m'a dit qu'elle l'avait embarquée à la sortie du bar le *Bourbon Street Club*, un soir où Nadine y était allée seule. Nadine avait eu l'oreille attentive de Paula pendant toute la soirée, plutôt tranquille, et elle lui a fait le grand jeu de la femme abandonnée, etc. Elle disait qu'elle en avait assez des hommes, bla-bla. Évidemment que Paula a tout de suite mordu à l'hameçon. Nadine l'a ramassée à la porte du club lorsque Paula eut terminé son quart de travail. Paula était très impressionnée par le VUS 4X4 noir.

- Elles ont fini par se mettre ensemble?

- Elles ont cohabité quelques semaines seulement. Nadine s'est rapidement rendu compte qu'elle n'était pas bisexuelle, mais pas du tout. Elle a quand même joué avec Paula un certain temps. Paula l'aimait vraiment, mais c'était à sens unique. Nadine ne faisait que profiter de Paula. La rupture a été assez dure pour cette pauvre fille.

- Elles se sont quittées quand? Vous rappelez-vous?

- Quelque part à la mi-décembre, je crois.

- C'est récent, donc.

- Oui. Il y a un peu plus de deux ou trois semaines à peine. Mais c'était une deuxième rupture pour elles. Il y avait eu une séparation pendant quelques semaines, peut-être un mois auparavant? Puis elles avaient repris leur relation à l'initiative de Nadine.

- C'est étrange… Pourquoi ont-elles repris à votre avis?

- Paula est barmaid au *Bourbon Street Club*. C'est un club où toute la clique de ma sœur va de temps en temps. Et Paula est là-bas depuis l'ouverture, ce qui fait qu'elle connaît tout le monde. Dont plusieurs propriétaires de commerces et d'hôtels de la région. Ma sœur se cherchait du boulot pour pouvoir abandonner la maison de Marshall avant qu'il ne revienne… Alors elle s'est servie de Paula pour qu'elle la mette en relation avec un éventuel employeur.

- Et ça a fonctionné?

- Oui, évidemment. Mais Paula a ensuite été abandonnée à son sort, puisqu'elle ne servait plus à rien. Ma sœur était une vraie sans-cœur! Ça m'a quand même fait de la peine pour Paula, moi je l'aimais quand même bien cette fille…

Quito remarqua que Michèle avait prétendu ne pas avoir d'affinité avec Paula Agostina, juste auparavant… Mais il n'osa pas demander à Michèle de s'expliquer là-dessus.

- Depuis cette rupture, Nadine a-t-elle eu d'autres relations importantes?

- Non. Elle habitait seule dans son chalet au moment du drame. Elle devait être en train d'analyser le potentiel futur, mais n'avait pas encore jeté son dévolu sur un nouveau pigeon, avoua Michèle avec un petit sourire triste.

- Bon, nous semblons être arrivés à la fin du décompte... je me trompe?

- Non, monsieur. Les aventures de Nadine se sont arrêtées là, j'en ai bien peur.

- Je ne sais comment vous remercier, mademoiselle Delma. Vous m'êtes d'un grand secours.

- Il n'y a pas de quoi. Vous êtes le bienvenu quand vous voudrez, inspecteur.

Quito lui sourit en lui tendant la main. Il était tard et Joe avait hâte d'être de retour au bureau pour mettre de l'ordre dans ses notes et retranscrire toutes ces informations pendant qu'elles étaient encore toutes fraîches à sa mémoire. Il voulait déjà mettre Tozzi sur l'enquête et il comptait même demander sa contribution au chef de police de Sainte-Adèle! Il souhaitait que son paternel enquête sur ce fameux Peter Marshall!

- Un instant, inspecteur.

- Qu'y a-t-il?

- Je vais vous chercher l'adresse que vous vouliez, pour Peter Marshall...

Quito apprécia la sollicitude de Michèle Delma. Après lui avoir remis le bout de papier sur lequel elle avait retranscrit l'adresse de Marshall, la main chaude et moite de Michèle se referma sur celle de Joe et elle lui souhaita le bonjour avant de refermer la porte derrière le policier.

Après être sorti à l'extérieur, l'air froid et humide de la ville fouetta le visage de Joe. Alors que le moteur de sa Mazda se réchauffait, il se mit à penser à Kim. *Elle a probablement déjà quitté le bureau à cette heure-ci. J'ai hâte de lui téléphoner et de prendre de ses nouvelles!*

Chapitre 26.

De retour au bureau, Joe convoqua Marco pour faire le point. En attendant que son adjoint monte de la cafétéria, il en profita pour téléphoner à Kim chez sa mère.

- Salut, monsieur l'inspecteur!

- Salut, Kim. Comment a été ta journée au travail?

- Super! J'ai bien aimé ce boulot malgré tout. Et Judy a été un amour en demeurant à côté de moi toute la journée.

- C'est la fille que tu remplaces?

- Oui. Elle est super gentille!

- Je la connais de vue, pour l'avoir aperçue à la réception. Elle part quand?

- Vendredi sera son dernier jour, mais entre nous, elle pourrait quitter dès demain. Ce n'est pas si compliqué de répondre au téléphone. Et puis je connais déjà pas mal tous les associés de maître Beaudry…

- Dis donc, t'as pas perdu de temps!

- Non, monsieur. Judy m'a briefé sur chacun d'eux à mesure qu'ils franchissaient la porte du bureau. Puis elle me les présentait officiellement, dès qu'ils s'approchaient de la réception. Tous des gentlemen, à ce qu'il m'a semblé.

- Je ne les connais pas tous, mais je suis certain que maître Beaudry ne s'entoure que de gens compétents et bien élevés.

- On ne peut pas en dire autant de sa clientèle!

- Ah? Il y a eu un pépin avec un client?

- Je ne peux rien te cacher, mon beau chevalier…

- Raconte…

- Oh, rien de bien méchant. Il y a eu ce gars qui est le chauffeur d'un tout nouveau client de maître Beaudry. Un dénommé Mohamed, ou je ne sais trop…

- Un Arabe?

- Ouais, je crois. Ah, et puis non attend, le Mohamed, c'est le client. Le chauffeur, c'était un certain Samad ou Baad… je ne me souviens plus; il a un nom trop compliqué!

- Qu'est-ce qu'il a fait?

- Monsieur m'a invitée pour le lunch ce vendredi!

- Quoi, il a du goût; il est galant; je ne vois pas le problème…

- Écoute! Il ne m'a pas réellement *invitée*. Il m'a plutôt *ordonné* de luncher avec lui vendredi.

- Ordonné!

- Ouais, comme si monsieur était le nombril du monde et qu'il fallait se plier à tous ses caprices, tu vois?

- Tu as refusé, j'espère…

- Non, mais pour qui tu me prends, Joe Quito!

- Évidemment que tu as refusé… Une fille bien élevée comme toi n'accepte pas de rendez-vous avec le premier venu!

- Sauf toi!

-Je n'accepte jamais de rendez-vous avec une inconnue!

-Tu as la mémoire assez courte, monsieur l'inspecteur…

- Euh, avec toi ce n'est pas la même chose.

- Ah bon?

- On s'est rencontré un soir, puis on est sorti ensemble un autre soir…

- Hum… oui. Tu as peut-être raison. Mais j'étais chez toi pour la nuit pas très longtemps après notre première rencontre…

- Bon, je dois te laisser Kim.

- Ça te met mal à l'aise de parler de nos premiers jours ensemble?

- Non, ce n'est pas ça. Mon partenaire de travail vient d'entrer dans mon bureau. On doit discuter de l'enquête.

- Oui, je comprends Joe. Rappelle-moi demain soir, tu veux?

- Je t'aurais téléphoné un peu plus tard…

- Non. Je suis fatiguée. Je vais me coucher tôt pour être en forme demain.

- Je comprends. Alors fais de beaux rêves, mon ange…

- Je t'embrasse bien fort, monsieur l'inspecteur!

- Moi aussi. À demain alors.

- Bye!

Planté à côté de la porte, immobile et les yeux rivés sur son boss, Marco Tozzi lui décrocha un sourire moqueur.

- Quoi…! Qu'est-ce qui te fait rire?

- Je ne ris pas, je te signale, mec. Je souris! Nuance…

- Ouais, bon! Revenons à nos moutons, tu veux bien?

- OK! Ne te fâche pas. Je suis simplement heureux de voir que tu as enfin une copine, espèce de bougon.

- Écoute! L'affaire Delma, ce n'est pas du gâteau et ça commence à me mettre les nerfs en boule! Il y a trop de suspects dans cette histoire. Cette femme était une vraie veuve noire…

- Qu'est-ce que tu veux dire, ma poule?

- L'araignée *veuve noire* tue son mâle après l'accouplement. Nadine, elle, ne les tue pas mais elle les plume! Mon entrevue d'aujourd'hui avec sa sœur m'a révélé encore une bonne demi-douzaine de suspects potentiels! Des amants abandonnés, des épouses jalouses, un dealer trahi en plus d'une gouine plaquée cavalièrement! Même la sœur pourrait être du lot!

- Tu rigoles!

- Pas du tout. C'est possiblement elle qui hérite, je ne sais pas… Faudra voir s'il y a un testament.

- Alors raconte, mec.

Quito expliqua à son partenaire et ami de longue date toutes les relations énumérées par Michèle Delma, impliquant sa sœur Nadine et une série d'hommes qu'elle avait fréquentés depuis son divorce d'avec Bouliane, jusqu'à tout récemment. Pour la plupart, de riches professionnels ou hommes d'affaires. Leur point commun : l'argent! Ils en avaient plein les poches et Nadine savait manœuvrer pour se faire payer de beaux vêtements, des chaussures de luxe, des voyages et même deux propriétés, si l'on incluait celle ravie à son premier mari et celle de l'agent immobilier Gervais!

- Tu comprends qu'elle a dû se mettre plein de bonnes femmes à dos, en plus…

- L'épouse aime rarement la maîtresse de son mari!

- Exact! Et il y a aussi tous ces cœurs brisés… ces fortunes dilapidées, du moins en partie.

- Elle les escroquait à ce point ses Gus?

- Je ne sais pas comment elle s'y prenait, Marco, mais cette femme fatale les faisait tous tomber! Ils devenaient fous et en bavaient à ses pieds. Plusieurs de ces messieurs ont perdu de très grosses sommes d'argent avec Nadine. D'autres lui ont permis d'acquérir une propriété valant plusieurs centaines de milliers de dollars!

- À son nom?

- C'est ce que prétend Michèle Delma! « Pour prouver son amour… » Nadine demandait que la nouvelle propriété soit enregistrée à son nom personnel…

- Tu parles, mec!

- Tout ça nous laisse beaucoup de boulot! Tu as eu les résultats de l'enquête de proximité?

- Oui, mais c'est négatif sur toute la ligne! Il n'y avait pratiquement aucun voisin chez eux durant la période où le crime a été commis. Ceux qui croient avoir été là durant les quelques heures visées ne se souviennent de rien de particulier. Ils n'ont rien entendu; ils n'ont vu aucun rôdeur ou quoi que ce soit d'anormal… Chou blanc, ma poule!

- Évidemment. Elle a été tuée par quelqu'un qui la connaissait, la fréquentait… Mais ce triple assassinat a-t-il été perpétré par un seul individu? Deux?

- Tu penses qu'il y a plusieurs personnes d'impliquées?

- Oui.

- Tous des gars?

- Peut-être pas. Le poison, c'est l'arme d'une femme, à mon avis.

- Ce n'est pas si certain, mec!

- Peut-être pas, je te le concède. C'est juste une intuition…

-Moi, je suis d'avis que c'est une seule personne qui l'a tuée, l'araignée noire!

- Tu expliques ça comment, Marco?

- Le gars, ou la fille, peu importe, s'amène chez la gonzesse de luxe avec la ferme intention de la tuer. Il opte en premier pour le poison, qu'il verse dans son digestif. Elle a bu de l'Amaretto et le cyanure ça pue l'amande, mec! Alors c'est pour ça que la victime n'a rien détecté!

- Ouais, c'est possible, en effet. Ensuite?

- Ben, comme le poison n'a fait que l'assommer, la Delma s'est excusée pour aller faire un petit roupillon. Elle monte dans sa chambre et se couche sur son lit. Le gars n'aime pas ça! Il s'affole, la rejoint et l'engueule. Nadine a de la difficulté à se tenir debout; elle a peur de lui et recule vers le balcon où il la frappe ou la pousse par-dessus la rampe. Elle tombe en bas et se casse le cou!

- OK. Mais comment expliques-tu la balle dans la tête, alors…

- Ben, le gars devait avoir une arme dans le coffre de sa bagnole. Il s'est dit que de lui foutre une balle dans le crâne, ça brouillerait les pistes et ferait croire à un cambriolage qui a mal tourné. Enfin, quelque chose comme ça, tu vois, ma poule?

- Oui, je te suis, Marco. Mais selon moi, ça ne s'est pas déroulé comme tu le supposes.

- Toi, Sherlock, tu as une vision des choses qui m'échappe souvent!

- Je sais… Je reste persuadé qu'il y a trois meurtriers en cause, lui dit Joe en demeurant songeur.

- Si c'est comme tu le dis, on va tous les coincer, Joe. Ne te fais pas de souci, mec.

- Oui, j'espère bien… Je vais téléphoner au chef Saint-Aubin, de Sainte-Adèle! Je voudrais qu'il tente de retracer un certain Peter Marshall.

- Tu veux qu'il l'arrête parce c'est un de tes suspects?

- Non. Je veux seulement qu'il tâche d'apprendre tout ce qu'il peut sur le gars. Il est présumé revendeur de drogue, selon Michèle Delma et son territoire serait celui que les policiers de mon père patrouillent. Je veux connaître ses antécédents, tout ce qui concerne le passé du gars, aussi loin qu'il pourra fouiller! Mais plus spécifiquement ses allées et venues depuis son retour de Vancouver, peu avant Noël.

- Il arrive de vacances?

- Ouais… Si on veut… J'ai aussi besoin que toi tu t'occupes d'enquêter sur d'autres suspects potentiels!

Chapitre 27.

Dès son arrivée au bureau le lendemain matin, Kim était indécise quant à l'attitude à adopter devant son patron et les autres associés. Judy n'était pas rentrée au travail, comme cela était pourtant convenu. Elle était censée accompagner Kim jusqu'au vendredi inclus, date à laquelle elle prendrait alors son congé de maternité.

- Elle va sans doute téléphoner plus tard, maître Beaudry… Ne vous inquiétez pas pour moi, je saurai me débrouiller!

- Je ne m'inquiète absolument pas pour vous, Kim. J'ai pris connaissance de vos compétences hier. C'est plus pour Judy que je m'inquiète… Ce n'est pas son genre de ne pas téléphoner pour prévenir de son absence au travail.

- Je vous ferai signe dès que j'aurai de ses nouvelles. Je vais tenter de la joindre chez elle. Elle a sans doute eu un malaise et décidé de rentrer plus tard…

- Elle aurait prévenu déjà! Ce n'est pas normal. Espérons qu'il ne lui est rien arrivé de fâcheux. Vous seriez gentille de me faire signe dès que vous apprenez quelque chose, Kim.

- Oui, bien sûr maître Beaudry!

Kim téléphona à nouveau chez Judy. Pas de réponse. Elle lui laissa un deuxième message sur sa boîte vocale. Kim n'avait pas d'autres numéros où rejoindre Judy. Son amie ne lui avait pas donné de numéro de portable. Elle ne connaissait pas sa famille, ignorait même le nom et prénom de son conjoint, où ce dernier travaillait, s'il travaillait…

Kim fit le tour de toutes les secrétaires, afin de s'informer. Une des filles lui apprit que Judy et son conjoint s'étaient querellés, quelques semaines plus tôt. Judy incitait alors son copain à se trouver un emploi le plus rapidement possible, puisqu'il serait bientôt père. Mais monsieur n'avait pas apprécié et avait tout simplement décidé de plaquer sa compagne et de retourner vivre chez sa mère! Le couple était en rupture depuis plus de quinze jours.

- Joe, c'est Kim!

- Oui, Kim. J'étais censé te téléphoner ce soir…

- Oui, je sais. Ce n'est pas pour ça que je te rejoins si tôt.

- Qu'est-ce qu'il y a… tu me sembles inquiète!

- Ouais… Judy n'est pas rentrée au bureau ce matin.

- Ah?

- Et ce n'est pas normal, selon maître Beaudry.

- Elle est enceinte, Kim. Elle a probablement ressenti un malaise et elle est passée voir son gynécologue ou quelque chose dans le genre…

- Ouais… Tu as sans doute raison.

Puis après une pause silencieuse de quelques secondes, Kim reprit :

- Tu connais la procédure pour signaler une personne disparue, Joe?

- Kim… tu vas trop vite là! On ne sait pas si Judy est disparue. Elle est simplement en retard de deux heures au bureau…

- Oui, tu as raison. Je m'en fais sans doute prématurément.

- Tu auras certainement de ses nouvelles un peu plus tard dans la matinée… Et elle sera probablement au bureau pour partager le lunch avec toi, tu verras.

- OK, Joe. Je vais me calmer. Je te téléphonerai s'il y a du nouveau.

- Très bien.

- Toi, ça va?

- Oui, mon ange. Je travaille sur une difficile enquête, mais ça va.

- OK. Je te laisse travailler. À plus, alors.

- Je te téléphone ce soir. Vers les 17h30, ça te va?

- Oui. Bye!

Mais Judy n'irait pas au bureau pour partager le lunch avec Kim. Elle ne reviendrait pas au travail ni ne donnerait signe de vie de toute la journée…

Chapitre 28.

La veille, vers les 17h30, un homme surveillait la sortie des bureaux de Beaudry et Associés. Alors que Judy et Kim se disaient au revoir sur les marches extérieures de l'immeuble, l'homme les épiait toutes les deux. Il les trouvait également intéressantes et il décida que ce serait la brune en premier!

Alors que Judy se rendait à sa voiture, empruntant la ruelle mal éclairée juste à l'arrière des bureaux des avocats, l'homme vêtu de noir marcha d'un pas silencieux à moins de dix mètres derrière elle. La noirceur était tombée depuis plus d'une demi-heure déjà et même si l'on avait dépassé le solstice d'hiver depuis plus de deux semaines et que l'on gagnait quelques minutes de clarté chaque vingt-quatre heures, le soleil se couchait encore très tôt en fin d'après-midi. Bien avant l'heure de fermeture des bureaux où travaillaient les deux jeunes femmes.

Judy entendit la neige crisser sous les pas de l'inconnu qui la suivait et cela la rendit nerveuse. Elle eut de la difficulté à insérer la clé dans la serrure de la porte de sa Honda. Elle n'osa pas regarder derrière elle...

Combien de fois s'était-elle répété qu'elle devait se trouver un meilleur endroit pour stationner son véhicule, surtout en ces sombres soirées d'hiver! Un lieu moins isolé qu'ici, dans cette cour étroite que maître Beaudry louait de son propriétaire, qui lui, ne possédait pas de voiture. Mais les places de stationnement étaient rares dans cette partie de la ville. Sur l'artère principale, le stationnement devenait interdit, dès le début de l'heure de pointe, soit bien avant qu'elle ne quitte le bureau. Les rues transversales étaient très étroites et le devenaient encore plus avec les congères hivernales.

Juste comme la porte de sa voiture s'ouvrait enfin, Judy sentit le bras puissant passer sur son épaule droite. Avec sa grosse main large, l'homme lui plaqua un mouchoir sur le nez et la bouche tout en la maintenant de son autre main. Elle n'arrivait pas à respirer... cette odeur nauséabonde lui piquait les narines... elle se débattit férocement, mais se sentit tomber dans les pommes en moins de dix secondes.

Elle se réveilla alors qu'il faisait à peine jour. C'était l'aurore, elle en était certaine. Il ne lui semblait pas possible qu'elle ait pu rester inconsciente pendant presque vingt-quatre heures; mais où était-elle? La tête et son ventre lui faisaient un mal de chien! Et pourquoi diable ses bras étaient-ils aussi engourdis?

Il lui fallut quelques minutes pour reprendre conscience et réaliser qu'elle était ligotée! Allongée sur le dos, ses deux mains étaient solidement attachées de chaque côté de la tête du lit de fer. Une courroie fixée au niveau de sa bouche retenait une espèce de boule de caoutchouc que ses dents mordaient férocement. Elle avait les jambes écartées, attachées au niveau des chevilles de chaque côté du lit de fer.

Elle vit qu'elle était presque nue. Ses vêtements avaient disparu, ses bottes aussi. Son soutien-gorge était toujours attaché dans son dos, mais ses deux seins avaient été expulsés des bonnets de dentelle blanche. Sa poitrine avait grossie avec l'évolution de sa grossesse, mais elle n'avait pas encore ressenti le besoin de s'acheter des soutiens-gorges un peu plus grands. Elle aurait peut-être dû… Ses seins bombés et bien ronds faisaient l'envie de plusieurs de ses consœurs de travail, mais ils avaient sans doute aussi attiré l'attention de quelqu'un d'autre… un homme vicieux et pas mal trop entreprenant!

Elle était sonnée et la tête lui tournait un peu. Elle ne se rappelait plus exactement ce qui s'était passé. Elle se savait prisonnière dans cette chambre miteuse mais cherchait encore à comprendre comment elle était arrivée là. Sa culotte était intacte, mais son collant semi-opaque de couleur gris charbon était descendu à mi-cuisse. Ses mollets, ses chevilles et la plante de ses pieds, sous l'arche, lui semblaient gluants et froids… Du sperme! Son ravisseur s'était servi de ses pieds gantés du soyeux nylon pour se masturber et il avait éjaculé entre ses deux pieds alors qu'elle était attachée et inconsciente! Quel salaud!

Mais malgré tout, elle se trouvait chanceuse. Elle ne semblait pas avoir été violée; sa culotte était bien remontée et elle ne ressentait rien au niveau de son vagin… Pas de douleur, pas de matière étrangère comme celle qui collait à ses bas. La clarté qui s'infiltrait de plus en plus par la minuscule fenêtre, lui permit de constater qu'elle avait un petit bleu à l'épaule gauche. Elle se serait cognée contre la portière de sa voiture en se débattant? Peu importait. Elle était vivante! Son bébé bougeait encore dans son ventre!

Alléluia! Des larmes coulèrent de chaque côté de sa figure, entraînant un peu de son maquillage sur ses joues.

Elle se mit à gémir, se tortillant sur le matelas au creux important en son centre. Elle voulait qu'on la libère au plus vite! Elle ne voulait pas revoir son agresseur. Même si, dans les faits, elle n'avait jamais vu cet agresseur! Ce qui importait le plus, là, maintenant, c'était de sortir d'ici! Se libérer de ce cauchemar!

∞∞∞

- Joe, c'est moi, Kim!
- Oui, mon ange, pas besoin de te nommer… je te reconnaîtrais entre mille, tu sais!
- Oui, excuse-moi. Je suis un peu bouleversée…
- Je constate. Qu'est-ce qu'il y a?
- On a peut-être retrouvé Judy!
- Peut-être, dis-tu…?
- Le Service de Police de la Ville de Montréal a retrouvé une fille attachée à un lit de fer, dans un appartement miteux du quartier Saint-Henri. La description physique correspond. La fille est enceinte, mais n'a aucun document sur elle pour l'identifier… Elle est encore sous le choc et peut-être aussi qu'elle a une amnésie… elle n'a pas pu donner son nom aux policiers.
- Comment l'as-tu appris?
- J'ai téléphoné à la police ce midi, pour signaler la possible disparition de Judy…
- Ils ont pris ta déposition?
- Non, mais le sergent à qui j'ai parlé m'a dit qu'ils avaient retrouvé une jeune femme enceinte très tôt ce matin!
- Ah! Continue…

- La fille s'est réveillée attachée sur un lit, dans une maison de chambres dans le quartier Saint-Henri. Elle n'avait plus ses vêtements. Enfin, elle portait toujours ses sous-vêtements, mais on n'a pas retrouvé son costume, son chemisier, ni ses bottes. Son sac à main non plus, d'ailleurs.

- Elle est blessée?

- Non. Il semble qu'elle n'a rien, à part une petite bosse sur le crâne et les marques laissées aux poignets et à ses chevilles par les liens qui la maintenaient attachée au lit. Elle avait un *gag ball* enfoncé dans la bouche aussi.

- C'est quoi un *gag ball?*

- C'est une balle de caoutchouc au centre d'une courroie qui se boucle derrière la tête. On se sert de ça pour des jeux de bondage. Pour empêcher la victime de crier.

- Du bondage… Ma foi, tu m'impressionnes, Kim.

- Ouais, c'est très à la mode en Angleterre, entre autres. Je t'en reparlerai une autre fois, si ça t'intéresse.

- Non, pas particulièrement! Donc, ce machin empêchait Judy de crier?

- Oui, mais pas de gémir! C'est justement ses gémissements qui ont fini par alerter les voisins!

- Bon, OK. Où se trouve Judy maintenant?

- La police l'a conduite à l'hôpital Saint-Luc et on l'a examinée. J'ai parlé au médecin en devoir à l'urgence… Ils veulent la garder pour encore quelques heures. Ils croient qu'elle a subi une commotion cérébrale et ils veulent être certains que le bébé va bien. Ils veulent faire d'autres tests, s'assurer que la maman et son petit sont en bonne santé.

- Pourquoi chuchotes-tu?

- Je me suis fait passer pour la sœur de Judy…

- Je vois.

- Tu crois que c'est un crime?

- Oui.

- Je le crois aussi, mais je ne le referai plus, promis.

- De quoi parles-tu, Kim?

- De mentir sur ma véritable identité…

- Mais non! Ça n'est pas un crime, mon ange. L'enlèvement en est un. Excuse-moi, j'avais l'esprit ailleurs.

- Je t'aime, Joe.

- Je t'aime aussi, Kim. Tu me manques. Mais le travail me retient beaucoup ces jours-ci.

- Je comprends, Joe. Ce n'est pas grave. On va se voir ce week-end?

- Je fais tout ce que je peux pour me libérer. Je te le confirmerai vendredi.

- D'accord. J'ai hâte d'être dans tes bras…

- Sois très prudente, Kim. Tant que l'on n'aura pas retracé ce kidnappeur, il pourrait encore sévir dans le secteur!

- Dis donc, tu me flanques la frousse, là…

- Il faut être vigilant, tu comprends?

- Oui, monsieur l'inspecteur… Je saurai me défendre!

- Ne prends pas cela à la légère, Kim. S'il te plaît, sois prudente!

- Oui, mon chevalier! Ne t'inquiète pas pour moi.

Chapitre 29.

Quito et Marco mirent sur pied une équipe de quatre autres détectives, pour enquêter durant la semaine sur tous les suspects dans l'affaire Delma. La police locale de Sainte-Adèle enquêtait, de son côté, sur certains suspects habitant les Laurentides. Les enquêteurs de cette équipe interrogèrent tous les amants de Nadine Delma, selon la liste fournie par la sœur de la victime. Ils questionnèrent aussi les épouses de certains de ces professionnels ou hommes d'affaires qui, d'une manière ou d'une autre, furent floués par la belle *veuve noire*, surnom que l'équipe lui donna en raison des similitudes avec le personnage du film du même titre paru en 1986. Bien que la *veuve noire* ici concernée ne tuait pas ses victimes (cela aurait été contraire à ses intérêts!), elle réussissait néanmoins à s'accaparer d'au moins une bonne partie de leur fortune, tout comme le faisait l'héroïne de Bob Rafelson en se débarrassant de ses maris!

Marco résuma les rapports sur chaque interrogatoire :

- On a commencé par le médecin de la victime : le docteur Louis Longpré, ainsi que son épouse Carole. Ils travaillent ensemble, opérant une clinique à domicile pour traiter des patients obèses. Carole agit comme secrétaire médicale et infirmière. Elle est diplômée de l'Ordre des Infirmières du Québec. Tout est en règle sur le plan professionnel.

- Nadine Delma était traitée pour des problèmes d'obésité?

- Pas exactement. Disons que dans son cas, elle suivait des traitements préventifs. Elle se trouvait le ventre et les hanches un peu trop larges…

- Ah les femmes…

- La victime est rapidement devenue une amie du couple, qui l'a appuyée moralement, pour faire face à de supposés problèmes de couple. Son mari Bouliane la frappait… elle s'en est plainte au médecin et à son épouse, qui l'ont prise en pitié. Nadine Delma fut invitée à une soirée, puis une autre, pour finalement devenir une habituée du cercle d'amis du docteur et de son épouse.

- C'est à partir de là qu'elle a établi son terrain de chasse, j'imagine.

- Bingo! Tu as tout deviné, Sherlock! La sœur de Carole Longpré, Émilie, est l'épouse du notaire Armand Leconte. Un Français de France! Il paraît que monsieur le notaire a complètement perdu les pédales lorsqu'il a fait la rencontre de Nadine Delma!

- Ah bon?

- Lors d'une petite fête qui eut lieu chez le médecin, Longpré n'a pas lâché Nadine Delma de toute la soirée. À un point tel que sa femme a déclenché une pagaille terrible qui a mis fin à la célébration de façon abrupte!

- Que s'est-il passé?

- Émilie Longpré a interpellé les deux tourtereaux de façon plutôt directe! Elle avait quelques verres dans le nez et ne s'est pas gênée pour dire sa façon de penser à Nadine Delma, ainsi qu'à son tendre époux! L'altercation verbale fut si violente que tous les invités se sont rapidement excusés et ont précipitamment quitté les lieux. Nadine encaissa les insultes sans broncher, un petit sourire narquois figé sur sa figure, ce qui n'aidait en rien à calmer l'épouse furieuse! Elle lui aurait même proféré des menaces de mort, d'après certains témoins que l'on interviewa plus tard. Mais Nadine Delma n'en fut apparemment pas formalisée pour autant et ne porta pas plainte.

- Une femme qui désire se venger… Faudra approfondir de ce côté-là, Marco.

- Tu crois que c'est elle qui a empoisonnée notre veuve noire, mec?

- Pas impossible! À ce stade-ci de l'enquête, je suspecte tout le monde de son entourage! Je n'ai jamais vu quelqu'un se faire autant d'ennemis en si peu de temps…

- Ouais, pour ça, t'as bien raison, mec.

- D'autres résultats auprès des personnes mentionnées par la sœur de Nadine?

- On a rencontré un dénommé Pierre Letendre. Célibataire de 38 ans, employé par une compagnie qui possède plusieurs stations de radio. Son travail consistait à gérer des événements promotionnels : lancements de disques, interviews avant la première d'un spectacle, présence sur les lieux d'événements sportifs tels le Grand Prix de Montréal, etc.

- Tu as dit « consistait »? Il n'y travaille plus?

- Non. Après avoir passé un peu moins d'un an en concubinage avec Nadine Delma, le gars s'est recyclé dans le domaine de l'immobilier. Il a récemment obtenu sa licence d'agent d'immeuble et travaille pour une agence bien connue au Québec. Disons qu'il y a une certaine instabilité dans son parcours professionnel…

- Ah bon?

- Il était auparavant avec une organisation caritative qui amassait des fonds pour l'aide humanitaire.

- Il a pigé dans la caisse?

- Pas à ce que l'on sache. Mais difficile de savoir la vérité au sein de pareil organisme. Surtout quand les gens versent des contributions en espèces!

- Oui, je comprends. Il gagne bien sa vie comme agent immobilier?

- Aujourd'hui ça va, mais à ses débuts, il en a arraché pendant plusieurs mois. Il s'est fait une nouvelle petite amie et a vécu chez elle pendant plus de six mois. Elle lui a permis de se remettre sur ses deux pieds, c'est certain.

- Et comment ce Pierre Letendre a-t-il terminé sa relation avec Nadine Delma?

- Ça s'est passé du temps où il était encore à s'occuper des promos pour la radio. Nadine se servait de lui et de ses contacts pour rencontrer d'autres gars plus en moyens… Il s'en est graduellement rendu compte et a confronté Nadine à ce propos. Madame n'a pas apprécié et a foutu le camp pendant que le bonhomme avait un rendez-vous d'affaire.

- C'est tout?

- Pas exactement. Disons que lorsqu'il est revenu chez lui en soirée, il s'est bien aperçu que Nadine n'était plus là : toutes les affaires personnelles de sa chérie avaient disparu. Mais pas de petit mot pour expliquer son départ, à part les pantalons du gars.

- Les pantalons?

- Elle avait pris une paire de ciseaux et avait raccourci tous les pantalons de son ex-copain en taillant plus ou moins vingt centimètres sur chaque jambe!

- Façon bien à elle de lui laisser entendre qu'il était trop « petit » pour son calibre visé...

- Ah, ce n'est pas bête, ça Joe... Je n'avais pas pigé la raison de son geste.

- C'est une idée qui me passe par la tête, tout simplement. Elle avait peut-être un autre motif, va savoir!

- Ouais, on n'a pas affaire à une femme très normale, ça c'est certain, mec! Mais je ne vois pas ici de mobile suffisant pour justifier un meurtre. Qu'en penses-tu?

- Je ne sais pas. La jalousie, la rancœur, ce sont des motifs pouvant mener à un désir de vengeance. Mais de là à passer à l'acte, c'est moins évident. Il a un alibi pour la journée du meurtre?

- Oui, mais ce n'est pas très solide... Il prétend avoir passé la journée entière en compagnie de sa nouvelle copine.

- Elle a confirmé?

- Au début, elle ne semblait pas certaine. Puis elle s'est ravisée et a fini par dire comme lui. Tu vois ce que je veux dire, ma poule?

- Ouais. Peut-être qu'elle le protège... Peut-être qu'elle a réellement eu un blanc de mémoire. Faudra essayer de creuser un peu plus de ce côté-là aussi, mais ce n'est pas prioritaire. J'ai plus de doute du côté de son premier mari. Puis il y a le dealer de drogues... Tu as encore ton contact du côté des stups?

- Oui. Nick Galante peut me renseigner sur le gars. John aussi... tu te rappelles de John, mec?

- Oui! Nick, c'est le lieutenant qui dirige l'escouade?

- Exact! C'est un ami d'il y a quelques années. On ne se voit plus beaucoup depuis qu'on a opté pour des unités différentes, mais on est demeuré copains.

- OK, vois avec lui s'ils ont ce Peter Marshall dans le collimateur...

- Bien vu.

- Bon, écoute Marco, il est tard et je suis crevé. On se revoit demain matin pour la suite?

- Comme tu veux, mec. C'est toi le patron!

- Je vais rentrer chez moi et me coucher tôt. Tu peux être ici au bureau pour sept heures demain matin?

- Pas de problème, ma poule! À demain alors.
- Bonne soirée.

Chapitre 30.

Dès son arrivée à la maison, Quito se fit chauffer un plat surgelé. Un reste de repas qui n'avait pu être terminé, à cause du travail. Pendant que le four réchauffait son dîner, il tenta de joindre Kim chez ses parents.

- Bonsoir, madame Bell, vous allez bien?

- Oui, Joe. Et vous?

- Oui, ça va. Longue journée, mais je suis toujours d'un seul morceau. Kim est là?

- Non, je croyais qu'elle était avec vous...

- Elle n'est pas ici. Je n'ai pas eu de message d'elle non plus... Elle m'a téléphoné peu après son arrivée au bureau ce matin, mais pas d'autres nouvelles d'elle depuis ce midi. Est-ce qu'elle vous a téléphoné, aujourd'hui?

- Je regrette, elle n'a pas donné signe de vie depuis dix heures, ni à la boutique, ni à la maison. Son père s'inquiétait, lui aussi, de ne pas avoir de ses nouvelles. Vous croyez qu'il lui est arrivé quelque chose?

- Il ne faut pas s'affoler, madame Bell. Kim est peut-être allée voir quelqu'un à l'hôpital Saint-Luc. Une de ses consœurs de travail... Enfin, c'est trop long à expliquer... Kim est une fille sérieuse et elle vient de débuter un nouveau travail. Il est aussi possible qu'elle soit retenue au bureau. Je vais tenter de la joindre là-bas.

- J'ai tenté de l'appeler au bureau, mais c'est un répondeur automatique qui se met en marche après les heures d'ouverture, semble-t-il. Vous me rappelez dès que vous avez des nouvelles! Je suis inquiète, Joe. Surtout après la disparition de sa copine Judy.

- Ah, vous êtes au courant...

- Évidemment. Kim me raconte tout, Joe... Vous me téléphonez dès que vous apprenez quelque chose, n'est-ce pas!

- Oui, c'est promis. Ne vous en faites pas, je vais la retrouver bientôt!

- Je l'espère bien. Au revoir, Joe.

Joe raccrocha sans dire bonsoir à la mère de Kim, trop énervé de ne pas savoir où était passée son ange chérie! Voilà au moins deux heures qu'elle aurait dû être rentrée chez ses parents. Mais on s'imagine toutes sortes de scénarios en pareilles circonstances. Peut-être que Kim avait décidé d'aller rencontrer Judy à l'hôpital, pour entendre cette dernière lui raconter les détails de sa mésaventure. Ou peut-être que maître Beaudry l'avait invitée à la dernière minute… Avait-elle des ennuis avec sa voiture? Est-ce que le malade qui avait agressé Judy aurait pu s'en prendre à elle?

Bon, Joe se dit qu'il devait se calmer et tenter de trouver la réponse à toutes ces questions. Son premier coup de fil fut pour Bernard Beaudry qu'il joignit sur son portable :

- Bernard, c'est Joe. Kim serait-elle encore au bureau?

- Non, Joe. Elle a sans doute quitté à dix-sept heures, je ne la vois plus à son poste. Pourquoi? Il y a un problème?

- Je ne sais pas encore. Elle n'est pas rentrée et n'a averti personne. Ça n'est pas normal. Mais peut-être qu'elle a eu des ennuis mécaniques ou autre chose de ce genre-là.

- Oui, espérons que ce n'est pas plus grave…

- Bon, je te laisse, Bernard! Je vais voir si je ne puis la rejoindre autrement.

- Bon courage, Joe. Je croise les doigts pour que Kim n'ait rien. J'ai bien besoin d'elle ici!

- Merci! À plus tard…

Joe tenta de joindre Judy, mais il n'y avait pas de réponse chez elle. Elle avait sans doute décidé d'accompagner Kim après avoir obtenu son congé de l'hôpital. Il se dit qu'elles étaient probablement allées prendre l'apéro ensemble quelque part.

Mais pourquoi Kim n'a-t-elle pas averti ses parents… Elle aurait dû me téléphoner aussi… Faut qu'elle se procure un portable au plus vite! C'est frustrant de ne pas pouvoir la joindre, là!

Joe ne savait plus par où commencer les recherches… La minuterie du four venait de sonner. Son plat était prêt, mais il n'avait plus d'appétit! *Où diable es-tu, Kim! Fais-moi signe, je t'en prie…*

Chapitre 31.

Vers dix-sept heures quinze, Kimberly Bell était dans la salle réservée au personnel des bureaux de son employeur. Elle enfila ses bottes et son manteau d'hiver après avoir salué les autres secrétaires.

En descendant les marches de pierres de la vieille demeure convertie en bureaux, elle serra son sac sous son bras gauche, tout en se retenant à la rampe de sa main droite. Elle ne remarqua pas l'homme qui venait d'ouvrir la portière arrière droite de la grosse Lincoln Continental, stationnée tout juste un peu en retrait, devant l'escalier des bureaux de maître Beaudry et Associés.

Alors qu'elle atteignait enfin le trottoir, elle se mit à fouiller son sac à main pour en extraire ses clés de voiture, stationnée à une rue plus à l'est. Elle ne vit donc pas le visage de l'homme lorsqu'il la fit pivoter sur elle-même et lui plaqua le mouchoir imbibé de chloroforme sur le nez et la bouche. Kim n'arrivait pas à respirer et elle tenta désespérément de se défaire de l'emprise de ce bras puissant. Elle voulut lui donner des coups de pieds avec ses bottes aux embouts pointus, mais l'homme avait réussi à se mettre derrière elle et il la tirait déjà sur la banquette arrière de la grosse berline. Kim se débattit furieusement, mais il ne s'écoula que dix secondes avant que la tête ne lui tourne et qu'elle sente ses yeux se révulser. Kim venait de tomber dans les pommes…

∞∞∞∞

Lorsqu'elle se réveilla, il faisait très noir, là où elle se trouvait. Elle était allongée au sol, les mains attachées derrière le dos, les chevilles retenues par une corde solide. Elle avait un bandeau sur la bouche qui l'empêchait d'appeler au secours. Sa tête lui faisait un mal de chien! L'effet du chloroforme, sans doute.

Des sons lui parvenaient de la pièce adjacente. Kim se tourna sur elle-même, roulant sur sa hanche, pour faire face en direction des bruits assourdis. Elle put alors voir du mouvement par la fente éclairée, sous la porte de sa prison de fortune. Il lui semblait qu'au moins deux personnes discutaient et se déplaçaient dans l'autre pièce. Elle écouta les voix, tentant d'en saisir les mots. Les deux hommes parlaient une langue qu'elle ne connaissait pas et ils avaient un accent bizarre qui lui était pourtant familier...

Puis la lumière disparut complètement et elle se retrouva à nouveau dans un noir d'encre, sans comprendre ce qui lui était arrivé. Pourquoi moi? pensa-t-elle... Une rançon? Peut-être savaient-ils qui j'étais... ils connaissaient mes parents et allaient exiger de l'argent de mon père pour me libérer!

Les prochaines minutes demeurèrent silencieuses. La fatigue et le mal de tête de Kim vinrent à bout de ses tentatives pour s'asseoir et se rapprocher de ce qu'elle croyait être la porte du placard dans lequel elle était enfermée. Elle se laissa choir sur le côté, épuisée. Le sommeil l'emporta vers des rêves agités.

Il y avait un Joseph Quito en armure argentée, monté sur un destrier musclé, à la toison d'un noir de jais reluisante. Le chevalier brandissait une épée étincelante, alors que son cheval se cabrait...

∞∞∞∞∞

Quito essayait de réfléchir aux possibilités, sans trouver de réponse ni de solution au mystère enveloppant la disparition de Kim. Un appel auprès du responsable des urgences de l'hôpital Saint-Luc lui avait confirmé que la patiente qui avait été admise le matin même avait bel et bien obtenu son congé. Elle avait quitté l'hôpital en milieu d'après-midi. Non, elle ne se prénommait pas Judy, mais Marie-Ève!

Joe passa une partie de la nuit à l'hôpital Saint-Luc pour obtenir plus de détails sur cette Marie-Ève. De toute évidence, Judy demeurait introuvable et maintenant c'était le tour de Kim! Quito se rendit à nouveau sur les lieux du bureau de maître Beaudry pour tenter de trouver une trace quelconque : un bout de papier ou de tissus, une goutte de sang... Joe suspectait maintenant que Kim avait fort probablement été victime d'un enlèvement, tout comme Judy la veille, puisque la voiture de Kim était toujours garée à une rue du bureau de son employeur, là où elle l'avait laissée le matin même. Quito se morfondait en faisant tourner sa matière grise à plein régime, mais la fatigue et l'inquiétude l'empêchaient de raisonner froidement, avec toute sa logique habituelle. Comme il ne trouva aucun indice susceptible de l'aider, il appela donc Marco en renfort pour que son meilleur ami et adjoint unisse ses efforts aux siens. Joe espérait qu'à eux deux ils arriveraient à retrouver l'élue de son cœur le plus rapidement possible.

Chapitre 32.

- J'ai besoin de toi, Marco! Kim a été enlevée!

- C'est une blague, mec?

- Pas du tout! Viens me rejoindre dès que possible pour qu'on élabore une stratégie. Je serai au bureau dans dix minutes.

- J'arrive, ma poule!

Moins de quinze minutes plus tard, le soleil commençait à peine à se lever et Marco entrait dans le bureau de Joe, deux cafés fumants à la main. Ils burent une gorgée du breuvage encore bouillant avant de se regarder dans les yeux. Joe n'avait pas fermé l'œil de la nuit et ses yeux étaient rougis.

- Je sais que tu l'aimes, Joe... T'en fais pas, on va la retrouver.

- Oui, je l'aime. Je ne croyais pas cela possible pour moi que de tomber en amour avec une fille aussi formidable. Elle me manque désespérément, Marco!

- Je te comprends, vieux. Elle s'est fait embarquer à sa sortie du bureau? Comme Judy?

- Je ne vois pas autre chose, pour le moment. Sa voiture est encore stationnée à une rue à l'est du bureau. Tout comme celle de Judy, qui est demeurée sur son emplacement dans l'entrée privée donnant sur la ruelle. Elle n'a téléphoné à personne pour avertir d'un quelconque changement à ses plans.

- C'était quoi, ses plans?

- Elle n'en avait pas, justement. Elle devait en principe rentrer chez ses parents et se reposer. C'était ça le programme. Je lui ai téléphoné en soirée pour prendre de ses nouvelles, chez sa mère, et à notre grande surprise à tous les deux, Kim n'était pas rentrée... Elle était censée retourner chez ses parents après sa journée de travail.

- Au bureau, personne n'a rien vu?

- Non. Beaudry dit qu'elle a quitté vers dix-sept heures. Comme d'habitude, enfin, comme la veille, puisque c'était sa deuxième journée seulement.

- On devrait aller interroger les secrétaires et les associés de Beaudry dès leur arrivée au bureau, mec!

- C'est bien mon intention. Tu veux bien communiquer avec le SPVM et leur demander s'ils ont quelque chose de neuf sur le ou les ravisseurs de cette fille, Marie-Ève…?

- OK, tout de suite!

- Moi, je vais réfléchir un peu. Il y a quelque chose qui me chicote…

- Je te reviens dès que j'ai une réponse des confrères du SPVM. On se retrouve ici à huit heures quarante-cinq pour aller chez maître Beaudry?

- Oui.

∞∞∞∞

Le Service de Police de la Ville de Montréal n'avait absolument rien de nouveau sur l'enlèvement de Marie-Ève Gosselin, survenu deux jours plus tôt. Aucune trace de ses vêtements disparus. Rien dans la chambre miteuse où elle avait été retrouvée par les voisins, alertés par ses gémissements. Aucun des autres locataires n'avait remarqué quoi que ce soit de spécial, disaient-ils. Mais les policiers étaient persuadés que personne ne parlerait de toute façon. Dans ce quartier pauvre de la ville, on ne voulait pas être mêlé à une affaire impliquant la police.

Le seul espoir de Quito reposait sur les analyses d'ADN provenant du sperme récolté sur les collants de la fille. Peut-être que l'agresseur était déjà fiché dans le système. Peut-être que cet agresseur avait aussi enlevé Judy et Kim?

Joe avait fait pression sur Émile Chamberland, pour qu'il pousse sur ses techniciens et fasse passer l'analyse ADN du sperme en toute priorité. Pas simple de briser la séquence prévue des tests en laboratoire au sein de l'Identité Judiciaire. Mais Chamberland avait promis à son protégé de faire son possible.

Alors que Joe pensait justement à lui, le téléphone sonna :

- Quito…

- C'est Chamberland. On a une correspondance pour le sperme…

- Déjà?

- Tu ne m'avais pas dit que tu étais pressé?

- Oui, mais c'était hier soir, passé vingt heures…

- Je sais. Mais pour toi, Joe, je leur ai fait faire des heures sup!

- Merci doc! Je vous en dois une.

- Oublie ça, mon garçon.

- Qu'est-ce que ça donne?

- Le gars est fiché comme prédateur sexuel. Sans adresse fixe. Il se nomme Ronald Tremblay. 35 ans, 1,80 m, dans les 90 kilos. Retard intellectuel important : il a l'âge mental d'un enfant de douze ans.

- On n'a pas d'adresse pour lui?

- Non, je suis désolé, Joe.

- Bon. C'est déjà un début. Je vais voir avec Marco si on ne peut pas mettre les gars du SPVM sur l'affaire. Peut-être est-il connu des patrouilleurs du centre-ville.

- Je te souhaite de le pincer le plus vite possible, Joe.

- OK, encore merci, doc.

- Y'a pas de quoi.

Dans les minutes qui suivirent l'appel de Chamberland, Marco et Joe firent afficher le portrait de Ronald Tremblay sur les babillards des postes de quartier autour du centre-ville et diffusèrent la description du prédateur sur toutes les radios, avec mention « prioritaire » afin de tenter de retracer ce suspect le plus rapidement possible.

Une heure plus tard, soit un peu après huit heures du matin, des agents patrouilleurs avaient déjà retracé l'homme recherché. Il avait passé la nuit à la Mission Old Brewery, un organisme qui venait en aide aux sans-abris dans le Vieux-Montréal. L'établissement offrait le gîte et un repas chaud à ceux qui en faisaient volontairement la demande. Et l'hiver, par temps froid comme c'était le cas en ce moment, l'achalandage était pas mal plus important. D'où la chance inouïe d'avoir pu mettre la main au collet du type en un temps record!

∞∞∞∞

Joe et Marco étaient au poste de quartier numéro 20, rue William. Le suspect y était détenu et fut emmené en salle d'interrogatoire. Quito et Tozzi se présentèrent à lui en sortant chacun leur carte de police. Ils entreprirent alors de questionner le suspect sur ses allées et venues de la veille, à l'heure où Kim s'était évanouie dans la nature. Quito attaqua le premier :

- Monsieur Tremblay, pouvez-vous me dire où vous étiez hier après-midi?

- Ben, ça dépend…

- Ça dépend de quoi, Ronald? lui demanda Marco sans ménagement.

- Ben, de l'heure.

- Vers les dix-sept heures, dit Quito, jouant le rôle du bon policier.

- Dix-sept? C'est quelle heure ça?

- Bon, disons cinq heures de l'après-midi. Ça te va, ça, mec? Aboya un Tozzi impatient.

- Oui, monsieur. Vers cinq heures, j'étais sur la rue, comme d'habitude. Je faisais les poubelles…

- Dans quel secteur de la ville, demanda Quito?

- Ah, sur Saint-Laurent, dans ce coin-là.

- Tu ne serais pas allé du côté de la rue Saint-Denis par hasard, mec, enchaîna Marco?

- Non. Hier j'étais sur Saint-Laurent. Je fais la rue des deux côtés, à partir du port, en montant jusqu'à Prince-Arthur. Je monte d'un côté puis je redescends de l'autre. Alors vers cinq heures je redescendais… Je devais être autour de la « main », coin Sainte-Catherine ou à peu près.

- Tu es entré à quelle heure à la Mission Old Brewery, questionna le méchant policier?

- Sais pas… Vers les six heures, je crois. Je ne voulais pas rater le souper chaud! Il fait frette en calvaire sur la rue ces temps-ci!

- Bon, on va vérifier, de toute façon. Mais vous êtes certain de ne pas être allé du côté de la rue Saint-Denis hier, demanda Quito?

- Non, monsieur. La rue Saint-Denis, je l'avais faite la veille! Avec un copain…

- C'est qui ton copain, mec, questionna Tozzi?

- C'est Ted. Je ne connais pas son nom de famille.

- C'est toi qui as décidé d'endormir la fille avec du chloroforme, l'accusa Marco, les yeux exorbités, sourcils froncés?

- Non, m'sieur! C'est Ted qui a fait ça... répondit l'autre en se recroquevillant sur son siège, tremblant de peur. Il l'avait déjà mise à l'arrière de sa voiture quand je suis arrivé près de lui.

- T'es certain de ce que tu avances?

- Ben, oui m'sieur... Pis Ted avait les clés et il m'a invité à monter à bord de l'auto. J'y ai dit : mais c'est pas à toi cette bagnole, Ted... Mais il a insisté et je me suis assis à l'avant.

- Ensuite vous avez fait quoi, les guignoles, le pressa Marco?

- Ben, Ted m'a emmené chez lui, dans le quartier Saint-Henri. Il a une chambre là-bas.

- Et ensuite? (Quito laissait l'initiative à Marco, qui semblait obtenir de bons résultats auprès du bonhomme...)

- Ben, je l'ai aidé à faire monter la fille jusque chez lui, parce qu'elle était endormie...

- Bien, et après?

- Ben, on l'a couchée sur le lit et Ted lui a retiré sa jupe, son manteau et sa blouse. Puis il m'a donné une bière en me demandant de surveiller la fille pendant qu'il allait au dépanneur du coin acheter d'autres bières. Il a pris de l'argent dans le porte-monnaie de la fille... avoua le témoin tout penaud.

- Tu es resté seul avec la fille?

- Oui, m'sieur. Je lui ai enlevé ses bottes, pour ne pas qu'elle salisse le matelas... Pis là, ça m'a excité de voir ses pieds avec ses bas de nylon...

- Tu t'es masturbé, mon cochon?

- Ben, oui m'sieur... dit-il d'une voix à peine audible.

- Et tu as éjaculé sur ses pieds et ses jambes!

- Ben, j'ai pas pu m'en empêcher, m'sieur... c'était très bon de me frotter contre ses pieds chauds et soyeux!

- Et après ça, qu'est-ce que t'as fait, espèce de salaud?

187

- Ben, Ted est revenu avec la bière. Il m'en a offert une autre puis il a vu que j'avais déchaussé la fille et que ses pieds étaient tachés… Il était pas content et il m'a fichu à la porte!

- Qu'est-ce que tu as fait des bottes et des vêtements de la fille?

- J'ai rien pris, m'sieur! Moi, je suis parti tout de suite et la fille, elle est restée avec Ted, geignit-il.

- Tu n'es pas revenu plus tard, connard, continua Tozzi, toujours aussi menaçant?

- Non, m'sieur. Ted était si fâché que je ne voulais pas lui déplaire encore plus. Je me suis dirigé vers la Mission pour y passer la nuit.

- Donc, tu ne sais pas ce que sont devenus les vêtements de la fille?

- Non, m'sieur!

- C'est toi qui as attaché la fille au lit, minus?

- Quoi! J'ai attaché personne, moi, m'sieur| Je lui ai juste caressé les pieds à la fille… J'aime bien les pieds des femmes, moi, m'sieur…

- Oui, on a vu ça dans ton dossier! Tu aimes tellement les pieds des filles que tu les agresses dans les parcs, l'été, hein?

- Ouais, m'sieur… ça m'est arrivé. Mais je ne leur fais pas de mal, m'sieur! Jamais je ne leur fais de mal! avoua-t-il avec les yeux humides, sur le point de pleurer.

- OK, c'est bon. Mais pour hier après-midi, tu jures que tu n'étais pas du côté de la rue Saint-Denis, mec?

- Oui, je le jure m'sieur!

- Et Ted, lui…?

- Je ne pense pas, m'sieur. Ted était à la Mission pour le repas d'hier, lui aussi. Je ne lui ai pas parlé, mais je l'ai vu. Il est arrivé tout juste après moi…

- On va vérifier, pourriture de mes fesses.

L'entretien avec le suspect s'arrêta là. Il ne semblait pas en savoir plus et les deux enquêteurs le laissèrent aux bons soins des agents du SPVM. Il allait être accusé d'enlèvement, de séquestration et de tous les autres motifs que pourrait trouver le substitut du procureur, mais Quito s'en fichait pas mal. Il s'agissait d'un pauvre type pas très malin qui ne semblait nullement dangereux aux yeux de l'inspecteur de la SQ. Il lui fallait plutôt savoir si son copain Ted était aussi inoffensif que lui, ou au contraire d'un genre plus agressif!

Chapitre 33.

À la suite de leur enquête auprès de la Mission Old Brewery, ainsi qu'auprès des patrouilleurs du SPVM qui connaissaient bien Ted pour l'avoir arrêté à plus d'une reprise dans le passé, Quito ne put relier le dénommé Ted à l'enlèvement de Judy ou de Kim. Ted fut arrêté et inculpé pour l'enlèvement de Marie-Ève seulement. Cette enquête était en train de démolir les nerfs de Joe!

Il fut établi que Ted avait enlevé la fille pour pouvoir lui voler son argent et utiliser son automobile. Il avait jeté les bottes et les habits de Marie-Ève dans un conteneur à déchets pour s'assurer qu'elle ne s'enfuirait pas. Il l'avait aussi attachée à son lit pour en être encore plus certain. Ted n'avait pas profité de Marie-Ève sexuellement parce qu'il était impuissant! Ce type était un autre cas ayant échappé aux psychologues et aux psychiatres. Il aurait eu besoin de soins et probablement de médication nécessitant un suivi. Mais avec notre système de santé publique actuel, lui-même très malade, on laissait courir ces détraqués dans nos rues… Faute de fonds. Pourtant, des budgets faramineux y étaient consacrés annuellement! Joe en avait des haut-le-cœur.

Il fallait donc que les deux inspecteurs prennent une autre tangente. Qu'ils repartent de zéro!

Le mystère persistait toujours au sujet de la disparition de Kim et de Judy. Marco et Joe avaient perdu presque toute la journée à cuisiner Ronald Tremblay et à poursuivre l'enquête sur Ted. Il était quinze heures pile lorsqu'ils prirent la décision de se rendre aux bureaux de Bernard Beaudry pour y questionner le personnel et tenter de trouver une meilleure piste.

∞∞∞∞

Bernard Beaudry fut le premier à les accueillir lorsque Quito et Marco franchirent les portes de la réception. Il les reçut chaleureusement, malgré son air déconfit. Beaudry s'assura ensuite que chacun de ses associés, ainsi que toutes les secrétaires, collaboreraient du mieux que possible avec les inspecteurs et qu'ils répondraient à toutes leurs questions. Joe demanda à Marco de commencer les entrevues avec le personnel, les secrétaires en premier. Lui, avait besoin d'un entretien en privé avec le grand patron! Il entraîna donc ce dernier vers son bureau et referma la porte derrière eux.

- Bernard, il faut que je te questionne sur un de tes clients.

- Ça, c'est tabou, Joe. Tu le sais bien.

- Oui, mais il y a un de tes clients qui retient mon attention...

- Joe, tu sais que je te respecte énormément et que j'ai une sincère amitié envers toi, mais ce que tu me demandes là est impossible. Je suis tenu par le secret professionnel!

- Bernard, s'il te plaît! Tu la feras à quelqu'un d'autre, mais pas à moi! Il s'agit de Judy et de Kimberly, la femme que j'aime.

- Oui, je comprends cela, Joe. Mais quand même, j'ai des obligations à respecter.

- Écoute-moi bien, Bernard. Je ne poserais pas de question sur quiconque si je n'avais pas de bonnes raisons de le faire. Alors s'il te plaît, parle-moi d'un certain Mohamed Machin Chose...

- De qui?

- D'un nouveau bonhomme que tu as récemment accepté comme client et qui s'occupe d'importation ou exportation d'armes ou je ne sais trop quoi. Kim m'a dit que c'était un Arabe...

- Un Iranien! Il se nomme Ahmed Abdhallah et je ne suis que son conseiller en matière d'import-export.

- Il importe des armes en Iran?

- Je ne peux pas te confirmer ou infirmer cette information, Joe. Mais quel rapport avec Judy et Kim?

- En fait, c'est le chauffeur de ce gars qui m'intéresse. Il a été impoli avec Kim et elle l'a remis à sa place. Tu connais Kim, elle n'a pas la langue dans sa poche! Et il paraît que Judy le connaissait et en avait très peur!

- En effet, Judy a sans doute déjà discuté avec le chauffeur, alors qu'il attendait son patron à la réception. Ça fait trois fois que ce client vient à mon bureau déjà. Je n'ai pas eu vent d'un quelconque malentendu entre eux... Mais Judy n'était pas à l'aise quand il était dans les parages...

- Judy en a parlé à Kim, après qu'elle eut remis ce gars à sa place.

- C'est bien vrai que ta protégée a du caractère, Joe. Et cela est tout à son honneur, crois-moi. Je respecte les femmes intelligentes qui savent se tenir debout! Sauf que, dans le cas qui nous préoccupe présentement... ça ne lui a peut-être pas servi, selon mon opinion personnelle.

- Qu'est-ce que tu veux dire?

- Le chauffeur se nomme Saad Rahbar. Il est Iranien, lui aussi, mais c'est un islamiste intégriste pur et dur!

- Ce qui veut dire?

- Que tu ne veux pas avoir affaire à lui! Écoute Joe, ce gars-là est un détraqué mental, si tu veux mon avis. Et tout ce que je te dis maintenant devra absolument rester entre nous, tu m'as bien compris?

- Parle-moi de cet autre zinzin! C'est la journée idéale pour ce genre de détraqué aujourd'hui!

- Je ne vois pas de quoi tu parles...

- Je me comprends!

- Tu me promets de garder tout ça pour toi?

- Dans la mesure du possible, oui. Allez, déballe ta valise, les vies de Judy et de Kim en dépendent peut-être!

- T'es vraiment sérieux? Ben, peut-être que tu as raison... Bon, si j'ai ta parole...

- Tu l'as, Bernard! Allez...!

- Saad Rahbar est un fanatique religieux. Il est à des lieux de la mentalité nord-américaine même si le gars a déjà émigré au Canada depuis plus de six mois! Je ne comprends pas pourquoi son patron a engagé ce type. Possible qu'ils se connaissaient avant, ou probablement qu'ils s'entraident entre compatriotes. Il me l'a présenté lors de sa première visite à mon bureau, mais j'ai tout de suite ressenti de l'antipathie pour ce gars-là! Ce fut très certainement pareil pour Judy, d'ailleurs...

- Il a voulu inviter Kim à luncher avec lui vendredi. Elle a refusé poliment, mais elle m'a raconté que le gars a insisté.

Alors elle lui a fait comprendre, plus directement, d'aller se faire foutre!

- Ah non... Elle n'a pas fait ça! Alors Kim est dans la merde!

- Pourquoi!

- Parce que ce gars-là n'a absolument aucun respect pour la femme! Toutes les femmes. Pour lui, les femelles ne sont que des animaux servant à procréer. La femme doit obéir à l'homme... Savais-tu qu'en Iran, on condamne encore la femme adultère à mourir par lapidation!

- Tu veux rire!

- Pas du tout, Joe. Ce gars-là est capable de tout! Surtout si Kim l'a insulté dans son orgueil... Mais je ne vois pas pour Judy.

- Judy était avec Kim lorsque ça s'est produit. Elle a tout vu et tout entendu! Elle s'est sans doute immiscée dans le débat... T'as son adresse à ce type?

- Non.

- Comment ça, non... Il me faut l'adresse de ce mec, Bernard et tout de suite!

- Je te la donnerais volontiers, Joe, mais je ne l'ai pas. Je n'ai que très peu de renseignements sur mon client. On en est encore au stade préliminaire et je ne me suis pas encore décidé à le prendre définitivement comme client. Pour le moment, il me paie pour des conseils et des informations sur les lois canadiennes en matière d'import-export.

- Et tu ne sais pas où habite ton client?

- J'ai son adresse en Iran, mais je n'ai qu'un numéro de téléphone pour le joindre ici au Canada.

- Appelle-le!

- Quoi? Là, maintenant?

- Oui!

- Je lui dis quoi...?

- Invente n'importe quoi pour qu'il s'amène ici avec son sbire arriéré. Marco et moi, on s'en occupera ensuite!

- Je ne peux te permettre de faire ça, Joe.

- Pardon? Tu te refuses à sauver la vie de deux femmes, canadiennes et de bonne réputation, pour sauver la gueule d'une espèce d'enfoiré qui n'a aucun respect pour la gente féminine, ni pour nos lois!

- Ce n'est pas ce que je dis, Joe. Je ne veux simplement pas qu'il se passe quoi que ce soit dans mes bureaux! Je ne veux pas que toi et Marco approchiez ni mon client, ni son chauffeur sur ma propriété.

- Appelle-le! Tout de suite!

- Joe, je t'en supplie, n'insiste pas.

- Ni Marco ni moi ne serons sur les lieux lorsqu'ils arriveront et nous n'interviendrons pas à l'intérieur des murs de cette propriété. Tu as ma parole!

Un silence régna alors dans la pièce. Les deux hommes se dévisageaient. Des tics musculaires incontrôlés firent bouger la joue de Quito qui avait l'air très fâché, pour ne pas dire menaçant; c'était la première fois que son ami le voyait dans cet état. Il comprit enfin le sérieux de la situation.

- Bon, je lui dis quoi?

- Tu te débrouilles pour le faire venir ici ce soir! Comment? Je m'en fous! Invente une histoire, promets-lui une nuit torride avec Madonna, ça m'est égal. Mais fais en sorte qu'il se pointe ici dans l'heure qui suit!

- Bon, c'est OK, Joseph Quito! Je vais faire mon possible...

- Non, Bernard Beaudry! Tu vas faire un miracle! Je veux ce tabarnak de gars, t'as compris!

Depuis le nombre d'années qu'ils se connaissaient, maître Beaudry n'avait jamais entendu son ami Joseph Quito jurer en bon Québécois comme il venait de le faire, et encore moins ne l'avait-il vu aussi menaçant et hors de lui qu'à cet instant. Joe Quito était très en colère et avait presque aboyé ces dernières paroles! Il valait mieux faire ce que Joe ordonnait et espérer que son plan ne foire pas! Sinon, maître Beaudry ne se sentait pas le courage d'envisager ce qui pourrait se produire ensuite...

- Marco, laisse tomber les entrevues! Amène-toi, faut qu'on sorte d'ici!

Chapitre 34.

Joe ne savait pas ce que Bernard avait utilisé comme argument, mais cela avait fonctionné! Peut-être avait-t-il de très bons contacts personnels auprès de Madonna?

Moins d'une heure plus tard, la voiture d'Ahmed Abdhallah se gara devant les marches de pierres et le chauffeur, le fameux Saad Rahbar en débarqua pour aller ouvrir la portière à son patron. Les deux hommes entrèrent ensuite dans les bureaux de maître Beaudry, puis en ressortirent moins d'une demi-heure plus tard.

Joe et Marco prirent le véhicule en filature, aussitôt que ce dernier s'engagea rue Sherbrooke, direction ouest. Les policiers demeurèrent à bonne distance pour ne pas être vus, mais suffisamment proches aussi pour ne pas perdre leur cible. Tout se déroula bien jusqu'à ce que la limousine de nos deux comparses se fût engagée dans le stationnement souterrain de l'Hôtel Bonaventure.

Pas question pour les inspecteurs de s'engouffrer à leur tour dans ce building de béton, sans risquer de se faire tout de suite repérer. Et si c'était une manœuvre de diversion... Peut-être leur cible s'était-elle aperçu qu'elle était suivie?

- Marco, gare-toi près de la sortie et laisse-moi descendre. Reste ensuite un peu plus haut sur la rue avec tes feux de détresse en fonction et attends-moi!

- Mais ils vont te repérer, Joe!

- Ils ne m'ont jamais vu le portrait, relaxe. Je n'irai pas leur dire que je m'intéresse à eux. Je veux juste savoir où ils vont!

- OK, c'est toi le boss, mec.

Marco et lui constatèrent rapidement que le chauffeur ne faisait que déposer son patron, qui devait habiter l'hôtel pour la durée de son séjour à Montréal. Marco vit l'automobile ressortir sur la rue alors que Joe ouvrait simultanément la portière côté passager, hors d'haleine. Joe avait dû rebrousser chemin à toute vitesse à l'intérieur du stationnement souterrain. Saad Rahbar semblait pressé de rentrer chez lui.

Joe supplia Marco de démarrer au plus vite et de ne pas perdre leur homme!

Conducteur hors pair aux réflexes instantanés, Tozzi le prit en chasse sans délai et ils se retrouvèrent à trois voitures derrière le véhicule qui, l'espéraient-ils, les conduirait jusqu'à Judy et Kim.

C'était l'heure de pointe à Montréal. Jour de semaine, fin d'après-midi, circulation très dense. Il leur fut alors facile de demeurer à courte distance de leur homme, sans que cela ne fût trop évident. Il y avait tellement de voitures que le suspect ne pouvait deviner qu'il était suivi. La densité de la circulation faisait en sorte que toutes les voitures étaient pratiquement pare-choc à pare-choc! Il semblait que l'Iranien ne les avait pas aperçus.

Après un court trajet qu'ils mirent néanmoins près d'une demi-heure à parcourir, la grosse voiture se gara enfin dans l'allée privée d'une maison de briques rouges dans le quartier Notre-Dame-de-Grâce. Il y avait peu de terrain entre le trottoir et la maison, du côté de la rue. Des arbustes dénudés de leurs feuilles décoraient chaque côté de l'entrée principale, où un perron à deux marches de ciment surplombait le petit rectangle de pelouse enneigée. Leur homme s'extirpa rapidement de la voiture et fit quelques pas vers l'arrière du bâtiment, où il disparut derrière la porte de service, au bout de l'allée plongée dans le noir.

- On doit entrer, Marco!

- Mais on n'a pas de mandat, Joe!

- Oui, je sais! Mais il faut que l'on pénètre chez ce gars! Fais tourner tes méninges, Marco! Trouve-moi une bonne raison pour que l'on entre dans cette baraque!

- Hé, tu entends?

- Non. Quoi!

- Écoute… j'ai entendu un cri il y a une seconde! Je crois bien qu'il y a quelqu'un en danger à l'intérieur, mec! Ce qui nous donne le droit d'entrer!

- Malin… Tozzi! Je prends le devant, tu passes par derrière. Mais sois prudent!

- T'inquiète pas, ma poule…

Sur ce, Marco et Joe descendirent de la voiture et retinrent les portières pour éviter de faire du bruit. À pas feutrés, ils s'approchèrent de la demeure alors qu'une lumière s'allumait au rez-de-chaussée. Ils bondirent tous les deux vers les buissons pour se cacher dans l'espace sombre de l'allée insuffisamment éclairée. Ils longèrent ensuite les murs sans être vus; Marco regarda vers la cour arrière et Joe fixa la façade de la maison. Mais avant qu'ils aient le temps de tourner chacun son coin de l'édifice, voilà que des sons étouffés leur parvinrent tout-à-coup par la porte de service. Joe chuchota à Marco :

- Tu entends?

- Oui, mec. Quelqu'un marche sur un plancher de bois dur. Ce doit être lui… répondit Marco de sa voix feutrée.

- Il a ouvert une porte, je crois… Hé! Tu as entendu ce gémissement?

- Non. Je bluffais tantôt, mec…

- Moi, pas! Là, on a vraiment le droit d'entrer!

- Voyons s'il a verrouillé derrière lui…

Les deux comparses s'approchèrent de la porte de service qui, par miracle, s'ouvrit sans résistance aucune. Une fois tous deux à l'intérieur, les sons devinrent plus faciles à percevoir. Marco fit signe à Joe qu'il les entendait à son tour. Il haussa les sourcils brièvement et hocha la tête de côté. Il avait cru que Joe le bluffait lui aussi, mais ce n'était pas le cas. Les gémissements étaient bien réels!

Ils devaient agir vite et sans bavure, pour ne pas mettre en danger la personne de qui émanait ces plaintes à moitié étouffées!

Chapitre 35.

Le bruit de pas indiqua que quelqu'un empruntait l'escalier vers le sous-sol. Marco suivit son partenaire et ils se dirigèrent à pas feutrés vers la source du bruit. Les gémissements s'intensifièrent et Joe fut presque convaincu qu'il s'agissait de Kim! Mais pour ne pas commettre de bévue, il voulut attendre d'être à même de le confirmer hors de tout doute.

- Ferme ta gueule et cesse de débattre, toi!
- Hum…! Ouf…
- J'ai dit, ta gueule!

Puis ils entendirent le bruit d'un corps qui s'étalait sur le plancher. Un son sourd, suivi d'un autre toc, comme si une tête se cognait sur un meuble… Ils accélérèrent le pas, dévalant les dernières marches avec leur arme de service maintenue à deux mains devant eux. Les genoux légèrement fléchis, Joe se dit qu'il aurait de la difficulté à se retenir de faire feu sur ce fou furieux, si jamais il s'avérait qu'il avait fait du mal à Kim!

Occupé à ouvrir une porte qui semblait donner sur un cellier, l'homme ne les vit ni ne les entendit. Les policiers lui laissèrent ouvrir la porte et profitèrent de ces quelques secondes pour identifier le corps ficelé comme un saucisson que le crétin avait laissé choir sur le plancher de bois dur du sous-sol. Ils reconnurent effectivement Kim! Elle semblait inconsciente, sans doute assommée contre la paroi du bar massif qui occupait presque tout le mur sur leur droite. La porte du cellier étant dans l'angle de la pièce, juste à côté de ce bar, l'Iranien était pris comme un rat dans son coin :

- Pas un geste et les mains en l'air!
- Bouge pas, connard! Ou je te mets du plomb dans le cul! renchérit Marco de sa voix grave et forte.

Le gars fut manifestement surpris mais il obtempéra sans offrir de résistance. Joe aurait bien aimé le voir foncer sur lui!

- Vous êtes dans maison privée ici! lâcha-t-il, l'air enragé.
- Pourquoi avez-vous attaché cette fille, hein? que Joe lui demanda d'une voix forte.
- Nous faire des jeux entre adultes!
- Espèce de salaud! Où est l'autre fille, Judy!
- Il pas y avoir autre fille.

- Ne joue pas au con avec moi! Je suis Joseph Quito, lieutenant de police à la Sûreté du Québec. Tu es en état d'arrestation, connard!

- Pour quel motif vous arrêtez moi? Vous avez pas droit! Je exige voir mon ambassade!

- Pas question! En tout cas, pas pour le moment. Tu vas nous dire où est l'autre fille, oui ou non!

- Il pas y avoir autre fille ici! répéta-t-il sur un ton autoritaire.

- Marco, passe-lui les menottes! Toi, tu bouges un seul cheveu et je te troue la peau, c'est compris!

- Compris... Mais vous allez regretter tout cela.

- Je ne crois pas, mon bonhomme. C'est plutôt toi qui vas regretter d'avoir eu affaire à moi et à mon partenaire ici présent.

Marco lui passa les menottes, mains dans le dos. Il poussa ensuite l'Iranien vers un divan qui faisait face au bar. Ce dernier y tomba sur le côté, s'affalant de tout son long sur le cuir du trois-places. Marco se dirigea ensuite vers le cellier, alors que Joe se précipitait vers Kim. Joe eut juste le temps d'abaisser le bâillon qui lui barrait la bouche entrouverte, lorsque qu'il perçut le cri de Marco :

- Joe! Amène-toi, vite!

- Qu'est-ce qu'il y a...

Joe rejoignit son confrère en deux enjambées, l'arme au poing. Marco avait allumé et ils pouvaient tous les deux distinguer, au fond du cellier faiblement éclairé par deux petites ampoules de faible intensité, le corps d'une femme nue, pendue par les bras à une poutre du plafond! Judy...

- Vois si elle respire...!

- Elle est morte, Joe. Son corps est tout froid et rigide...

- Merde! J'appelle des renforts. Surveille notre gars et surtout, ne le laisse pas s'échapper!

Joe composa le 911, déclina son identité et demanda qu'on envoie deux ambulances, en expliquant sommairement qu'il se trouvait sur une scène de crime et que deux jeunes femmes y étaient inanimées. N'étant pas médecin, ce n'était pas à lui ni à Marco de se prononcer sur le décès de Judy. Et le bébé... Joe n'osa même pas y penser. Il devait être sans vie lui aussi… Quelle fin tragique pour une femme enceinte!

Marco sortit du cellier et mit le suspect en joue. Le gars n'avait pas bougé. Il devait bien deviner qu'on se ferait un plaisir de l'abattre s'il tentait quoi que ce soit contre les deux policiers! Joe vit une lueur de rage briller dans les yeux de Marco, mais ce dernier semblait en mesure de se maîtriser. Quant à Joe, il s'empressa de couper les liens qui entouraient les membres de Kim, de son cou jusqu'à ses chevilles. Elle était toujours entièrement vêtue, mais ne portait plus ses bottes.

Une fois libérée, Joe la souleva doucement et appuya la tête de Kim contre son torse, lui flattant le dos avec sa main gauche. Il garda toujours son pistolet dans sa main droite, au cas où le ravisseur tenterait quelque chose. Il n'hésiterait aucunement à lui loger une balle dans le cœur!

Les gars du SPVM arrivèrent enfin sur les lieux, moins de cinq minutes suivant l'appel au 9-1-1, suivis de près par les ambulanciers.

- Par ici, les gars! Au sous-sol, que Joe leur cria en les entendant marcher au-dessus de leurs têtes.

- Toi, le pourri, tu restes assis sur ce divan jusqu'à ce que je te dise de bouger! aboya Marco au prisonnier, d'un ton sans équivoque.

- Dites aux ambulanciers de venir prendre soin de cette femme-ci, ordonna Joe. Il y a une autre victime dans le cellier, mais pour elle, on craint qu'il n'y ait plus aucun espoir…

Les sauveteurs s'occupèrent de stabiliser Kim avant de la placer sur un brancard. Elle était toujours inconsciente, sans doute assommée contre le bar, au moment où ce con l'avait laissée tomber au sol! Ils la transportèrent prestement au rez-de-chaussée, placèrent le brancard sur une civière, puis la roulèrent rapidement jusque dans l'ambulance, garée portes ouvertes et tous feux scintillants au bout de l'allée. Du haut des marches, Joe cria à Marco de lire ses droits au prisonnier et de l'amener au QG, pendant qu'il accompagnait Kim dans l'ambulance jusqu'à l'hôpital! Les gars du SPVM s'occuperaient de sécuriser la scène de crime, en attendant l'arrivée de l'équipe technique.

Chapitre 36.

L'ambulance roula sous le cri strident de la sirène. Quelques minutes suffirent pour rejoindre l'hôpital Royal-Victoria. Kim fut prise en charge immédiatement, puisqu'elle n'avait toujours pas repris conscience. On lui fit subir une batterie de tests et d'examens divers, alors qu'on obligeait Quito à attendre dans la salle attenante à l'urgence.

Le médecin vint le retrouver au bout de deux heures et demie. Son premier constat : commotion cérébrale, quelques ecchymoses et égratignures et viol. Il fut formel sur ce dernier point, même si aucune trace de sperme n'avait été relevée dans le vagin ou ailleurs sur le corps de Kim. Celle-ci devait se reposer. Ils la garderaient sous observation au moins vingt-quatre heures. Pas de visites avant le lendemain !

Joe remercia le ciel qu'elle fut toujours vivante, malgré son état. Il téléphona ensuite à Marco pour en apprendre plus sur l'arrestation du chauffeur. Il l'espérait déjà rendu au quartier général, avec le suspect sous bonne garde dans les cellules du QG de la rue Parthenais !

Troisième sonnerie… pas de réponse. *Merde ! Que fais-tu Marco !*

L'inspecteur courut vers un taxi qui attendait dans la file, près des urgences de l'hôpital. Il s'identifia puis donna l'adresse au chauffeur, lui disant de ne pas lambiner ! Joe retournait à la maison de l'Iranien, à Notre-Dame-de-Grâces.

Arrivé à la maison du chauffeur, un policier du SPVM se tenait toujours de faction devant la porte de l'entrée principale. Son confrère gardait la porte de service au bout de l'allée. Lorsque Joe s'approcha du policier en uniforme, après être descendu en trombe du taxi, ce dernier s'interposa :

- Scène de crime, défense d'entrer ! C'était un gars différent de ceux que Joe avait rencontrés plus tôt.

- Je suis inspecteur à la SQ ! C'est moi qui ai signalé cette scène de crime au SPVM…

- Vos papiers, s'il vous plaît !

Joe sortit sa plaque ainsi que sa carte d'inspecteur. L'agent se confondit en excuses mais Joe le rassura rapidement, conscient que ce dernier n'avait fait que son travail.

- Qui est à l'intérieur? Savez-vous?

- Tout le monde est parti, inspecteur. À l'exception d'un autre inspecteur de chez vous qui est toujours à l'intérieur et qui nous a ordonné de garder les lieux. J'ai un confrère posté à la porte avant de la résidence.

- Oui, je l'ai aperçu en arrivant en voiture taxi. Le gars à l'intérieur, c'est Marco Tozzi?

- Je ne le connais pas, monsieur. Un gars de près de deux mètres et très baraqué, cheveux noirs…

- Il n'est pas encore sorti avec le suspect?

- Non, monsieur… Il m'a ordonné de faire sortir tout le monde, après que les ambulanciers ont quitté avec la deuxième victime. Il a dit avoir à questionner le suspect et qu'il attendait l'équipe de l'identité judiciaire. Ils ne sont toujours pas arrivés, monsieur.

- Qui a appelé l'identité judiciaire?

- Je ne sais pas, monsieur. Je présume que c'est votre confrère…

- Bien. Restez en poste et ne laissez personne entrer ni sortir de cette maison. C'est bien compris?

- Oui, m'sieur!

- Avertissez votre confrère aussi, en utilisant votre radio. Je ne veux vous voir quitter votre poste sous aucun prétexte!

- Très bien, inspecteur!

Joe prit alors le même chemin qu'il avait pris pour entrer dans la maison un peu plus tôt. Il y régnait un silence de mort! Quito fit quelques pas dans la cuisine et il aperçut deux jambes étendues en travers de l'embrasure de l'arche donnant sur le couloir. Le pantalon de Marco!

Joe se précipita vers lui, arme au poing. Marco était inconscient, face contre terre. Son pistolet caché sous son torse, sa main droite toujours bien agrippée à la crosse de l'arme. Son bras gauche allongé vers le haut de sa tête, paume ouverte contre le plancher. Une petite coupure saignait à l'arrière de son crâne. *Comment diable a-t-il pu se faire assommer par derrière, alors que le suspect était menotté! Peut-être que ce dernier avait un complice, un associé ou un colocataire qui lui serait venu en aide?*

Marco respirait, Dieu merci! Mais Quito se demanda où diable était passé l'Iranien? Les deux agents postés de chaque côté de la résidence auraient dû voir quelqu'un entrer ou sortir, si cela avait été le cas... Ils l'auraient arrêté ou tout au moins lancé un appel à l'aide par radio s'ils avaient vu quelqu'un fuir les lieux... Et ils lui en auraient fait part dès son arrivée! Joe se dit que quelque chose clochait.

Au bout du couloir, une porte fermée. Les deux autres portes donnant sur ce même passage central étaient grandes ouvertes et donnaient sur des pièces pratiquement vides. Une servait de petit salon, l'autre de boudoir ou de salle de télévision. Mais il n'y avait personne qui puisse s'y cacher, faute de meubles assez volumineux, de tentures épaisses ou de placard. Les poutres du plafond étaient apparentes, ce qui donnait un air rustique au décor. Longeant les murs sans bruit, les deux omoplates en contact constant avec le plâtre, Quito tendit le bras et fit tourner la poignée de la porte close, au bout du couloir. Fermée de l'intérieur, la clé était absente de la serrure au dehors.

Joe recula jusqu'au vestibule, ouvrit la porte et ordonna au policier de garde d'appeler des renforts et de l'accompagner ensuite dans la maison. Quito lui demanda de l'aider à transporter Marco vers le petit salon, où ils l'étendirent sur son côté droit. Puis Quito ordonna au policier en uniforme de rester à l'autre bout du corridor et de garder en visuel la porte fermée à clé, l'arme au poing, prêt à tirer si jamais le suspect tentait d'en sortir.

Joe se dirigea ensuite vers le sous-sol et descendit les marches à pas feutrés. Il n'y avait personne. Pas de trace de lutte. Seuls quelques bandages souillés et une paire de gants de latex bleu abandonnés par les ambulanciers laissaient deviner de l'activité qui s'y était déroulée plus tôt en soirée.

Joe remonta l'escalier vers le rez-de-chaussée et tout en faisant des signes au policier de garde devant la porte close, pour lui signifier ses intentions, il entreprit de monter à l'étage des chambres. Les marches de l'escalier de bois craquèrent sous son poids. Si quelqu'un se cachait là-haut, il l'entendrait s'approcher!

Une seule pièce avait un lit, une commode aux tiroirs à moitié fermés et un fauteuil sur lequel étaient empilés des vêtements froissés. Ce qui témoignait qu'elle était occupée par un homme plus ou moins rangé. Dans la minuscule garde-robe, dont la porte était à moitié ouverte, pendaient une demi-douzaine de chemises blanches et deux costumes bleu marin sur des cintres de bois. Deux paires de chaussures noires et une paire de baskets gisaient au sol. Cela ressemblait beaucoup aux habits de Mossad Machin-Truc, le chauffeur du client de maître Beaudry. Les deux autres chambres, de même que la salle de bain étaient désertes et complètement vides de meubles. Aucun suspect en vue nulle part.

Alors que Joe redescendait vers le rez-de-chaussée, les renforts entraient dans la maison, armes au poing. Quito s'identifia en ouvrant son porte-carte, avec son badge bien en vue! Puis s'adressant au policier qu'il avait laissé en faction au bout du corridor :

- Personne n'a tenté de sortir de là, camarade?

- Non, m'sieur. Il n'y a eu aucun mouvement derrière cette porte depuis que vous m'avez ordonné de rester ici.

- Déplacez-vous de côté. Je vais frapper... Les gars, restez hors portée et attendez mes ordres avant d'aller plus loin!

En faisant très attention de garder son corps bien en retrait du chambranle de la porte, Joe frappa deux coups avec son poing et recula aussitôt :

- Police! Ouvrez cette porte! Sortez les mains sur la tête, tout de suite! La maison est cernée et vous n'avez aucune chance de vous échapper, mon gars!

Pas de réponse. Joe recommença le même scénario, C'était le silence complet derrière cette porte close. Joe aurait voulu se pencher et tenter de regarder par le trou de la serrure, mais cela était évidemment exclu. Trop risqué! Le gars était peut-être armé et pouvait tirer à travers la porte aussitôt qu'il percevrait une présence derrière le panneau de bois plutôt mince... À distance de deux ou trois pas de la porte, Quito s'allongea sur le sol et tenta de regarder par en dessous, par l'espace d'environ deux centimètres qu'il y avait entre le sol et l'extrémité inférieure de la porte. Aucun mouvement dans cette pièce sombre. Il voyait les pieds travaillés de ce qui ressemblait à un bureau en bois massif, mais rien ne bougeait là-dedans! Joe se releva et s'adossa à nouveau au mur du petit corridor.

- Dernier avertissement, mon gars! Ouvre immédiatement ou nous allons enfoncer cette porte!

Toujours rien! Joe se tourna vers les renforts et jaugea le gabarit des gars présents. Le plus grand et le plus costaud des quatre le regardait avec un petit sourire en coin. Joe lui fit un signe de tête et il s'approcha, rengainant son arme.

- Vous allez donner un bon coup d'épaule! Lorsque la porte s'ouvrira, jetez-vous immédiatement au sol et restez-y! Nous allons vous couvrir avec nos armes, prêts à intervenir, votre camarade et moi. Les autres, restez à l'écart! Que deux d'entre vous couvrent les sorties et la cour arrière. Surveillez toutes les issues, fenêtres incluses! Je ne veux pas que ce gars-là nous échappe!

Joe allongea trois doigts, la main en l'air. Il en rabattit un et le gros policier se mit en position, tel un joueur de ligne au football canadien. Un autre doigt se replia et notre bélier humain se tendit en rentrant le cou et pliant les genoux. Lorsque son troisième doigt se rabaissa, le colosse s'élança de toutes ses forces et fonça avec son épaule dans la porte. Celle-ci céda au premier coup, emportant une partie du chambranle et des moulures à l'intérieur du bureau!

Comme convenu, le policier bélier roula immédiatement au sol. Le pistolet pointé vers l'intérieur de la pièce, l'autre policier en uniforme et l'inspecteur Quito furent consternés d'apercevoir l'Iranien, pendu par le cou à une poutre du plafond. Son corps était encore mou, la langue sortie hors de la bouche, les yeux exorbités. Il était totalement immobile, mort.

Ce que Joe présuma être la clé de la porte gisait sur le plancher, juste sous lui. Une note manuscrite reposait sur le bureau, avec le stylo ayant servi à l'écrire en travers de la feuille.

La note disait simplement : « Suis désolé pour la 2 fille. Pardon à Allah! »

Chapitre 37.

Marco fut finalement réanimé. Sa coupure à l'arrière de la tête avait arrêté de saigner, mais il se plaignait d'être encore étourdi. Pendant tout le cirque habituel sur une scène de crime, prises de photos, d'empreintes, etc. et après que le corps de l'Iranien a été décroché par l'équipe technique, puis transporté vers la morgue, Marco et Joe furent interrogés par leurs supérieurs, appelés sur les lieux, compte tenu de la tournure des événements. Ça se passa dans le salon de la résidence et bien que l'interrogatoire fut très formel, le ton des patrons demeurait cordial, bien que sérieux. Après tout, Marco avait foiré! Le suspect l'avait déjoué et à défaut de leur échapper, il s'était enlevé la vie. On voulait comprendre ce qui s'était passé. Il y aurait d'autres rencontres, ultérieurement, suite aux rapports fournis par les intéressés. Mais pour tout de suite, les « beaux habits » voulaient éclaircir la situation.

Marco expliqua en bribes de phrases plutôt décousues, ce qu'il croyait qu'il s'était passé. Resté seul avec le prévenu, le gars avait profité d'une ruse et d'un moment d'inattention pour l'assommer par derrière. Marco dit avoir perdu conscience à ce moment-là, mais risqua une hypothèse quant au déroulement des événements qui se déroulèrent ensuite.

Se sentant pris au piège et éprouvant sans doute des remords ou même de la peur, Marco en déduisit que le suspect s'était tout de suite précipité dans le bureau, avait refermé à clé derrière lui pour ensuite écrire la note d'adieu à la hâte. Puis se sentant fait comme un rat dans une maison encerclée par les gars du SPVM, il aurait enroulé une extrémité de la corde autour de la poutre, l'y attachant solidement. Puis, il se serait passé le nœud coulant autour du cou pendant qu'il grimpait sur la chaise pour ensuite se laisser tomber…

Portant comme toujours son bel uniforme bien repassé, le commandant hocha de la tête, tout en grimaçant. Sans doute visualisait-il le déroulement au fur et à mesure que Marco narrait l'histoire.

- Ça me semble logique. Le gars était en pays étranger et il aura eu peur de subir un procès pour enlèvement, séquestration et pour meurtre dans le cas d'une des deux victimes…

- C'est exactement ce que je pense aussi, monsieur, renchérit Marco.

Mais quelque chose clochait et Quito n'était pas du tout de leur avis. Il ne voulait cependant pas émettre son opinion avant d'avoir pu parler à Marco en privé.

L'interrogatoire prit fin après conciliabule entre le commandant et ses deux adjoints. Les deux inspecteurs furent alors libérés et obtinrent la permission de quitter la résidence. L'affaire serait classée « suicide ». Les patrons décrétèrent que le ravisseur venait d'épargner aux contribuables les frais d'un coûteux procès. Sans compter que l'ambassade iranienne se serait sans doute immiscer dans le dossier pour le faire traîner en longueur par toutes sortes de procédures, sinon le faire avorter, purement et simplement. Procédures que ni la Sûreté, ni Tozzi, ni Quito ne souhaitaient subir. Demain, on tenterait d'oublier toute cette histoire et on passerait à autre chose, après avoir classé les rapports des deux inspecteurs. Point final. D'accord, patrons!

Marco souhaita à son ami de passer une bonne nuit et tourna les talons pour quitter derrière les *beaux-habits*.

- Tu n'as pas envie d'aller prendre une bière, Marco?

- Je suis crevé, mec. On pourrait remettre ça à demain, si tu n'y vois pas d'inconvénient...

- J'aurais bien aimé qu'on ait un petit débriefing tous les deux... Causer tranquillement... entre copains!

- Bon. Mais une bière seulement. J'ai tout un mal de crâne!

Quelques minutes plus tard, les deux inspecteurs s'installaient au bar du Saint-Gabriel et Nicole leur servit leur bière habituelle. Le bar lui-même était désert mais il y avait quelques tables un peu plus loin, l'une occupée par des touristes français et l'autre par une demi-douzaine de Chinois qui occuperaient Niki. Joe prit donc place sur son tabouret habituel et après avoir échangé quelques mots avec la belle Nicole, se retourna vers Marco. Contrairement à son habitude, Tozzi évitait de regarder son ami dans les yeux.

- Ce n'est pas un suicide... n'est-ce pas Marco?

- Quoi! Tu as bien vu comme tout le monde que le gars s'est pendu après s'être enfermé à clé dans son bureau, mec!

- Ouais…

Après une minute de silence, Joe poursuivit :

- Alors pourquoi n'a-t-il pas laissé la clé dans la serrure après avoir verrouillé la porte?

- Je ne sais pas, Joe. Un gars affolé n'agit pas nécessairement de façon normale! Et qu'est-ce qui te dit qu'il laissait la clé dans la serrure… Peut-être qu'il préférait l'avoir dans le tiroir de son bureau ou dans sa poche? Et puis qui te dit que cette porte est toujours fermée à clé! Le gars s'y est enfermé pour pouvoir se pendre en toute tranquillité, voilà tout, ma poule!

- Hum… C'est possible. Mais peu probable.

- Et pourquoi donc, monsieur Sherlock Holmes? demanda-t-il d'un ton maussade.

- Pour une raison de sécurité! Le bureau, c'est là où il y a les papiers, les dossiers… tout ce qu'il y a de privé, de personnel.

- OK. Mais si le gars n'invite personne à la maison, pourquoi fermer la pièce à clé, Sherlock!

- Par prudence. Le gars est en pays étranger, nouvellement arrivé. Il est logique qu'il se méfie, préfère prévenir les visites inattendues. Donc il laisse la clé dans la serrure quand il s'y enferme pour travailler…

- Alors là, Sherlock, tu pousses pas mal! Pourquoi diable un gars laisserait-il la clé dans la serrure…

- Précaution, Marco! Si jamais le feu prenait dans la résidence, ou s'il y avait une quelconque urgence, un malaise… pourquoi courir le risque de ne pas retrouver la clé de la porte assez rapidement! Moi, je la voudrais dans la serrure en tout temps pendant que j'y serais enfermé à clé.

- Pas s'il la gardait dans sa poche, hein, ma poule!

- Elle n'était pas dans sa poche… Elle était sur le plancher, sous ses pieds qui pendaient dans le vide.

- Il l'aura gardée à la main cette fois-ci… Ou peut-être y a-t-il un trou au fond de la poche de son pantalon… faudra vérifier, mec!

- Je ne vois pas comment il aurait pu se passer la corde autour du cou, puis à la poutre et l'attacher tout en gardant la clé dans sa main.

- Il l'a sans doute échappée avant d'attacher la corde... Ce que tu peux être chiant, Quito!

- Possible... Mais pourquoi après t'avoir assommé, n'aurait-il pas tout simplement tenté de fuir les lieux, au lieu d'aller se pendre?

- Parce qu'il avait peur! Il savait que la maison était cernée par des agents de police et il éprouvait sans doute des craintes quant à un éventuel procès face à la justice canadienne. Peut-être que ces importés d'Arabes ont des réactions différentes des nôtres! Il avait des remords, peut-être, ce trou-de-cul!

Le ton agressif de Tozzi n'échappa pas à Quito. Lui-même éprouvait de la haine pour l'Iranien... Mais Joe poursuivit son raisonnement :

- Il aurait pu s'emparer de ton arme et s'en servir pour te tuer ou t'utiliser comme otage, faire une tentative de marchandage ou simplement éliminer au moins un des deux gardes et prendre la fuite avec sa bagnole. Il aurait pu utiliser ce moyen pour regagner son ambassade en vitesse et y trouver refuge... Ou faire appel à son patron, qui est sans doute entouré de gens influents, sinon de criminels de haut niveau, qui auraient pu l'aider. Quand un homme est trafiquant d'armes, il a certainement de sérieux contacts au sein d'organisations criminelles ou d'autres regroupements de personnages étant capables des pires comportements! Je pense particulièrement à des mercenaires, par exemple. Et je ne serais nullement surpris que notre homme en fût un!

- Pourquoi est-ce que tu ne peux pas tout simplement accepter les faits, Joe.

- Je ne crois pas qu'un gars entraîné comme tu l'es en arts martiaux ait pu se faire avoir par un connard comme lui, même si le gars a un physique athlétique. D'autant plus qu'il était menotté avec les mains dans le dos, lorsque je suis parti...

- Oui, ben je les lui ai enlevées, ses menottes...

- Pourquoi?

- Sais pas! Peut-être que je voulais qu'il tente quelque chose… Ça m'aurait donné une bonne raison de le descendre, ce pourri!

Là, Marco venait de dire quelque chose qui fit réfléchir son ami. Il eut été beaucoup plus simple en effet de détacher le détenu et lui donner la chance de s'enfuir pour pouvoir ensuite lui tirer dessus de façon parfaitement justifiée!

- Bon. Je peux comprendre ça, lui concéda Joe. Mais ce que je n'imagine pas, c'est comment le gars en est venu à t'assommer!

- Le salaud a ramassé quelque chose par terre pendant que j'avais le dos tourné. Rendu à l'étage, j'ai dit aux gars du SPVM de garder les deux sorties en passant la tête par la porte de service. Lorsque je me suis retourné pour revenir à l'intérieur, le pourri m'a assommé par derrière.

- Mettons que tu as fait comme tu dis… Comment expliques-tu qu'il ait pu avoir un bout de corde dans son bureau… Hein? Toutes les chaînes, cordages et tous les trucs de *bondage* et les appareils de torture se trouvaient à la cave!

- Il sera allé en chercher un bout au sous-sol avant de remonter à son bureau…

- Pourquoi ne pas s'être pendu au sous-sol alors? Il y avait plein de poutres, de tuyauteries diverses au plafond. L'endroit était bien plus propice en bas qu'au rez-de-chaussée!

- Parce qu'il voulait laisser une note et qu'il l'a écrite à son bureau, là où il y avait du papier et un crayon; voilà pourquoi, Sherlock!

- C'est un peu tiré par les cheveux, mon cher Watson!

- Eh bien dans ce cas, quelle est ta version à toi, monsieur l'inspecteur de mes deux? dit Marco d'un ton las mais ne manquant pas de provocation.

- Je crois que c'est toi, Marco.

- Que c'est moi, quoi?

- Qui l'a « aidé » à se « suicider »…

- Joe, t'es malade ou quoi…

- Je crois que tu as été très bouleversé de voir que Kim avait été maltraitée et encore plus retourné de retrouver Judy attachée, sans vie et ayant été manifestement torturée avant de rendre l'âme.

- Je suis policier, Joe. Des cadavres j'en ai vu d'autres avant ce soir… Tenta Tozzi, sans trop de conviction.

- Sans doute, mais pas celui de quelqu'un que tu aimais…

Marco garda le silence. Il eut un regard bizarre et fixa le sol. Quito tenta d'accrocher ses yeux et il lui semblait, à son grand étonnement, que Tozzi refoulait ses larmes! Ce gaillard toujours de bonne humeur, n'ayant peur de rien ni de personne aurait donc une faille à son armure? Il fallut à Marco au moins deux minutes avant de réagir :

- Tu le savais, pour Judy et moi?

- Kim m'en avait glissé un mot.

- Quand?

- Lorsqu'on s'est parlé au téléphone après sa première journée au boulot. Elle m'a simplement dit que Judy avait rencontré un nouveau copain tout récemment et qu'il était policier, « comme toi », m'a-t-elle dit.

Une larme roula sur la joue de Tozzi qui, d'un geste rapide, s'empressa de la faire disparaître avant que Nicole ne s'en aperçoive!

- Je vois, dit simplement Marco.

- J'ignorais que c'était toi, Kim n'a pas mentionné ton nom. Je ne crois pas qu'elle le savait d'ailleurs… Je te croyais toujours avec Darlene.

- Je suis toujours avec Darlene… Du moins, officiellement. J'ai rencontré Judy seulement la semaine dernière, en allant aux bureaux de maître Beaudry par affaire. On s'est souri lorsque je suis entré à la réception et il y a eu un déclic en moi… Quelque chose que je ne peux pas t'expliquer… C'était chimique, ou magnétique, Joe… J'ai tout de suite ressenti que cette fille et moi, on était en symbiose!

- Ouais. Je comprends. Kim et moi, c'est pas mal la même chose…

- On est allé prendre un verre ce même soir. Moi, j'ai commandé une bière mais Judy a commandé un Perrier! Elle ne voulait pas boire d'alcool, vu son état. Elle m'a expliqué que son copain l'avait plaquée et tout ça. Je savais qu'elle me racontait son histoire sans mentir sur quoi que ce soit. Elle me déballait tout comme si on avait été des amis depuis notre petite enfance... Je trouvais qu'elle ne méritait pas d'être abandonnée pour cette simple raison qu'elle voulait garder l'enfant. Elle me regardait avec ses grands yeux d'épagneul... Elle semblait me vouer une admiration que je n'avais jamais ressentie de la part d'une femme avant ce soir-là.

- Vous vous êtes revus?

- On s'est surtout parlé au téléphone. Mais on s'est revu aussi une autre fois... pour un petit dîner rapide en tête-à-tête. On avait prévu de sortir ensemble plus souvent, lorsqu'elle serait en congé de maternité...

Joe voyait bien que son ami était bouleversé. Ses yeux étaient encore mouillés. Quito n'avait jamais vu ce dur à cuire exprimer autant de chagrin auparavant.

- Tu l'aimais tant que ça, Marco?

- Oui... lâche-t-il, dans un souffle.

- Tu aurais rompu avec Darlene pour fréquenter une autre fille, enceinte?

- Qu'elle soit enceinte ne me faisait aucun pli, mec! Cette fille était une véritable source de bonté et de pureté. Elle ne méritait pas d'être salie par cet enfoiré de connard d'Arabe!

La voix de Marco était forte et chevrotante! Joe perçut une sincérité absolue dans ce cri du cœur.

Marco avait haussé le ton en crachant ces derniers mots et Niki leur jeta un regard en coin, les sourcils froncés, manifestement inquiète. Joe lui fit signe de la main de ne pas intervenir et elle retourna à son lavabo pour rincer d'autres verres. Les clients dans la salle ne semblaient pas s'être aperçus de l'éclat de voix du policier.

- Pas si fort, Marco. On ne veut pas attirer l'attention sur nous en discutant de cette affaire.

- Ouais, tu as raison. Excuse-moi de m'être un peu emporté. Niki, deux autres, s'il te plaît!

- Tu veux me raconter ce qui s'est réellement passé?

- Tu as pratiquement tout deviné, Sherlock. À quoi bon te raconter...

- Tu as pété les plombs en trouvant Judy, c'est ça? C'est à ce moment-là que tu as décidé de te venger?

- Ouais...

- Tu as alors attendu que je sois parti avec les ambulanciers et tu as placé les gars du SPVM dehors en leur disant de ne laisser entrer personne.

- C'est ça.

- Tu as demandé au prévenu de monter à l'étage, puis tu as menotté l'Iranien au radiateur dans le bureau (j'ai vu les éraflures sur le tuyau d'arrivée d'eau...) Puis tu es allé chercher un bout de corde que tu as ramassé dans la salle de torture...

- J'avais déjà ramassé la corde avant de monter...

Joe dut faire une pause, car Nicole apportait leurs deuxièmes bières. Dès qu'elle fut repartie vaquer à ses occupations, Joe reprit l'enchaînement des événements, tel qu'il en avait imaginé le déroulement.

- Vous êtes tous les deux remontés au rez-de-chaussée et tu l'as emmené dans le bureau. Tu l'as alors menotté les mains par devant, pour qu'il puisse utiliser le crayon. Ton arme pointée sur sa tête, tu lui as intimé l'ordre d'écrire le mot. Il avait peur, mais il s'est exécuté, sans se méfier de ce qui l'attendait ensuite.

- Il a refusé d'écrire, mais je lui ai jeté un regard noir et il a tout de suite compris que je ne plaisantais pas, ma poule! Je lui ai dicté ce qu'il fallait mettre sur la feuille...

- Alors il a écrit le mot, il a posé le crayon et tu l'as menotté au radiateur, avant de lui passer la corde au cou. Il n'a pas pu tellement se débattre, attaché comme il l'était. Tu as ensuite lancé la corde par-dessus la poutre au plafond et tu l'as hissé pour le pendre...

- Pas exactement! Je lui ai effectivement passé le nœud coulant autour du cou et j'ai détaché sa main gauche du radiateur pour le menotter les mains dans le dos. Après avoir lancé la corde par-dessus la poutre, j'ai tiré dessus. Comme ça l'étouffait, il s'est mis debout. J'ai tiré encore et pour s'empêcher d'étouffer, il est monté de lui-même sur le fauteuil, puis sur le bureau. Il chialait pour que je le laisse descendre, mais je ne donnais pas de mou, retenant l'autre bout de la corde enroulé autour de mon poignet. Il a fallu qu'ensuite je grimpe sur le bureau pour attacher la corde à la poutre. Ça s'est fait très rapidement! Sans bruit. Le gars était pétrifié et n'a même pas tenté de se sauver. Il savait que c'était fini pour lui!

- Tu l'as fait trébucher et il s'est pendu. Tu lui as ensuite retiré ses menottes. Puis tu t'es dirigé vers la porte du bureau, où tu as pris la clé qui était dans la serrure. Tu as jeté un rapide regard à la pièce pour t'assurer que tout semblait crédible, puis tu es sorti de la pièce.

- Oui.

- Tu as refermé la porte, pris la clé et actionné la serrure de l'extérieur. Tu as alors essuyé la clé pour ne pas y laisser tes empreintes, puis tu l'as déposée sur le plancher. Ensuite, avec un objet plat...

- Mon carnet de notes...

- Tu as donné un coup de poignet pour expédier la clé sous la porte, t'assurant de la force nécessaire pour qu'elle se retrouve quelque part près du bureau... sous le cadavre de notre homme.

- T'as tout compris, mec!

- Puis tu t'es ensuite délibérément frappé l'arrière de la tête sur un chambranle de porte pour faire croire à une agression par derrière et tu t'es gentiment allongé dans le couloir pour attendre qu'on t'y retrouve.

- T'es bon, Sherlock! Tu vas me dénoncer, mec?

- Il est tard, Marco. Faudrait aller se coucher. On a une dure journée qui nous attend demain!

Chapitre 38.

Le lendemain, Marco devait retrouver Joe au bureau pour huit heures.

Ce dernier arriva au moins quinze minutes avant l'heure, car Joe voulait absolument être le premier au QG. Il était anxieux de savoir si le légiste Chamberland avait pu déceler quelque signe qui puisse mettre en doute la thèse du suicide. Ou si quelqu'un d'autre, parmi les gars de l'identité judiciaire qui analysèrent la scène de crime, là où l'Iranien s'était pendu, n'avait pas remarqué quelque chose de suspect, comme par exemple des cheveux ou une goutte de sang, là où Marco s'était lui-même volontairement assommé... Il avait dû le faire au sous-sol, dans la chambre de torture, pour justement éviter d'être suspecté. Cette pièce ayant vu bien des horreurs s'y dérouler, on aura cru que cela relevait des actes barbares du suspect... Ou peut-être avait-il pris la peine d'essuyer les traces avant de s'allonger au sol... Quito n'avait pas pu déceler l'endroit où Marco s'était volontairement cogné la tête.

Chamberland n'avait peut-être pas eu le temps de compléter l'autopsie... Et peut-être relèverait-il éventuellement les marques aux poignets du pendu, laissées par les menottes. L'Iranien avait dû se débattre pendant quelques secondes, tirant sur ses poignets dans une tentative ultime pour se libérer de la corde qui lui serrait le cou...

Mais il était aussi logique que ces marques puissent être aux poignets du mort. Il se sera douté que le suspect fut très certainement menotté pendant un certain temps au sous-sol de la propriété, avant d'être amené à l'étage supérieur. Laps de temps pendant lequel le prisonnier aurait très bien pu tenter de tirer sur ses entraves et s'irriter la peau autour des bracelets de métal.

Pourquoi les menottes ne se trouvaient-elles plus aux poignets de l'homme à ce moment-là...? Le coroner n'avait pas vraiment à se questionner sur ce point. Peut-être que la situation l'avait exigé. Ce n'était pas à lui de rapporter ce détail, Il était coroner, pas policier. Et Chamberland n'aurait voulu pour aucune raison douter des agissements de Quito, son protégé, ni de ceux de Marco Tozzi, lui aussi excellent enquêteur, en pareilles circonstances. Il n'avait donc pas à suspecter quoi que ce soit de ce côté-là.

Après tout, le gars était bien mort par asphyxie, causée par une corde enroulée autour de son cou et l'autre bout passé autour d'une poutre au plafond du bureau! Et il n'y avait aucune raison de suspecter autre chose, puisque le prévenu était dans une pièce fermée à clé de l'intérieur, dans une maison elle-même sous la garde de deux agents du SPVM. C'est ce qui figurerait au rapport officiel!

Personne, à date, n'avait manifesté un quelconque doute sur la version finale, telle que décrétée par les directeurs de la Sureté en fin de soirée, la veille. Quito décida donc d'en rester là pour le moment et de concentrer tous ses efforts sur l'autre enquête en cours : celle de l'affaire Delma!

Marco entra dans le bureau peu après huit heures et Joe l'envoya tout de suite questionner le cercle d'amis de la victime. Quito voulait que Marco approfondisse l'enquête auprès du docteur Landreville et du notaire Leconte, et de leur épouse respective. Quito souhaitait voir Marco poser des questions qui pourraient faire ressortir des motifs suffisamment forts pour justifier le meurtre de Nadine Delma. Vengeance de l'homme trompé, abandonné par sa maîtresse ou encore haine profonde et désir de faire la peau à la pute de luxe qui leur avait ravi leur mari, de la part des deux femmes, sœur et épouse cocues.

Joe voulait aussi que Marco rencontre l'agent immobilier Pierre Gervais pour le questionner sur les raisons de ce dernier d'avoir succombé aux exigences de Nadine Delma et de lui avoir cédé la propriété légale de la résidence, alors que c'est lui qui investissait tous les fonds… Joe voulait qu'il tente de voir si l'arnaque avait pu justifier chez cet homme de planifier le meurtre de Nadine Delma pour se venger.

De son côté, Joe anticipait de téléphoner à son père, chef de police de Sainte-Adèle et de lui demander de tenter de mettre le grappin sur Peter Marshall dans les meilleurs délais. Joe voulait questionner le bonhomme lui-même!

Après que Marco se soit mis en route vers les témoins à interroger, il avait fallu moins de quarante minutes au chef Saint-Aubin et ses hommes pour localiser et arrêter Peter

Marshall. Ils l'emmenèrent illico au poste de police de la charmante municipalité de Sainte-Adèle, d'où le chef Saint-Aubin téléphona à Quito pour lui confirmer la chose.

Joe se rendit au garage, sauta dans sa Mazda noire et se mit en route vers les Laurentides. Il avait très hâte de faire la connaissance de ce petit truand!

Chapitre 39.

Dès onze heures, Joe arriva au poste de police de Sainte-Adèle. Le chef Saint-Aubin l'accueillit dans son bureau et lui proposa du café, que Joe refusa poliment. Il avait quelques questions à poser à son paternel avant de rencontrer le prévenu.

- Chef, ce gars-là est-il un dealer important ou simplement un petit revendeur à la sauvette, selon vous?

- Joe, je vais te dire une chose : ce gars-là, on l'a eu à l'œil pendant deux ans! Bien des gens se sont plaints qu'il harcelait les clients dans des bars, mais aussi des enfants à leur sortie des classes!

- Pour les inciter à consommer?

- Oui, mon gars. Ces bâtards de dealers ne se formalisent pas pour faire grossir leur clientèle! Même mineurs, cela ne les empêche pas de les recruter. Je crois que Marshall devait se dire que plus il les enrôlait tout jeunes, plus ils seraient de bons clients pour longtemps!

- C'est dégueulasse!

- Je suis de ton avis en diable, mon gars! Surtout depuis ce cas de décès que l'on a eu il y a deux ans. Un jeune est mort d'une surdose de cocaïne! La drogue était trop pure, ou le jeune en avait trop inhalé. Son cœur n'a pas tenu le coup! Toujours est-il que ses amis ont expliqué que c'était Marshall qui l'avait incité à essayer la coke, lui promettant des performances accrues dans tous les domaines, notamment sur le plan sexuel!

- Vous ne l'avez pas arrêté à ce moment-là?

- Bien sûr que oui! Mais malgré un interrogatoire serré, on manqua de preuves! Les jeunes amis de la victime n'ont pas voulu témoigner de manière officielle. Peur de la réaction de leurs parents; peur de représailles de la part de Marshall... va savoir!

- Ces foutus revendeurs sont de véritables menaces pour les adolescents.

- Exact! On a aussi entendu dire qu'il y avait eu un autre cas grave, où la personne avait été dans le coma pendant plusieurs jours. Mais pas de dénonciation formelle, pas de témoins. Impossible de passer le gars au tordeur, diable! On l'a surveillé autant comme autant, sans réussir à le coincer. C'est un petit malin, ce Marshall. Tu verras.

Joe décida donc de procéder à l'interrogatoire seul face à Marshall, qui se trouvait dans une pièce fermée à clé, servant à cette fin. Il avait poireauté là-dedans depuis qu'on l'avait tiré du lit environ deux heures auparavant, en ce froid matin de janvier. La pièce ne contenait qu'une table en bois avec deux chaises moulées en plastique épais. Dans un coin du plafond, une caméra visait en plongée tout l'intérieur de la petite pièce. La vidéo capterait l'image et le son en numérique, stocké sur disque dur, puis copié sur DVD en sauvegarde. Joe entra donc d'un pas assuré.

- Bonjour, monsieur Marshall! Joseph Quito, inspecteur aux crimes contre la personne pour la Sûreté du Québec. On vous a lu vos droits?

- Ouais, ouais…

- Pour être certain que vous compreniez bien ce qui se passe, sachez que tout ce que vous pouvez dire en ma présence pourra être retenu contre vous. Cet entretien est filmé et notre conversation est aussi enregistrée. Vous en êtes conscient, monsieur Marshall?

- Oui! Vas-y avec ton inquisition… C'est pas trop tôt! Ces clowns costumés m'ont tiré du lit en plein milieu de la nuit! Dépêchez-vous à poser vos questions que je retourne me coucher!

- Drôle de façon de concevoir la nuit, monsieur Marshall!

- Écoute man, je suis quelqu'un qui vit en soirée, moi. Je me couche rarement avant trois ou quatre heures du matin, alors j'aime bien dormir jusqu'à midi! Tu piges?

- Vu. Pour quelles raisons êtes-vous un oiseau de nuit, monsieur Marshall?

- Pourquoi! C'est illégal de se coucher à trois heures du matin?

- Non. Ce qui est illégal, c'est le trafic de stupéfiants!

- Bon, écoutez. Je vais jouer franc jeu avec vous, monsieur l'inspecteur de la SQ. J'ai récemment été arrêté puis faussement condamné en Colombie-Britannique. J'y ai purgé mon temps de

226

bagne, puis j'ai été relâché! L'affaire était une erreur, de toute façon!

- Vraiment?

- Ouais! J'étais avec des gars qui, eux, étaient dans la mire des fédéraux. J'ai écopé par ricochet! J'ai rien fait là-bas, moi.

- Si vous le dites.

- Eh ben oui, je te le dis, man!

- Vous n'alliez pas là-bas pour justement vous faire de nouveaux amis? Trouver des fournisseurs qui puissent vous offrir des produits à meilleur prix?

- Absolument pas!

- De toute façon, ce n'est pas pour ces raisons que je m'intéresse à vous, monsieur Marshall. Parlez-moi plutôt de Nadine Delma. Vous la connaissez?

- Ouais. Une pute de luxe celle-là…

- Expliquez-moi.

- J'ai été avec elle pendant quelque temps.

- Vous habitiez ensemble, c'est ça?

- C'est ça, oui! C'est pas contre la loi d'avoir une conjointe, non!

- Bien sûr que non. Vous savez où se trouve Nadine en ce moment?

- Elle s'est fait la malle! À mon retour, elle n'était plus chez moi, la sale garce!

- Pourquoi la détestez-vous à ce point?

- Parce qu'elle a profité de moi comme c'est pas permis, man! Je l'ai hébergée et nourrie. Je l'ai sortie chaque soir dans les meilleurs restos et bars de la région. Pendant mon séjour dans l'Ouest, je lui ai laissé ma maison, ma voiture, tout, quoi! Et gratis, en plus! Je reviens et elle n'est plus là! C'est chiant!

- Il n'y a pas d'autre raison pour laquelle vous lui en voudriez autant?

- Me semble que ce que je viens de vous dire devrait suffire. Non!

- Vous n'avez pas répondu à ma question tout à l'heure…

- Quelle question?

- Savez-vous où se trouve Nadine Delma en ce moment.

- Non, je ne le sais pas!

- Écoutez, Marshall! On ne va pas jouer à ce petit jeu toute la journée. Je sais très bien que Nadine Delma a profité de votre résidence et de votre voiture pendant votre absence. Je sais aussi que c'est elle qui vous a dénoncé à la GRC! Que c'est par sa faute si vous avez été pincé en Colombie-Britannique.

- La chienne!

- Oui, tout se sait dans votre milieu. Les ragots voyagent vite. Les nouvelles arrivent même à traverser le pays en un éclair... et peuvent même passer au travers des murs des pénitenciers les mieux gardés. Alors, je vous le redemande : savez-vous où est Nadine Delma en ce moment!

- Pourquoi vous me le demandez, puisque vous semblez tout savoir vous-même, connard!

- Je veux vous l'entendre dire...

- Elle est sans doute quelque part... chez vous à Montréal.

- Mais encore...?

- À la morgue, bordel!

- Vous en êtes certain, monsieur Marshall?

- Évidemment que j'en suis certain, espèce d'enfoiré de flic idiot! C'était dans les journaux il y a quelques jours! Non, mais ce qu'y faut pas être con!

- Et vous n'êtes évidemment pour rien dans cette affaire...

- Quoi! Vous voulez me mettre ça sur le dos en plus?

- Tout à fait, monsieur Marshall!

- Non! Vous ne pouvez pas faire ça!

- Et pourquoi pas?

- Parce que vous n'avez aucune preuve! Je n'étais même pas au Québec quand c'est arrivé!

- Faux! Vous êtes arrivé la journée même de son assassinat, Marshall! On a tout vérifié.

- Tu « *bluffes* », man! Vous n'êtes même pas capables de me mettre sur les lieux du crime. Je ne sais même pas où elle habitait la Delma!

- Oh que si vous le saviez... Le chef Saint-Aubin et ses hommes ont questionné le personnel de tous les endroits où vous faites votre petit commerce, monsieur Marshall. Et dès votre retour dans les Laurentides, vous vous êtes tout de suite mis en quête de retrouver Nadine Delma en interrogeant le personnel des bars et des hôtels des environs. Vous l'avez retrouvée très rapidement et vous vous êtes rendu chez elle pour mettre les pendules à l'heure!

- C'est faux! Vous n'avez pas de preuve de ce que vous avancez!

- Erreur, mon ami! Je vous ai observé depuis le début de notre entretien. Vous êtes gaucher n'est-ce pas?

- Oui! Et qu'est-ce que ça peut vous foutre à vous que je sois gaucher!

- Vous portez une chevalière à l'annulaire de votre main gauche et je voudrais que vous me la prêtiez, pour un temps.

- Pourquoi faire!

- Comme pièce à conviction.

- Vous êtes malade?

- Pas du tout. Retirez-la.

- Je refuse de vous la donner!

- Si vous refusez, on vous arrêtera pour entrave à la justice. Ça, c'est sans compter les accusations de meurtre au premier degré!

- Qu'est-ce que vous me chantez là! C'est du délire!

- Pas du tout, monsieur. Voilà comment ça s'est passé : vous avez su que Nadine Delma vous avait balancé aux flics fédéraux. Vous vouliez vous venger sur elle et vous l'avez retrouvée dès votre retour grâce à votre réseau et à toutes vos connaissances dans le circuit des bars, restaurants et hôtels de la région. Vous vous êtes rendu chez elle et vous êtes entré. La porte n'était pas verrouillée et vous avez inspecté le rez-de-chaussée. Vous l'avez sans doute appelée, mais elle ne répondit pas.

- Vous dites n'importe quoi, Quito!

- Vous êtes ensuite monté à l'étage, où vous avez retrouvé Nadine étendue dans son lit et groggy. Elle s'est levée, ou plutôt, vous l'avez tirée hors de son lit, où elle a perdu une de ses pantoufles. Vous l'invectiviez pour ce qu'elle vous avait fait et Nadine reculait vers le couloir, apeurée et à moitié consciente. Rendus sur le balcon de la mezzanine, vous vous êtes emporté et vous l'avez frappée… Un coup de poing à la mâchoire! Hors d'équilibre, Nadine a reculé, a percuté la rampe et elle est passée par-dessus. Elle a perdu son autre mule sur le balcon, juste avant de tomber sur le plancher du rez-de-chaussée, où elle s'est fracturé le cou et a trouvé la mort! Votre bague a laissé son empreinte sur sa mâchoire. On y retrouvera certainement une trace de son ADN.

Il y eut alors un moment de silence. Quito voulait que Marshall digère ce résumé, avant qu'il puisse poursuivre. Le prévenu fixait le sol, les yeux hagards, comme s'il était en transe. Près d'une minute plus tard, Marshall reprit :

- Elle était complètement bourrée!

- Comment?

- Nadine…! Elle était soûle et ne comprenait rien à ce que je lui disais! J'avais beau la brasser, elle me regardait avec ses yeux de poisson, sans rien dire. Sa respiration était bizarre, elle était incapable de se tenir debout ou de marcher normalement. Ça m'a mis dans une telle colère…

- C'est vous qui lui avez fait boire de l'Amaretto?

- Elle a bu de l'Amaretto? Comment vous pouvez savoir ça! Vous étiez là, vous? Tout ce que je sais, man, c'est qu'elle était soule au point de ne pas pouvoir se tenir debout! Et ça m'a mis dans une rage noire…

- Et vous l'avez frappée…

- Oui. Je ne voulais pas la tuer! C'était un accident, je vous le jure! Je l'ai à peine effleurée avec ma main et elle est partie à la renverse… Par-dessus la rampe du balcon…

- Une fois redescendu au rez-de-chaussée, vous avez constaté qu'elle ne bougeait plus et pour vous assurer qu'elle ne vous dénoncerait pas, vous êtes allé chercher une carabine dans votre voiture et lui avez tiré, à bout portant, une balle dans la tête!

- Vous êtes un malade sadique, mon vieux! Où allez-vous chercher pareilles conclusions!

- Monsieur Marshall, vous êtes en état d'arrestation pour le meurtre de Nadine Delma. Vous serez fort probablement mis en accusation de meurtre avec préméditation par le Directeur des Poursuites Criminelles et Pénales ou un de ses représentants dans les vingt-quatre prochaines heures.

Sur ces paroles, Quito sortit de la salle d'interrogatoire et demanda à Saint-Aubin d'obliger Marshall à retirer sa bague et à la lui remettre, dans un sac plastique avec identification de l'objet, de l'heure, du lieu et de tous les détails concernant cette preuve, avant de lui passer les menottes, mains derrière le dos. Quito tenait à avoir ces images sur vidéo! Il savait aussi que le labo réussirait à y relever des traces d'ADN. Les aveux de Marshall captés sur bande magnétique, la remise de la chevalière aux autorités policières elle aussi en images, Quito était satisfait de la preuve contre ce petit morveux. S'adressant au chef Saint-Aubin :

- Gardez-le ici en détention. Je vais faire le nécessaire pour que le prisonnier soit conduit dans nos cellules de Montréal dès cet après-midi par des constables de nos services.

- D'accord, fiston. Je te le garde au frais! Beau travail en diable, mon garçon!

- Merci.

Chapitre 40.

Aussitôt arrivé à sa voiture, Joe téléphona au bureau pour demander que l'on envoie une équipe prendre livraison du prévenu à Sainte-Adèle et qu'on le ramène à Montréal pour le coffrer. Dès son retour au bureau, il remplirait la paperasse et passerait voir le procureur avec copie de l'interview de Marshall enregistrée en numérique sur DVD. La qualité image et sonore était excellente! Quito était convaincu qu'avec cette preuve, il obtiendrait du procureur la mise en accusation formelle du truand et éventuellement sa citation à procès.

Quito se dit que Marshall plaiderait sans doute l'accident, mais il osait espérer que les techniciens de Chamberland trouveraient l'ADN de Nadine Delma sur la chevalière de Marshall, qu'il rapportait justement avec lui dans un petit sac, fermé en présence du chef de la police de Sainte-Adèle. L'aveu de Marshall, lors de l'entrevue, devrait sceller le sort de ce pauvre type. Cela ne faisait aucun doute dans l'esprit du policier en quête de Justice!

Accident mon œil! Quito avait bien remarqué cette blessure à la mâchoire de la victime lors de son examen de la scène de crime et Chamberland en avait pris bonne note dans son rapport d'autopsie. Il serait difficile pour l'accusé d'expliquer à la cour comment sa chevalière avait pu laisser son empreinte sur la mâchoire de la victime! Surtout si l'on y retrouvait de l'ADN de Nadine Delma! Mais avec les avocats de la défense, on pouvait s'attendre à tout. Ces avocats futés fomentaient souvent des tours de passe-passe pour arriver à des arrangements hors-cour favorables à leur client… Les mauvaises surprises n'étaient pas rares, malheureusement.

Cela lui rappelait justement comment le responsable de la mort de Marielle, sa mère adoptive… avait pu échapper à la Loi! Alors qu'elle traversait le Chemin du Mont-Sauvage pour aller saluer sa voisine d'en face, un conducteur ivre l'avait frappée de plein fouet avec sa voiture. La tête de Marielle avait défoncé le pare-brise et la pauvre femme était morte sur le coup. Mais le chauffard, complètement saoul, ne s'était même pas arrêté pour lui porter assistance! Il avait fui les lieux, s'était rendu dans le stationnement d'un autre hôtel, pour y abandonner sa voiture à côté des conteneurs à déchets. De là, il avait appelé un ami pour se faire ramener au bar qu'il avait précédemment quitté et de là, avait téléphoné à la police pour dire qu'il s'était fait voler son véhicule!

Bien que la police n'eut pas cru son histoire, on ne put trouver de témoins, ni de preuves suffisantes pour placer formellement cet individu sur les lieux de l'accident ayant coûté la vie à sa maman. Le chef Saint-Aubin avait néanmoins procédé à l'arrestation de l'ivrogne et le procureur avait malgré tout porté des accusations contre lui. Mais l'homme fortuné s'était octroyé les services d'un avocat renommé qui avait réussi à faire tomber les accusations en cour. La Couronne avait fini par abandonner toutes les charges, faute de preuves assez solides pour convaincre le juge de sa culpabilité.

Le fait que ce pauvre type ait pu échapper à la loi avait marqué le jeune Joseph Quito au fer rouge! Il s'était alors promis de devenir un véritable justicier pour réparer pareilles erreurs et qu'il y consacrerait sa vie entière!

Quito était néanmoins satisfait de son travail sur l'affaire Delma et la suite des procédures judiciaires ne relevait plus de lui en ce qui concernait Peter Marshall. Toute une série d'événements se mettraient automatiquement en branle suite à cette arrestation; elles suivraient les règles du système de Justice du Québec.

Suite à sa détention provisoire, où le prévenu sera fiché (avec prise de photos, relevé de ses empreintes digitales, etc.) il sera ensuite formellement mis en accusation, puis convoqué à comparaître en cour. Lors de sa comparution, l'accusé devra enregistrer un plaidoyer, puis il y aura enquête sur sa mise en liberté provisoire. Il sera de la responsabilité de Quito, à ce moment-là, d'expliquer à la Couronne que le détenu ne devrait pas être remis en liberté provisoire, compte tenu de la gravité des accusations, mais principalement à cause des possibilités pour Marshall de s'éclipser et de faire faux bond à la justice. Un gars comme lui avait des ressources qui pouvaient avoir des ramifications bien plus lointaines que les frontières canadiennes. Son récent séjour en Colombie-Britannique n'en était qu'un petit avant-goût.

Viendraient ensuite l'enquête pro-forma pour permettre à la défense d'étudier la preuve que l'accusation lui aura divulguée à l'étape précédente; puis l'enquête préliminaire, où le procureur étalera sa preuve devant le juge qui devra décider si elle est suffisante ou non, pour mener le tout au procès proprement dit.

Puis viendrait le procès lui-même, avec les témoignages de l'accusation et de la défense. Le jury, s'il y a lieu, devra rendre le verdict de culpabilité ou de non-culpabilité. Si l'accusé choisit d'aller à procès devant juge seul, alors le juge rendra le verdict, mais pourra prononcer la sentence plus tard.

L'accusé pourra finalement porter sa peine en appel, dans un certain délai prescrit par la loi. La Cour d'Appel décidera ensuite si oui ou non les motifs invoqués sont suffisants pour reprendre le procès.

Dans le cas de Marshall, Quito espérait qu'il soit incarcéré à vie, sans possibilité de libération avant 25 ans! On n'avait pas besoin de cette sorte d'individu en liberté dans notre société, pensait-il. Tout le monde saura dans quelques mois si le Système Judiciaire sera le grand gagnant dans ce duel…

∞∞∞∞

Après s'être assuré que la paperasse avait bien été remplie et que les pièces à conviction avaient été enregistrées et remises à qui de droit, Quito prit quelques minutes pour tenter d'obtenir des nouvelles de Kim.

Son état n'inspirait pas beaucoup confiance aux médecins. On suspectait des blessures internes, suite aux coups qu'elle avait reçus à l'abdomen. Kim avait dû se débattre et donner pas mal de fil à retordre à cet enfoiré, lorsqu'elle avait repris conscience! Il comprit alors encore mieux les agissements de son adjoint Marco…

L'infirmière qui pouvait le renseigner plus en détails fut celle du département des soins intensifs, où son appel fut transféré. Il apprit de cette personne que Kim reposait dans une chambre à lit unique et était sous moniteurs multiples, son état étant jugé grave, mais stable. La jeune femme à la voix apaisante lui expliqua, sans lui donner tous les détails, que Kim avait été sérieusement amochée. On l'avait opérée après avoir détecté une hémorragie interne qui avait échappé aux examens préliminaires. Le chirurgien avait fait tout son possible pour que Kim s'en sorte sans trop de séquelles, mais certains organes avaient des chances de ne plus être fonctionnels, dont l'utérus et possiblement les trompes utérines. En bref, l'infirmière expliqua que Kim ne pourrait sans doute plus jamais avoir d'enfants... Cela était d'autant plus triste, puisqu'ils n'avaient pu sauver celui-ci...

- Pardon?

- Mademoiselle Bell était enceinte, monsieur...

- Vous êtes certaine de ce que vous dites?

- C'est ce que le médecin a constaté lors de l'intervention chirurgicale, monsieur Quito.

- Mais comment est-ce possible?

- On ne vous a pas expliqué?

- Expliqué quoi!

- Mademoiselle Bell a été violée, monsieur... Et ce n'était pas un viol ordinaire...

- Que voulez-vous dire...

- Eh bien, on suspecte que l'agresseur se soit servi de quelque chose qui ressemblerait à un bout de bois... Possiblement le manche d'un balai, ou quelque chose de cette nature...

- Ce n'est pas vrai!

- Je suis désolée, monsieur Quito. Vous êtes son conjoint, n'est-ce pas?

- Euh... oui. On peut dire ça.

- Le médecin a confirmé que mademoiselle Bell ne pourra plus avoir d'enfants... suite à l'opération qu'elle a subie. Je suis navrée...

- Je comprends, mademoiselle. Je peux la voir?

- Pas encore. Le médecin n'autorise pas les visites pour le moment. Il veut que Kim ait toutes les chances de se remettre et pour cela, elle a besoin de calme pour bien se reposer. Vous comprenez?

- Oui.

- Même sa mère n'a pu la voir que cinq minutes. C'est triste, mais c'est ainsi. C'est pour son bien…

- Je comprends. Sa mère sait que Kim était enceinte?

- Je l'ignore…

- Veillez sur Kim, voulez-vous?

- Bien sûr!

Quito raccrocha, le cœur gros en pensant à Kim, à cet embryon qu'ils avaient perdu… Mais c'est la haine envers ce porc qui le fit trembler! Comment avait-il pu oser faire ça à Kim! *Ah, j'aurais voulu que Marco le garde vivant…! Je l'aurais tué moi-même de mes propres mains! Je l'aurais étranglé le plus doucement possible pour le voir souffrir… me supplier…*

Joe enfouit sa figure dans ses deux mains, les doigts écartés, le bout touchant la base de son cuir chevelu. Il ne sut plus où il en était. Il avait envie de pleurer, de crier, mais en même temps quelque chose le retenait et l'empêchait de péter les plombs… Était-ce sa conscience de chrétien qui se manifestait? Ou était-ce une réaction qui le forçait à se dominer et à ramener le contrôle de soi, suite à l'entraînement professionnel reçu?

Il est beaucoup plus facile de garder son sang-froid lors de l'analyse d'une situation vue de l'extérieur, qui ne concerne que des étrangers. La ligne est mince lorsqu'on est personnellement confronté à une situation impliquant quelqu'un qui nous est sympathique, ou pire, que l'on aime! Il peut arriver parfois que nous éprouvions de la sympathie envers une victime que nous ne connaissions pas auparavant. Mais le simple fait qu'elle nous soit sympathique nous fait partager sa douleur, sa peine et même sa rage. Mais quand le crime touche la personne que vous aimez par-dessus tout… ça devient absolument insoutenable!

Quito éprouva soudainement le besoin d'aller prendre une bière au Saint-Gabriel!

Chapitre 41.

Le lendemain, Quito arriva au bureau de bonne heure et se mit à cogiter sur toutes sortes de pensées qui le préoccupaient : Kim et son état de santé inquiétant, l'affaire Delma, mais aussi sa carrière de policier. Hier, il avait souhaité tuer quelqu'un... Il l'avait même souhaité très fortement! Marco, lui, avait éprouvé ces mêmes sentiments et il les avait assouvis. Joe se surprit à envier son partenaire...

Il s'efforça à revenir à l'affaire Delma! Travailler lui tiendrait l'esprit occupé et l'empêcherait de défaillir. Quito entreprit donc de se remettre au travail le plus rapidement possible.

Marshall avait avoué avoir frappé Nadine Delma et il ne faisait aucun doute dans l'esprit de Quito que c'était bien lui qui avait causé la mort de la victime. Nadine Delma s'était fracturé les os du cou dans sa chute du balcon. Chamberland avait bien confirmé que c'était ça qui avait causé la mort instantanée de la victime. Mais il n'en restait pas moins que cette femme avait été triplement assassinée! Il fallait donc trouver qui avait versé le cyanure dans le cocktail à la liqueur d'amande que Nadine avait bu sans se douter qu'il était empoisonné, de même que l'identité de celui ou celle qui avait logé une balle dans la tête de la morte, en présumant qu'il s'agissait de deux personnes différentes.

C'était bien l'avis de Joe. Il était convaincu qu'il s'agissait en tout de trois assassins différents à cause des méthodes utilisées. Le poison est sournois et probablement plus sujet à être utilisé par une femme. Alors que l'arme à feu demande un certain cran pour la pointer et appuyer sur la gâchette, de la façon qu'elle le fût, dans le cas présent. Mais évidemment, ce n'était qu'une théorie. De nos jours, bien des femmes savent se servir d'une arme! Et un médecin ou un pharmacien mâle, qui a accès à toutes sortes de médicaments et de drogues, peut très bien avoir décidé de se servir d'un poison pour se venger!

Joe avait donc hâte de discuter avec Marco pour qu'il lui rende compte des interrogatoires qu'il avait menés la veille auprès des docteurs Longpré et Landreville, ainsi que de leurs épouses, Carole et Denise. Conjointes de médecins, ces deux dernières étaient en mesure de s'approprier du cyanure dans la pharmacie de leurs époux respectifs...

Joe avait tout aussi hâte d'entendre ce que Marco aurait à lui raconter au sujet du notaire Armand Leconte et de son épouse Émilie. Tout ce beau monde appartenait au même cercle d'amis, et cela était particulièrement vrai pour les femmes. Il n'était donc pas exclu que l'épouse d'un des deux médecins ait pu fournir le poison à la femme du notaire ou, pourquoi pas, au notaire lui-même!

Même si Marco l'avait déjà rencontré, Quito anticipait devoir interroger à son tour l'agent immobilier Pierre Gervais, second conjoint de Nadine Delma. Joe le suspectait très fortement, puisque Nadine lui avait très malhonnêtement soutiré la propriété de Sainte-Thérèse! Mais cela n'excluait évidemment pas les deux autres Pierre : Bouliane, l'époux numéro un et Letendre, l'agent promotionnel pour l'industrie radiophonique... Bouliane et Gervais avaient un motif très sérieux! Pour le troisième Pierre, Quito était convaincu de trouver un mobile, lorsqu'il l'interviewerait. Joe était certain que cet homme avait lui aussi été malmené par la veuve noire... Cette Nadine Delma était toute une arnaqueuse...

Joe avait donc pas mal de pain sur la planche et c'est justement alors qu'il y réfléchissait que Marco fit éruption dans son bureau.

Chapitre 42.

- Salut, Joe.
- Bonjour, Marco. Tu vas bien?
- Ouais. Et toi?
- Très perturbé par tout ce qui se passe, mais ça ira.
- Tu as l'intention de parler de ça avec les *Beaux-Habits*, Joe?

Les *Beaux-Habits*, c'était comme ça que Marco avait baptisé leurs supérieurs, car ces gars-là étaient pratiquement toujours vêtus de leur uniforme de police, tirés à quatre épingles avec leurs galons et casquettes. Alors que pour Tozzi et Joe, bien qu'ils doivent porter des fringues dignes de leur titre d'inspecteurs, il leur arrivait plus souvent qu'autrement de se présenter au travail en jeans et t-shirts. Surtout lorsque qu'ils devaient aller sur le terrain pour faire de la filature ou encore tenter d'infiltrer une entreprise, un groupe d'individus ou autres lieux où une tenue trop correcte les aurait fait repérer très vite! Joe évita la question de Tozzi et enchaîna :
- Tu as rencontré les gens que je t'avais demandé d'interviewer hier?
- Ouais. J'ai pu interroger les deux docs avec les épouses respectives. Mais je n'ai pas eu le temps de voir le notaire.
- Et alors, les deux médecins et leurs femmes…
- Ben, c'est difficile de se faire une opinion, mec.
- Pourquoi ça…
- C'est certain que le doc Landreville s'est épris de Nadine Delma de façon très sérieuse. Il est sorti avec elle à plusieurs reprises, l'emmenant dans de très chics restaurants et bars de l'ouest de Montréal. Mais le con s'est fait pincer par sa tendre épouse Denise!
- Ah bon?
- Il payait par carte de crédit et sa femme a vu les reçus lorsqu'il faisait ses comptes à la maison par un dimanche après-midi pluvieux.
- Ouch!
- Oui, tu peux le dire, mec! La Denise lui a piqué une de ces colères et l'a mis en face des faits. Comme tu le sais sans doute, Denise est d'origine française et elle n'a pas la langue

dans sa poche! Ce qui l'a le plus choquée, ça été d'apprendre que son gus la trompait avec Nadine Delma et pas avec n'importe quelle autre femme…

- Et pourquoi donc?

- Ben, parce que Nadine et Denise étaient de bonnes amies, ou du moins le croyait-elle…

- Je comprends. Elle t'a dit quelque chose qui puisse nous suggérer qu'elle puisse être considérée comme suspecte?

- Oui, oh ça oui, ma poule!

- C'est sérieux?

- Écoute bien. Quand son mari lui a avoué être éperdument amoureux de Nadine Delma, Denise a d'abord réagi par des pleurs. Blessée d'avoir été trompée par son gus, et aussi par quelqu'un qu'elle croyait bien être son amie. Puis, sa réaction s'est progressivement transformée en une haine très profonde. Elle a envisagé de demander le divorce et de lessiver le beau Gilles au max et ensuite de retourner vivre en France!

- La plupart des femmes ont ce genre de réaction… Mais j'imagine que c'est compréhensible.

- Oui, mais la Denise s'était juré de s'en prendre à Nadine aussi! Folle de rage et pleine de rancœur, elle s'était promise de lui « faire la peau ». C'est comme ça qu'elle me l'a dit, avec ses deux bras en l'air, l'index et le majeur des deux mains en extension, mimant les guillemets, comme pour me faire comprendre en sous-entendu que ce n'était pas du sérieux…, tu vois, mec?

- Et toi, tu crois que c'était du sérieux?

- Je n'en suis pas totalement convaincu, mais je suis à peu près certain qu'elle y a très certainement pensé pendant un temps.

- Ils ont envisagé de divorcer depuis cette trahison?

- Songé, oui, mais ce n'est pas encore sérieusement engagé. Denise est en discussion avec un avocat spécialisé. Le gars en question doit saliver, car le doc ne roule pas en trottinette, ma poule!

- Ce sont des gens plutôt riches?

- Riches, tu dis? Eh ben mon vieux, si on avait le centième de ce que ces gens-là possèdent, on serait très heureux, toi et moi!

- Tant que ça, hein?

- Oui, monsieur! La résidence principale en pierres de taille, voitures luxueuses – une Lincoln avec chauffeur pour monsieur et une Volvo Which XC90 à traction intégrale pour madame – chalet au Sommet Bleu à Sainte-Adèle. Pour les affaires : une clinique médicale avec bureaux pour deux associés et un commerce de pharmacie au rez-de-chaussée, dont l'édifice de deux étages et tout le terrain joliment paysagé avec arbustes et fleurs, en plus du stationnement pavé pour une vingtaine de voitures, lui appartiennent. Il est aussi actionnaire à un tiers des parts dans le Phantom Club. C'est un club privé qu'il a fondé avec deux associés il y a trois ans. Ils ont acheté un centre de ski qui avait fait faillite puis ont rénové l'édifice principal pour le convertir en club, avec bar, scène pour spectacles et tout le tralala! Ils ont un personnel bien formé qui y travaille : service de sécurité, barmaid, serveuses.

- Qui sont les autres associés dans ce business, tu le sais?

- Devine…

- L'autre médecin et monsieur le notaire?

- Bingo!

- C'est tout pour Landreville?

- Je n'ai pas encore fouillé les comptes en banque, placements chez des courtiers ou ailleurs dans les îles paradisiaques où le fisc ne peut mettre son nez…

- Et où on ne pourra sans doute jamais mettre notre nez non plus…

- Ouais.

- Tu as pu relever quelque chose de concret entre le docteur Landreville et Nadine Delma? Il lui a donné quelque bien matériel que l'on puisse retracer?

- Oui, mec. En plus des sorties bien arrosées aux restos, le dandy lui a offert un manteau de vison! Pas simplement une petite veste… un manteau long valant une dizaine de milliers de dollars! Ça figure sur les relevés de ses cartes de crédit, et

Denise n'a pas semblable fourrure dans sa garde-robe à elle! Tu piges le topo, mec?

- Oh là!

- Comme tu dis! Denise a très souvent accompagné Nadine Delma dans des sorties entre copines, alors que la Delma portait ce beau manteau, cadeau de son propre époux! Évidemment que Nadine a dû inventer une belle histoire pour justifier la provenance de la fourrure! Mais laisse-moi te dire que Denise a bien épluché les comptes des cartes de crédit après avoir appris qu'elle était cocue! Et elle a évidemment trouvé la preuve que la fourrure provenait de son Jules... ou Gilles, plutôt! Ce qui l'a mise dans tous ses états!

- Je n'en doute pas. Mais dis-moi, c'est Nadine qui a quitté le docteur ou l'inverse?

- Nadine l'a plaqué, mec.

- Ah bon?

- Sans lui donner d'autre explication « qu'elle en avait marre ».

- Ça a dû le mettre en colère à son tour?

- Il m'a avoué avoir été très déçu. Le gars m'a semblé pas mal naïf, Joe. Il me semble qu'il s'est embarqué dans cette galère sans avoir réfléchi pour deux sous. Il a tout simplement perdu la boule pour cette fille, le con.

- Il n'a pas été le seul dans la mire de Nadine, le pauvre. Mais à ton avis, il aurait pu vouloir assassiner Nadine Delma par vengeance?

- Non, je ne pense pas. Pas lui.

- Et elle?

- Elle, c'est une autre affaire... Cette femme a du caractère, mec. Lorsqu'elle m'a raconté comment elle avait tout appris, en retraçant toutes ces factures, entre autres, elle avait les yeux exorbités d'une personne très en colère...

- Au point de passer à l'acte?

- Très possible, mec.

- Elle a eu la confirmation d'avoir été trompée quand, exactement?

- Environ trois semaines avant les Fêtes. Autour du premier décembre. Mais l'aventure de son mari datait de plusieurs mois déjà.

- Plusieurs mois?

- Oui. Même que, si je compte bien, ça faisait au-delà d'un an!

- Comment expliquer ce délai?

- Je ne sais pas, ma poule. Landreville connaissait Nadine Delma depuis 1999 par l'entremise du docteur Longpré qui l'avait comme patiente à cette époque-là. Ils ne se voyaient qu'occasionnellement dans des soirées, au champ de courses de chevaux de Blue Bonnets, avant que l'hippodrome ne ferme. Mais le coup de foudre a eu lieu à la fin 2008 et c'est à partir des Fêtes de Noël de cette année-là qu'il a commencé à sortir avec Nadine Delma en catimini.

- Ah, bon. Ils se voyaient régulièrement?

- Au début, non. Mais, par la suite, les sorties se multiplièrent à intervalles plus rapprochés.

- Et pourquoi Denise ne s'est-elle jamais rendu compte qu'elle était trompée pendant toute une année!

- Ça, c'est quelque chose que ni toi ni moi ne pourrions comprendre, mon p'tit père.

- Comment ça…

- Parce qu'il faut être de la haute pour vivre de telles aventures. Ces gens-là sortent régulièrement chacun de son côté. Lui, dans des congrès et des séminaires professionnels et elle, dans des bals ou galas de charité où monsieur ne voudrait pas mettre les pieds pour tout l'or du monde. Mais la présence de sa femme à de telles soirées mondaines lui donne bonne figure et sa réputation est sauve, puisqu'en bout de ligne, Denise contribue à ces bonnes causes en apportant un chèque signé de sa main à lui. Capitche?

- Ouais. Ce n'est pas mon truc.

- Non, à moi non plus. Toutes ces sorties mondaines, ça pue les jeux de rôles, les courbettes et les bonnes manières de façade, alors qu'ils n'en pensent rien du tout, mec! Ces gens-là n'ont aucun sens de l'honnêteté, si tu veux mon avis, ma poule.

- Et quel est leur alibi à tous les deux pour la journée du 24 décembre dernier?

- Ils étaient tous ensemble : le couple Landreville, le doc Longpré et son épouse Carole, ainsi que le notaire Leconte et sa femme Émilie. Aucun d'eux n'a eu d'enfants, alors ils se réunissent pour la veille de Noël chaque année. Comme s'ils formaient ainsi leur propre petite famille... tu vois?

- Je veux bien, mais où étaient-ils, exactement?

- Ils ont d'abord dîné au Chanteclerc...

- Tiens donc!

- Quoi!

- Eh bien notre ami Bouliane y était lui aussi... Continue, ça n'a peut-être pas rapport.

- Alors comme je le disais, ils ont partagé le repas à la salle à manger de l'hôtel, puis ils se sont rendus passer le reste de la soirée au Phantom Club. Tu connaissais ce club?

- Oui, j'en ai vaguement entendu parler. Il faut être membre pour y entrer, n'est-ce pas?

- Oui, ma poule. Et pour devenir membre, il faut payer avec beaucoup de billets verts! Toi et moi on ne peut pas se permettre pareille folie, Joe. Ça coûte la peau des fesses!

- Ils sont restés là-bas tout le reste de la soirée?

- Oui. Comme c'était la veille de Noël, le club fermait à minuit. Les actionnaires ont décidé de gérer l'établissement comme si c'était un club public. Surtout à cause du personnel qu'ils engagent. Ils respectent le Code du Travail, les congés fériés et tout ça. Très classe, mec!

- Je vois. Où sont-ils allés après la fermeture?

- Tout le groupe s'est ensuite retrouvé au chalet des Landreville, sur le Sommet Bleu et ils ont tous passé la nuit sur place.

- Difficile de savoir si quelqu'un s'est absenté du club sans que les autres ne s'en aperçoivent...

- Surtout qu'ils ont un peu l'habitude de ne pas trop se coller les uns aux autres une fois sur place, si tu vois ce que je veux dire...

- Bon, bref! On a Denise qui pourrait être mise sur la liste des suspects pour l'empoisonnement au cyanure. Elle avait sans doute accès à la pharmacie de monsieur le docteur son mari. Peut-être les autres la protègent-ils en prétendant qu'elle était avec eux ce soir-là, mais qu'en fait Denise aurait pu faire un saut chez Nadine pour prendre un verre et lui faire avaler le poison.

- Exact.

- Mais d'après toi, Gilles Landreville ne doit pas être mis sur cette même liste.

- C'est mon intuition, mec. Le gars me semble trop mou… il n'aurait pas le cran de se rendre jusqu'au bout.

- Tu crois que je devrais l'interroger à mon tour?

- À toi de voir, ma poule. T'as une manière bien à toi de les cuisiner…

-Je me le réserve donc pour plus tard. Je vais sans doute questionner Denise aussi. Je veux la pousser jusqu'à l'acculer au mur, tu vois? Peut-être qu'avec moi, elle avouera.

- Tu as un pouvoir de persuasion que je n'ai pas avec la gente féminine… dit Marco avec un grand sourire.

- Il me faut une évaluation du notaire Armand Leconte et de son épouse Émilie aussi. Tu veux les rencontrer?

- J'ai déjà pris rendez-vous pour ce matin même, boss!

- Bien! De mon côté, je vais aller cuisiner le second mari officiel de Nadine Delma : l'agent immobilier Pierre Gervais. Faudra aussi que l'on rencontre le gars des promos pour la radio, Pierre Letendre…

- Ça fait pas mal de Pierre, hein mec!

- Bizarre de coïncidence pour ce prénom! Allons, on se met en route! On se retrouve ici demain matin même heure pour un débriefing. Si jamais il y a quelque chose d'important, tu m'appelles sur mon portable.

- Dis, il y a quelque chose qui me chicote, ma poule…

- Quoi donc, Marco?

- La veille de Noël, si tout le groupe était au *Phantom Club* à faire la fête, pourquoi Nadine Delma n'était pas de la partie?

- Je n'en sais rien, vieux. Tu n'as pas demandé au médecin ou à sa femme?

- Non. Je n'y ai pas pensé.

- On leur posera la question lorsqu'on les reverra.

- OK, *arrivederci, amico*.

Chapitre 43.

Marco est un homme très impressionnant avec son mètre quatre-vingt-dix et ses quatre-vingt-quinze kilos. Les cheveux noirs, il a les yeux pers à prédominance de bleu, ce qui donne un air plus doux à son visage autrement austère. Le menton porté en avant, autoritaire, met sa fossette en évidence. Il a la barbe forte, aussi noire et fournie que sa chevelure hirsute qu'il aime garder très courte.

Un cou de taureau sur des épaules larges, des bras qui peuvent sembler plus volumineux que les cuisses de certaines jeunes femmes et un torse bien bombé sans une once de graisse en intimident plus d'un. Et lorsque ceux qui le rencontrent viennent à apprendre, en plus, que cet athlète est un adepte des arts martiaux, rares sont ceux assez téméraires pour lui manquer de respect!

La grande majorité des femmes ont un faible pour lui. Son look d'Italien macho, combiné à son approche toujours très polie et respectueuse, lui assurent la collaboration de toute la gente féminine. Il se comporte parfois un peu différemment auprès des hommes; un peu plus animal, jaugeant l'autre d'un rapide coup d'œil accompagné d'une expression faciale qui confirme son dégoût ou au contraire, son approbation et sa sympathie. D'une nature méfiante, Marco ne se fait pas d'amis facilement. De toute façon, cela ne l'intéresse pas. Il a Joe Quito comme copain, des relations avec quelques gars des stups avec qui il a travaillé dans le passé, c'est à peu près tout. En fait, Joe est son seul et unique véritable ami de sexe masculin.

Tozzi se gara dans l'allée. La bâtisse était très grande, aux murs de pierres formant un ensemble de maçonnerie absolument spectaculaire. La toiture était faite de dalles d'ardoise authentique. Les plaques étaient toutes subtilement différentes les unes des autres, dans leurs dimensions, leurs teintes et leurs reliefs. La surface entière de la toiture en pente abrupte offrait une mosaïque de reflets gris-vert, chatoyant sous les rayons du soleil matinal. Située au beau milieu d'un terrain immense, boisé de conifères et de feuillus matures, la cossue résidence ressemblait à un manoir ancien, qu'on aurait plus facilement situé quelque part en Europe plutôt qu'au Québec.

Lorsqu'il sonna à la porte de la résidence du couple Leconte, c'est Émilie qui lui ouvrit. Toute souriante, elle l'invita à entrer.

- Inspecteur Tozzi! Entrez, je vous en prie, fit madame Leconte avec son sourire le plus charmeur.

- Merci. Monsieur le notaire est là?

- Oui. Il nous rejoindra au salon dans quelques minutes. Il m'a prié de l'excuser auprès de vous. Un problème avec la banque, au sujet d'une hypothèque pour un de ses clients.

- Je vois. Je peux donc vous parler, même si votre mari n'est pas présent?

- Bien évidemment, inspecteur.

Après avoir retiré ses couvre-chaussures et son manteau, Marco suivit la maîtresse de la maison le long d'un couloir dallé de travertin clair et aux murs de boiseries sombres. Le salon était meublé de causeuses et de divans de cuir brun, entourant une immense table basse, au dessus de verre épais et légèrement fumé, posé sur une structure tubulaire de laiton poli. La moquette d'un beige très pâle intimidait Marco qui avait peur de salir, même si les semelles de ses souliers étaient propres. Le plafond était haut, les murs sombres, l'éclairage tamisé. De grandes draperies encadraient les fenêtres, étouffant efficacement les bruits et les paroles.

- Je vous en prie, asseyez-vous.

- Merci, madame.

- Appelez-moi Émilie, voyons.

-Bien, Émilie. Je vais vous poser quelques questions en rapport avec la mort de Nadine Delma.

- Oui, je suis au courant du motif de votre visite, inspecteur. Vous pouvez y aller, ça ne me gêne pas du tout.

- Très bien. Vous ne voyez pas d'inconvénients à ce que je prenne des notes?

- Bien sûr que non. Faites votre travail comme bon vous semble.

- Excellent. Alors commençons par le début : où étiez-vous le soir du 24 décembre dernier, Émilie.

Émilie eut le sourire aux lèvres en entendant Marco prononcer son prénom. Elle portait un chemisier blanc, fermé au cou, sur une jupe grise légèrement fendue sur le côté. Un veston déboutonné complétait l'ensemble. Elle portait des bas ou des collants opaques d'une teinte que Marco avait de la difficulté à déterminer. Pas complètement noirs, il aurait voulu pouvoir lire l'étiquette de l'emballage pour apprécier les efforts du manufacturier. *Charbon de bois* ou *Brouillard nocturne* aurait très bien pu y être inscrit… Une paire d'escarpins de cuir verni noir à talon aiguille mettait en valeur les longues jambes bien galbées d'Émilie.

Elle raconta volontiers à Marco qu'ils étaient allés dîner avec leurs amis de toujours, soit les docteurs Landreville et Longpré, et leurs épouses respectives. Ils avaient apprécié l'excellente cuisine et on les avait bien servis dans la salle à manger de l'hôtel Le Chanteclerc. Puis, ils s'étaient dirigés vers le Phantom Club, leur club privé où la musique et la bonne compagnie d'une clientèle de gens riches sont un gage de soirée réussie. À cet endroit, le groupe s'était dissout, comme c'était la coutume entre eux. Tous étaient plutôt libertins et faisaient un peu ce que chacun voulait : danser, écouter l'orchestre ou se retirer dans un coin pour faire la causette avec un copain de travail, ou une amie du cercle de leurs nombreuses connaissances.

Puis vers minuit, à la fermeture du club en cette veille de Noël, tout ce beau monde s'était retrouvé chez les Landreville, à leur chalet du Sommet Bleu, pour y prendre quelques verres supplémentaires et se coucher enfin, très tard dans la nuit. Tozzi l'avait écoutée sans interrompre le débit fluide de Denise. Puis :

- Vous n'avez donc pas été en compagnie de votre mari toute la soirée, si je comprends bien?

- Non. C'est très rare que nous demeurions ensemble au Phantom Club. Moi, j'aime bien danser, lui avoua-t-elle avec un clin d'œil suggestif, alors qu'Armand est plus vieux-jeu. Vous voyez?

Tout en lui expliquant combien elle préférait faire la fête et se défouler sur la piste de danse, elle se mit à balancer sa jambe droite, croisée sur sa gauche. Puis tout en continuant son discours, elle fit quelques rotations de sa fine cheville pour expulser le talon du renfort de son escarpin. Sa chaussure glissa ensuite mais elle la rattrapa du bout du pied et se mit à balancer son soulier d'avant arrière, défiant ainsi les lois de la gravité.

Marco fut légèrement déconcentré par la manœuvre et se demanda si Émilie était en train de flirter avec lui ou si elle avait cette innocente habitude de jouer avec ses chaussures. Il s'inquiétait de voir quand cet escarpin, aussi sévèrement malmené, finirait par s'envoler vers le tapis...

Émilie n'en laissa rien voir et elle continua à disserter sur ses activités lors de la soirée du réveillon. Elle expliqua à Marco que chacun se déplaçait parmi la foule et qu'inévitablement, ils finissaient par se rencontrer à plusieurs reprises durant la soirée. Mais bien qu'ils aient pu échanger brièvement quelques mots, histoire de se dire qui ils avaient rencontré, si l'orchestre avait bien joué, ou si un ou l'autre éprouvait une certaine fatigue et manifestait son intention de rentrer, la plupart du temps chacun continuait son chemin pour aller poursuivre une conversation, renouveler le contenu d'un verre vide au bar ou de prendre le chemin du retour au bercail, tout en donnant sa bénédiction à l'autre de continuer à s'amuser.

- Donc, vous ne pouvez me dire si un ou l'autre membre de votre groupe aurait pu s'absenter du club pendant une période de temps variant entre quarante-cinq minutes ou même une heure?

- Non. Mais je ne vois pas pourquoi quelqu'un se serait absenté sans le dire à au moins une autre personne du groupe. On n'a pas l'habitude de quitter le club sans avertir son conjoint ou au moins un autre de nos amis intimes...

- Mais il est donc possible que, soit votre mari, soit le docteur Longpré, ou encore le docteur Landreville, ou une ou l'autre de leurs épouses aient pu sortir quelque temps sans que vous en ayez eu connaissance.

- Inspecteur Tozzi... qu'insinuez-vous là! Croyez-vous que l'un de nous ait pu assassiner Nadine Delma?

- Oui, madame.

Sur cette affirmation de Marco, l'escarpin s'échappa du pied d'Émilie et fit deux bonds sur l'épaisse moquette. Paraissant choquée, Émilie ne fit aucun effort pour retrouver la chaussure perdue. Gardant la jambe croisée, le pied bien cambré et bougeant légèrement les orteils, elle fixait Marco d'un air ahuri. C'est alors que maître Leconte entra dans le salon.

Chapitre 44.

- Désolé de vous avoir fait attendre, inspecteur.

Maître Leconte parla d'une voix forte, puisqu'il était à l'autre bout du salon. Il s'approcha à pas feutrés, vêtu d'un pantalon souple et d'un col roulé. Tenue de week-end, sans doute, pensa Marco. De son œil critique, le front légèrement baissé, Tozzi amorçait une imperceptible moue en attendant de se faire une idée sur le bonhomme.

Le notaire était presque chauve. Il y avait une recherche et aussi un peu de désespoir dans sa façon de se coiffer. Il tentait tant bien que mal de se ramener quelques cheveux sur le crâne, mais le résultat avait l'air artificiel. Mis à part ce détail, il faisait plutôt bel homme. Le visage ovale, les yeux d'un bleu acier, le nez aquilin et les lèvres pleines et bien dessinées, il aurait pu faire carrière comme mannequin masculin, n'eut été de sa calvitie.

Il s'arrêta pour regarder son épouse qui n'avait qu'une seule chaussure aux pieds. Il afficha un air surpris mais ne fit aucune remarque. Émilie semblait très bien apprécier sa situation et n'était aucunement empressée de glisser son petit pied soyeux dans l'empeigne baladeuse. Elle répéta pour son mari :

- L'inspecteur Tozzi soupçonne l'un d'entre nous d'avoir participé au meurtre de Nadine Delma! Non, mais Armand, tu te rends compte?

- Oui, ma chérie. Il ne faut pas t'en faire avec cela. L'inspecteur fait son travail et il suspecte tout le monde et n'importe qui. C'est par ses questions et son enquête qu'il parviendra à éliminer certains suspects et qu'il finira par trouver le meurtrier. N'est-ce pas inspecteur?

- Vous avez une excellente façon de voir les choses, dit Marco sur un ton sérieux, en ne lâchant pas Émilie des yeux. Vous êtes tous considérés comme témoins importants, à ce stade-ci de l'enquête. Comme vous étiez tous amis avec la victime, il me faut vous questionner sur votre emploi du temps la journée du meurtre, entre autres.

- Nous n'étions plus vraiment amis avec madame Delma, dit le notaire d'un air pincé.

Ce qui fit réagir Marco de façon négative et il fit une grimace avant de reprendre la parole.

- Votre épouse m'a raconté que vous et vos amis médecins, ainsi que leurs épouses, étiez tous à votre club privé, le Phantom Club, pour le réveillon de Noël.

- C'est exact. On y a passé la veillée tous les six ensemble…

- Vous me pardonnerez, monsieur le notaire…

- On dit maître.

- Pardon?

- Lorsqu'on parle à un notaire ou à un avocat, les gens s'adressent à lui ou à elle en disant maître.

- Oui, bien sûr. *Tu me fais chier, mec...* se dit Marco *in petto*. Alors, sauf votre respect, monsieur Leconte, vous n'étiez pas exactement tous les six ensemble, comme me l'a expliqué Émilie… Euh, madame Leconte.

- Ah bon? fit le notaire, tout en jetant un regard interrogateur à Émilie.

- En fait, vous êtes tous arrivés en même temps au club, mais selon votre épouse, vous vous êtes ensuite dispersés dans l'établissement. Si j'en crois les plans que j'ai vus, il y a plusieurs salles et différents bars dans votre club, n'est-ce pas?

- Oui, vous avez raison. Il y a la salle principale où se produisent les artistes lorsque nous avons un événement spécial et où l'on peut danser; mais il y a aussi un autre petit bar au sous-sol, pour ceux qui veulent bavarder sans être trop incommodés par le bruit. Sans compter les salles de toilettes et les locaux administratifs, évidemment.

- Donc, selon ce qu'Émilie m'a dit, vous êtes allé vers ce bar au sous-sol, alors que votre femme préférait danser dans la salle principale, c'est bien ça?

- Effectivement. Émilie a quand même huit ans plus jeune que moi et elle tient la forme! Moi, j'aurai cinquante ans dans moins de quatre mois, alors j'essaie de prendre plus soin de ma santé. N'est-ce pas, Émilie chérie…

Sa femme le regarda avec un brin de mépris. Elle acquiesça mollement de la tête mais Marco devina dans son regard qu'il y avait de la déception envers son époux. Ou était-ce même un ressentiment plus marqué, sans pour autant être de la haine? Peut-être que leur différence d'âge commençait à se faire sentir de façon plus prononcée entre eux. Elle avait manifestement le corps d'une femme en pleine forme tandis que monsieur le notaire marchait avec les épaules légèrement courbées, malgré ses efforts pour se ressaisir devant le policier.

Ou est-ce que cela avait un rapport avec Nadine Delma! Émilie en voulait-elle à son mari parce qu'il avait lui aussi eu une aventure avec cette femme fatale? Marco avait hâte d'y voir plus clair.

- *Monsieur* Leconte, je me dois de vous poser la question : avez-vous eu une aventure avec Nadine Delma?

- Mais qu'est-ce que vous me chantez là! s'empressa-t-il de répondre avec un visage décomposé qui s'était tourné vers celui d'Émilie. C'est absurde de penser cela. Je suis un homme marié et j'aime ma femme!

Émilie le regarda, les yeux mi-clos, mettant en doute ces dernières paroles.

- Écoute Armand, mieux vaut dire la vérité à l'inspecteur Tozzi. Il finira par l'apprendre de toute façon. Et je ne serais nullement surprise que cela vienne de la bouche de nos amis les plus intimes, d'ailleurs!

- Émilie, voyons!

- Non, écoute-moi. Si nous ne disons pas la vérité et que les choses viennent qu'à se savoir plus tard, nous serons alors encore plus suspects aux yeux de la loi. Ai-je raison, inspecteur Tozzi?

- Absolument!

- Si tu veux, je vais raconter la vérité, dit Émilie en décroisant la jambe.

Son pied tâta l'espace devant elle et sans effort apparent, il retrouva sa place à l'intérieur de sa chaussure de cuir souple.

- Si tu crois que c'est ce qu'il y a de mieux à faire... dit maître Leconte d'une voix résignée.

Émilie se repositionna dans son fauteuil. Elle posa les deux pieds sur le sol puis se glissa vers l'avant pour s'asseoir tout au bord de son siège. Ce faisant, sa jupe remonta sur ses cuisses mais elle ne fit aucun effort pour la replacer. Marco ne manquait rien de la scène mais aucune réaction ne put se lire sur son visage dur et impassible. Denise se lança :

- Mon mari a eu une brève aventure avec Nadine Delma. Tous nos amis sont au courant parce que tous nos maris ont perdu la tête pour cette pute de luxe! Vous savez, inspecteur, nous sommes un cercle de gens fortunés et nous vivons des vies hors de l'ordinaire. Les heures de travail de nos époux ne sont pas celles de monsieur et madame tout le monde. Donc, notre train de vie ne ressemble en rien à celui des gens ordinaires. Il nous arrive parfois de nous distraire de façon plus osée et nous sommes tous libertins, comme je vous l'ai dit tout à l'heure. Mais pour être honnête, je ne m'attendais pas à ce que mon mari franchisse l'étape ultime avec une autre femme…

Il y eut alors un silence qui dura près d'une minute. Marco ne voulait pas déconcentrer Émilie sur sa lancée et demeura de marbre. Quant au notaire Leconte, il s'assit sur un autre fauteuil et se tripota les doigts, le regard fixé au sol, les épaules complètement abattues, affichant un air coupable. Émilie reprit le récit :

- Nadine faisait partie de la bande depuis quelque temps déjà. C'est le docteur Longpré et sa femme Carole qui l'ont soignée et d'une visite à une autre, ils se sont liés d'amitié avec Nadine. Elle a été invitée à plusieurs de nos petites fêtes et pendant plusieurs années, on la considérait comme une des nôtres. Puis un jour, on a appris que Louis Longpré avait eu une aventure avec Nadine. Puis ça été le tour de Gilles Landreville… Les hommes ne pouvaient pas résister à cette diablesse! Je ne sais pas comment elle faisait, mais tous sont tombés dans le panneau, Armand inclus!

À ce moment précis, tous les regards se posèrent sur le coupable, qui n'arrêtait pas de fixer le sol avec son air de petit chien battu.

- Mon mari l'a invitée pour un lunch d'affaires, m'a-t-il dit, puis cela s'est renouvelé une semaine plus tard. Puis, de fil en aiguille, ils se sont retrouvés à l'hôtel pour un après-midi de baise! Heureusement que j'ai eu vent de l'affaire. Entre femmes, on se protège et Carole m'avait mise en garde. J'ai donc confronté mon mari et il m'a tout avoué. Je ne lui ai pas encore pardonné, mais je pense bien qu'il a eu sa leçon. Surtout après ce que ses amis Louis et Gilles lui ont avoué sur leur aventure respective avec Nadine Delma!

En effet, Marco apprit alors de la bouche d'Émilie, puis de celle de son mari, subitement venu corroborer les faits, puisqu'on abordait alors les erreurs commises par ses copains et non plus son propre faux-pas, que Longpré et Landreville avaient remis à Nadine Delma pour plusieurs milliers de dollars de cadeaux! Pour le premier, ce furent des sorties coûteuses, suivies d'un manteau de fourrure et de bijoux de grand luxe. Pour l'autre, Nadine lui avait tout bonnement dit qu'elle serait vraiment enchantée si Gilles lui offrait des obligations d'épargne pour son anniversaire de naissance... Complètement subjugué par la belle Nadine, il lui en offrit pour cinq mille dollars! C'était au tout début de leur relation et il voulait l'impressionner. Puis l'année suivante, il lui en fit cadeau du double; sans se douter que leur aventure s'achèverait peu de temps après.

Bref, les deux hommes d'âge mûr avaient agi comme de jeunes écoliers sans expérience. Et c'est de cette même façon qu'avait réagi Armand, jusqu'à ce qu'Émilie y mette un holà! Ça n'avait pas empêché maître Leconte de donner à Nadine de petits cadeaux, tels un collier de perles avec boucles d'oreilles assorties, une montre Cartier et quelques autres babioles totalisant, elles aussi, plusieurs milliers de dollars.

Heureusement pour eux, tous ces personnages bafoués avaient les moyens de se voir délestés de sommes pareilles. Ce qui n'empêchait pas qu'ils puissent avoir du ressentiment envers Nadine Delma. Jusqu'à quel point? Cela restait à déterminer. Mais une chose était claire : Nadine Delma ne faisait plus partie de la bande! Voilà qui expliquait pourquoi elle n'était pas de la fête en cette veille de Noël.

Marco prit congé, laissant le couple se remémorer cette période difficile de leur union. Il en avait appris beaucoup, lors de cette entrevue, mais pas encore assez pour qu'il se fasse une idée sur le potentiel d'une culpabilité de l'un ou l'autre des protagonistes.

Chapitre 45.

Quito fut chanceux de pouvoir rejoindre Pierre Letendre par téléphone, juste au moment où il circulait à Montréal, dans le secteur même du QG de la Sûreté, rue Parthenais. Il venait de conclure un rendez-vous avec une équipe pour le tournage d'un clip vidéo promotionnel et avait un peu de temps libre. Il eut donc l'amabilité de venir rencontrer l'inspecteur à son bureau.

- C'est gentil à vous de vous être déplacé, monsieur Letendre.

- Y'a rien là! La réunion s'est bien déroulée ce matin et j'ai pu me libérer plus tôt que prévu. Mon prochain rendez-vous n'est que pour treize heures trente, alors comme j'étais dans le coin en plus…

- J'apprécie tout de même. Il y a bien des gens qui ne s'en seraient pas donné cette peine.

- J'imagine.

- Pouvez-vous me dire où vous avez passé la veille de Noël, monsieur Letendre?

- Chez moi, en tête-à-tête avec ma conjointe.

- Vous n'êtes pas sorti de l'après-midi? Pour faire des courses près de chez vous, par exemple…

- Non, monsieur. Je suis assez prévoyant, alors j'avais acheté le cadeau pour ma chérie, le vin et la boisson pour le souper dans les jours précédents. On voulait se faire une petite soirée intime, si vous comprenez ce que je veux dire…

- Avez-vous rencontré Nadine Delma récemment?

- Nadine…? ça fait des années que je ne la vois plus. Même si on se croisait dans la rue, on ne se saluerait même pas!

- Oui, je vois. Vous avez néanmoins été un ami intime de Nadine Delma, n'est-ce pas? Vous étiez même son conjoint à une époque, c'est exact?

- Oui.

- Vous avez vécu longtemps avec elle?

- Peut-être un an et demi en tout? Je ne me souviens pas très bien. Ça a commencé peu de temps après son divorce d'avec Pierre Bouliane. C'était à l'été de l'an 2000! Oui, je me souviens, c'est au Grand Prix qu'on s'est rencontrés.

- Et vous vous êtes quittés dans quelles circonstances?

- Bof… Ça n'avait pas été le grand amour entre nous deux, vous savez. Je crois que Nadine était impressionnée par les gens qui gravitaient autour de moi plus que par moi-même. Mais je laissais faire. C'était une belle femme et tous les hommes se tournaient sur son passage… Ça me faisait un petit velours qu'elle soit avec moi.

- Pour quelle raison vous êtes-vous laissés?

- Il y en avait plusieurs! D'abord, nous sommes tous les deux pareils… J'aurais dû dire « nous étions » puisque Nadine n'est plus.

- Vous pouvez m'expliquer?

- Je suis bipolaire comme elle l'était. Vous connaissez sans doute cette maladie?

- Oui.

- Bon. Bref, on avait nos périodes saines mais aussi nos périodes creuses. Et pas toujours en même temps, ce qui rendait la vie parfois insoutenable pendant plus d'une semaine. Elle me faisait des coups, je lui en tenais rigueur, puis on reprenait une vie normale et ça recommençait une semaine ou deux plus tard. L'enfer quoi!

- Donnez-moi des exemples des coups qu'elle pouvait vous faire…

- Ah mon dieu! Il y en a eu tellement… Il y a une histoire qui me vient à l'esprit. Ce n'est pas un coup qu'elle m'avait fait à moi directement, mais ça m'avait néanmoins affecté. Nadine avait un fils, David, avec qui je m'entendais bien. Il venait souvent avec nous lors de lancement de disque, d'événement sportif ou encore de promotions pour des produits connus. Je lui donnais tout le temps des items promo en cadeau. Des gants de conduite automobile, des verres fumés, des « posters » et des CD d'artistes divers, ce genre de choses.

- Il avait quel âge à cette époque?

- David devait avoir dans les dix ou onze ans, quelque part par là.

- Donc ces cadeaux devaient l'impressionner.

- Ça, oui, surtout lorsqu'il s'agissait d'items reliés aux automobiles ou encore des CD de musique.

- Et ce coup, c'était quoi au juste?

- Ah, oui. David venait parfois passer une journée avec nous au chalet. Il était pensionnaire et il retournait normalement chez son père, mais parfois sa mère lui demandait de venir pour un week-end complet. C'était au tout début de son année scolaire. Le dimanche soir, en allant le reconduire au pensionnat, Nadine lui avait mis une boîte de chocolats sur ses bagages. David lui a alors expliqué qu'il était défendu aux élèves d'apporter des friandises au collège. Mais Nadine étant Nadine, elle cacha plus tard la boîte de chocolats dans la valise de son fils à son insu. Inutile de vous dire que le petit a été sévèrement réprimandé pour avoir désobéi au règlement. Mais Nadine s'en foutait. Elle trouvait le règlement stupide et refusait de s'y conformer. J'avais eu beau lui faire remarquer que c'était son fils qui en paierait le prix, cela ne sembla pas du tout la déranger. Moi, ça m'horripilait au plus haut point, car j'avais été puni au collège pour des choses dont je n'étais en rien responsable. Ça m'a mis en colère et cela a dégénéré...

- Vous en êtes venus aux coups?

- Non. Quand même pas à ce point-là. Mais il s'en est fallu de peu! Et en d'autres occasions aussi, d'ailleurs. Nadine savait comment faire pour mettre un homme hors de lui. Avec ses airs de comtesse pincée, comme si elle avait tous les droits et que le reste de la race humaine devait passer au second plan... La garce!

- Mais vous reveniez ensemble après chaque dispute?

- On ne se séparait pas. Du moins, pas dans le sens où vous l'entendez. On faisait chambre à part et on passait nos journées à vaquer à nos occupations chacun de notre côté. Mais on continuait d'habiter sous le même toit.

- Je vois. Et quand vous vous êtes finalement séparés, ça s'est passé comment?

- Eh bien depuis quelque temps, Nadine n'arrêtait pas de me traiter de « petit garçon ». Tout ce que je faisais lui tombait sur les nerfs. Mon travail n'avait plus rien d'attirant pour elle et elle disait que j'avais une vie sans but, qu'il n'y avait rien de sérieux dans la promotion, etc. Bref, je suis revenu à la maison un soir et elle n'était plus là.

- Elle vous avait laissé un mot d'explication?

- Vous allez rire, mais j'ai retrouvé chaque paire de mes pantalons coupés à hauteur du mollet... Ils étaient tous sur le lit, la paire de ciseaux à côté, les bouts coupés jonchant le sol. Sur une feuille de papier il était écrit : « Tiens mon petit garçon », sans plus.

- Ça a dû vous mettre en colère?

- Sur le coup, j'ai souri. J'admirais le cran qu'avait cette femme! Aussi idiot que cela puisse paraître. Puis j'ai déchanté lorsque je me suis rendu compte qu'elle avait aussi emporté le téléviseur, la chaîne stéréo, mes caméras et tous les objets de valeur qu'il y avait dans la maison. J'estime qu'il y en avait pour au moins huit mille dollars.

- Elle était donc organisée. Pour emporter tout ce bazar, elle avait dû planifier son départ.

- Je n'en doute absolument pas!

- Et cela vous a affecté?

- Oui. J'en ai fait une dépression. J'ai été obligé de quitter mon emploi. Tout cela a mené à une faillite personnelle et il m'a fallu trois ans pour sortir du cauchemar dans lequel Nadine Delma m'avait plongé.

- Vous lui en voulez toujours?

- Plus maintenant. J'ai effacé ces années de ma mémoire et je me concentre maintenant sur l'avenir. J'ai rencontré une autre femme charmante et aimante, le contraire même de Nadine. Cela m'aide beaucoup et j'ai de l'ambition maintenant.

- Vous lui en vouliez assez pour la tuer, monsieur Letendre?

- Vous ne manquez pas d'aplomb, inspecteur! Oser me poser pareille question... À votre avis, j'ai l'air d'un tueur?

- Non. Ç'était juste une question de routine pour mon enquête. Vous avez été très coopératif et je vous remercie encore de vous être déplacé.

- Content de savoir que vous ne me suspectez pas. Bonne chance dans votre enquête, même si je ne peux pas dire que j'en veux à celui ou celle qui l'a effectivement tuée. Cette femme, c'était le diable en personne. Bon débarras!

Sur ce, Pierre Letendre prit la direction des ascenseurs et s'en retourna à ses affaires. Quito savait que Letendre habitait assez près du domicile de Nadine Delma et qu'il aurait très bien pu s'absenter de chez lui pour aller la tuer. Mais il ne voyait pas d'élément déclencheur dans le cas de Letendre. Cela faisait trop longtemps que lui et Nadine étaient définitivement séparés. Mais par acquis de conscience, Joe irait vérifier avec la conjointe de Letendre, l'alibi de ce dernier pour le 24 décembre.

Quito en avait appris tout de même un peu plus sur la victime. Quelle garce, en effet!

Il prit cinq minutes pour placer un coup de fil à l'hôpital et prendre des nouvelles de Kim, avant d'aller rencontrer Pierre Gervais à ses bureaux de *L'Immobilière de Laval Inc.*

Chapitre 46.

Le coup de fil à l'hôpital n'apporta pas de bonnes nouvelles à Joe Quito. Après des examens plus poussés, les spécialistes décidèrent d'opérer Kim et cela eut pour effet de la rendre définitivement stérile. Ses parents étaient auprès d'elle et avaient consenti d'aller de l'avant avec cette chirurgie. Kim était toujours sous l'effet des sédatifs pour l'empêcher de souffrir et Joe ne voyait pas l'utilité de se présenter à son chevet en de pareilles circonstances. Il demanda à la garde en chef de lui passer la mère de Kim, si cela était possible…

- Oui, allô?
- Madame Bell, Joe Quito à l'appareil.
- Oh! Bonjour, Joe. On vous a expliqué pour Kim?
- Oui, malheureusement. Si cette chirurgie était pour son bien…
- C'est ce que les spécialistes ont dit. Cela va l'empêcher de souffrir lorsqu'elle sera rétablie. Vous saviez que j'étais à deux doigts de devenir grand-mère, Joe?
- Oui, madame Bell, l'infirmière m'a dit que Kim était enceinte… avoua-t-il dans un souffle.
- Ce ne sera plus possible, dorénavant… Cela m'attriste tellement, Joe…

Il y eut un silence et Joe crut entendre sangloter à l'autre bout du fil, mais il s'abstint de tout commentaire. Puis après un moment, il se décida à mettre un terme à cet appel devenu trop douloureux :

- Lorsqu'elle se réveillera, dites à Kim que je l'aime…
- Je le ferai, Joe.
- Merci.

∞∞∞∞

Lorsque Quito arriva aux bureaux de la compagnie L'Immobilière de Laval Inc. Pierre Gervais était à la porte pour l'accueillir. Cela lui rappela son rendez-vous avec Pierre Bouliane, qui, lui aussi, l'avait attendu sur le seuil de sa porte…

- Vous devez être l'inspecteur Quito?
- C'est exact. Monsieur Gervais?

- Lui-même. Entrez je vous prie. Suivez-moi jusqu'à mon bureau. Puis, se tournant vers la réceptionniste il ajouta : Caroline, prenez les appels, je suis en conférence.

La secrétaire lui fit un signe de tête tout en décrochant pour prendre un appel entrant. Il y avait trois bureaux fermés sans leurs occupants, mais néanmoins avec des dossiers et autres documents étalés sur les tables de travail, montrant qu'ils étaient utilisés et actifs. Puis encore trois pupitres dans la salle principale, offrant le même état de paperasse plus ou moins rangée d'agents immobiliers affairés. Quito se fit la réflexion que le business de l'immobilier devait se porter fort bien en ce moment.

- Je vous en prie, donnez-moi votre manteau et asseyez-vous.

- Merci.

L'homme était grand, dans le début de la quarantaine. Les cheveux châtains clairs, gominés et tirés vers l'arrière. Son visage ovale offrait des traits bien dessinés et il avait une fossette au menton. Les yeux d'un bleu acier, le nez fin et droit, les lèvres pleines esquissaient un sourire quasi perpétuel. Il avait des airs de Michael Douglas, l'acteur américain.

- Vous connaissez le but de ma visite…

- Oui, inspecteur. J'imagine que je fais partie de vos « témoins importants » comme vous dites dans votre jargon policier?

- On ne peut rien vous cacher. Vous connaissez le jargon policier?

- Un peu. J'ai un oncle qui est policier à Trois-Rivières. Mais c'est surtout par la télévision que je retiens ces expressions. Je suis un amateur de séries policières.

- Je vois. Je dois avant tout vous demander de me décrire votre emploi du temps pour l'après-midi et la soirée du 24 décembre dernier.

- Eh bien, j'ai quitté le bureau de bonne heure, pour faire des courses de dernière minute. J'ai dû rentrer chez moi vers les dix-huit heures, si je ne me trompe pas. Puis je me suis préparé un apéro et j'ai dîné. Je me suis sans doute couché vers les vingt-trois heures, après avoir écouté le bulletin de nouvelles à la télévision.

- Vous étiez avec quelqu'un pour la soirée?

- Non. Je vis seul.

- Dites-moi, monsieur Gervais, vous avez connu Nadine Delma comment?

- Elle m'a été présentée par le Notaire Armand Leconte, lors d'une soirée mondaine dont j'oublie la nature. Elle l'accompagnait...

- Ah...

- Oui, Nadine était une femme assez spéciale... Il fit une pause, plongé dans ses pensées, se remémorant sans doute les détails de cette soirée.

- Vous lui avez fait des avances dès cette première rencontre?

- Euh, oui et non. Il était clair qu'elle m'était tombée dans l'œil, comme on dit, mais je suis un homme bien élevé et je me suis retenu, par respect pour maître Leconte.

- Vous connaissez maître Leconte depuis longtemps?

- Oui. Nous faisons souvent affaires ensemble, surtout pour les ventes d'immeubles commerciaux, les dossiers importants.

- Je vois. Poursuivez, je vous prie.

- Sur quoi...

- Sur la façon dont vous avez rencontré Nadine Delma.

- Oui, bien sûr... où avais-je la tête! Alors comme je vous le disais, j'ai tout de suite eu le béguin pour cette femme absolument magnifique! Elle avait un corps formidable, vous savez. Poitrine généreuse, taille fine, hanches larges et des jambes qui n'en finissaient plus!

Il regarda Joe avec un sourire béat. Quito avait évidemment vu le corps de Nadine Delma sur la scène de crime, mais aussi allongé sur la table d'acier inox de la morgue. Malgré les deux endroits incongrus, l'inspecteur donnait raison à Gervais sur son évaluation du physique de la défunte.

- Cela a-t-il été long avant que vous ne vous mettiez en couple?

- Exactement trois mois! avoua-t-il d'un ton triomphant. Elle sortait avec maître Leconte depuis plus d'un an mais elle en

269

avait marre du bonhomme, m'avait-elle avoué. Cela n'était pas tombé dans l'oreille d'un sourd et je me suis mis en frais d'inviter Nadine à dîner, puis à sortir avec moi pour des événements divers. Elle s'est rapidement intéressée à moi et me questionnait beaucoup sur ma profession.

- Vous avez été conjoints pendant combien de temps tous les deux, monsieur Gervais?

- Pas tout à fait un an. J'habitais alors dans une maison qui appartenait à un ami entrepreneur qui avait décidé d'aller tenter sa chance à Calgary. Je lui ai proposé une réduction de ma commission si je pouvais habiter sa résidence tout en l'offrant sur le marché. Nadine a donc habité là avec moi jusqu'à ce qu'un acheteur se présente.

- C'est à ce moment-là que vous avez envisagé d'acheter une résidence pour Nadine Delma?

- Oui. C'est-à-dire, pas exactement. L'idée n'était pas de moi, mais de Nadine.

- Qu'entendez-vous par là?

- Eh bien, je lui ai en effet parlé de l'achat possible d'une résidence. Une superbe maison que nous aurions habitée tous les deux, c'est certain. Mais... il s'interrompit, comme si ce souvenir lui était pénible.

- Mais?

- J'aimais beaucoup Nadine. Mais je n'étais pas convaincu que cela fut réciproque. Et c'est après avoir visité la maison en question qu'elle a changé.

- Elle a changé? Dans quel sens?

- Oui. Elle adorait cette maison très moderne, avec toutes les options dont on puisse rêver : garage double, piscine chauffée, spa, sans compter les trois chambres à coucher, le bureau, le salon, la salle à manger et la cuisine conçue pour un chef, avec tous les appareils en inox! Je voyais bien qu'elle rêvait d'habiter cette maison.

- Alors vous l'avez achetée...

- Pas tout de suite. On en exigeait une somme importante et je n'avais pas terminé d'étudier les autres options qui s'offraient à moi. Mais Nadine avait un plan en tête et lorsque c'était le cas, il n'y avait pas moyen de lui faire changer d'avis.

- Donc elle vous a convaincu d'acheter cette résidence de rêve.

- Oui, mais pas avant que j'aie résisté à Nadine pendant quelques semaines. Et durant ces deux ou trois semaines, elle s'est évertuée à me prouver son amour. Elle m'offrait de petits cadeaux, me cuisinait des mets qu'elle savait être mes préférés; elle est même venue travailler au bureau un samedi, pour m'aider à faire du ménage dans les vieux dossiers. Et elle m'a eu! Je la croyais alors sincèrement amoureuse de moi et je me suis mis à penser que nous pourrions éventuellement nous marier, avoir des enfants. Je lui en ai donc parlé.

- Et elle était d'accord?

- Oui. Elle échafaudait des plans de rêve pour nous deux et se disait prête à partager le reste de sa vie avec moi. Mais à une condition!

- Laquelle?

- Pour lui prouver mon amour véritable, je devais acheter la résidence de ses rêves et il fallait aussi que ce soit elle qui en soit légalement propriétaire!

- Et vous l'avez fait...

- J'ai honte de l'avouer, mais oui, je l'ai fait. Et il n'a fallu que trois autres mois pour que je le regrette très amèrement.

- Que s'est-il passé?

- Dès la signature de l'acte de vente chez le notaire, l'attitude de Nadine a changé. Elle est redevenue froide comme elle l'était avant d'avoir visité cette demeure et chaque jour, je la sentais s'éloigner de moi petit à petit. Puis alors que j'insistais pour avoir des explications, elle m'a piqué une crise et m'a ordonné de la laisser. De la quitter! Vous imaginez la situation? C'est moi, le bel idiot qui avais investi la presque totalité de mes économies dans le dépôt initial et c'est aussi moi qui étais l'unique responsable de l'hypothèque pour le solde du prix de vente! Cette malade me foutait à la porte de MA maison! Non, mais pouvez-vous vous imaginer dans ma situation!

- Non.

- J'étais furieux! J'avais de la peine. J'étais honteux de m'être laissé manipuler par une femme sans scrupules, une véritable arnaqueuse professionnelle! Je voulais la tuer!

- Et vous l'avez fait!

- Non! Pour qui me prenez-vous! Je ne suis pas un assassin. J'ai dit ça comme ça, sur le coup de la rage, mais je n'aurais jamais été capable de prendre la vie de quelqu'un.

-Tous les meurtriers ont un discours semblable au vôtre. Vous êtes allé la voir la veille de Noël?

- Non!

- Où étiez-vous en début de soirée?

- Chez moi. Je vous l'ai déjà dit!

- Quelqu'un peut corroborer?

- Non. Je vis seul depuis ma séparation d'avec Nadine Delma et je n'ai pas l'intention de me remettre en couple de sitôt!

- Où vivez-vous en ce moment?

- Dans un petit studio, au-dessus d'une école de danse, ici à Sainte-Thérèse.

- Vous allez dans les Laurentides à l'occasion?

- Ça m'arrive, pourquoi?

- Simple curiosité. Vous êtes allé à Sainte-Adèle, Saint-Sauveur ou Piedmont, récemment?

- Non.

- Vous accepteriez de donner un échantillon de votre ADN à nos laboratoires?

- Pourquoi faire?

- Pour vous disculper d'une éventuelle accusation pour meurtre.

Chapitre 47.

Après son entrevue avec Gervais, Quito se rendit au Saint-Gabriel. Il se sentait perdu, démoralisé. D'imaginer les souffrances de Kim le rendait malade. Il ne pouvait croire qu'une chose pareille puisse arriver à une personne si jeune, si gentille, qui mordait dans la vie et qui avait tant à offrir.

L'affaire Delma le rendait tout aussi déprimé. Il avait trop de suspects, tous avec des motifs en béton pour vouloir la mort de cette femme ignoble. Quand il repensait à ce qu'elle avait pu faire à Gervais, Quito avait de la difficulté à pouvoir admettre que cela fut possible! Sciemment dépouiller quelqu'un d'une maison valant plusieurs centaines de milliers de dollars, fallait avoir des couilles!

- Salut, Niki. Une *Broue Blonde*, s'il te plaît.

- Oui, monsieur. T'as pas l'air dans ton assiette, Joe...

- Nan...

- Tu peux m'en parler, si tu veux.

- C'est gentil, Niki, mais il n'y a rien que tu puisses y faire.

- J'ai appris pour Kim... Je suis vraiment désolée, Joe.

- Ce n'est pas ta faute, Nick. Personne n'est vraiment responsable de ce qui lui est arrivé... Sauf le réel coupable, mais le salaud s'est enlevé la vie.

- Cet enfoiré! interrompit-elle Joe d'une voix rageuse. Je suis bien contente qu'il se soit pendu! Tu me fais signe si tu veux qu'on parle.

Alors que Nicole lui servait sa bière, le téléphone de Joe se mit à vibrer dans sa poche.

- Quito...

- Joe, où es-tu?

- Au bar.

- Attends-moi, j'arrive dans moins de quinze minutes!

Tozzi. Il savait de quel bar il s'agissait, puisqu'on était en fin de journée et que son ami s'arrêtait à cet endroit régulièrement, avant de rentrer chez lui. Joe le suspecta d'avoir trouvé quelque chose d'important pour qu'il veuille le retrouver aussi rapidement. Tel que promis, Marco prit le siège à côté du sien exactement quinze minutes plus tard.

- Salut, mec.

- Salut, Marco. T'es de bonne humeur?

- Ouais, on peut dire ça. Le notaire Leconte s'est fait pincer par sa femme, mais la belle Émilie est loin de tout savoir sur l'épisode d'infidélité de son mari...

- Avec Nadine Delma?

- Oui. Ah! Salut, Niki. Une *Broue Blonde* pour moi aussi...

La barmaid, qui les connaissait très bien tous les deux, servit sa bière à Marco et s'éclipsa aussitôt. Elle avait compris que les deux comparses devaient parler boulot et elle respectait leur intimité. Très bonne initiative de sa part... Joe admirait Niki pour sa discrétion et son respect du client.

- Qu'est-ce que t'as déniché qu'Émilie ne sait pas?

- Elle n'a pas accès à tous ses comptes en banque...

- Et?

- Et elle n'a pas pu savoir que le beau Armand a retiré bien souvent des sommes importantes d'un compte épargne dont il est le seul à connaître l'existence.

- Qu'entends-tu par sommes importantes?

- Eh bien, chaque retrait en soi n'est pas si gros, compte tenu du train de vie de ces gens-là. Enfin, chaque retrait, sauf le dernier. Mais lorsqu'on en fait le total, pour la période concernant son aventure avec Nadine Delma, cela se chiffre à près de cinquante mille dollars, ma poule!

- Tu as fait comment pour apprendre tout ça? Et comment tu sais qu'il a bel et bien dépensé ces sommes pour Nadine?

- À ta première question, mec : je suis allé voir son gérant de banque. Tu connais mon pouvoir de persuasion! Le gars m'a ouvert les livres sans résistance aucune. Deuxième question : j'ai téléphoné chez maître Leconte en sortant de chez le banquier et je l'ai confronté aux faits!

- Il t'a avoué, comme ça!

- Oui, monsieur. Il s'agit de savoir poser la question sur le bon ton, tu vois?

- Pas exactement... mais ça n'a aucune importance. Qu'est-ce que maître Leconte t'a raconté?

- Cet homme est complètement abattu, Joe. Il n'arrive pas à se remettre du fait qu'il s'est fait avoir comme un gamin de mes deux!

- J'en connais un autre qui pense exactement la même chose! (Quito pensait évidemment à Gervais!) Continue…

- Nadine lui a raconté toutes sortes d'histoires à dormir debout et il les a toutes gobées, les unes après les autres! Elle lui a d'abord raconté qu'elle devait à un ancien amant, une somme de mille deux cents dollars; que le gars l'appelait constamment pour se faire payer, qu'elle en avait marre de se trouver des excuses, etc. Leconte a retiré la somme de son compte épargne très personnel et lui a remis en cash pour qu'elle se débarrasse du prétendu gars qui la harcelait.

- Première erreur…

- Comme tu dis, mec! La belle Nadine est revenue à la charge quelques semaines plus tard en expliquant à Leconte qu'elle envisageait suivre des cours de perfectionnement en langue anglaise, alors que toi et moi, on sait que Nadine parlait très bien l'anglais, vu tous les boulots qu'elle a occupés! Les cours coûtaient 2000$ en tout, mais seulement 800$ par session, si payées d'avance, et Nadine voulait évidemment suivre les deux sessions. Armand a encore mordu!

- Et elle lui en a servi d'autres par la suite, j'en mettrais ma main au feu!

- Pas de danger que tu te la brûles, mon petit mec! Elle a savamment inventé quatre ou cinq autres trucs dans les mois qui ont suivi. Et la meilleure, c'est qu'elle lui a « emprunté », et ce sans avoir signé le moindre bout de papier, l'équivalent de la mise de fonds que Gervais avait lui-même versée sur l'achat de la propriété qu'il avait achetée au nom de Nadine!

- Attends une minute! Tu veux dire qu'Armand Leconte a avancé à Nadine les trente mille dollars servant de dépôt sur l'achat de la propriété!

- Oui, ma poule! Leconte croyait que Nadine verserait ensuite la somme dans le compte en fiducie de l'agent immobilier. Et ce, avant que la transaction officielle ne soit notariée par nul autre que Leconte lui-même. Les trente mille dollars seraient alors transférés au compte en fiducie du notaire, qui plus tard la reverserait au vendeur de la propriété concernée. Mais l'argent en question a été versé dans le compte en fiducie par Gervais!

- Wow! Quelle arnaque!

- Fallait le faire! Elle avait une relation simultanée avec les deux gars! Merde, Joe, elle baisait sans doute avec les deux mecs pendant qu'elle les embobinait tous les deux en même temps!

- Et elle s'est servie du deuxième amant pour lui soutirer une somme faramineuse, à égalité de ce que le premier verserait lui aussi sur la propriété! Est-ce que Leconte sait qu'il s'est fait avoir sur l'affaire de l'achat de la propriété?

- Il l'a appris tout récemment, en ayant une discussion avec Gervais. Les deux hommes se sont échangé quelques sympathies en apprenant qu'ils s'étaient tous les deux fait avoir aussi bêtement. Gervais lui a dit avoir perdu presque toutes ses économies dans le dépôt sur cette transaction et le notaire a alors fait tourbillonner ses neurones pour enfin comprendre la vérité!

-I l devait être en beau fusil!

- Ça, tu peux le dire, mec!

- Il a réclamé le trente mille à Nadine?

- Ouais…

- Mais l'autre a refusé de les lui rendre…

- Exact, mec. Il lui en a voulu terriblement et lui en veut probablement encore!

- Assez pour vouloir faire la peau à Nadine Delma?

- Je le pense, mec! Niki, deux autres *Broue Blonde*!

Chapitre 48.

Le gros cartable était presque plein avec l'accumulation de notes et différents documents pour tous les témoins importants que les inspecteurs avaient rencontrés à date. Assis à son bureau, Joe le feuilleta et il sortit une feuille de papier lignée, sur laquelle il traça une ligne verticale du haut jusqu'au bas de la page. En haut de la colonne de gauche, il inscrivit : « Suspects ». Puis dans le haut de la colonne de droite, il mit le mot : « Motifs ». Puis il se mit à écrire le nom de tous ceux qu'il suspectait, ainsi que les motifs pour lesquels il les croyait capables d'avoir tué Nadine Delma.

Il y eut d'abord Pierre Bouliane, premier époux de la victime. Il avait toutes les raisons du monde pour souhaiter la mort de son ex-femme. Elle l'avait dépouillé de la moitié de sa fortune, l'avait humilié et lui avait même foutu sur le dos un dossier criminel, alors que Bouliane avait levé la main sur elle dans le passé. Puis il y eut le vol des obligations payables au porteur, que Nadine avait subtilisées chez un de ses employeurs, puis remises à son fils David pour que ce dernier les blanchisse pour elle. Bouliane était furieux que son fils ait écopé d'une peine de prison suite aux agissements écervelés de Nadine. Peut-être que ce dernier événement avait fait déborder la coupe? Bouliane était le suspect numéro un et le resterait jusqu'à preuve du contraire!

Vint ensuite le nom de Louis Longpré et celui de Denise, son épouse. Nadine consultait le docteur Longpré pour des traitements amaigrissants, même si, en principe, elle n'était aucunement en surplus de poids. Joe suspectait donc Nadine d'avoir feint ses besoins pour simplement approcher le couple sur le plan personnel, ce qui avait réussi. Denise agissant à titre d'infirmière à la clinique privée de son mari médecin, les deux femmes devinrent donc copines, puis avec le temps, Nadine s'infiltra dans leur cercle d'amis. Est-ce que Nadine avait eu une aventure avec le docteur Longpré? Il semblerait que oui, selon Émilie Leconte. Cela n'avait pas encore été tiré au clair et il faudrait que Marco enquête plus profondément de ce côté-là, pour qu'il étoffe cette piste. Mais rien n'incitait Joe à prioriser cette avenue à ce stade-ci de l'enquête. Néanmoins, le couple ferait partie des suspects, jusqu'à preuve du contraire.

Suivirent les noms de Gilles Landreville et de son épouse Denise, qui, eux, offraient beaucoup plus de potentiel! Le docteur Landreville était tombé amoureux de Nadine et l'avait couverte de cadeaux de prix : fourrures, bijoux, sorties et autres présents, le tout totalisant plusieurs milliers de dollars. C'est Denise qui découvrit le pot aux roses en analysant les relevés de compte des cartes de crédit de son mari. Tous les deux avaient un motif pour faire la peau à la belle Nadine! Lui, pour avoir été cavalièrement plaqué et elle, par jalousie. D'ailleurs, leur alibi pour la journée de l'assassinat ne semblait pas très solide. L'un ou l'autre aurait très bien pu s'absenter durant l'après-midi ou même pendant la soirée passée à leur club privé, le Phantom Club, pour aller tuer Nadine et revenir sans que quiconque ne se soit aperçu de son absence plus ou moins prolongée.

Puis Quito ajouta le nom du notaire Armand Leconte et celui de sa femme Émilie. Maître Leconte s'était fait royalement arnaquer par Nadine Delma. Quito venait d'apprendre qu'Armand avait, lui aussi, perdu les pédales devant la belle Nadine. Les cadeaux importants comme les perles, la montre Cartier, et les avances en argent comptant, à partir de faux prétextes de la part de Nadine, tout cela le démontrait fort bien. Mais c'est l'arnaque de la propriété qui fut le réel coup d'éclat sur le plan financier! Nadine réussit à lui soutirer trente mille dollars comptant, sans signer aucun reçu, sous prétexte d'emprunter la somme à titre de dépôt sur l'achat d'une propriété. Elle avait dû lui faire croire qu'elle achetait cette propriété pour elle-même, ce qui, en un sens, s'avéra être vrai! Leconte ne se doutait nullement que les trente mille dollars déposés à la banque, au compte en fiducie de l'agent immobilier chargé de la vente de la propriété achetée par Nadine, étaient les économies de ce dernier, et non l'argent que Leconte avait remis à Nadine. Et comme c'est le notaire Leconte qui officialisa l'acte de vente... la pilule fut difficile à avaler lorsque la vérité éclata par la suite!

Puis il y avait Émilie... Elle apprit de sa sœur Carole Longpré que son mari vivait une aventure avec Nadine Delma.

Voulut-elle venger son mari? Venger sa sœur ou encore son amie Denise Landreville? Peut-être les trois femmes furent-elles de mèche? Elles purent très bien aller prendre l'apéro chez Nadine Delma la veille de Noël, sous prétexte de faire la paix? Ici encore, leur alibi pour la soirée du vingt-quatre décembre était le même que celui du couple Longpré, c'est-à-dire pas très solide! Quito garderait tout ce beau monde sur la liste des suspects pour l'instant.

Le nom de Pierre Gervais ne devait pas être mis de côté non plus. Lui aussi se fit arnaquer de façon magistrale! Il avait investi ses trente mille dollars d'économies dans le dépôt pour l'achat d'une maison luxueuse, que Nadine exigea qu'elle lui soit légalement attribuée, comme preuve du véritable amour de Gervais envers elle! Puis, à peine trois mois après avoir concrétisé la transaction, elle plaqua Gervais en le mettant à la porte de la maison qu'ils avaient achetée ensemble! Difficile à imaginer meilleur prétexte pour vouloir la mort de cette garce! Et lui non plus n'avait pas d'alibi solide pour la journée du meurtre…

Vint ensuite le nom de Pierre Letendre, cet ex-promoteur d'événements artistiques, lancement de produits divers, etc. Il fut l'un des premiers conjoints de Nadine après son divorce d'avec Pierre Bouliane. Maintenant séparé depuis des années d'avec Nadine Delma, il prétendait avoir refait sa vie avec une autre femme plus stable, plus aimante. Mais le gars souffrait de bipolarité et comment être certain qu'il n'ait pas revu Nadine récemment et que, dans ce cas, les flammèches aient peut-être rejailli entre ces deux-là? Quito avait plutôt tendance à croire le bonhomme et malgré ce qu'il lui avait dit à la fin de sa visite, il n'arrivait toutefois pas à l'écarter totalement de la liste des suspects…

Enfin le nom de Peter Marshall fut celui qui avait déjà donné un résultat positif! Dealer de drogues bien connu du milieu policier local, il avait rencontré Nadine Delma et l'avait séduite par son faste train de vie. Avec le temps, cette dernière avait appris sans doute pas mal de choses peu reluisantes à propos de son nouveau conjoint : il était suspecté d'avoir causé la mort d'un jeune garçon, entre autres méfaits de toutes sortes impliquant les drogues. Cela avait probablement incité Nadine à vouloir mettre un terme à sa relation avec cet homme.

Nadine avait gardé un profil bas jusqu'à ce que l'occasion se présente : un voyage de Marshall en Colombie-Britannique pour rencontrer de nouveaux fournisseurs. Sans doute que Nadine croyait se débarrasser de son mec pour plusieurs années en le dénonçant aux autorités fédérales, mais ça n'avait pas marché comme prévu. Marshall était revenu après quelques mois seulement et il avait appris la dénonciation! En s'apercevant que Nadine l'avait plaqué, sans doute en emportant le maximum de meubles et appareils électroniques facilement convertis en argent comptant, il avait pété les plombs! Il a avoué avoir frappé Nadine, ce qui l'avait fait trébucher par-dessus la rampe de la mezzanine de son logis, provoquant sa mort. La police avait ses aveux enregistrés sur fichier numérique et ils serviraient bien la preuve lors du procès devant un juge.

Voilà pour les gens qui avaient été rencontrés jusqu'à maintenant. Mais Quito n'avait obtenu l'explication et les aveux du coupable que pour une seule des trois causes du décès de Nadine Delma, soit celle provoquée par sa chute. Il lui restait à trouver qui l'avait empoisonnée au cyanure et qui d'autre, le cas échéant, lui avait tiré une balle dans le crâne à bout portant. L'enquête était loin d'être conclue!

Joe révisa ses notes pour voir s'il n'avait pas oublié quelqu'un. Et c'est avec intérêt qu'il constata qu'à sa deuxième entrevue avec Michèle Delma, la sœur de la victime, elle lui avait révélé que Nadine avait eu une relation homosexuelle avec une barmaid du nom de Paula Agostina. Joe se devait donc d'aller rencontrer cette personne!

Chapitre 49.

Samedi matin, 9 janvier. Il faisait froid mais le soleil illuminait déjà le fleuve. Là où le fort courant empêchait la glace de se former, de la vapeur s'élevait dans l'air glacial. Joe n'avait pas d'entrain, mais il s'efforçait de courir au petit trot du joggeur, le long de la Promenade des Quais.

Ses pensées allaient vers Kim, qui était toujours hospitalisée. Il se promit d'aller faire un saut au Royal-Victoria pour voir comment elle se portait.

Après s'être changé et avoir pris un petit déjeuner à son restaurant habituel, Joe se rendit à l'hôpital à pied. Le stationnement étant difficile d'accès et d'un prix exorbitant, mieux valait éviter s'y rendre en voiture. La marche serait d'ailleurs un bon complément à sa mise en forme du matin.

On l'autorisa à entrer dans la chambre de Kim, toujours aux soins intensifs. L'infirmière en chef lui demanda de ne pas rester trop longtemps, Kim avait besoin de se reposer. Elle avait subi une sévère commotion cérébrale et elle devait en plus se remettre de sa chirurgie, suite aux dommages irréversibles subis à ses organes génitaux. Pauvre Kim, Joe ne put s'empêcher de souffrir avec elle.

Elle semblait endormie. Sa respiration était lente mais régulière. Un tube amenait de l'oxygène sous ses petites narines. Un soluté coulait jusqu'à une veine de son bras gauche. Des fils s'échappaient de sa jaquette verte et étaient branchés dans différentes machines qui affichaient les battements de son cœur, sa pression artérielle, sa température corporelle. On semblait prendre bien soin d'elle, mais Joe lui trouvait le teint très pâle.

Avec douceur, Quito lui prit la main et lui caressa les jointures du bout de son pouce. La main de Kim était chaude mais ne réagissait pas à son contact. Elle devait dormir d'un sommeil profond. Joe prit place sur la chaise sans lâcher la main de Kim. Une fois assis, il se pencha et embrassa son poignet en lui chuchotant : « Je t'aime, Kim. Guéris vite mon amour… »

Joe dut faire des efforts pour refouler les larmes qui lui montaient aux yeux. Il dut faire appel à la patience et espérer que ce petit brin de femme se remettrait vite sur pieds. Il avait tellement hâte d'être à nouveau avec elle! Prendre leurs repas ensemble, discuter de son avenir à elle, rire de ses maladresses à lui, lorsqu'il tentait d'en faire trop. La prendre dans ses bras et la serrer contre lui, goûter ses lèvres lorsqu'elle l'embrassait tendrement...

Joe s'assoupit quelques minutes, la tête appuyée près de la cuisse de sa bien-aimée. La main de Kim sembla vouloir s'échapper de la sienne. Elle la retira doucement et ses doigts vinrent délicatement glisser dans les cheveux de Joe, juste derrière son oreille. Se réveillant, il dirigea son regard vers son visage. Elle avait toujours les yeux fermés mais sur ses lèvres se dessina un faible sourire. Joe sentit qu'elle l'avait reconnu et qu'elle était réconfortée par sa présence. Si seulement il pouvait en faire plus pour elle.

∞∞∞∞

Joe laissa Marco profiter de son week-end, estimant que les événements de la semaine l'avaient très certainement secoué. Bien qu'entraîné et avec plusieurs années d'expérience derrière lui, la mort d'un homme est un événement qui marque. Surtout lorsqu'on en est directement responsable! Joe méditait toujours sur cet état de fait, sans arriver à se faire une idée claire et précise quant à la culpabilité de son ami et partenaire de travail. Il lui semblait évident que l'acte lui-même pouvait être décrit comme étant une pure et simple exécution. Donc, un meurtre...

Mais dans les circonstances, et en analysant les faits, en sachant toutes les atrocités que ce monstre avait fait subir à deux innocentes jeunes femmes, la ligne ne lui apparaissait plus aussi nette qu'elle ne l'aurait été en temps normal. D'autant plus que ses propres sentiments envers l'une de ces deux jeunes femmes lui avaient fortement fait ressentir un besoin viscéral de vengeance!

Non! Joe n'allait pas dénoncer Marco. Peut-être aurait-il fait exactement la même chose que lui si Kim avait été celle qui avait été tuée et que ce fut lui qui était demeuré sur les lieux avec ce criminel pervers. Et il se souvint avoir envié Marco pour son geste... Une forme de Justice avait été rendue et

282

l'aspect moral de ce drame ne devait plus le hanter. La Justice, la vraie, n'était pas toujours ce que prévoyait le Code de Loi des hommes.

Le mieux était d'oublier le tout et de passer à autre chose. Il fallait maintenant donner le maximum pour découvrir qui étaient le ou les autres assassins de Nadine Delma.

∞∞∞∞

Quito se rendit donc au bar, sans doute le plus populaire des Basses-Laurentides, où Paula Agostina travaillait les jours les plus achalandés. Elle était barmaid et en plus de servir les clients assis sur les tabourets entourant le long comptoir de bois poli, elle devait approvisionner les serveuses de plancher qui venaient à tour de rôle remplir leur cabaret pour ensuite apporter leurs breuvages aux gens attablés ou debout au sein de la vaste enceinte bruyante.

Il n'était que vingt heures trente, les habitués ne feraient leur apparition que dans deux ou trois heures. Joe n'était pas venu pour voir le spectacle, ni pour admirer la faune qui fréquentait le lieu de manière assidue. Il était là pour jauger la fille derrière le bar. Quito était heureux d'avoir pu se rendre au dernier tabouret, celui qui, semblable au sien au St-Gabriel, occupait le bout du bar au coin du mur, tout au fond de la salle.

Comme le comptoir avait une forme ovoïde, Joe pouvait voir tous les visages des autres consommateurs assis sur le pourtour du bar, tout comme il lui était possible de regarder ce qui se passait derrière le comptoir. Malgré le peu de clients à cette heure-là, la barmaid était affairée. La mise en place devait être impeccable pour faire face aux envahisseurs qui s'amèneraient plus tard! Elle s'assurait d'avoir assez de bouteilles d'alcool bien remplies sur les étagères en arrière-plan, vérifiait que les cerises, tranches d'orange et de lime, les olives et les pics de plastique soient bien à leur place. Elle ouvrait toutes les portes des réfrigérateurs situés en dessous, pour s'assurer qu'ils contenaient suffisamment de bières en bouteilles et quantité de jus de fruits et de cannettes de sodas aux essences variées requises pour la préparation des cocktails exotiques, qui feraient l'objet de son savoir-faire tout au long de la soirée la plus mouvementée de la semaine.

La fille n'était pas très grande; environ un mètre soixante-cinq, estima-t-il, et elle semblait encore petite malgré les chaussures à semelles compensées au talon d'au moins huit centimètres qu'elle portait pour travailler. Elle offrait un joli visage ovale, entouré de cheveux bruns courts, coupés style garçon. Les yeux bruns bien lumineux, un petit nez fin et une bouche aux lèvres pulpeuses complétaient son joli minois. Elle ne portait pas, sinon très peu, de maquillage.

Elle semblait à l'aise dans son travail, malgré le haut degré de responsabilité que ce dernier réclamait dans un endroit aussi fréquenté que le *Bourbon Street Club*. Une fois satisfaite que tout semblait bien en place, elle aperçut enfin Quito au bout du bar et lui lança un sourire charmeur tout en s'approchant d'un pas rapide :

- Désolée, je ne vous ai pas vu arriver… Que puis-je vous servir?

- Une *Broue Blonde*, s'il vous plaît.

- Je regrette, nous ne tenons pas cette marque ici.

- Dommage… C'est une excellente bière blonde, avec très peu d'alcool.

- Oui, je suis de votre avis pour en avoir déjà goûtée quelques-unes moi-même. Mais ce n'est malheureusement pas moi qui ai le dernier mot sur les marques que la maison décide d'offrir…

- Je vais prendre une *Bud Light*, alors.

- Ça, c'est celle que je vends le plus! lui répondit-elle avec un franc sourire qui laissa entrevoir des dents bien blanches.

Joe la regarda s'éloigner alors que les mules qu'elle avait aux pieds claquaient contre ses talons à chacun de ses pas. Elle ouvrit la porte du réfrigérateur le plus près de la caisse; elle en retira une bouteille, puis en pivotant sur elle-même tout en refermant la porte d'un coup de hanche, sa main libre souleva un grand verre à bière, habilement récupéré sur le comptoir au-dessus des frigos. Elle se tourna pour faire face à Joe et le leva au-dessus de son épaule tout en penchant la tête de côté, ses sourcils en accents circonflexes, attendant sa réponse. Il lui fit un signe de tête approbateur, confirmant qu'il buvait sa bière dans un verre et non à la bouteille. Elle s'approcha immédiatement, tout en versant le blond liquide dans le récipient en forme de flûte au pied court. Lorsqu'elle le fit glisser devant Quito, le verre était couvert de gouttelettes de condensation et couronné d'un joli collet de mousse, juste ce qu'il fallait pour déposer une moustache blanche sur la lèvre supérieure du policier. La bière était bien fraîche et désaltérante.

- J'ai une majorité de clients qui ne boivent qu'à la bouteille. Ils n'ont pas votre classe! Depuis quelques années, la clientèle est d'ailleurs de plus en plus jeune ici. C'est un peu dommage…

- Merci.

- Je vous garde une facture ouverte?

- Oui, s'il vous plaît.

- Il me faudrait votre carte de crédit, alors.

- Vous ne faites pas confiance au client?

- Ce n'est pas ça. Vous allez voir tout à l'heure que je n'aurai plus beaucoup de temps pour bavarder! Quand on tombe dans le jus, c'est facile de perdre le fil. Si votre carte est déjà enregistrée, ça m'évitera des complications lorsque vous voudrez quitter. Ça se fera plus rapidement aussi.

- Bien! Et si je veux payer comptant ou par carte débit?

- Dans ce cas, j'annule votre relevé de carte de crédit et je passe la transaction totale selon le mode choisi.

- Astucieux.

Elle sourit de plus belle alors que Joe lui tendit sa Visa. Cette fille semblait aguicheuse et cela ne correspondait pas exactement à ce que Michèle Delma avait laissé entendre quant à ses orientations sexuelles… Elle était vêtue d'un chandail en tricot blanc à encolure échancrée laissant apparaître la naissance de ses seins bien ronds, et d'un pantalon noir serré qui laissait deviner des jambes fuselées, couronnées d'une paire de petites fesses bien fermes et joliment bombées. Ce sont justement ses fesses qui retinrent le plus l'attention de Joe. Son déhanchement, alors qu'elle s'éloignait vers la caisse, lui sembla assez provocant. Mais cela faisait sans doute partie du jeu de séduction que toutes les barmaids et serveuses du monde savaient utiliser pour faire gonfler leurs pourboires...

Lorsque Paula eut rapporté sa Visa à Joe, elle s'excusa pour aller rapidement s'affairer à l'autre bout du bar, et remettre aux serveuses de plancher les breuvages que ces dernières commandaient pour la clientèle assise aux nombreuses tables, ou à ceux-là qui préféraient rester debout, appuyés contre une colonne ou ayant déposé leur cocktail sur une des tablettes aménagées à cette fin et disséminées un peu partout le long des murs de l'établissement. Toutes ces jeunes et belles personnes devenaient de plus en plus nombreuses et les bruits ambiants augmentaient dans les mêmes proportions! Ce n'était pas le bon endroit pour conduire une entrevue avec un suspect potentiel! Joe se cala donc dans son confortable tabouret à dossier pour un changement de programme. Décidé à attendre le moment opportun, il se résolut à admirer la clientèle tout en écoutant la musique en provenance de l'orchestre qui venait tout juste de prendre place. Par chance pour lui, il s'agissait d'un groupe de jazz!

Chapitre 50.

L'orchestre jouait admirablement bien! La musique était rythmée et plusieurs se laissaient entraîner vers la piste de danse, où tous ces corps se tortillaient, se déhanchaient, se frôlaient et se repoussaient dans un délire de joie et d'abandon. Joe se surprit lui-même à battre le tempo du bout du pied et parfois du bout des doigts sur la surface du comptoir.

Chaque fois qu'il vidait son verre, la charmante Paula lui jetait un regard interrogateur depuis l'autre bout de son bar, les sourcils relevés et le sourire en coin. Comment refuser à quelqu'un d'aussi serviable qui vous traitait comme un ami de longue date? D'autant plus que ce soir-là, Joe avait le moral à plat et envie d'une bonne cuite! Il regrettait que Marco ne fût pas là pour lui tenir compagnie et partager un peu de bon temps…

La barmaid s'affaira tout au long de la soirée et Joe l'observa d'un œil attentif, sans pour autant se faire trop remarquer. Elle souriait à chaque client masculin, exposant ses dents blanches devant ces mâles qui la reluquaient en souhaitant au fond d'eux-mêmes pouvoir la faire basculer dans leur lit à la fin de la soirée. Mais Paula ne s'attardait jamais devant un homme. Seules les rares jeunes femmes prenant place au bar retenaient la belle brune aux cheveux courts assez longtemps, pour pouvoir échanger un peu plus que les mots nécessaires à commander leur boisson. Joe remarqua alors comment Paula allongeait le bras et attardait sa main sur celle qui lui tendait son argent ou sa carte de crédit. Le bout de ses doigts effleurait ceux de la jolie blonde qui lui souriait joyeusement; sa main tapotait affectueusement le bras nu de cette brune à la poitrine haute, superbement mise en valeur par le décolleté de son débardeur. Les filles d'aujourd'hui semblaient plus ouvertes à la bisexualité. Ou peut-être ne s'agissait-il que d'un changement d'époque et de mœurs… Celles d'aujourd'hui étant bien plus permissives que celles d'autrefois!

Les heures s'écoulaient et Paula semblait infatigable, à l'opposé de l'inspecteur de police assis au bout du bar. Joe n'avait pas compté le nombre de bières qu'il avait ingurgitées, mais il lui semblait qu'il y en avait eu beaucoup! Compte tenu qu'il buvait habituellement une bière sans alcool, il ressentit bientôt les effets enivrants de celles dégustées pendant la soirée! Ce fut à sa troisième visite aux toilettes que Joe se rendit compte qu'il titubait légèrement. *Allons mon Joe, il faut te reprendre en main avant de commettre une bêtise...*

À son retour, il avisa donc la jolie barmaid qu'il ne quittait pas, mais qu'il fallait qu'il aille prendre l'air quelques minutes. Elle fronça légèrement les sourcils et hésita un peu avant de lui faire un signe de tête approbateur. Joe se dirigea donc vers le vestiaire pour prendre son manteau.

Arrivé à l'extérieur, l'air froid et sec le frappa d'un coup au visage. Il aspira à pleins poumons et la pureté de cet air, où flottait une vapeur subtile d'essence de sapin, lui brûla la trachée au passage. Il espérait être remis sur pied en peu de temps, mais après un coup d'œil à sa montre qui affichait à peine minuit, il se dit qu'il vaudrait peut-être mieux qu'il aille se reposer dans sa voiture, question de laisser les vapeurs d'alcool de dissiper quelque peu.

Joe ouvrit donc la portière, côté passager, et prit place sur le siège de cuir de sa Mazda, durci par le froid. Il manœuvra le mécanisme de côté pour abaisser le dossier et s'allongea pour regarder les étoiles à travers le pare-brise. On en apercevait toujours une multitude de plus lorsque l'on se trouvait loin des nombreuses sources lumineuses de la Métropole. Ce fut apaisant pour lui de voir ces milliers, ou plutôt, ces millions de petits points lumineux qui scintillaient dans cet écrin noir.

L'endroit était propice à une introspection, mais Joe avait l'esprit un peu embrouillé pour ressasser toutes ces histoires qui le préoccupaient : les souffrances de Kim et ce qu'avait fait Marco avec l'agresseur... *Pourquoi est-ce que je laisserais aller les choses concernant cet acte de... cette vengeance? Ce meurtre! En temps normal, je dénoncerais pareil comportement, même si le coupable s'était agi de mon propre père!*

Mais qu'est-ce que tu te dis là, Quito! Penses-tu vraiment que tu dénoncerais ton propre père? Tu n'es même pas foutu de dénoncer ton bon ami Tozzi!

Sur ces pensées noires, l'effet de l'alcool le fit soudainement sombrer dans un sommeil profond. Ce n'est qu'un peu plus de trois heures plus tard que Joe se réveilla en frissonnant. La tête lui bourdonnait et il ressentait les battements de son cœur contre ses tempes, comme si deux tambours Kodo frappaient en cadence de chaque côté de sa tête!

Le vaste terrain de stationnement commençait à se vider tranquillement. On avait dépassé l'heure de la fermeture et la grande majorité des clients quittaient. Joe se ressaisit, puis après avoir relevé le dossier de son siège, non sans difficulté, il s'extirpa de la voiture. Ses premiers pas furent mal assurés, d'autant plus que la surface de neige, bien tassée par les pneus des véhicules qui y avaient circulé tout au long de la soirée, était aussi glissante qu'une patinoire! Sa vessie était pleine et cela n'aidait en rien…

Joe se rendit malgré tout à la porte d'entrée de l'établissement. Le responsable de la sécurité lui refusa l'accès, lui expliquant que le club était maintenant fermé. Joe eut beau lui expliquer qu'il devait retourner au bar pour payer sa facture, le colosse persistait à lui bloquer le passage. Il fallut donc que Joe sorte sa carte de policier et la lui plaque à hauteur des yeux pour qu'il daigne enfin se tasser du chemin.

Après un détour par les toilettes, Joe se rendit compte que peu de clients étaient encore attablés devant leurs verres pratiquement vides. L'éclairage était au maximum et l'éclat aveuglant obligeait tout le monde à plisser des yeux. Paula vit Quito approcher du bar et l'examina d'un air bizarre.

- Je viens régler ma facture, lui dit-il d'une voix éraillée.

- Très bien!

Elle se retourna, fouilla rapidement la petite pile de papiers derrière la caisse, puis lui présenta la facture qu'elle lui demanda de signer. Ce qu'il fit, après y avoir ajouté un pourboire équivalant à vingt pour cent du montant total.

- Je voudrais vous parler…

- C'est trop tard, mon gars. Le bar est fermé.

- C'est personnel.

Pas de réponse. Joe vit bien que Paula était fatiguée et qu'il l'emmerdait. Avant qu'elle ne se décide à appeler le gars de la sécurité, il lui dit :

- C'est à propos de Nadine Delma.

- Non, mais t'es qui toi pour me harceler comme ça! Tom! Il y a un gars au bar qu'il faut expulser!

Avant que Joe n'ait eu le temps de lui répondre, un géant le prit par derrière et le fit pivoter vers la sortie. Le videur n'utilisait que la force nécessaire pour le faire avancer vers la porte et Joe ne protesta pas. Il ne voulait pas déclencher un drame et alerter tout le monde. Il se laissa donc guider pacifiquement jusqu'à l'extérieur. Puis Joe se dirigea d'un pas décidé mais prudent vers sa voiture. Assis derrière le volant cette fois-ci, il lança le moteur et attendit qu'il se réchauffe, tout en observant la porte de sortie.

Lorsque Paula Agostina passa le seuil, elle était seule. Sa voiture était à l'autre bout du parking. Joe patienta jusqu'à ce qu'elle démarre et tout en gardant une distance raisonnable entre leurs deux véhicules, il la suivit!

Chapitre 51.

Mais Paula ne se rendait pas chez elle. À la grande surprise de Joe, elle se dirigea plutôt vers un petit casse-croûte de Saint-Sauveur, situé à la sortie de l'autoroute des Laurentides la plus proche du bar. L'affiche indiquait : ouvert 24 heures. En plus de la bouffe, on y offrait l'essence et le diesel pour accommoder tous les types de véhicules.

Le Casse-croûte servait les déjeuners à compter de quatre heures trente le matin. Quito remercia le ciel pour sa bonne initiative. Après cette nuit trop arrosée en alcool, un café s'imposait!

Joe avait la gueule de bois. Sans vraiment s'en rendre compte, il avait ingurgité pas mal de bières durant cette soirée. Le jazz était entraînant et la barmaid savait s'occuper de ses clients. Joe n'avait pas vu le temps passer et au petit matin il avait des regrets de n'avoir pu ralentir sa consommation. Mais il était trop tard et il s'en mordit les pouces. Il laissa Paula garer sa voiture dans le stationnement et attendit qu'elle pénètre dans l'établissement. Il lui laissa même le temps de commander avant d'entrer lui-même dans le restaurant.

Paula faisait face à la porte, mais comme elle était absorbée par la lecture du journal du matin, et que deux camionneurs sortaient en même temps que Joe entrait, il se faufila dans la salle à manger sans qu'elle ne prenne conscience de sa présence. Joe se glissa sur le siège en face, sur la banquette que Paula occupait seule.

- Bonjour Paula.

- Ah, non! Pas encore vous! Qu'est-ce que vous me voulez à la fin!

- Juste causer. On m'a dit que vous étiez une amie de Nadine Delma…

- Ce n'est pas de vos affaires!

- Au contraire! C'est précisément de mes affaires. Je suis l'inspecteur en charge de l'enquête sur le meurtre de madame Delma.

- Vous êtes policier? Je voudrais bien voir votre insigne!

Joe sortit sa plaque et sa carte d'identité et la lui tint à hauteur des yeux. Elle prit le temps de l'examiner attentivement, les yeux plissés, comme si elle avait de la difficulté à lire ou peut-être était-ce à cause de l'éclairage cru des néons qui se reflétait sur le plastique protecteur. Quoi qu'il en soit, elle sortit son téléphone portable de son sac à main et lui lança sévèrement :

- Je ne vous crois pas! Ces papiers sont peut-être des faux et vous m'avez suivie pour d'autres motifs. J'appelle la police!

La serveuse apporta alors à Joe une tasse de café et s'apprêta à prendre sa commande. Lorsqu'elle entendit le mot « police » prononcé par Paula, elle fit un pas en arrière et eut le regard inquiet. Elle écouta attentivement la réponse que Quito fit à Paula :

- Faites-donc! Je crois savoir que Raymond Tremblay, le chef de police de Saint-Sauveur, sera content de me savoir dans le coin. Vous pouvez aussi contacter le chef Saint-Aubin de la police de Sainte-Adèle. Lui et moi sommes aussi en excellente relation.

- Vous les connaissez vraiment? lui demande-t-elle, les yeux écarquillés et le menton projeté vers lui.

- Bien sûr. Le hic, c'est qu'ils ne seront pas très heureux de se faire tirer du lit à cette heure-ci, si jamais vous arriviez à les joindre chez eux.

- Bon, OK. Mettons que vous êtes celui que vous prétendez être. Pourquoi me suivez-vous pour me poser vos questions ici à cinq heures du matin, hein? Vous ne pouvez pas prendre rendez-vous ou faire venir la personne à vos bureaux? Ça me semblerait plus normal!

Pendant que Paula lui lançait ses récriminations, Joe se tourna vers la serveuse et lui commanda deux œufs brouillés, avec du bacon et de la saucisse, des rôties au pain de ménage et des fèves au lard. Il avait une faim de loup! La jeune femme prit note sur son calepin et tourna les talons vers la cuisine. Elle sembla calmée du fait que le prétendu flic ne s'était pas enfui et qu'il lui avait donné sa commande en lui souriant.

Lorsque la serveuse arriva à la cuisine, Joe s'efforça de trouver une façon d'expliquer à Paula les raisons de son approche peu orthodoxe…

- Bon, je vais vous expliquer. Je n'avais pas votre adresse, ni votre numéro de téléphone personnel. J'ai donc décidé de venir vous rencontrer sur le lieu de votre travail…

- Vous saviez où je travaillais?

- Oui.

- Qui vous l'a dit!

- Dans une enquête de police, mademoiselle, il y a bien des gens d'impliqués. Je ne sais pas exactement qui a relevé cette information, mais elle était au dossier.

- Bon, je vois. Ça n'a pas vraiment d'importance. Je suis curieuse de nature, c'est tout.

- D'accord. Donc, je me suis pointé au club et je vous y ai vue. Mais les circonstances ne se prêtaient pas à une entrevue en bonne et due forme. Je me suis alors dit que je vous donnerais rendez-vous pour plus tard, mais vous m'avez servi une ou deux bières…

- Huit!

- Bon, vous m'avez servi plusieurs bières et il a fallu que je sorte prendre l'air. Je me suis endormi dans ma voiture, stationnée à l'arrière du bar et lorsque je me suis réveillé, les clients filaient. Le bar était fermé. Vous y étiez encore, mais manifestement, vous étiez fatiguée et vous n'avez pas apprécié ma présence devant vous à ce moment-là.

- C'est exact!

- Je m'en excuse.

- Quoi! Vous êtes sérieux en disant ça?

- Oui. Je n'ai pas agi dans les règles. Il aurait plutôt fallu attendre un autre moment. Mais comme je suis de Montréal et que j'étais déjà sur place…

- Vous avez voulu sauver du temps, je peux comprendre ça.

- Merci.

- Mais vous savez, je me fais tellement harceler par tous ces machos et autres connards, lorsque je suis au travail. Je n'aime pas quand quelqu'un m'interpelle après que le bar est fermé!

- Oui, vous avez raison.

- J'ai déjà quelqu'un dans ma vie, alors je n'ai pas besoin de faire de nouvelles rencontres!

- Oui. C'est pour ça que vous venez déjeuner au restaurant.

- Qu'est-ce que vous voulez dire! Vous mettez ma parole en doute?

- Non. Je voulais dire que vous venez au restaurant pour ne pas réveiller votre conjointe en rentrant chez vous.

- Ah! Ma « conjointe » dites-vous!

- Écoutez, Paula, votre orientation sexuelle ne me regarde pas…

- Qu'est-ce que vous me chantez là, espèce d'enfoiré!

- Écoutez…

- Non, c'est à vous de m'écouter! Ma vie privée ne regarde que moi! Et qu'est-ce que ça signifie, à la fin… lui lança-t-elle avec un trémolo dans la voix.

Joe se rendit compte qu'elle était choquée par son approche un peu trop directe. Ils étaient mal partis! De son côté, Joe avait encore mal à la tête et le café n'avait pas encore eu le temps de le ressusciter complètement. Il ne trouvait plus ses moyens habituels et se sentit un peu pris au dépourvu face à cette fille qui avait sans doute peur de lui. Enfin, peut-être pas de lui personnellement, mais de la Police que Joe représentait. Il lui fallait trouver une solution pour venir à bout d'un interrogatoire qui puisse contribuer à faire avancer son enquête. Mais comment diable devait-il s'y prendre…

Chapitre 52.

Après que chacun a vidé son assiette en silence, Joe ramassa les deux additions et remit l'argent à la serveuse.

- C'est moi qui invite… je vous ai assez causé d'ennuis comme ça.

- OK, j'accepte, lui répondit Paula sans sourire.

- Puis-je alors prendre rendez-vous pour que vous répondiez à mes questions sur Nadine Delma?

- Ouais. Ça ne m'enchante pas du tout, mais je suis prête à aller vous rencontrer à vos bureaux. Mais ça ne pourra pas être aujourd'hui!

- Ah? Pourquoi donc?

- J'avais autre chose à mon agenda.

- Comme quoi, par exemple?

- Comme de dormir un peu, entre autres! J'ai passé la nuit debout, vous vous rappelez!

- Oui, je comprends. Quand pourrez-vous passer alors?

- Demain, je suis en congé. Ça vous irait?

- Quelle heure?

- Pas trop tôt, quand même! Disons en début d'après-midi, vers les treize heures ou quelque chose par-là?

- Très bien. Je vous attendrai demain après le lunch. Voici ma carte avec l'adresse du quartier général, ainsi que mon téléphone, au cas où vous voudriez me joindre.

Sur ces mots, Joe examina le visage aux traits tirés de Paula. Son expression le laissa perplexe et il eut l'impression qu'elle le menait en bateau…

Joe la laissa partir avant lui, prétextant devoir passer par les toilettes avant de sortir à son tour. Il garda un œil sur la voiture de la barmaid et prit note de la direction qu'elle prit. Elle quitta le stationnement plutôt rapidement, pour une fille qui était censée aller se coucher, c'était mauvais signe. Joe se décida donc à la prendre en chasse, s'assurant de lui laisser suffisamment d'avance pour qu'elle ne s'aperçoive pas qu'elle était suivie.

Paula n'avait pas eu l'occasion de voir dans quel véhicule Joe était arrivé au casse-croûte, puisqu'elle avait les yeux rivés sur son journal à ce moment-là. Quito s'était d'ailleurs stationné à l'opposé de sa voiture à elle et, à l'heure où ils quittaient, le stationnement était pratiquement rempli de nombreux travailleurs venus déjeuner avant de se rendre au boulot.

Paula reprit l'autoroute des Laurentides, direction nord. Joe ignorait toujours son adresse personnelle. *Ça devient une habitude que d'oublier de leur demander leurs coordonnées... merde!*

Paula prit la sortie vers Mont-Rolland et après un trajet assez court, sa voiture s'immobilisa devant un immeuble à logements, au cœur du petit village. Elle descendit de voiture au moment même où Joe arrivait au coin de la rue. Mais elle ne regarda pas derrière elle et semblait pressée d'entrer chez elle.

Pour ne pas attirer l'attention en demeurant trop longtemps immobile au coin de la rue, Quito se décida à continuer droit devant lui et à rouler devant l'édifice, le dépassant tout en se cachant le visage avec sa main gauche. Paula monta l'escalier du hall d'entrée sans se retourner. Joe fit donc demi-tour à l'intersection suivante et prit place au bord de la rue à environ cinquante mètres de l'entrée principale des logis.

Il fallut à la fille environ une vingtaine de minutes pour ressortir de chez elle, une valise à la main, qu'elle jeta sur la banquette arrière de sa bagnole défraîchie. Elle ouvrit la portière et se laissa tomber derrière le volant. Joe n'avait pas éteint le moteur de sa Mazda et en moins de deux secondes, il s'immobilisa à côté de son véhicule. Il descendit, contourna sa voiture et s'approcha du véhicule de Paula. La jeune barmaid semblait totalement prise au dépourvu. Exténuée, elle croisa les deux bras sur son volant, et appuya son front sur ceux-ci. Elle ne tenta même pas de démarrer le moteur, apparemment vaincue, abandonnant toute résistance.

- Vous ne deviez pas aller dormir un peu? lui demanda le policier avec une note de sarcasme dans la voix.

- Ouais… Mais j'ai changé mes plans à la dernière minute.

- Vous voulez bien descendre de voiture? Nous allons rentrer chez vous et avoir un petit entretien avant que vous ne fassiez une bêtise.

- Bon, très bien…

Sans se faire prier davantage, Paula descendit de voiture, ferma la portière et ouvrit celle de derrière pour reprendre sa valise. Joe attendit qu'elle ait atteint la porte d'entrée pour lui lancer :

- Restez là! Je vais stationner ma voiture. Pas de coup fourré, c'est compris?

- Je reste là…

En cinq secondes, Joe avait reculé dans l'espace libre derrière la voiture de la barmaid. Il la rejoignit donc devant la porte d'entrée pour lui prendre la valise des mains. Elle ne résista pas. Joe lui ouvrit galamment la porte. Elle franchit le seuil, les yeux rivés au sol.

- C'est au 202, au deuxième…

- Je vous suis.

Paula monta l'escalier de métal, tourna à droite et ouvrit la porte de son appartement. Joe était sur ses talons et entra dans le petit deux-pièces miteux pendant qu'elle retirait ses bottes. Elle alla ensuite s'affaler dans un fauteuil, l'air abattu. Elle croisa les bras et attendit que l'inspecteur prenne place en face d'elle, après qu'il eut lui-même retiré ses couvre-chaussures.

Elle allongea les deux jambes sur le pouf devant elle et croisa les chevilles. Elle portait des chaussettes de nylon noir et se frotta les pieds l'un contre l'autre. Sans doute qu'elle avait mal, après avoir passé la majeure partie de la nuit debout à courir derrière son bar. Joe compatit et la laissa relaxer quelques instants, avant de débuter l'interrogatoire. Bien des questions le turlupinaient et il avait bien hâte d'entendre les explications de la demoiselle. Premièrement : est-ce que Paula Agostina avait quelque chose à voir dans le décès de son ex-amante Nadine Delma!

Chapitre 53.

C'est Paula qui amorça l'entrevue. Elle était fatiguée, épuisée même. Ça se voyait aux cernes qu'elle avait sous les yeux. Joe n'eut le temps que de sortir son carnet de notes et d'y jeter un coup d'œil que Paula se lançait :

- Je vais vous raconter comment Nadine Delma et moi sommes devenues amantes.

Joe ne voulut pas la freiner ou encore l'influencer sur ce qu'elle semblait prête à déballer, alors il la laissa poursuivre sans intervenir.

D'une voix monocorde, Paula lui raconta ses premiers moments avec Nadine Delma. Cette dernière s'était accoudée à son bar, la mine déconfite. C'était le premier jour de mai 2009, un vendredi soir, avant que la cohue ne débute au *Bourbon Street Club*. Paula lui servit un cocktail, puis alla vaquer à ses occupations habituelles du début de son quart de travail. Lorsque la mise en place fut complétée, elle se planta devant la cliente qu'elle rencontrait pour la première fois.

- Je lui ai demandé son nom et elle m'a répondu qu'elle se nommait Nadine. C'était la première fois que j'entendais ce prénom. Je lui ai dit que je trouvais ça mignon et que ça me plaisait. Mais elle avait l'air triste et ne sembla pas apprécier le compliment que je lui faisais. Ça m'était égal. Je rencontre toutes sortes d'énergumènes à mon bar.

- Je n'en doute pas! intervint Joe, pour lui signifier qu'il était tout ouïe.

- Mais comme vous le savez, je suis aux femmes et cette fille m'avait tapé dans l'œil. Alors je continuai à la draguer. Tout en douceur, car je la sentais farouche. Nadine m'expliqua alors qu'elle venait voir où sortait son fils avec ses copains. Je la laissai parler et un peu plus tard, j'appris qu'il s'agissait de David Bouliane.

- Vous connaissiez son garçon?

- Oui. C'est un gentil petit gars qui sait se tenir. Il ne boit jamais d'alcool et c'est apparemment toujours lui qui est le chauffeur désigné de son groupe de copains…

- Voilà qui est tout à son honneur.

- Ouais, ils sont rares, des comme lui. Sa petite amie et lui faisaient un couple charmant!

- Mais continuez de me raconter à propos de Nadine et de vous…

- Oui, ben Nadine n'arrêtait pas de me débiter tout un tas de souvenirs malheureux que ses amants lui faisaient subir. « Tous des cons! » qu'elle répétait en grimaçant. Je lui demandai de m'expliquer. Je sentais qu'elle avait besoin d'en parler. Et en toute franchise, je voulais profiter de sa haine passagère envers la gente masculine!

Nadine expliqua donc à Paula comment elle avait rencontré des médecins, des notaires, des avocats et autres professionnels bien élevés. Mais alors qu'ils étaient entre eux avec quelques verres dans le nez, la plupart de ces gens de la haute ne savaient plus se tenir! Nadine avait toujours l'impression que tous ces hommes n'en avaient que pour ses gros nichons ou ses longues jambes, sur lesquelles ils faisaient immanquablement remonter leurs doigts, jusqu'à effleurer sa petite culotte! Tous aussi pervers les uns que les autres. Ces messieurs n'y trouvaient jamais d'intérêt autre que sexuel et tout se résumait à une série de jeux auxquels elle finissait par se plier, en échange de cadeaux de plus ou moins grande valeur. L'Amour avec un grand « A » ne lui semblait pas être quelque chose d'accessible dans la vie…

Nadine raconta aussi à Paula qu'elle crut enfin avoir récemment rencontré quelqu'un de plus respectable, mais s'aperçut, après trois mois seulement de vie commune, que son mec s'avérait être un dealer de drogues! Paula lui demanda le nom du type et elle le lui donna : Peter Marshall! La jolie barmaid le connaissait pour l'avoir eu comme client régulier. Un connard de première, selon Paula. Le genre de gars à se pavaner dans des fringues à la mode, de flamber quelques centaines de dollars en s'assurant qu'on le remarquait! Pour ensuite proposer de la came à tous les jeunes écervelés assez cons pour se laisser influencer par ce faux-jeton! On avait fini par l'exclure de son bar!

- J'ai dit à Nadine : ce connard se promène même en Hummer, pas vrai! Et je fus renversée par la réponse de Nadine

: Oui, c'est vrai. C'est moi qui le conduis et je l'ai stationné juste à côté de la porte d'entrée ce soir!

Paula poursuivit son récit en admettant avoir été impressionnée par le fait que Nadine conduisait ce véhicule tant admiré par la majeure partie de sa jeune clientèle mâle! Elle aurait bien aimé y faire une balade et le fit savoir à Nadine. Cette dernière se mit à rire : « T'es sérieuse? » qu'elle demanda à Paula. « Oh oui! » avait répondu la barmaid. «Ben, si tu veux, j'irai te reconduire chez toi après ton travail» avait dit Nadine.

Comme le bar ne fermait qu'à trois heures du matin, et qu'il fallait que Paula ramasse et nettoie un peu avant de fermer la caisse, une fois les derniers traînards partis, la barmaid savait qu'elle ne pourrait elle-même partir avant quatre heures du matin. Elle se doutait bien que Nadine aurait déjà quitté, longtemps avant la fermeture du bar. Soit elle serait trop soûle pour conduire, soit elle se serait lassée d'être là bien avant la fermeture.

Ce fut cette deuxième option que choisit Nadine. Elle quitta vers les vingt-deux heures, juste au moment où l'achalandage prenait de l'ampleur dans le club. Nadine avait remis une carte de crédit en plaçant sa commande pour un premier cocktail et Paula ne la vit pas s'éclipser. Elle la croyait partie aux toilettes et supposa que son flirt avait été intercepté au passage par quelqu'un d'autre, peut-être même son fils. Puis, comme le travail l'accaparait de plus en plus, elle finit par oublier Nadine complètement.

Ce n'est qu'au moment de compter l'argent de sa caisse qu'elle retrouva la facture de Nadine impayée. Elle regretta de ne pas lui avoir dit bonsoir, mais regretta encore plus que Nadine ne lui ait pas fait signe en quittant les lieux.

Quelle ne fut sa surprise lorsque Paula mit le pied dehors, alors que le gérant de l'établissement verrouillait la porte d'entrée derrière elle, de voir qu'un Hummer noir, rutilant de propreté, était garé devant la porte. Le moteur tournait au ralenti. La vitre côté passager s'abaissa par le biais d'un bouton électrique contrôlé depuis le siège du conducteur. « Salut! Je te reconduis? »

Paula n'arrivait pas à y croire! Nadine était revenue la prendre après la fermeture du bar. C'est avec empressement qu'elle ouvrit la portière et qu'elle prit place sur le siège en cuir. Le chauffage fonctionnait, car la nuit était plutôt fraîche. Nadine l'invita à venir prendre un verre chez elle et relaxer devant un feu de cheminée... Paula était au septième ciel et n'en revenait pas de sa bonne étoile!

Les deux femmes se retrouvèrent donc chez Nadine Delma. Ou plutôt dans la maison de Peter Marshall, là où Nadine habitait à l'époque, alors que son copain purgeait sa peine de prison après s'être fait pincer par la Gendarmerie Royale en Colombie-Britannique. Et cela sous la dénonciation de nulle autre que Nadine elle-même!

Chapitre 54.

Paula se retrouva donc dans la maison luxueuse qu'occupait Nadine, seule. Les deux jeunes femmes partagèrent une bouteille de *Southern Comfort* devant un feu de foyer qui était la seule source d'éclairage. Nadine portait un col roulé noir à manches longues et une jupe en jean sur une paire de collants noirs. Paula portait encore son costume de barmaid : pantalon de toile noir, chemisier blanc. Elles avaient toutes deux retiré leurs chaussures.

Nadine invita Paula à retirer son pantalon, afin qu'elle soit plus à son aise. Paula ne se le fit pas dire par deux fois! En moins de deux, elle se retrouva aux côtés de Nadine ne portant qu'un collant tout diaphane couleur chair. Elles partageaient un canapé trois places et regardaient le feu tout en sirotant leur boisson. Paula et Nadine reposaient leurs pieds sur la table à café, située devant le canapé.

Nadine se mit en chien de fusil, repliant les genoux et ramenant ses deux pieds sur le coussin du milieu. Paula l'imita et bientôt leurs pieds se touchèrent. L'effet de l'alcool aidant à perdre un peu de sa timidité, Paula fit délibérément glisser ses orteils sous la plante du pied de Nadine. Comme il n'y eut pas de réaction, Paula réitéra la manœuvre jusqu'à carrément caresser le pied de Nadine avec le sien. La sensation du soyeux nylon frottant l'un sur l'autre lui procurait une excitation qu'elle avait de la peine à dissimuler. Paula se tourna pour faire face à Nadine et tout en continuant à lui caresser les pieds et les jambes avec ses orteils pointés, elle se caressa l'entrejambe.

Nadine ne se fit pas prier et elle imita Paula. Les deux filles se faisaient maintenant face. Nadine attrapa le pied de Paula et le plaqua sur son mont de Vénus. Paula toute excitée, enfouit sa main sous la bande élastique de son collant et se masturba avec frénésie, tout en tentant de procurer à Nadine tout le plaisir que l'autre semblait vouloir éprouver avec autant d'ardeur qu'elle-même! Il ne leur fallut pas très longtemps avant d'atteindre toutes les deux un orgasme des plus satisfaisants!

Suite à ces ébats pour le moins nouveaux et plutôt non-conventionnels, Nadine invita Paula à venir la rejoindre dans la chambre des maîtres. Les deux jeunes femmes se tenaient debout près du lit de très grand format, main dans la main. Nadine déboutonna le chemisier de Paula, qui la laissa faire sans bouger. La blouse lui glissa des épaules et se retrouva sur le tapis épais et moelleux. Puis Nadine fit tourner Paula pour détacher son soutien-gorge par derrière. Ce dernier rejoignit la blouse alors que les petits seins fermes de Paula se retrouvèrent à l'air libre, les pointes durcies par l'excitation.

Nadine se mit à embrasser les épaules de Paula. De ses mains, elle lui caressait les bras, puis ses paumes s'avancèrent jusqu'aux seins de la barmaid qui se mit à gémir de plaisir. Nadine lui pinçait les mamelons durcis puis lui palpait chaque sein, les pétrissant, tout en lui prodiguant des baisers enflammés dans le cou, lui mordillant le lobe de l'oreille au passage. Paula passa ses bras par derrière et plaquant ses deux mains sur les fesses de Nadine, tira celle-ci vers elle pour ressentir son propre fessier se frotter contre le pubis de Nadine.

Après un temps indéterminé de ces caresses enivrantes, Nadine fit descendre la fermeture éclair sur le côté de sa jupe et laissa glisser le vêtement le long de ses jambes. Paula se retourna pour embrasser Nadine sur la bouche. Leurs langues se mirent à explorer la bouche de l'autre et des gémissements accompagnaient les caresses faites par leurs mains baladeuses. Puis elles se retrouvèrent sur le matelas, après que Paula a pris l'initiative. Elle avait gentiment poussé Nadine sur le lit puis l'avait chevauchée, vêtue de son seul collant diaphane.

Les mains de Paula ne tardèrent pas à se faufiler sous le chandail de Nadine pour lui palper les seins. Nadine ne portait pas de soutien-gorge, au grand plaisir de Paula! Jamais Paula n'avait pétri d'aussi gros nichons! Ils étaient moelleux et chauds sous ses doigts. Elle releva le chandail pour plonger sa bouche vers les mamelons et sucer délicatement les petits bouts durcis qu'elle titillait du bout de sa langue. Nadine avait les yeux fermés et gémissait doucement, invitant Paula à continuer de la caresser.

Paula devint frénétique d'avoir ce corps voluptueux sous elle. Ses jambes et ses pieds soyeux caressaient celles de Nadine. Elle se frottait la chatte en feu sur le genou de sa partenaire, tentant ainsi de se faire jouir à nouveau. Elle y

L'Affaire Delma

parvint en chevauchant ce genou osseux recouvert de nylon noir, y broyant son pubis en de rapides mouvements rotatoires du bassin!

N'étant pas un être égoïste, Paula se promit alors de procurer à sa partenaire une jouissance comme jamais elle n'en avait connue auparavant. Délaissant les seins de Nadine, elle se déplaça progressivement vers le ventre de son amante. Là, elle lui embrassa le nombril, avant de se déplacer lentement vers la vulve admirablement bien épilée, par-dessus le collant. Puis avec sa langue, Paula se mit à lécher la fente chaude et humide qui reluisait sous le nylon noir. N'y pouvant plus, Paula abaissa le collant de Nadine jusqu'à ses genoux et se faufila la tête par en dessous du vêtement. Les jambes de Nadine s'écartèrent lentement, faisant rouler jusqu'à ses chevilles la bande élastique du collant. Paula lécha, mordilla, aspira la peau dans sa bouche pendant que Nadine gémissait de plus en plus fort et qu'elle se cambrait dans le lit, sentant l'orgasme approcher.

Paula la fit jouir et la vague de plaisir qui inonda Nadine dura plusieurs secondes, si ce n'est une minute entière! Nadine avait crié, tremblé, puis frissonné interminablement, jusqu'à ce que Paula se retire finalement et remonte son visage tout humide près de celui de Nadine pour l'embrasser sur les lèvres. Ce dernier baiser fut doux, amoureux. Paula était aux anges! Elle venait de se trouver une amante possédant un corps de déesse! Elle remercia silencieusement son ange gardien d'avoir mis cette fille sur sa route.

Chapitre 55.

Paula raconta ensuite à l'inspecteur Quito comment elle avait fini par habiter avec Nadine, dans la maison de Peter Marshall. Ce dernier ayant été mis derrière les barreaux à l'autre bout du pays, Nadine avait beau jeu de faire comme il lui plaisait. Elle n'avait aucun loyer à payer, pas de facture d'électricité ou de téléphone non plus. Il semblait à Paula que Marshall avait pris des arrangements pour que tous les prélèvements se fassent automatiquement dans son compte bancaire. Nadine avait l'usage du Hummer, mais il lui fallait payer pour l'essence. Ça et la bouffe, c'est tout. Quelle vie!

La lune de miel dura trois mois. Pendant tout ce temps, Paula adora sa Nadine! Elle lui achetait de petits cadeaux, faisait les courses, rangeait la maison. Surtout, elle lui fit l'amour avec une passion débordante! Mais elle finit par se rendre compte que c'était toujours elle, Paula, qui initiait les ébats sexuels entre elles. Nadine devenait de plus en plus passive, bien qu'elle se laissât faire au lit. Paula en éprouva une certaine tristesse, mais elle était prête à passer l'éponge pour pouvoir continuer à profiter du corps parfait de son amante. Et aussi de pouvoir crécher dans une aussi belle maison sans avoir à payer de loyer! Elle n'utilisait pratiquement plus sa voiture non plus, Nadine lui laissant conduire le Hummer pour aller faire les courses. C'était une situation très profitable pour Paula, même si la baise avait tendance à devenir un peu plus morne qu'au début de leur relation.

Puis vers la fin du mois de juillet, Nadine eut sans doute une de ses crises reliée à sa maladie bipolaire. Pour des riens, elle se mettait en rogne contre Paula. Elle la critiquait dès que cette dernière avait le malheur d'oublier un item sur la liste d'épicerie, ou si elle arrivait en retard après sa nuit de travail. Paula allait parfois manger avec les filles qui travaillaient avec elle au bar, mais Nadine, possessive à l'extrême, n'acceptait aucunement ce genre de chose! Il fallait que Paula soit avec elle, même si une fois à la maison, elle n'avait absolument rien à lui dire de toute la journée!

Paula voulut la raisonner en la confrontant, un jour où elle était en congé. Cela mit Nadine dans une humeur massacrante!

Le ton monta de part et d'autre et à la fin, Nadine invita Paula à quitter les lieux sur le champ! Paula demanda pardon... elle n'avait pas voulu la vexer, mais tentait simplement de comprendre... La jeune femme essaya de se confondre en excuses.

Nadine demeura de marbre et fit la sourde oreille. Sa décision fut sans appel! C'était terminé entre elles. Elle se rendit subitement compte que la bisexualité n'avait plus sa place dans sa vie, lui asséna-t-elle, et qu'il fallait que Paula dégage!

La pauvre barmaid ramassa ses affaires en pleurant, puis quitta les lieux dans sa voiture de paumée pour aller se trouver un logis miteux avant que la journée ne s'achève. Elle devait être au boulot le lendemain soir et ne voulait pas devoir passer la nuit dans sa bagnole ou à la belle étoile.

Elle trouva donc ce petit appartement meublé de Mont-Rolland, où elle se retrouvait maintenant, face à l'inspecteur de la Sûreté du Québec : Joseph Quito.

∞∞∞∞

Joe écouta son récit sans intervenir une seule fois. Mais comme Paula ne parlait plus depuis au-delà d'une minute, il lui fallut la questionner :

- Vous êtes donc partie de chez Nadine, ou plutôt de la maison de Peter Marshall, vers la fin de juillet. C'est bien ça?

- Oui.

- Et vous ne vous êtes pas revues depuis ce temps-là?

- Pas exactement...

- Qu'est-ce que vous voulez dire par là?

- Eh bien, j'ai souvent revu Nadine au club. Elle était devenue une habituée, après que l'on se soit séparé. Je crois qu'elle venait pour deux raisons : voir son fils, mais surtout pour m'en faire baver!

- Vous lui parliez lors de ses visites au bar?

- Au début, non! On s'ignorait mutuellement. Puis Nadine me lançait de drôles de regards, surtout lorsqu'elle était accompagnée d'un homme.

- Elle vous narguait?

- Je le pense, oui. Elle avait un regard étrange. Peut-être qu'elle voulait que je me rende compte qu'elle avait du succès auprès des mâles. Quelque chose comme ça. Il y avait du défi mais aussi de la méchanceté dans ses yeux.

- Je vois. Et vous, ça vous blessait qu'elle agisse de la sorte?

- Pas vraiment. J'ai la carapace assez dure, vous savez. Quand on vit en dehors des balises normales de la vie, on se bâtit une résistance contre bien des attaques. Les airs de « m'as-tu vue » de Nadine Delma me coulaient dessus comme la pluie sur le dos d'un canard!

- J'ai l'impression que ce que vous me dites là n'est pas tout à fait vrai, Paula.

Sans répondre, les larmes montèrent aux yeux de la jeune femme. Avec tout ce que Quito savait maintenant de cette Nadine Delma cruelle, il se doutait bien que Paula avait été blessée par cette mégère sans scrupules, qui aimait bien s'amuser avec les sentiments des autres. Tirant sur un mouchoir de papier de la boîte qu'il y avait sur la table en coin à côté d'elle, Paula se moucha bruyamment avant de reprendre :

- Vous n'avez pas complètement tort. Je l'aimais, moi, cette fille. Mais elle, elle venait me voir sur le lieu de mon travail pour me narguer. C'était méchant et humiliant…

- Je vous comprends.

- Mais pas autant que la deuxième fois!

- La deuxième fois?

- Oui. Nous avons repris, tard en automne.

- Ah bon!

- C'est arrivé par hasard. J'étais allée prendre une marche dans la forêt pour admirer les couleurs avant que les feuilles ne tombent des arbres. J'étais en haut des pentes de ski du Chanteclerc lorsque je suis tombée sur Nadine qui s'y promenait pour les mêmes raisons que moi. Sauf qu'elle était déprimée, alors que moi j'étais heureuse de voir la nature éclater de mille teintes de rouges, de jaunes et de verts sous cet ardent soleil d'après-midi.

- Vous lui avez parlé.

- Ouais. Inconsciente, allez-vous me dire… J'étais en train de me remplir les poumons d'air frais et la tranquillité de la forêt m'apaisait. J'étais donc d'assez bonne humeur pour initier la conversation.

- Ça s'est donc bien passé, si vous me dites que vous avez repris…?

- Aussi surprenant que cela puisse paraître, Nadine a réagi comme si on ne s'était jamais quitté! Je lui ai dit salut et elle m'a aussitôt prise dans ses bras pour me faire la bise. Elle m'a dit que c'était assez exceptionnel que nous ayons opté pour une marche en nature dans le même secteur! Qu'on était destiné à se rencontrer de nouveau, puisque nous avions vécu d'aussi bons moments ensemble, etc. Ça m'a jetée par terre d'entendre cela!

- Assez surprenant, en effet.

- Elle m'a invitée au restaurant. On a parlé longuement. Elle m'a dit qu'elle pensait encore à moi souvent; qu'elle s'ennuyait aussi de ma présence auprès d'elle lorsqu'elle s'éveillait toute seule dans son grand lit le matin… Des trucs qu'on faisait toutes les deux. Elle aimait bien la douceur des échanges sexuels entre femmes, m'avoua-t-elle candidement.

- Et vous l'avez crue?

- Oui, (elle fit la moue en disant cela). J'étais tellement amoureuse d'elle cet été! Son corps me manquait. J'avais envie de lui faire l'amour. On s'est retrouvé chez elle et j'y ai passé la nuit. Mais le lendemain, je n'ai pas voulu rester. Je suis retournée à mon logement. J'avais peur de me remettre en couple avec elle. En tout cas, pas tout de suite. Et j'ai bien fait!

- Comment cela?

- Parce qu'elle me manipulait encore une fois! La garce s'est servie de moi pour atteindre quelqu'un d'autre. Je n'étais que le trait d'union dont madame avait besoin pour obtenir un entretien avec une personne qui pouvait l'aider sur le plan professionnel.

- Je ne saisis pas…

- C'est simple, pourtant. Il y a beaucoup d'habitués qui viennent au club, vous savez. Et comme la musique est très bonne et que mes patrons n'engagent que des artistes renommés, bien des gérants de bars et directeurs d'hôtels viennent parfois au club pour voir un spectacle, pour entendre un groupe de jazz ou des chanteurs et chanteuses connus. Il y en a aussi parmi eux qui viennent flairer la clientèle du *Bourbon Street Club*. Tâter le pouls, comme ils le disent eux-mêmes.

- Je ne vois toujours pas.

- Nadine se cherchait un job! Elle voulait se faire engager comme hôtesse ou gérante dans un hôtel de la région. Alors elle s'est servie de moi pour que je lui présente les proprios! Et une fois les présentations faites, madame s'est tout de suite mise à roucouler auprès de ces messieurs pour obtenir ce qu'elle voulait!

- Elle a obtenu satisfaction?

- Évidemment. Dès qu'elle a été engagée, elle m'a envoyée promener du revers de la main! Sale garce! Je lui ai alors promis un chien de ma chienne!

Chapitre 56.

Paula se leva pour aller préparer du café. Elle savait que Quito ne la quitterait pas avant d'avoir obtenu la fin de son histoire. Surtout après ses dernières paroles!

- Je n'ai que du décaféiné... vous en prendrez?

- Oui, volontiers.

Joe la regarda tituber vers l'espace cuisine, où elle fit couler de l'eau, rinça la cafetière, mesura une quantité de grains qu'elle moulut ensuite dans un petit moulin électrique. Elle avait des gestes assurés, malgré la fatigue. Ses yeux à lui brûlaient, alors Joe crut qu'il en allait de même pour Paula, qui, elle, n'avait pas dormi du tout, contrairement à lui qui avait pu sommeiller dans sa voiture pendant un peu plus de deux heures.

Pendant que le café coulait, elle lui fit signe qu'elle devait aller aux toilettes. Joe acquiesça d'un signe de tête. Il la sentit prête à tout lui déballer sur la fin de sa relation avec Nadine Delma. Joe ne croyait pas qu'elle tenterait de fuir à nouveau. Tout dans son comportement laissait deviner la résignation.

Elle revint servir deux tasses du café qui embaumait maintenant l'appartement de son arôme agréable.

- Du sucre? De la crème? lui demanda-t-elle tout en versant le liquide dans deux chopes de porcelaine.

- S'il vous plaît! Un de chaque...

Elle déposa une tasse devant le policier puis reprit sa place, allongeant à nouveau les jambes et croisant les chevilles, les deux pieds déchaussés bien ancrés sur le pouf.

- Merci beaucoup. Il sent très bon ce café!

- Hum...

- Vous disiez donc que vous alliez lui remettre ça?

- J'ai dit ça?

- Oui. Vous avez dit : « Sale garce! Je lui ai alors promis un chien de ma chienne! »

- Ah, ça...

Paula sembla se renfrogner. Son regard était lointain et elle se perdit dans ses pensées. Pour la ramener au temps présent, Joe lui posa LA question :

- Où étiez-vous le soir du 24 décembre dernier?

- J'ai travaillé ce soir-là. J'étais donc au bar.

- Vous commenciez à quelle heure?

- Mon horaire est de vingt heures jusqu'à la fermeture.

- Vous êtes donc arrivée sur place pour vingt heures?

- Oui.

- Et dans les heures précédentes, vous avez fait quoi!

- Vous savez, quand Nadine et moi avons habité ces trois mois ensemble, nous avions pris l'habitude de dîner toutes les deux en tête-à-tête, à la table de la salle à dîner, éclairée aux chandelles et tout le tralala. Nadine était bonne cuisinière et moi, je l'aidais en sortant la vaisselle, les verres, dressant la table. Puis, j'épluchais les oignons, l'ail, tranchais, hachais tout ce que Nadine me demandait de préparer. Puis on prenait l'apéro pendant que le plat principal mijotait au four ou sur le feu.

Joe l'écouta à nouveau sans l'interrompre, car il la voyait revivre cette période et il ne voulait rien manquer de ce qu'elle racontait. Elle poursuivit :

- Puis on se mettait à table pour déguster le repas avec une bonne bouteille de vin. On ne mangeait que très rarement un dessert, question de garder notre ligne aussi svelte que possible. Mais après avoir desservi la table, mis les restes au réfrigérateur et la vaisselle sale dans le lave-vaisselle, nous nous installions toujours au salon en prenant le digestif. Nous adorions déguster lentement quelques verres d'Amaretto, avec des glaçons.

- Pourquoi me racontez-vous tout cela, Paula?

- Parce que l'après-midi du vingt-quatre décembre, Nadine et moi avons pris un dernier repas ensemble…

- Vous êtes donc allée chez elle ce jour-là!

- Oui. Et je lui ai apporté une bouteille d'Amaretto pour que l'on prenne le digestif en souvenir du bon vieux temps!

- Je comprends. Et vous aviez trafiqué la bouteille avant de venir, c'est ça?

- Non! Je voulais trinquer moi aussi, alors je n'ai pas touché à la bouteille.

- Mais vous avez empoisonné Nadine Delma, n'est-ce pas!

- Je lui en ai voulu de m'avoir flanquée à la porte de sa maison qui, en fait, n'était même pas sa propriété! Je lui en ai aussi beaucoup voulu de la façon qu'elle traitait la petite amie de son fils David...

- De quoi parlez-vous?

- Nadine n'aimait pas voir son fils en compagnie de sa copine. Je crois qu'elle en était jalouse et elle traitait la petite comme une moins que rien, alors que la fille était très gentille!

- Continuez...

- Mais je lui en ai encore plus voulu de m'avoir utilisée comme une vulgaire servante pour arriver à ses fins! Je me réjouissais de la voir lever son verre en me regardant de haut... Comme si elle pensait que j'allais encore une fois me jeter à ses pieds comme une idiote.

- Vous aviez versé du cyanure dans son verre...

- Oui. J'en ai mis dans son verre en faisant le service. C'était évidemment moi qui devais faire le service pour madame... Après tout, c'est moi la barmaid, non?

Elle se mit à rire! D'un rire saccadé mais franc, comme si elle trouvait la situation vraiment marrante. Puis elle se calma et prit une gorgée de café avant de continuer :

- J'aurais bien voulu être là jusqu'à la fin. Pour la voir crever, cette chienne! Mais je devais être au boulot pour vingt heures. Alors je suis partie vers les dix-neuf heures quarante-cinq, alors que Nadine ne se sentait déjà pas très bien. Elle m'a dit au revoir après m'avoir signifié qu'elle monterait se coucher, son verre à la main. Mauvaise digestion, me dit-elle. Ah! Elle ne pouvait mieux dire, la garce!

- Lorsque vous avez quitté les lieux, vous n'avez rien remarqué de spécial?

- Non. Pourquoi? Ça a de l'importance pour vous?

- Si vous aviez vu quelque chose, oui. Mais autrement, ça n'a pas d'importance. Personne ne rôdait dans les parages?

- Non. Mais puisque que vous m'y faites réfléchir...

- Quoi!

- La seule chose un peu bizarre que j'aie remarqué c'est ce Hummer noir qui a pris une courbe en empiétant sur ma voie! Il roulait à vive allure et j'ai jeté un regard mauvais au chauffeur!

- Ce type au volant, il ressemblait à quoi?

- À un gars enragé… J'ai à peine vu son visage mais il avait l'air furax!

Peter Marshall… Il roulait vers le chalet de Nadine!

- Dites-moi Paula, où vous êtes-vous procuré le poison?

- J'ai un oncle qui s'est établi en Abitibi il y a bien des années. Il est vétérinaire là-bas et se sert de ce produit pour endormir les bêtes qu'il ne peut pas soigner, pour diverses raisons. Ça abrège les souffrances de l'animal. La famille de mon père et celle de son frère, nous nous réunissons chaque année là-bas pour la fête de l'Action de grâces…

- Je vois.

Joe se fit la remarque intérieurement qu'il s'agissait effectivement d'une action de grâce que d'avoir ainsi assassiné Nadine Delma…

- Paula, je dois vous arrêter, pour le meurtre de Nadine Delma. Si vous voulez bien m'accompagner, nous allons nous diriger vers le quartier général de la Sûreté du Québec.

- Je peux finir mon café avant qu'on y aille? lui demanda-t-elle de sa petite voix.

- Oui, bien sûr…

Chapitre 57.

Paula ferma la porte de son appartement à clé et se dirigea vers la Mazda noire, où elle prit place sur le siège passager. Presque aussitôt que la voiture se mit à rouler, Quito la vit se mettre en chien de fusil, la tête appuyée contre la vitre de sa portière. Elle ferma les yeux et sombra dans un sommeil profond.

Le soleil était radieux en ce dimanche matin. Il n'y avait que très peu de voitures sur l'autoroute 15, direction Montréal. Ils seraient au quartier général de la Sûreté du Québec dans moins de quarante-cinq minutes.

Alors que Joe repensait aux mésaventures de Paula avec Nadine Delma, il ne put qu'éprouver de la pitié pour cette pauvre fille qui dormait à côté de lui. Elle n'avait été qu'une proie pour cette femme vicieuse et hypocrite, qui ne faisait que se servir des gens qui l'entouraient.

Leur aventure amoureuse fut peut-être sincère au début? Il se peut que Nadine se soit laissée attirer par la curiosité et ait osé tenter une expérience sexuelle avec une autre femme. Mais l'issue ne fut pas favorable à Paula!

Surtout après la récidive, que cette dernière espérait sincère. Le flirt s'avéra être une sale entourloupe qui ne servait qu'aux fins de Nadine! Dieu que cette femme avait pu être sans cœur! Au fond de lui, Quito se questionnait : il était en train d'appliquer la loi en arrêtant Paula Agostina qui, de son propre aveu, était coupable du meurtre de Nadine Delma. Mais qu'est-ce que tout ça avait à voir avec la Justice! La Vraie Justice!

Oui, Paula s'était avouée coupable d'assassinat. Elle sera citée à procès et on voudra lui faire subir le châtiment prévu par la loi lorsque le juge l'aura déclarée coupable. Mais en réalité, est-elle vraiment coupable? Son geste n'avait-il pas servi à débarrasser la société d'un être méchant et malsain en la personne de Nadine Delma! Il est vrai que l'on ne doit pas se faire justice soi-même. Tout le monde le dit. Mais de nos jours on est en droit de se questionner sur l'efficacité réelle du système judiciaire.

Combien de fois voyons-nous des récidivistes de l'alcool au volant revenir en cour, pour être à nouveau mis à l'amende, ou condamnés à une peine dérisoire, dont ils ne purgeront qu'une fraction de la durée prévue... Combien de fois voyons-nous des gens malhonnêtes se tirer d'affaire avec une sentence minime, après avoir détroussé de pauvres gens de toutes leurs économies. Parfois de simples travailleurs perdent tous leurs avoirs aux mains de semblables individus et se retrouvent devant rien lorsqu'arrive le temps de leur retraite. Leur vie est brisée! Ils se voient alors obligés de retourner sur le marché du travail alors qu'ils sont âgés, fatigués, malades et totalement découragés! Alors que le coupable s'en tire avec quelques années de prison... nourri, logé, chauffé, tous les soins de santé fournis, etc. Tout cela aux frais du contribuable!

Il arrive aussi que l'on voie des criminels endurcis, que l'on sait coupables pour les avoir confrontés à leur crime, preuves irrévocables à l'appui, qui s'en sortent avec un non-lieu, après l'invocation d'un vice de procédures, ou une technicité qui aura malencontreusement échappé au procureur de la couronne...

Toutes ces réflexions lui donnaient la nausée et Joe sentit un mal de tête s'installer insidieusement. Par chance, ils approchaient de leur destination.

∞∞∞∞

Après que Paula a été prise en charge par le personnel féminin de l'établissement, Joe s'empressa de regagner son bureau pour prendre des nouvelles de Kim.

La pauvre était toujours hospitalisée et les spécialistes ne voulaient pas la laisser sortir avant qu'elle se soit mieux rétablie de sa commotion cérébrale, mais surtout de sa chirurgie invasive. Joe se décida d'aller lui rendre visite; elle lui manquait trop en ce moment!

∞∞∞∞

- Bonjour mon ange...
- Oh! Mon inspecteur préféré! s'exclama-t-elle en le voyant franchir le seuil de sa chambre.

- Tu as l'air beaucoup mieux que lorsque je t'ai vue la dernière fois! Comment te sens-tu?

- J'ai encore mal à la tête, parfois, mais la douleur est de moins en moins forte. J'ai aussi des étourdissements lorsque je me redresse trop rapidement. J'ai aussi des douleurs à l'abdomen, mais à part ça, je pète le feu!

Joe s'assit sur le lit et s'empressa de la prendre dans ses bras. Le nez enfoui dans son cou, il l'embrassa à répétition et ne put s'empêcher de sangloter... Dieu qu'il aimait cette fille!

- Mais qu'est-ce que tu as mon beau chevalier...

- Ce n'est rien, Kim. La fatigue... Manque de sommeil... Je t'aime!

- Oh! Moi aussi, je t'aime, Joe!

Et les voilà tous les deux en train de verser des larmes de joie, heureux comme ils l'étaient de se retrouver dans les bras l'un de l'autre. Heureusement qu'ils étaient seuls! En se redressant, Joe la regarda et lui dit en souriant :

- Tu ne vas pas raconter ça à tout le monde, hein?

- T'inquiète pas, Joe Quito! Je trouve cela absolument craquant de te voir t'abandonner comme tu le fais... Je t'aime tellement!

Joe resserra son étreinte, tout en essuyant ses larmes du mieux qu'il le pouvait. La chaleur du corps de Kim le réconforta; son souffle dans son cou, ses baisers chauds, sa chevelure qui lui chatouillait le nez, Dieu que c'était bon de l'avoir ainsi près de lui!

- Écoute, mon ange. Je ne peux pas rester trop longtemps. Les médecins ne voulaient même pas que je te voie, alors je ne veux pas ambitionner sur ma chance, si je veux qu'ils me laissent entrer la prochaine fois!

- Tu vas me revenir bientôt?

- Chaque jour! Tu as besoin de quelque chose? Tu veux que je te rapporte des chocolats? De la lecture?

- Non. Arrête de te faire du souci pour moi, Joe. Maman s'occupe déjà très bien de sa petite fille chérie. Elle passe chaque jour et on se parle au téléphone au moins trois fois dans la journée. Si jamais quelque chose me fait envie, je le lui demanderai à elle. Toi, tu as du travail et je ne veux pas être une corvée supplémentaire pour toi.

- Jamais tu ne seras une corvée pour moi, Kim!

- Allez, file! Va attraper les méchants bandits! C'est trop déprimant pour toi de rester plus longtemps au milieu de gens malades.

- Tu es formidable, Kim. Je t'aime! Je te reviens bientôt.

- Prends soin de toi, monsieur l'inspecteur!

- Promis!

∞∞∞∞

Joe avait le cœur léger en quittant l'hôpital. Il n'avait encore rien avalé depuis son petit déjeuner très matinal. De voir Kim en aussi bonne forme lui redonna de l'appétit! Il prit son portable pour appeler Marco et lui donna rendez-vous au Saint-Gabriel pour le mettre au courant des derniers développements dans l'affaire Delma!

Dans l'ascenseur qui le ramenait au rez-de-chaussée, la fatigue s'abattit sur Joe comme une tonne de briques. Il se mit à bâiller aux corneilles et il sentait que ses yeux chauffaient sous ses paupières qui s'alourdissaient de minute en minute.

Une fois sur le trottoir, il rappela Marco :

- Marco, je suis désolé, mais annule ce déplacement pour le Saint-Gabriel. À bien y réfléchir, vaut mieux qu'on se voie plus tard; je vais te dormir dans la face!

- C'est pas un problème, ma poule. Ça va aller pour toi, mec?

- Oui. Ne t'inquiète pas. Je file directement chez moi prendre une douche, manger un morceau et me coucher! On se voit au bureau demain matin pour huit heures.

- T'as du nouveau dans l'enquête?

- Oui, Marco. Je te donne les détails demain. Là, je suis crevé!

- OK, pote! Bonne nuit et à demain!

Chapitre 58.

À huit heures, Tozzi et Quito s'installèrent dans le bureau de ce dernier, devant un double café latté rapporté du restaurant où Joe passait chaque matin. La discussion allait bon train. Les huit heures de sommeil avaient permis à Joe de refaire le plein d'énergie. En arrivant au loft la veille, il se sentait tellement vanné qu'il n'avait même pas pris de douche ni avalé quoi que ce soit. Joe était monté directement à son lit et s'y était laissé tomber dès qu'il eût fini de retirer ses vêtements. Il vieillissait!

En se réveillant, il se sentit beaucoup mieux et après une douche, il avait retrouvé la forme de ses vingt ans. Enfin, presque… Les sorties dans les bars et les nuits blanches ne faisaient plus bon ménage avec ses trente-trois ans, qu'il célébrerait, bien sonnés, très bientôt!

Joe raconta à Marco comment il s'y était pris pour rencontrer Paula Agostina et toutes les péripéties qui s'étaient déroulées tout au long de cette nuit mémorable.

- Alors tu as fait la fête, ma poule! le nargua son partenaire.

- Ouais. La musique était excellente, la bière était bien fraîche et elle coulait bien dans mon gosier! Mais je n'ai plus la résistance de mes vingt ans, Marco. Je n'aurais pas dû boire autant! Surtout que l'endroit n'offrait aucune bière sans alcool.

- Ben voyons! Monsieur devient tapette ou quoi! Un gars baraqué comme tu l'es est capable d'en prendre. Raconte tes misères à quelqu'un d'autre que ton pote, mec.

- Bon, tu as sans doute raison, mais il se trouve que cette soirée m'a particulièrement assommé.

- Tu étais fatigué avant de mettre les pieds dans ce club, Joe. C'est pour ça que t'as pas résisté comme de coutume.

- Possible. Quoi qu'il en soit, la jolie Paula travaille comme une fée! Pour fournir tout ce monde qui commande au bar et en plus, s'occuper des commandes des filles qui servent sur le plancher… Je ne sais pas comment elle fait! Bref, il a fallu que je la file à sa sortie du bar. Elle refusait de me parler quand je me suis identifié à elle, à l'heure de la fermeture.

- Raconte!

- Tu ne me croiras pas, mais elle m'a fait mettre à la porte de l'établissement!

Joe raconta à Marco comment il s'était laissé faire, pour ne pas déclencher la panique et se retrouver avec la police locale sur le dos. Il risquait de perdre Paula de vue s'il avait semé la pagaille! Puis il lui raconta comment il l'avait suivie jusqu'au casse-croûte, l'échange qu'ils avaient eu là-bas, puis comment Paula avait essayé de le semer et prendre la clé des champs.

Joe venait de terminer de lui raconter les trois mois de concubinage entre Paula et Nadine, leur rupture brutale et la reprise de leur relation à l'automne, quand le téléphone interrompit soudainement son récit en vibrant au fond de sa poche. C'était Kim qui voulait lui souhaiter une bonne semaine, et lui dire combien elle était en amour avec lui. Joe se sentit rougir en lui confirmant combien lui aussi l'aimait. Marco le regarda avec un sourire de débile, sa dentition bien étalée pour un séchage en règle!

Après avoir raccroché, Joe le regarda droit dans les yeux :

- Ta gueule! T'as compris?

- Mais j'ai rien dit, mec…

- C'est au cas où…!

Puis il continua d'expliquer à Marco comment Paula s'y était prise pour empoisonner la femme qui l'avait larguée comme une vieille savate, pour ensuite l'utiliser sans vergogne afin de se trouver un job.

- Elle a quand même eu du cran d'aller lui faire la peau chez elle, dit Marco.

- Oui. Cette fille était profondément blessée, Marco. Je l'ai ressenti lorsqu'elle m'a raconté son histoire avec Nadine. Je t'avoue que je trouve ça triste…

- Tu t'attendris, mec!

- Ne ris pas, mon vieux. Tu sais comment tu as toi-même réagi face au décès de Judy.

Marco baissa aussitôt les yeux vers le sol et ce fut le silence complet. Il n'y avait que le néon du plafond qui vibrait en sourdine.

- Tu vas me donner aux *beaux-habits*, Joe?

-Je t'ai déjà dit que le dossier était considéré comme clos! Alors laissons cela et occupons-nous de l'enquête en cours. Il nous manque encore une troisième personne : celle qui a pressé la détente de cette carabine de calibre .22, tu vois?

- Ouais. On n'a pas grand-chose comme piste, mec. Aucun des suspects ne possède une telle arme chez lui. On a tout vérifié pour les deux médecins, le notaire, l'agent immobilier, le gars des promos…

- Reste Bouliane!

- Oui. Peut-être que Bouliane a chez lui une arme non déclarée au registre.

- Quand je l'ai questionné chez lui à Baie-Saint-Paul, j'ai regardé s'il n'y avait pas d'armoire pour les armes à feu. Je n'en ai pas vue, mais ça ne veut rien dire. Je crois que je vais faire sortir un mandat pour aller fouiller!

- Tu vas te casser le nez, Joe.

- Pourquoi ça?

- Tu sais bien que le gars n'est pas assez con pour avoir gardé l'arme du crime chez lui! Bouliane est un homme d'affaires intelligent. Il n'aurait jamais fait pareille bêtise, mec!

- T'as sans doute raison.

- Bien sûr que j'ai raison, mec! Une arme comme ça, ça n'a pratiquement aucune valeur. Sauf peut-être sur le marché noir… Il l'a certainement détruite, si c'est lui qui l'a utilisée, évidemment.

- Évidemment. J'ai bien l'intention d'aller lui poser la question à nouveau! Et cette fois, tu vas m'accompagner. Peut-être que monsieur Bouliane sera plus intimidé en ta présence!

Sur ces mots, on cogna à la porte du bureau. Parlant du loup! Pierre Bouliane se tenait dans l'encadrement, flanqué d'un jeune homme d'environ vingt ans que Joe présuma être son fils, David!

- Quito! Désolé de vous déranger. Je vous présente mon fils, David Bouliane. Nous étions de passage à Montréal et je me suis dit que je devais venir prendre des nouvelles de votre enquête!

Chapitre 59.

- Monsieur Bouliane! Merci de vous être déplacé jusqu'à nous. Je vous présente Marco Tozzi, inspecteur et adjoint dans cette affaire.

Les deux hommes se serrèrent la main, puis le fils imita son père. Joe tendit aussi la main vers David pour le saluer, puis dit à son père :

- Monsieur Bouliane, auriez-vous l'amabilité d'accompagner Marco dans la pièce d'à côté; il va vous offrir un café et vous poser quelques questions pendant que je bavarderai avec votre fils ici. Voilà l'occasion pour moi de faire plus ample connaissance avec ce grand jeune homme!

- Pas de problème, Quito. Si Tozzi veut me cuisiner, je suis prêt! dit-il avec un large sourire. J'imagine que vous en ferez autant avec mon fils, mais ça ne m'inquiète pas!

Sur ce, Marco se leva et indiqua la direction à prendre à ce père confiant. Joe remarqua aussi au passage son petit signe de tête qui voulait dire qu'il avait compris sur quel sujet cuisiner Bouliane. Joe savait donc que Marco tenterait par tous les moyens qui lui sont coutumiers, de faire avouer à Bouliane où il cachait ses armes, si toutefois il en possédait.

Joe fit signe à David de prendre le siège que Marco venait de libérer et lui demanda s'il voulait un café.

- Non, merci monsieur. Je ne bois pas de café.

- Un soda, alors?

- Je prendrais bien un *Sprite*, si vous avez autre chose que du cola… lui dit-il en souriant.

- Je crois bien que nous avons quelque chose qui y ressemble. Je reviens tout de suite.

Une fois passé par la distributrice de boissons gazeuses qui trônait à l'étage, Joe revint vers son bureau et prit place devant le garçon de Bouliane. David était assis et bien adossé dans le fauteuil, les mains sur ses genoux. Il n'avait pas l'air nerveux du tout; Joe le trouvait même détendu et souriant, mais ce garçon lui semblait un peu timide.

- Voilà! Un soda qui ressemble à la marque que tu espérais. Ça te va?

- Merci, monsieur.

- Tu m'as l'air d'un gars très bien élevé, David.

- Ouais. Mon père y tient beaucoup!

- Il a raison. Ça fera de toi un homme respecté dans la vie. Tu es toujours aux études?

- Oui, m'sieur.

- Et en quoi te diriges-tu exactement?

- En génie informatique.

- Wow… Tu es un de ces cracks qui peut défoncer les pare-feux, dégoter les mots de passe et t'insérer dans un disque dur en moins de temps qu'il ne faut pour le dire!

- Pas tout à fait, m'sieur. Je ne m'intéresse qu'accessoirement au piratage d'ordinateurs.

- Accessoirement?

- Oui. À l'occasion seulement.

- Ah? Je croyais que tous les jeunes de ton âge voulaient s'infiltrer dans tous les systèmes des grandes entreprises. Que c'était une sorte de jeu, où le premier à réussir se faisait aduler par ses pairs…

- Ses pairs?

- Oui, ses amis, quoi. Ceux qui font comme lui, ses égaux, tu vois?

- Oui, je comprends, m'sieur. Mais ce n'est pas le cas pour moi.

- Alors c'est quoi qui te branche alors?

- Les jeux!

- Tu aimes jouer à quoi? Des courses de bolides, des jeux de guerre, ce genre de trucs?

- Non. Je ne joue pas beaucoup. Je préfère les créer.

- Oh! Tu crées des jeux vidéo?

- Oui, m'sieur.

- Écoute, tu peux m'appeler Joe, OK?

- Oui, Joe.

- Bon, j'aimerais te parler de ta mère. Est-ce que je peux te poser quelques questions à son sujet?

-Si vous voulez.

Le jeune homme fit la moue et Joe voyait bien que ce n'était pas pour lui un sujet très marrant. Quito commença donc par des questions d'ordre général, telles : quel âge as-tu, tu études à quel endroit, tu habites chez ton père depuis quand, etc.

David lui confirma qu'il aurait vingt-et-un ans le vingt-deux mars suivant, qu'il n'allait plus à l'Université depuis plus de six mois (Joe savait qu'il avait été incarcéré durant cette période) et qu'il habitait Baie-St-Paul avec son père depuis les Fêtes.

- Avant ça, j'ai fait de la tôle. Mon père a dû vous le dire déjà.

- Oui. Il m'a expliqué que ta mère t'avait refilé des obligations volées…?

- Ouais, la garce. Maman voulait que ce soit moi qui prenne le risque de blanchir ces saletés d'obligations. Moi, je n'y connaissais rien à ces trucs. Je n'ai fait que suivre ses conseils…

- Ça t'a fait de la peine que ta mère se serve de toi comme ça?

- Beaucoup! Vous savez m'sieur, ma mère ne s'est pas beaucoup occupée de moi tout au long de ma vie. Ce sont plus ses conjoints qui s'intéressaient à moi lorsque je passais des week-ends chez elle. Ma mère m'a placé au pensionnat dès mes premières années de secondaire.

- Je comprends. Comment ça se passait entre vous deux?

- Normalement, je dirais.

- Vraiment?

- Ben, je n'ai jamais connu autre chose, alors pour moi ça me semblait normal d'être pensionnaire au collège et de rester une fin de semaine sur deux chez mon père. En principe, c'est ma mère qui avait ma garde, depuis le divorce d'avec mon père…

- Vous ne vous disputiez jamais, ta mère et toi?

- Non, m'sieur, pas vraiment. J'étais plutôt obéissant avec elle, car elle avait tout un caractère, ma mère!

- Qu'est-ce que tu veux dire?

- Eh bien on avait intérêt à faire comme elle disait, sinon, ça bardait! Surtout avec ses copains, car moi j'avais tendance à l'écouter. Mais parfois un copain lui tenait tête et alors là, il avait affaire à elle!

- C'était quoi sa réaction…

- Elle pouvait réagir de n'importe quelle manière! Ma mère souffrait de bipolarité, vous savez. Alors dans ses moments négatifs, elle pouvait péter un plomb à la moindre anicroche! Et là, tout pouvait arriver : crise de nerfs, elle lançait des objets à la tête du gars, le frappait, l'égratignait de ses ongles au visage, n'importe quoi! Mais le pire, c'est quand elle se mettait en tête d'obtenir une vengeance sournoise…

- Ce qui veut dire?

- Ben dans ces cas-là, elle s'y prenait en douceur, mais ça coûtait la peau des fesses au coupable! Elle s'arrangeait pour lui soutirer le maximum de biens matériels ou d'argent comptant avant de le larguer. J'ai toujours trouvé ça triste quand elle foutait son copain à la porte pendant que j'étais chez elle. Il y a parmi ceux-là des gars qui étaient très gentils avec moi.

- C'est arrivé souvent qu'elle plaque un conjoint devant toi?

- Je ne les ai pas comptés, mais j'en ai vu deux ou trois, dont un où la police était venue chez ma mère, pour s'assurer qu'il n'y aurait pas de représailles de la part du bonhomme.

Joe avait du mal à s'imaginer qu'une mère puisse en arriver à laisser son fils être témoin de pareilles scènes. Mais avec tout ce que Quito avait appris précédemment sur Nadine Delma, plus rien ne le surprenait vraiment.

David lui confirma des choses que Joe savait déjà, telles la liste des conjoints qu'elle avait plaqués, certaines transactions financières et immobilières dont il avait eu connaissance, alors qu'il voyait sa mère, etc. La conversation entre le fils Bouliane et lui coulait bien. Le jeune homme répondait à toutes les questions sans hésiter et Joe était convaincu qu'il lui disait la vérité. Sans doute son père l'avait-il mis au pas de belle façon, au contraire de ce que sa mère pouvait lui avoir légué à titre d'éducation!

- David, où étais-tu la veille de Noël?

- Mon père est venu me chercher à la prison le 22 décembre. Après, nous sommes allés au Chanteclerc, où mon père avait loué une suite pour nous deux. Mais le lendemain, je suis allé voir des copains que j'avais dans la région. On a fait du ski, puis en soirée on s'est réuni chez Phil pour faire la fête.

- Chez Phil?

- Chez mon ami Phil. Philippe Boisclair, son nom. Il y avait plein de monde, ses parents étaient partis pour la Floride, alors on avait la maison pour nous. J'ai couché là-bas parce que j'avais pris quelques bières…

- Bravo! Enfin un jeune homme consciencieux qui ne met pas sa vie en danger…

- Ni celle des autres, m'sieur. Mon père me l'a souvent répété! Mais je ne bois que très rarement… je n'aime pas l'alcool.

- C'est bien. Donc tu as couché chez cet ami dans la nuit du 23 au 24 décembre, c'est ça?

- Exact. Le lendemain, on s'est levé tard. On a fait venir de la pizza et on a écouté des vidéos que mon ami Phil avait louées. Je suis allé rejoindre mon père au Chanteclerc plus tard en soirée. Je ne sais plus quelle heure il était. Vingt-deux ou vingt-trois heures, quelque chose dans ce coin-là. Le lendemain matin, on s'est mis en route pour Baie-St-Paul tout de suite après le petit déjeuner.

- Ton père était-il déjà dans votre suite, lorsque tu es retourné au Chanteclerc?

- Non. Il n'est arrivé qu'un peu plus tard. Il était allé au cinéma, je crois. Il est rentré à pied, après la projection, m'a-t-il raconté au petit déjeuner, le matin de Noël.

- Bien. Je te remercie pour ces renseignements.

Marco cogna à la porte. Il dit à Quito que Bouliane avait reçu un appel sur son téléphone cellulaire et qu'il avait dû filer d'urgence pour rencontrer quelqu'un. Il faisait dire à son fils de l'attendre, qu'il viendrait le prendre à la porte de l'édifice vers quatorze heures trente au plus tard, mais pas avant quatorze heures.

- Ton père est un homme occupé!

- Oui, m'sieur. Je suis habitué à ses horaires de fou, même si depuis que nous sommes à Baie-St-Paul, ça s'est beaucoup amélioré!

- Tu as faim, David?

- Ouais!
- Une bonne pizza te ferait du bien?
- Oh oui, Joe!
- Allons luncher, alors!

Chapitre 60.

Avant de quitter le bureau, Joe demanda au garçon de l'attendre quelques minutes. Quito voulait parler à Marco avant de quitter.

- Et puis? Il t'a appris quelque chose?

- Non, Joe. En fait, oui, mais pas ce à quoi tu t'attendais. Bouliane a une sainte horreur des armes à feu. La seule chasse qu'il fait est celle avec une caméra qu'il braque sur les oiseaux, ou, écoute bien celle-ci : la chasse aux talons hauts!

Marco et lui éclatèrent d'un rire joyeux. Sacré Bouliane! Il le surprendrait toujours par son débit direct, avouant ouvertement qu'il draguait encore!

Marco n'avait rien appris d'autre, sinon que le père en voulait toujours beaucoup à son ex-femme pour avoir détruit sa vie. Il tentait de se remettre de toute cette histoire et insistait encore pour dire qu'il n'avait pas tué sa femme!

- Bon, OK. Je vais peut-être finir par le croire… Toi, tu en penses quoi, Marco?

- Comme toi, mec. Le gars est un sacré bon menteur s'il ne dit pas la vérité!

Sur ce, Joe fit signe à David et le jeune homme le suivit sans perdre de temps. Il n'était que onze heures et Joe lui demanda s'il s'objectait à ce qu'il passe visiter Kim à l'hôpital.

- C'est ta blonde? lui demande-t-il avec le sourire.

- Oui.

- Moi, j'ai hâte de rencontrer quelqu'un de bien… à nouveau…

- Ça viendra, mon garçon! Parfois ça prend du temps, mais ça viendra!

- Combien de temps ça a pris pour toi, Joe?

- Presque trente-trois ans, mon vieux!

- Ouaouh… Moi, j'avais une blonde aussi, mais ma mère ne l'aimait pas…

Joe voulut confier au jeune homme qu'il avait presque perdu espoir lorsque qu'il avait enfin rencontré Kim. Mais David semblait perdu dans ses pensées… l'air triste et maussade. Joe décida de ne pas continuer sur cette lancée.

David l'accompagna à l'hôpital, jusqu'à la chambre de Kim. Joe le présenta et ils se sourirent aimablement. Le jeune homme avait l'air mal à l'aise, alors Joe s'empressa d'embrasser Kim et de lui demander s'il y avait du neuf. Les médecins avaient eu des paroles encourageantes, elle devrait obtenir son congé d'ici une semaine. Joe rayonnait de joie lorsque le garçon et lui regagnèrent la voiture.

- Tu l'aimes beaucoup, hein Joe?
- Oui.
- Elle semble t'aimer beaucoup aussi! Ça se voit dans son regard. Tu es chanceux…
- Merci.

Ce garçon avait un sens de l'observation pour le moins développé. Joe se demandait si la carrière de policier ne pourrait pas l'intéresser. Il allait en bavarder avec lui pendant le repas!

∞∞∞∞

Selon Quito, la meilleure pizza à Montréal se dégustait chez Pendeli's, rue Van Horne à Outremont. C'est là que David et lui allaient se régaler avec une extra large peppéroni et fromage. La particularité de ce restaurant est qu'ils mettaient le fromage en premier et le peppéroni sur le dessus. Lorsque la pizza sort du four, la saucisse est un peu croustillante et elle vous procure une jouissance indescriptible dès la première bouchée!

Tout en dégustant leur repas, Joe discuta des possibilités pour un jeune homme comme David de faire carrière dans la police. Ce dernier se montra très intéressé, posa beaucoup de questions, écouta très attentivement les réponses que l'inspecteur lui fit. Quito avait comme l'impression d'être le grand frère qu'il aurait lui-même souhaité avoir. Il sentit que le fils Bouliane jetait sur lui un regard d'admiration alors qu'il lui racontait son cheminement personnel.

- J'imagine qu'il faut être irréprochable avant de pouvoir entrer dans la police, hein Joe?
- Oui, cela va de soi. Pourquoi, tu n'es pas irréprochable, David?

- J'ai un dossier, Joe. Tu le sais bien!

- Oui. Mais parfois il peut y avoir des circonstances atténuantes…

- Atténuantes?

- Oui, ça veut dire qu'on peut parfois faire une exception…

- Non, je ne crois pas qu'on puisse faire une exception pour ce que j'ai fait.

- Bien sûr que si…

- Non, Joe.

- Pourquoi t'entêtes-tu ainsi, David!

Le jeune homme ne répondit pas et ses yeux fixèrent le sol alors que Quito et lui se tenaient devant la caisse pour régler l'addition. Comme il y avait beaucoup de va-et-vient dans l'entrée du tout petit restaurant, Quito et lui se dépêchèrent de sortir. Le véhicule de Joe était stationné de l'autre côté de la rue et ils attendirent que la circulation devienne plus sécuritaire avant de traverser la rue Van Horne. David regarda alors Joe dans les yeux et déballa d'une traite au policier :

- Le gars que tu cherches… c'est moi. C'est moi qui ai tiré cette balle dans le crâne de ma mère qui était déjà morte. Pendant que j'étais en prison, Nadine a dit à ma copine que je ne voulais plus jamais la revoir, que c'était terminé entre nous. C'était complètement faux, Joe! Je l'aimais, moi, ma copine…

Totalement abasourdi, Quito resta figé sur le trottoir, à regarder le fils Bouliane lui faire ces aveux totalement inattendus.

- Pourquoi… demanda Quito.

Sans lui laisser le temps de finir de poser sa question, David eut du mal à prononcer la phrase qu'il débita, les larmes aux yeux :

- Elle s'est suicidée, Joe! Pendant que j'étais enfermé dans cette prison, sans pouvoir lui dire que je l'aimais toujours… elle s'est enlevée la vie… Mon père n'est même pas au courant… Il fallait que je la venge…

Joe demeura pétrifié par la violence de la nouvelle!

Puis David pivota sur lui-même et avança sur la chaussée. Encore abasourdi par ce qu'il venait tout juste de lui avouer, incapable de faire un pas en avant, Joe le regarda traverser la rue jusqu'à la ligne médiane. Au même instant Quito vit dans sa vision périphérique, un véhicule qui s'approchait dans l'autre voie à une vitesse folle!

- David! Attention! cria-t-il au jeune homme.

Mais ce fut peine perdue. Soit le garçon ne l'entendit pas crier, soit il était trop dans sa bulle pour apercevoir l'automobile qui fonçait sur lui. Un crissement de pneus se fit entendre, mais le chauffard freina avec trop de retard et la voiture frappa David avec son aile avant droite! Le garçon fut projeté en l'air et comme une poupée désarticulée, retomba sur la chaussée, une vingtaine de mètres plus loin. Il gisait au bord du trottoir, totalement immobile.

En une seconde Quito sortit son portable et composa le 911. L'ambulance était en route, lui avait-on tout de suite confirmé. Une voiture patrouille de la police du SPVM passait dans le secteur (il y avait un poste de quartier tout près des lieux). Les deux agents à bord actionnèrent leurs gyrophares, sortirent précipitamment de la voiture et prirent la scène en charge. L'un des deux agents communiqua avec le central pour demander une ambulance et du renfort, pendant que son confrère entreprit de diriger la circulation. Joe se pencha au-dessus de David. Il était inconscient, mais respirait encore.

- Reculez, monsieur! lui ordonna le premier agent.

- Je suis de la police et ce garçon est avec moi, répliqua Quito en sortant sa carte pour l'exhiber à la face du jeune flic autoritaire.

- Pardon, inspecteur...

- Vous devriez aller vous occuper du chauffeur du véhicule fautif!

- Oui, monsieur!

Le jeune policier, sans doute un bleu sans expérience, se dirigea alors vers la grosse voiture américaine, qui avait terminé sa course emboutie dans la portière d'une autre bagnole quatre portes, stationnée deux places devant la Mazda de Joe! Le type au volant ne semblait pas blessé, mais au son de sa voix, Joe aurait parié sa paie qu'il était en état d'ivresse avancée.

L'ambulance arriva, les badauds s'étaient agglutinés et il fallut que Joe leur ordonne de reculer pour que les ambulanciers puissent amener la civière assez près de la victime. Le reste se déroula sans que l'inspecteur ne puisse intervenir d'aucune manière. David fut stabilisé, placé sur la civière puis monté à bord de l'ambulance qui démarra en direction de l'hôpital au son strident de la sirène.

Les deux policiers du SPVM avaient demandé du renfort et deux de leurs confrères s'occupèrent de la circulation, alors que deux autres embarquaient le chauffard pour l'inculper de conduite avec les facultés affaiblies. La dépanneuse attendait dans la file de voitures immobilisées par l'accident mais surtout par la curiosité morbide des conducteurs urbains.

Quito ne pouvait lui-même quitter les lieux, puisque son véhicule était stationné juste en retrait des deux voitures accidentées. Après avoir donné ses coordonnées et sa version des faits aux agents du SPVM (Quito voulait absolument que son nom soit au dossier, pour éventuellement témoigner en cour!), il alla prendre place dans la Mazda, pour attendre que l'ordre fût rétabli. Il eut toute la difficulté du monde à se retenir d'aller lui-même sermonner le chauffard ivre! Joe était envahi d'une colère extrême qu'il réprima en prenant de grandes inspirations. Ces exercices lui permirent de se calmer suffisamment pour reprendre le volant, après avoir perdu un temps fou à attendre que les carcasses endommagées soient retirées de la rue.

Par chance, il s'était assuré de savoir où les ambulanciers allaient emmener David. Le hasard voulut qu'ils se dirigent vers le même hôpital que celui de Kim.

Avant de s'engager dans la circulation dense, Quito appela le quartier général pour s'assurer que Pierre Bouliane n'attende pas inutilement son fils devant les portes de l'immeuble. Il demanda à Marco qu'il prévienne le père avec tact, au sujet de l'accident.

Chapitre 61.

Quito se rendit au bureau pour s'assurer que Pierre Bouliane avait bien été averti de l'accident dont son fils avait été la victime. Marco avait vu son véhicule stationné devant la porte et avait délicatement averti le père du jeune homme, qui s'était immédiatement dirigé vers l'hôpital.

Quito savait qu'il était inutile de se rendre à l'hôpital tout de suite. Il se doutait que le jeune homme serait admis à l'Urgence, puis qu'on lui ferait subir une batterie d'examens : radiographies, prises de sang et tout le bazar. Valait mieux s'occuper l'esprit pour tenter d'échapper à toute cette horreur...

Joe avait donc tenté de mettre de l'ordre dans le gros cartable de l'affaire Delma, sans trouver le courage de se concentrer sur sa tâche. Ce dossier lui donnait la nausée. Cette femme avait été une véritable plaie pour un paquet de gens. Elle avait ruiné la vie d'une foule de types bien, mais aussi, elle avait été directement responsable du suicide de la copine de son fils!

Aujourd'hui, ce jeune homme avouait être celui qui avait logé une balle dans la tête du cadavre de sa mère, et Joe n'arrivait pas encore à le croire! Ce garçon si gentil, si poli et timide... ça lui semblait impossible qu'il ait pu poser ce geste. Mais pourtant, Quito réalisait que le fils avait lui aussi au moins deux motifs non négligeables de vouloir se venger... Le suicide de sa copine, mais aussi l'histoire des obligations volées...

Incapable d'accomplir quoi que ce soit de positif devant toutes ces notes, les siennes, celles de Marco, des rapports de l'unité judiciaire et de l'autopsie, des notes du coroner Chamberland... Il ne pouvait s'empêcher de revoir l'accident se produire sous ses yeux... Quito décida de se rendre au Saint-Gabriel pour ruminer tout ça en compagnie de son partenaire, devant une bonne bière froide.

Marco était assis à ses côtés, mais ni l'un ni l'autre ne trouvaient les mots qu'il fallait pour lancer la conversation.

- Vous en faites une tête d'enterrement, tous les deux! leur dit Nicole en se plaçant devant eux pour prendre leur commande.

- Tu n'es pas si loin de la vérité, Nick, répondit Quito d'une voix traînante.

- Deux bières alors? et elle s'éclipsa rapidement, comprenant en un clin d'œil que les deux policiers étaient à prendre avec des pincettes!

Ils burent tous les deux leur bière en silence, les yeux rivés sur la surface polie du bar. Nicole s'occupa à essuyer des verres déjà immaculés. La tension était palpable. Joe se risqua à briser le silence :

- Tu sais, Marco, j'ai maintenant deux graves problèmes sur la conscience.

- Oui, je comprends. La pendaison de l'Arabe te pèse sur…

- Non! Ça, c'est un autre sujet! l'interrompit son ami. Et comme je te l'ai déjà dit, cette affaire est classée! Cesse de revenir là-dessus, merde!

- C'est bon, mec, je ne t'en reparlerai plus. Si tu juges à propos de ne pas donner suite avec les *beaux-habits*, moi, ça me va parfaitement!

- Je peux te poser une question, Marco?

- Vas-y, mec!

- Non, je veux dire sérieusement…

- OK, je suis sérieux. Pose ta question, Joe.

- Toi, qui sais comment tout cela s'est réellement déroulé avec cet Arabe intégriste ou je ne sais plus comment on les appelle…

-I slamiste intégriste!

- Ouais, bon. Ce gars… tu n'éprouves pas des remords, parfois?

Marco lui jeta un regard franc, puis se retourna pour regarder les gouttelettes de condensation qui coulaient le long de son verre. Il demeura silencieux durant plus d'une minute avant de répondre de sa voix de basse, sur un ton solennel :

- Tu es mon ami, Joseph. J'ai une totale confiance en toi, car tu es encore plus important qu'un frère pour moi. Ce qui me faisait chier, c'était de te cacher la vérité à toi, mec. Ça, j'aurais eu de la difficulté à vivre avec! Lorsque tu m'as mis à nu avec tes déductions à la Sherlock, ça m'a délivré d'un grand poids! Mais d'avoir buté ce connard, ça, je ne le regretterai jamais!

L'Affaire Delma

Puis après une pause de quelques secondes, il ajouta : est-ce que ça répond à ta question?

- Oui. Quito laissa, lui aussi, s'écouler quelques secondes avant d'ajouter : Merci!

Le silence régna à nouveau, alors que Marco et Joe plongeaient dans leurs cogitations respectives. C'est Tozzi qui fit signe à Nicole de leur remettre ça. Et dès qu'elle leur eût servi leur deuxième bière, il demanda :

- T'as pas à te rendre responsable de l'accident du petit, Joe. Ça aurait pu arriver n'importe où, n'importe quand. Ce chauffard était ivre, c'est lui le coupable, pas toi, mec!

- Oui, je comprends cela.

- Alors je ne comprends pas trop pourquoi tu me parles de deux cas de conscience. Je sais que le premier, c'est ton point de vue sur la culpabilité de Paula Agostina. Tu m'en as parlé et comme toi, j'ai un peu de difficulté à saisir si nous devons nous borner à faire appliquer la loi ou si nous ne devrions pas nous soucier un peu plus de la Vraie Justice.

- Exactement!

- Mais si l'accident du petit n'est pas ton deuxième souci, alors là je ne vois pas…

- C'est lui, Marco.

- C'est lui quoi!

- C'est David qui s'est amené vers les 21 heures chez sa mère… tu comprends?

Les yeux écarquillés, les sourcils relevés, Marco demanda en chuchotant presque :

- Tu veux dire que c'est le petit qui lui a mis du plomb dans la tête!

- Exactement!

- Et c'est lui qui te l'a avoué?

- Juste avant de traverser la rue…

Chapitre 62.

En ce qui le concernait, Joe Quito décréta que l'enquête était close. Il avait résolu le mystère des trois meurtriers. Mais il ne se sentait pas le courage de dévoiler le dénouement au grand jour, de manière officielle. Pas encore.

Marco comprenait sa position et ne pouvait le conseiller. Lui aussi soupesait les arguments pour et contre. Encore là, c'était un cas de conscience pure! Appliquer la loi, cela aurait été simple et rapide. Mais en prenant le temps de réfléchir, cela se compliquait énormément!

Pourquoi envoyer en prison un jeune homme à l'avenir si prometteur, simplement parce qu'il avait posé un geste impulsif et pour le moins compréhensible. Même si ce geste s'avérait être un acte criminel de la plus haute importance! Sa mère était déjà morte lorsqu'il a tiré. L'accusation devrait-elle conclure que c'était là une *profanation de cadavre*? Ou le procureur ferait-il ressortir *l'intention de tuer* et ainsi modifier l'accusation jusqu'à *meurtre prémédité*! Les cours en droit que suivait Quito pour son intérêt personnel n'étaient d'aucun secours. Pour tout dire, ils lui compliquaient plus l'existence qu'ils ne l'aidaient dans cette enquête!

L'Homme avait créé un système de Justice et édicté des lois qui se devaient d'être respectées. Ça, il le comprenait parfaitement! Mais derrière tout cet appareil judiciaire se cachait autre chose, ce que Joe résumait sous le seul mot ayant un sens réel à ses yeux : JUSTICE!

Pour que Justice soit rendue de façon juste et équitable, il fallait prendre en cause toutes les circonstances ayant poussé quelqu'un à commettre l'irréparable. Par exemple, dans le cas du décès de sa mère, alors que Joe n'avait que douze ans, le chauffard avait *accidentellement* frappé sa maman... On pouvait donc parler d'accident, de non-responsabilité, etc. Sauf que le chauffard était en état d'ébriété! Il avait pris sa voiture alors qu'il savait avoir bu de l'alcool au-delà de limites raisonnables. Donc, par sa négligence, l'homme aurait donc dû être trouvé coupable! Non pas de meurtre, mais de mort accidentelle dont il aurait dû payer un certain prix...

Dans le cas de Paula Agostina, Quito s'était mis dans la peau de la jeune femme. Il comprenait la frustration de la barmaid. Non pas seulement pour ce que Nadine Delma lui avait fait subir à elle; mais aussi et surtout de connaître les agissements de Nadine, dont le plus important était le fait d'avoir déballé à la copine de David le mensonge qui avait mené au suicide de cette pauvre fille! Pour Joe, Paula représentait en fait une véritable justicière... Hors-la-loi, oui, mais elle avait rendu une forme de Justice...

Le jeune David avait accompli un geste irréfléchi en tirant une balle dans la tête de sa mère déjà morte. Mais il voulait lui aussi rendre Justice au nom de sa copine... Serait-il équitable de le punir en l'envoyant en prison pour qu'il purge une sentence servant supposément à le réhabiliter? Un séjour en prison ne serait-il pas, au contraire, un très mauvais service à rendre à ce jeune homme bien élevé, doux et autrement respectueux des lois? Quel serait l'impact d'un environnement l'obligeant à côtoyer des criminels endurcis? N'y aurait-il pas là un risque que le jeune David sorte un jour de là avec un caractère autrement plus agressif et avec des intentions de vengeances contre ce Système qui prétendait vouloir l'aider?

Joe ne se sentait pas maître de cette décision ultime et il ne pouvait s'imaginer laisser le système judiciaire se jouer de l'avenir de ce jeune homme.

Si avenir il aurait, car David reposait actuellement dans un profond coma et personne ne pouvait prédire comment il se sortirait de tout cela, ni quand il pourrait reprendre une vie normale, le cas échéant.

Quito décida de laisser aller les choses jusqu'à ce que l'on soit fixé sur le sort de David Bouliane.

Chapitre 63.

Nous étions le 30 mars, un mardi ensoleillé. Le printemps se faisait sentir et l'épaisse couche de neige que les longs mois d'hiver avaient laissée sur le Québec s'était déjà réduite de moitié. Cependant, les rues de la métropole étaient sales, avec toute cette eau provenant de la fonte des congères, mais aussi à cause des résidus d'abrasifs, abondamment répandus durant les derniers mois.

Malgré tout cela, on sentait les gens renaître et l'activité à l'extérieur des bâtiments reprenait de bien des façons. Plusieurs s'armaient d'une pelle pour tenter d'étendre la neige qui s'accrochait, afin de la faire disparaître plus rapidement sous les rayons du soleil. D'autres étaient armés de brosses, de balais et de pelles pour refaire une beauté aux allées pavées, trottoirs et autres espaces enfin déneigés. Des travaux s'amorçaient sur certaines demeures ou commerces, alors que les employés de la ville s'affairaient à combler les milliers de nids-de-poule!

Kim sortit de l'hôpital trois semaines plus tôt. Elle allait bien. Elle n'avait plus de migraines, plus de vue embrouillée et les souvenirs des événements malheureux s'estompaient tranquillement. Mais tout le monde savait que pareils traumatismes resteraient indélébiles dans la mémoire de celle qui les avait subis.

Kim et Joe décidèrent néanmoins qu'il était temps pour elle de sortir du cocon douillet que représentait la maison de ses parents à Westmount. C'était l'anniversaire de Joe et ils optèrent tous les deux pour un remake de leur première soirée ensemble au loft de la rue Saint-Paul. Même les parents de Kim contribuèrent à leur plan, en leur offrant à nouveau deux bouteilles d'un excellent (et fort coûteux) champagne, pour accompagner les plats chinois que Kim et lui cueillirent en passant par Chinatown.

Comme à leur premier rendez-vous à la tanière de Joe, ils allumèrent un feu dans la cheminée et burent tranquillement leur première flûte de champagne en regardant les flammes danser dans l'âtre. Kim portait des vêtements très affriolants! Une robe cocktail noire avec décolleté, sur des sous-vêtements de dentelle corail et blanc, dont Joe entrevoyait une partie lorsqu'elle se penchait de son côté. Elle portait aussi des bas de nylon noir, semblables à ceux qui l'avaient tant émoustillé lorsque qu'il l'avait remarquée, assise sur son tabouret, au bar du Saint-Gabriel!

Joe aimait cette fille du plus profond de son âme et il remercia le ciel de la lui avoir ramenée à la vie! Ils mangèrent avec appétit et tout au long du repas, Kim lui fit du pied sous la table...

- Arrête de me provoquer comme tu le fais, Kim! Je ne pourrai pas terminer mon assiette! lui dit-il en souriant.

- Tu n'aimes pas?

- Mon Dieu! Là n'est pas la question! Ton petit pied soyeux qui glisse contre ma jambe m'excite au plus haut point! Je ne sais plus comment me retenir pour ne pas te soulever dans mes bras et t'emmener tout de suite dans mon lit!

- Mais qu'est-ce qui te retient, monsieur l'inspecteur?

- Le repas va refroidir...

- Ton fourneau est brisé? lui demanda-t-elle avec les sourcils en accent circonflexe et un sourire en coin à peine perceptible.

Elle était trop craquante et Joe laissa tomber sa fourchette. D'un élan de désir, il se leva et s'approcha d'elle en contournant la table. D'un mouvement assuré, il passa le bras autour de son cou et posa la main derrière son épaule, pendant que son autre main se glissait sous ses genoux. Et hop! La frêle petite blonde se retrouva dans ses bras et son escarpin droit demeura sur place, oublié sous la table.

Joe l'emmena à l'étage pendant qu'elle enlaçait ses bras autour de son cou et l'embrassait sur les lèvres, les joues, le nez... Joe était tellement allumé qu'il avait peur d'agir comme un animal. Il la déposa sur le lit délicatement et se retint pour ne pas lui sauter dessus!

- Hum... quelle est cette grosse bosse dans votre pantalon, monsieur l'inspecteur?

- Kim, je t'en supplie, enlève ta robe!

- Non!

- Comment ça, non... J'ai peur de l'abîmer!

344

- M'en fous... Je veux que tu me possèdes, Joe! J'ai tellement envie de toi! lui déclara-t-elle pendant que ses doigts agiles s'activaient sur sa ceinture et sa braguette.

Ses mots le firent délirer. Son jean glissa le long de ses jambes pendant qu'il retirait ses chaussures. Il les balança d'un coup de pied. Le caleçon suivit, tiré par les doigts de Kim qui haletait de manière incontrôlée. Ils étaient l'un comme l'autre en manque de sexe! Ce qui suivit n'eut rien de normal... Tous deux devinrent des bêtes enflammées!

Lorsque qu'ils atteignirent enfin l'orgasme, ce fut l'apothéose qui couronna une période qui s'était avéré tellement difficile à traverser. On aurait dit que toutes leurs tensions, leurs frustrations, leurs peines et leurs expectations trouvaient maintenant un aboutissement heureux; une finale dans l'apaisement et le calme. Un début de bonheur!

Dans les bras l'un de l'autre, ils ne purent se résoudre à relâcher leur étreinte. Cela dura plusieurs minutes. Joe était toujours en érection, et comme dirigés par une force invisible, ils se remirent à bouger ensemble, cette fois à un rythme beaucoup plus lent. Ils refirent l'amour en douceur, jusqu'à pleine et entière satisfaction.

Ce n'est qu'après une sieste d'une heure qu'ils se relevèrent pour aller terminer leur repas, et leur champagne. Ils rayonnaient tous les deux d'une aura qui reflétait un amour tellement grand et sincère qu'ils en avaient tous les deux les larmes aux yeux. Ainsi s'amorça leur concubinage.

Chapitre 64.

Le vendredi 2 avril, Kim retourna à son poste de réceptionniste dans les bureaux de maître Beaudry. Le patron souhaitait qu'elle reprenne le collier ce jour-là pour deux raisons. La première étant que la fille qui avait remplacé Kim pendant sa convalescence ne pouvait être à son poste ce vendredi. La deuxième raison était que Bernard croyait que pour un retour au travail après une convalescence comme Kim avait connue, il valait mieux voir filer cette journée en sachant qu'elle serait suivie de deux jours de congé. Ça lui semblait être ainsi une moins grosse corvée à surmonter, pour Kim.

Son patron avait pris régulièrement des nouvelles de Kim, pendant toute la durée de l'hospitalisation de sa protégée. Il était tombé sous le charme de cette fille débrouillarde qui avait fière allure, mais avait surtout de la répartie, tout en ayant du respect pour autrui. Il n'en disait rien à personne, mais connaissant son ami, Quito était persuadé qu'il voyait déjà en Kim, l'avocate chevronnée qu'elle deviendrait bientôt! Il l'aimait bien et ça se devinait facilement, quand on connaissait le bonhomme…

Ce même vendredi vers quinze heures, Ahmed Abdhallah avait rendez-vous avec maître Beaudry. C'était la première fois que ce client arabe revenait aux bureaux de Beaudry et Associés depuis le lendemain du jour où Kim fut enlevée par le chauffeur de ce client : Saad Rahbar.

Un cri strident se fit entendre à la réception! Deux secrétaires accoururent en hâte, suivies de trois hommes qui étaient réunis dans une salle du rez-de-chaussée. Ils trouvèrent Kim allongée à côté du bureau de la réception. Elle avait perdu connaissance!

Une des secrétaires fit le 911 et demanda qu'on envoie une ambulance. On ne s'expliquait pas la raison pour laquelle Kim avait poussé ce cri et encore moins comment il se faisait qu'elle fût tombée dans les pommes de cette façon. Tout le monde forma un demi-cercle autour d'elle, fixant son corps allongé sur la moquette. Une expression de crainte ou d'inquiétude se lisait sur les traits de chacun. Même Ahmed Abdhallah et son nouveau chauffeur demeurèrent estomaqués devant la réaction de Kim.

Les ambulanciers furent rapidement sur place et s'empressèrent de prendre soin de la réceptionniste. Les secrétaires affolées expliquèrent aux ambulanciers tout ce qu'avait éprouvé leur camarade de travail dans les semaines précédentes. Par mesure de prudence, on la déposa sur la civière et on l'amena jusqu'à l'hôpital pour lui faire subir un examen complet. Kim n'avait toujours pas repris conscience.

Sorti de son bureau avec quelques minutes de retard, Bernard Beaudry questionna son personnel pour qu'on lui explique ce qui s'était passé. Personne ne put donner d'explications sur ce qui avait pu provoquer un tel choc chez Kim. Ce n'est que lorsque Bernard aperçut son client arabe parmi l'attroupement qu'il eut lui aussi tout un choc!

Le nouveau chauffeur de monsieur Ahmed Abdhallah était une copie conforme du précédent chauffeur et garde du corps suicidé, Saad Rahbar!

Chapitre 65.

Maître Beaudry téléphona à Joe pour lui dire que Kim avait dû être transportée à l'hôpital après s'être effondrée à la réception. Affolé et inquiet, Joe ne prit pas le temps d'écouter le reste de son histoire. Il raccrocha et s'élança tout de suite vers les escaliers pour se rendre illico à l'hôpital!

Une fois à l'urgence, Quito usa de tous ses contacts pour tenter d'obtenir des renseignements sur l'état de santé de Kim. Quelques minutes seulement après son inquisition auprès des préposées au tri, un médecin qu'il avait précédemment rencontré, se présenta devant lui et le pria de s'asseoir. Ce que Joe fit, non sans appréhension.

- Ne vous inquiétez pas, inspecteur. Elle va bien. Ses signes vitaux sont très bons et elle sera remise sur ses pieds d'ici quelques heures. Elle a simplement eu un violent choc nerveux.

- Je peux la voir?

- Oui, bien sûr. Suivez-moi, je vous prie. Je vous demanderai seulement de ne pas rester plus de cinq minutes. On lui a administré un sédatif et elle doit se reposer quelques heures.

- Très bien.

- Vous pourrez repasser en soirée. Je lui signifierai son congé vers les vingt heures. Ça vous va?

- Oui, merci.

Kim avait de la difficulté à garder les yeux ouverts. Lorsqu'elle aperçut Joe, elle eut un regard effrayé et suppliant. Joe la prit dans ses bras et la serra contre lui.

- Ça va aller, Kim…

- Joe, je sais que c'est impossible, mais je l'ai revu!

- Tu as revu qui, Kim!

- LUI, ce Sahmed Rabbar, le chauffeur de l'autre!

- C'est impossible, mon ange… ce gars-là est mort.

- Non! Je te le dis Joe, il était là au bureau de maître Beaudry et il tenait la porte à son patron!

∞∞∞∞

À l'unité des soins intensifs, le jeune David Bouliane sortit de son coma. Les infirmières de l'étage s'affairaient autour de lui. On voulut le rassurer, lui expliquer où il se trouvait, tout en le calmant pour que son réveil ne provoque pas de choc et que tout se passe dans la douceur. L'infirmière fit part de l'événement à son infirmière-chef et la nouvelle se propagea à tout le personnel de l'urgence.

Le bouche à oreille ne prit que quelques minutes à se propager dans l'établissement hospitalier. Et c'est par hasard que Joe entendit les propos qu'échangeait avec une autre personne, le médecin qu'il venait de rencontrer. C'est ce même médecin qui était présent lorsque David fut admis à l'urgence six semaines auparavant. C'est lui qui intuba le blessé et qui lui prodigua les premiers soins.

Il se souvenait aussi que Quito était venu voir le jeune Bouliane à plusieurs reprises, les jours suivant l'accident. Il avait donc jugé bon de venir interrompre les retrouvailles du policier avec Kim pour lui faire part de la bonne nouvelle.

Le cœur joyeux, Joe réconforta Kim en la serrant encore plus fort dans ses bras et en l'embrassant amoureusement sur le front.

- Je t'aime, Kimberly Bell. Tout va bien aller, ne t'inquiète pas, mon ange.

Kim ferma les yeux au son apaisant de sa voix, mais sans doute aussi à cause du sédatif. Joe l'aida à s'allonger sur le dos tout en lui promettant de revenir la voir sous peu. Elle ne lui répondit pas. Kimberly s'était endormie.

∞∞∞∞

Deux étages plus haut, David fut transféré dans une chambre à lit unique. Il avait le teint pâle, mais respirait normalement. Un tube amenait de l'oxygène jusqu'à ses narines.

- Bonjour David…
- Salut docteur.
- Je ne suis pas médecin, mon gars. Je suis l'inspecteur Quito! Tu ne te souviens pas de moi?

L'Affaire Delma

Le jeune homme plissa les yeux et sembla faire un gros effort pour en appeler à sa mémoire. Le résultat fut décevant :

- Je ne vous connais pas, monsieur! Est-ce que vous pouvez, s'il vous plaît, avertir mes parents que je me trouve à l'hôpital? Ils sont divorcés et n'habitent plus ensemble; il faudra les avertir séparément...

- Oui..., t'inquiète pas, mon gars. Je m'en occupe.

Chapitre 66.

Pierre Bouliane fut prévenu que son fils était sorti de son coma. Ce père exemplaire se fit un devoir de se déplacer immédiatement vers Montréal pour venir chercher David et le ramener à la maison. Il téléphona à Quito pour lui annoncer la nouvelle :

- Quito! Mon fils a repris conscience! N'est-ce pas formidable!

- Oui, monsieur Bouliane, c'est en effet une excellente nouvelle.

- Vous n'avez pas l'air content, inspecteur...

- Oui, oui! J'étais d'ailleurs moi-même à l'hôpital lorsque c'est arrivé.

- Ah? Vous étiez au courant alors?

- Oui. Écoutez, monsieur, les médecins vous ont-ils dit que David avait perdu la mémoire?

- Ouais! Mais ça ne m'inquiète pas, Quito. Ce petit gars m'a tout de suite reconnu lorsque je lui ai parlé au téléphone. Donc s'il se souvient de son père, il finira bien par se souvenir du reste aussi!

- Il ne semble pas savoir que sa mère est décédée...

- Je vais m'occuper de le lui dire, Quito. Je sais que je suis parfois un peu direct avec les gens, mais dans ce cas-ci, je vais y aller doucement. Tout va bien aller, vous verrez!

- Vous êtes un optimiste, alors.

- Ça oui, inspecteur! Je ne suis pas du genre à me laisser abattre. Mon fils est de la même trempe que moi, alors il se remettra vite sur pied.

- Je le lui souhaite de tout cœur, et à vous aussi!

- Merci. Et, Quito?

- Oui...

- Lorsque vous passerez par Baie-Saint-Paul, vous arrêterez me voir, c'est bien compris!

- C'est gentil à vous, monsieur Bouliane. Je n'y manquerai pas, c'est promis.

- Bonne journée et au plaisir!

- Merci et bon courage à vous, monsieur...

Bouliane avait déjà raccroché. Joe l'imaginait avec le sourire, se dirigeant vers son véhicule d'un pas assuré et prenant la route vers Montréal avec l'espoir de bientôt retrouver son fils et le ramener à la maison pour qu'il y termine sa convalescence.

- Qui c'était? demanda Marco en arrivant dans le bureau de son ami.

- Bouliane. Il s'en vient chercher David pour le ramener à la maison.

- Ah!

Marco était évidemment au courant, pour le jeune Bouliane. Il savait que c'était ce dernier qui avait tiré une balle dans la tête de sa mère. Et Marco se questionnait sur le pourquoi de l'hésitation de Joe à inculper le jeune homme, mais se doutait bien que son ami cogitait depuis des jours, sur le sens réel de la Justice…

En effet, c'était devenu un cas de conscience pour Joe Quito. Il ne se décidait pas à rencontrer les *beaux-habits* et le procureur pour leur faire part de ce qu'il savait et leur dire que l'enquête était maintenant résolue à cent pour cent. Joe regrettait déjà avoir procédé à l'arrestation de Paula Agostina, compte tenu des circonstances dans lesquelles cette jeune femme s'était trouvée dans les mois précédant sa décision fatale de passer à l'acte. Il se sentait coupable de l'avoir jetée dans la gueule du loup; Joe ne la croyait pas moralement coupable d'avoir posé ce geste pourtant répréhensible…

Le cas de David était encore plus compliqué et, pour lui aussi, Quito éprouvait tout un tas de sentiments contradictoires! Le jeune homme avait souffert du comportement de sa mère pendant vingt ans. Sa mère ne s'était pratiquement pas occupée de lui lorsqu'elle en avait la garde. Elle s'était servie de lui dans une combine illégale et avait fait en sorte que son fils écope d'une sentence et d'un casier judiciaire à sa place! Et pour couronner le tout, elle avait fait croire à la jeune copine de son fils que ce dernier ne l'aimait plus et que c'en était fini entre eux, alors que David était incarcéré et ne pouvait contredire ses médisances! Le suicide de sa copine avait dû lui fendre le cœur! Joe essayait de s'imaginer quelqu'un dire à Kim qu'il ne voulait plus la revoir, alors qu'il aurait pu être dans l'impossibilité d'entrer en contact avec elle… Il deviendrait fou d'apprendre qu'elle eût pu se suicider par chagrin…! Est-ce que Joe ne voudrait pas se venger sur la personne lui ayant fait croire pareil mensonge!

Mais cela ne justifierait pas une exécution! Ça, Quito en était convaincu. Par contre, Joe n'était pas aussi convaincu que le fait qu'une personne tire une balle dans la tête d'un cadavre sans vie, soit un acte pouvant être qualifié de meurtre. Un outrage à cadavre… sans doute, mais pas un meurtre.

Merde! Toutes ces élucubrations le rendaient dingue! Il en était même rendu à remettre sa carrière en question!

∞∞∞∞

Deux jours plus tard, sa décision était prise. Quito irait voir le procureur directement, avant de confier son rapport final aux *beaux-habits*…

Chapitre 67.

Le même soir qu'elle fut admise à l'hôpital pour la deuxième fois en ce début d'année, Kim en ressortit au bras de son amoureux vers les vingt-et-une heures. Elle titubait un peu, mais elle avait tellement hâte de remettre les pieds dehors qu'elle fit tous les efforts nécessaires pour avoir l'air suffisamment en forme pour que le personnel l'autorise à quitter l'hôpital.

Dans la voiture, elle raconta à Joe comment elle avait crié en apercevant le sosie de Saad Rahbar, alors que ce dernier ouvrait la porte des bureaux à son patron.

- Je ne suis pas folle, Joe! Je te dis que ce gars que j'ai vu, c'est LUI!

- C'est impossible, Kim. Tu le sais bien. Saad Rahbar est bel et bien mort! Je l'ai moi-même vu pendu au bout d'une corde dans sa maison de Notre-Dame-de-Grâce.

- Je veux bien te croire, Joe. Mais je te jure que ce nouveau chauffeur lui ressemble comme deux gouttes d'eau!

- Tu sais, ces Arabes, ils ont tous les cheveux noirs, la barbe et tout ça. C'est facile de les confondre! C'est la même chose pour les Chinois ou les Japonais. Moi, j'ai toujours de la difficulté à différencier les gens de ces ethnies.

- Ouais, je comprends ce que tu me dis, Joe. Mais LUI, je reconnaîtrais son visage n'importe où et pour tout le reste de ma vie!

-Bon, écoute. Je vais téléphoner à Bernard et écouter ce qu'il a à raconter à ce propos. Tu veux bien?

- D'accord.

∞∞∞∞

Une demi-heure après le coup de fil de Joe, Beaudry vint les rejoindre au Saint-Gabriel. Kim et Joe étaient assis au bar à leur place habituelle. Nicole était tellement ravie de revoir Kim que les deux filles n'arrêtaient pas de se relancer dans une conversation au sein de laquelle Joe ne put placer un mot!

Quito était content de voir son ami arriver. Kim eut la gentillesse de se lever pour prendre le tabouret suivant, afin que Bernard Beaudry et Joe soient assis l'un à côté de l'autre.

Juste avant que Kim ne changeât de place, maître Beaudry tint à préciser quelque chose. S'adressant à Joe et à Kim :

- Joe, je comprends que tu aies raccroché rapidement pour te précipiter au chevet de mademoiselle, (il fait un petit signe de tête désignant Kim de manière affectueuse), mais si tu avais pris le temps de m'écouter, tu aurais appris une information capitale!

- Laquelle? lui demanda Joe avec un peu d'impatience.

- Le nouveau chauffeur de mon client arabe est le frère jumeau de Saad Rahbar! Il se prénomme Mohamed…

- Tu parles! lui répondit un Joe Quito tout étonné.

- Ah ben ça alors! enchaîna Kim. Et comment dois-je me comporter envers ce Mohamed Rahbar, maître Beaudry!

- Écoutez, Kim. Ce client est quelqu'un de très important pour moi. Il représente une possibilité d'affaire qui rapportera beaucoup au cabinet d'avocats, car il effectuera fort probablement plusieurs transactions avec des compagnies canadiennes et le gouvernement du Canada lui-même. Pour nous, c'est un pactole gigantesque qui est en jeu!

- Je comprends votre point de vue, maître Beaudry, mais…

- Laissez-moi terminer, Kim. Vous êtes aussi pressée que votre chevalier servant ici présent, dites donc!

- Je m'excuse…

- Il n'y a pas de quoi. Vous êtes une personne très spéciale pour moi. Premièrement, vous m'avez été présentée par mon plus proche ami en la personne de Joe Quito.

- Allons, Bernard… tu vas me faire rougir, lui dit Joe gentiment.

- Non, Joe! Ce que je dis est très sérieux. Tu es sans doute même mon seul et unique véritable ami. Et je ne dis pas cela à la légère.

Ces paroles touchèrent Quito et lui firent chaud au cœur. Il est vrai que de véritables amis, sur qui l'on peut compter, sont plutôt rares… Se retournant vers Kim, Beaudry poursuivit sur sa lancée :

- Je disais donc que vous êtes une personne sur qui j'ai déjà misée, Kim. Vous savez, quand on exerce la profession depuis plusieurs années, on en vient à se faire une opinion sur les gens de manière assez spontanée. Sans me vanter, j'ai ce don de percevoir la vraie nature des gens. Je n'en ai encore parlé à personne, mais je me suis fait une opinion plutôt prometteuse en ce qui concerne votre carrière. Je dois d'abord vous dire que je ne vous vois pas derrière le bureau de la réception pour encore bien longtemps!

- Ah… je ne fais pas l'affaire? s'inquiéta Kim.

- Mais non! Vous êtes formidable comme réceptionniste! Je n'ai jamais vu quelqu'un d'aussi dégourdie, rapide et polie comme vous l'êtes. Judy n'était pas si mal non plus, Dieu ait son âme… Mais vous, Kim, vous avez appris, vous saviez tout faire en moins de deux heures! À d'autres filles, il faut des jours, sinon des semaines, pour apprendre ce boulot!

- Je… je ne sais pas quoi dire, maître Beaudry. Merci!

- Oui, ça va. Ce n'est pas là où je veux en venir! Votre place, votre vraie place est comme avocate, mon petit!

Le visage de Kim s'illumina alors et un merveilleux sourire se dessina sur ses lèvres. Elle but les paroles de Bernard et devint toute fébrile en attendant la suite de son discours. Joe était lui-même tout ouï! Beaudry poursuivit :

- Donc, dès que nous aurons trouvé une personne pour vous remplacer à la réception, je veux vous avoir comme stagiaire. Peu m'importe les candidats de Mc Gill ou de l'Université de Montréal qui se présenteront avec des notes excellentes à la fin de la session! Je veux vous avoir, VOUS, au sein du cabinet! Et, si tout se déroule comme je l'imagine déjà, je peux vous dire tout de suite que je vous prendrai au sein de l'équipe à titre d'associée, dès votre stage terminé.

- Mais… maître Beaudry, vous ne savez presque rien sur moi… Comment pouvez-vous prévoir un tel avenir pour une fille qui n'arrive même pas à retenir un cri et qui tombe dans les pommes à la vue d'un fantôme…!

Beaudry éclata de rire. Son hilarité était sincère et il rit de bon cœur, comme si la plaisanterie sortait de la bouche d'une gamine de douze ans.

- Kimberly, vous êtes adorable! Lorsque j'ai aperçu le nouveau chauffeur de mon client, j'ai moi-même eu un mouvement de recul! La ressemblance est tellement frappante... je suis donc conscient du fait que vous ayez pu avoir cette réaction. Et vous en êtes totalement excusée, ma chère. D'ailleurs, c'est là où je voulais en venir, voyez-vous.

- Oui...?

- Je ne connais pas du tout ce type. Mohamed Rahbar, je veux dire. Joe pourra s'informer sur lui, si ça peut vous rassurer davantage, mais sachez que les agents de la GRC effectuent déjà une enquête sur le gars. À ma demande expresse! J'imagine que l'on passera par le SCRS, notre Service Canadien du Renseignement de Sécurité, pour obtenir toute l'information disponible sur le bonhomme. Mais le plus important, Kim, est ceci...

- Je vous écoute...

- Si ce gars vous importune, ou si tout simplement il vous fout la frousse, je suis prêt à me débarrasser de ce client! Quitte à le référer à un autre bureau d'avocats pour qu'ils le prennent en charge!

- Monsieur Beaudry! Je veux dire, maître Beaudry! Vous ne pouvez pas faire ça!

- Et pourquoi donc?

- Mais vous ne pouvez pas perdre un si gros client juste pour un caprice de jeune femme...

- Oh que si, ma chère! Je vois que vous ne connaissez pas encore très bien votre futur patron et associé!

Ni Kim, ni Joe n'avaient vu venir le coup! Dieu que Kim était heureuse! Elle en pleurait de joie en remerciant maître Beaudry. Elle se permit même de le prendre dans ses bras en lui répétant merci, merci! Joe éprouva, lui aussi, un sentiment de très grande reconnaissance envers son ami.

Joe se promit de fouiller le passé de ce Mohamed Rahbar de son côté, mais aussi de l'avoir à l'œil de façon constante pendant ses premiers mois de boulot! Quitte à scotcher Marco à ses baskets à temps plein, s'il le fallait!

C'est lors de ces congratulations que se poursuivit l'échange des tabourets. Ainsi, les hommes purent bavarder

entre mâles, pendant que Kim et Nicki jubilaient dans leur coin.
La soirée s'annonçait joyeuse!

Chapitre 68.

Ce fut difficile pour Quito de faire en sorte qu'il puisse rencontrer le substitut du Procureur général en dehors de son environnement de travail. Philippe Duguay était un type approchant la cinquantaine. Il avait une crinière noire mais ses tempes grises traduisaient bien son âge. Son regard perçant, avec ses yeux gris lumineux, avaient dû faire trembler bien des coupables lorsque ceux-ci s'étaient retrouvés devant lui dans le box des accusés. En plus, Duguay était un type tout ce qu'il y a de plus sérieux. Jamais Quito ne l'avait entendu rire.

Joe le connaissait pour l'avoir croisé à maintes reprises au Palais de Justice. Duguay l'avait même interrogé pour la preuve, lors de quatre différents procès. Mais Joe ne pouvait se targuer d'être un de ses amis. D'ailleurs, il ne savait même pas si Duguay avait un seul ami…

Ce n'est que trois jours plus tard que le destin plaça les deux hommes en présence l'un de l'autre, au Saint-Gabriel, en prime! Duguay y était avec des confrères de travail et ils fêtaient un verdict rendu un peu plus tôt en après-midi, qui leur avait sans nul doute été favorable. Les autres procureurs qui prenaient place à cette table, décidèrent de rentrer chez eux, probablement attendus par une conjointe, une épouse, des enfants, pour partager leur repas du soir. Mais Duguay venait de commander une deuxième consommation, peu de temps avant que ses compagnons ne s'éclipsent. Il semblait bien résolu à la terminer tranquillement, même s'il se retrouvait soudainement seul à sa table.

Comme Quito, lui aussi, était seul sur son tabouret au bout du bar, il décida d'aller saluer le procureur.

- Maître Duguay! Puis-je me joindre à vous?

- Ah! Quito. Mais je vous en prie. Quel bon vent vous amène?

- Je suis un habitué de la place. Je viens régulièrement déguster une ou deux bières en finissant ma journée.

- Je vois. Que puis-je pour vous?

Le procureur fit une petite pause avant d'ajouter :

- Ou est-ce une simple visite de courtoisie…

- Eh bien, pour être franc, j'aimerais discuter d'un cas un peu particulier qui me cause problème. Vous avez quelques minutes?

- Certainement! Personne ne m'attend, je prendrai donc quelques minutes pour vous écouter avec plaisir.

- Merci.

Il était évidemment au courant du dossier Delma, d'autant plus que la police avait déjà inculpé Peter Marshall comme premier suspect, suivi de Paula Agostina, qui, tous deux, avaient avoué avoir respectivement frappé et empoisonné Nadine Delma.

Joe lui expliqua qu'il avait obtenu les aveux du troisième coupable, c'est-à-dire celui qui avait tiré la balle dans le crâne de la victime. Mais, sans lui dire de qui il s'agissait, Quito expliqua que cette personne avait subi un accident qui l'avait rendu amnésique. En conséquence, non seulement elle ne pouvait plus avouer sa culpabilité devant la Cour, mais elle ne se souvenait même plus des événements eux-mêmes!

Joe lui avoua ensuite qu'il s'agissait de quelqu'un qui avait un lien de parenté avec la victime et que tout cela lui posait un cas de conscience auquel il n'avait jamais eu à faire face auparavant.

- Un parent à quel niveau, demanda Duguay.

-Il s'agit du fils de la victime, maître.

- Les médecins se sont-ils prononcés sur les chances du jeune homme pour qu'il retrouve un jour la mémoire?

- Oui. Elles sont très minces, sinon improbables.

- Vous n'avez aucun témoin de son geste? Trouvé l'arme du crime?

- Selon l'enquête, il était seul sur les lieux. Paula avait quitté vers les 19h45 pour se rendre à son travail. En chemin, elle a croisé Peter Marshall sur la route, qui semblait s'amener chez la victime à vive allure. De l'aveu même de Marshall, il n'a pas traîné sur les lieux après avoir constaté que Nadine Delma était morte des suites de sa chute du balcon de la mezzanine. Il n'a vu personne d'autre en quittant.

- Hum.

- Selon toute vraisemblance, le fils serait arrivé sur les lieux après le départ de Peter Marshall. Nous n'avons pas retrouvée l'arme, à ce jour, maître.

- Pourquoi avoir tiré sur le cadavre de sa mère, alors!

- Par frustration, maître. Si vous épluchez le dossier, vous vous rendrez compte combien cette femme était une véritable mégère! Particulièrement envers son fils, qui venait de terminer une sentence de six mois de prison pour avoir tenté d'aider la maman qu'il aimait encore, simplement parce que cette mère le lui avait demandé. Mais le pire dans tout ça, c'est que madame Delma a faussement laissé croire à la petite amie de son fils que ce dernier ne voulait plus d'elle, alors que c'était faux.

- Elle a fait ça pendant que le gosse était incarcéré?

- Oui, maître! Et la jeune fille ne s'en est pas remise...

- Qu'est-ce que vous voulez dire, Quito?

- Elle s'est suicidée, maître... C'est une triste histoire...

- Il ne faut pas laisser les sentiments influencer nos décisions, Quito! Nous sommes là pour appliquer la Loi, point à la ligne.

- Oui, maître.

- Donc votre question est sans doute « Dois-je inculper le fils? » C'est bien ça?

- Vous avez tout compris, maître.

- Avant que ce garçon ne vous avoue son geste, vous lui aviez lu ses droits?

- Non. Je ne le suspectais même pas! Son aveu est venu spontanément, quelques secondes seulement avant qu'il ne se fasse frapper par ce chauffard!

- Le procureur de la défense pourrait évoquer ce seul vice de procédure pour faire avorter le procès!

- Vraiment!

- Vous vous sentez responsable de l'avenir de ce garçon, à ce que je comprends. Mais cela n'a aucune espèce d'importance à mes yeux de Substitut du Procureur. Je ne puis que considérer les faits! Vous me suivez?

- Oui, maître.

- Par contre, comme le témoin n'a plus le souvenir des événements et qu'il est peu probable que la mémoire lui revienne un jour et considérant aussi qu'il n'y a pas de témoin pour le placer sur les lieux du crime, je me vois dans l'obligation de vous répondre que dans pareilles circonstances, la Couronne ne s'engagera pas dans un procès perdu d'avance.

- C'est votre décision officielle, maître?

- Si votre rapport mentionne exactement les faits que vous m'avez relatés ce soir, ce sera cette décision que je rendrai, oui. Mais si les faits changent, si le fils retrouvait éventuellement la mémoire...

- Je comprends.

- Vous avez intérêt à faire votre rapport dans ce sens, Quito. Ne prenez surtout pas la décision d'omettre certains faits! Cela pourrait un jour se retourner contre vous et nuire cruellement à votre carrière. Je vous connais de réputation, Quito. Vous avez la cote. On vous reconnaît comme étant un policier intègre et honnête! Faites en sorte que votre décision ne puisse pas changer cela.

- Je vous remercie beaucoup, maître.

- Cessez de m'appeler « maître », Quito. Tous mes amis m'appellent Phil.

- Très bien, Phil. Écoutez, j'aimerais tenir le père du garçon à l'écart de cette information, si possible... du moins jusqu'à ce que le jeune homme retrouve la mémoire, le cas échéant. Puis-je compter sur votre discrétion?

- Ce n'est pas mon rôle d'ébruiter ces choses en-dehors de la Cour, Quito...

- Merci! Je peux vous offrir une autre consommation?

- Je dois refuser, Joe. Si jamais quelqu'un nous voyait, on pourrait interpréter cela comme une tentative de corruption!

Alors qu'il lançait cet avertissement, Duguay afficha un large sourire qui laissa voir de belles dents blanches. Joe avait l'impression qu'il venait de se faire un nouvel ami, et que cela était réciproque dans le cas de Phil!

Chapitre 69.

Suite à son entretien avec le Substitut du Procureur Phil Duguay, Quito s'était résolu à compléter le rapport final sur l'affaire Delma. Les gros cartables bleus étaient maintenant bien remplis, leurs couvertures de carton rigide fermant quasi parallèlement par-dessus l'amoncellement de feuilles de rapports, de notes, de photos et de documents divers. Il y en avait maintenant trois de ces reliures de plus de sept centimètres d'épaisseur chacune!

Celui du dessus résumait le dossier. Quito et son adjoint Tozzi avaient résolu l'affaire en débusquant les trois coupables. Le nom de David Bouliane, le fils de la victime, n'apparaissait qu'une seule fois. Ils furent obligés de le mentionner. Mais comme l'avait prévu Phil, les *beaux-habits* et le procureur ne donnèrent pas suite en ce qui le concernait. Personne non plus n'avait jugé bon en parler avec le père du jeune homme… On aurait dit qu'un commun accord tacite s'était silencieusement scellé entre toutes les parties. La plupart des *beaux-habits* ayant eux-mêmes un fils ou une fille de l'âge de David Bouliane.

Pierre Bouliane n'était donc pas au courant que David avait tiré sur sa mère. Il ignorerait que son fils avait raconté cet événement dramatique à un officier de police. Quito ne savait pas comment Bouliane aurait réagi s'il avait appris la vérité. Il aimait mieux ne pas y penser et laisser Bouliane dans l'ignorance. Si jamais un jour la mémoire de son fils lui revenait, on composerait alors avec cette réalité en temps et lieu.

Le garçon se remettait physiquement. Il était jeune et en excellente santé au moment de l'accident; cela allait favoriser la cicatrisation de la peau et la soudure des fractures. Certains os tenaient maintenant ensemble à l'aide de vis en titane et de plaques de zircone. La réhabilitation avait commencé et ses progrès étaient jugés plus qu'encourageants. Cependant, sa mémoire demeurait défaillante. Ce qui en soi semblait, à Quito, comme une bénédiction du ciel! Le seul point obscur était que David semblait avoir de la difficulté à accepter que sa mère fût décédée, qu'elle ne fasse plus partie de sa vie… Étrange, quand même.

Kim aussi prenait du mieux. Elle était encouragée et pouvait demeurer le temps qu'il faudrait derrière le bureau de la réception de son employeur. Sachant qu'elle serait ensuite admise en stage, plus rien ne lui faisait peur! Même les visites occasionnelles du client Ahmed Abdhallah et de son nouveau chauffeur Mohamed Rahbar. Ce dernier avait été « gentiment » averti par Marco de se tenir les fesses serrées en présence de la réceptionniste des bureaux de Beaudry et Associés. Le jumeau jaugea le gabarit et l'expression faciale de Tozzi, puis lui murmura un « oui monsieur » signifiant qu'il avait très bien compris la mise en garde.

Le SCRS enquêta sur le nouveau chauffeur, mais ne reçut que des retours fragmentaires de la part de son pays d'origine. Il semblait très difficile, de manière générale, d'obtenir de l'information sur un Musulman Intégriste. Mais rien, en fait, ne laissait supposer que Mohamed Rahbar ait pu faire partie d'un mouvement de cette nature. À l'opposé de son frère jumeau, Mohamed avait quitté l'Iran à l'âge de dix-huit ans pour suivre une jeune femme dont il était tombé amoureux. Elle était Marocaine et le jeune couple avait étudié en même temps à l'Université Cadi Ayyad de Marrakech pendant quatre années.

Ils traversèrent ensuite la Méditerranée pour aller vivre quelques mois à Paris. Là, les deux tourtereaux prirent des orientations différentes. Mohamed tenta alors une visite aux États-Unis, mais l'accueil en sol américain ne fut pas très agréable à vivre; alors il remonta vers le Canada lorsqu'il apprit que son jumeau s'y était installé. Il n'y resta qu'une semaine. Quito se doutait que son jumeau et lui avaient de trop grandes divergences d'opinion pour bien s'entendre...

Mohamed reprit vraisemblablement l'avion pour Londres, où l'on perdait sa trace, jusqu'à ce qu'il réapparaisse à Montréal, tout récemment.

Personne ne savait comment il avait appris le décès de son frère, ni comment il en arriva à le remplacer comme chauffeur pour Ahmed Abdhallah. Pour cette raison, le SCRS continuait ses recherches et les deux inspecteurs de la Sûreté insistaient auprès d'eux de tout leur poids, pour que le Service les informe dès qu'un détail supplémentaire, aussi insignifiant soit-il, referait surface dans le dossier du bonhomme.

∞∞∞∞

Kim misait gros sur sa carrière d'avocate et maître Beaudry l'ayant prise sous son aile, elle semblait de plus en plus convaincue d'avoir fait le bon choix. Son intérêt pour le droit international plaisait beaucoup à son patron. Mais, Quito ne voyait pas d'un bon œil que son ange adorée côtoie des gens de la trempe d'Ahmed Abdhallah, même si le personnage était décrit par Beaudry comme étant un homme très bien élevé! Un doute resterait toujours imprégné sur son système radar personnel, suite aux événements passés.

À la Sûreté du Québec, on ne manquait pas de boulot! C'était une époque où le respect et la morale semblaient avoir pris le bord! La police avait donc toujours plus d'une enquête en cours. Mais aucune ne les intriguait autant que l'affaire Delma avait su le faire au cours des mois précédents. Joe se doutait bien qu'un jour ou l'autre il y en aurait une autre qui raviverait leur intérêt!

Chapitre 70.

Le premier procès fut celui de Peter Marshall. Normal, puisqu'il avait été arrêté le premier et le processus judiciaire enclenché avant l'autre. Ses aveux, enregistrés sur bande vidéo, eurent vite fait de le faire condamner. Son avocat avait tenté une défense compliquée, qui ne fut, en aucun cas, retenue par le juge. Les témoins pour l'accusation permirent de brosser le véritable portrait de l'accusé : un homme au dossier assez chargé, dont plusieurs accusations et condamnations antérieures reliées aux stupéfiants. Malheureusement, le décès d'un jeune homme que Marshall avait initié à la cocaïne ne put être mentionné, faute de preuves directes.

Mais en plein milieu des procédures, Marshall avait soudainement pris la parole pour avouer sa culpabilité. Sans doute en avait-il marre de tout ce cirque qui se déroulait autour de lui. Le juge l'avait aussitôt condamné à la prison à perpétuité, sans possibilité de libération avant 17 ans. Comme Marshall avait été détenu depuis son arrestation jusqu'à son procès, soit à peine moins d'un an, on serait bien débarrassé de ce genre d'énergumène pour au moins seize autres années.

∞∞∞∞

Il fallut plus d'un an après la mort de Nadine Delma avant que Paula Agostina ne subisse elle aussi son procès.

L'avocate de Paula avait demandé une libération conditionnelle pour sa cliente, mais le juge la lui avait refusée. L'accusée n'ayant aucun bien matériel de valeur, pas de propriété immobilière, ni de membres de sa famille prêts à accepter de prendre la responsabilité pour son éventuelle présence en cour lors de son procès, le juge avait décidé qu'elle représentait un trop grand risque de prendre la poudre d'escampette! Sans doute n'avait-il pas tort…

Quito s'imaginait que Paula aurait très bien pu quitter le pays en douce, pour aller s'installer n'importe où dans le monde et y exercer son métier de barmaid au beau milieu de n'importe quelle destination touristique. Il la voyait très bien sous les palmiers et les huttes aux toits de chaume d'une île des

Caraïbes, ou encore dans un lointain pays comme les Seychelles, l'Île Maurice ou autre lieu fréquenté par le Jet Set, là où l'argent coule à flots et où l'on profite nonchalamment de sa fortune et de sa jeunesse.

Au lieu de cela, Paula avait dû croupir dans le Centre de Détention Tanguay, établissement réservé exclusivement à la clientèle féminine. En tout cas, cela avait été le cas jusqu'en octobre 2000, année où on y installa le chef présumé d'un groupe de motards bien connu du milieu policier, Maurice « Mom » Boucher, chef présumé des Nomads, cette branche élite des Hells Angels, qui était accusé du meurtre de deux agents des services correctionnels. On l'y incarcéra par mesures exceptionnelles, craignant qu'en le mettant avec ses pairs, il ne se fasse éliminer, ou encore que ce dernier profite de ses contacts pour élaborer une stratégie de fuite...

Au printemps 2010, le Centre de Détention Tanguay devait accueillir vingt-cinq détenus de sexe masculin, après que la Sécurité Publique a décidé de réaménager les lieux pour recueillir le trop-plein de la prison de Bordeaux, sa voisine pour hommes, où il y avait déjà cent quinze détenus en trop. Tout ça malgré la nouvelle aile de deux cent cinquante places récemment construite. Mais les vingt-cinq prisonniers qu'on s'apprêtait à transférer vers Tanguay n'auraient jamais la possibilité de rencontrer Paula ou ses consœurs qui s'y trouvaient actuellement détenues, puisque les espaces de vie seraient complètement distincts de ceux occupés par la clientèle féminine.

Par l'entremise de son avocate, Quito avait bien tenté de visiter Paula Agostina à quelques reprises. Mais la barmaid avait toujours refusé de le voir, même si elle ne recevait aucune autre visite, que ce soit de membres de sa famille, ou d'amies qu'elle aurait pu avoir. Joe trouvait cela extrêmement triste. Mais il se devait de respecter son choix. Peut-être que Paula se sentait bien dans ce milieu féminin, compte tenu de son orientation sexuelle...

∞∞∞∞

Quito était déjà assis dans la salle lorsque le juge fit son entrée. Quito était assigné à titre de policier responsable de l'enquête et il serait le principal témoin pour la Couronne.

Alors que tout le monde fut debout pour attendre que l'honorable juge prenne place sur son fauteuil, Joe regarda Paula dans le box des accusés. Elle affichait une mine dépitée. Cette fille qu'il avait vue s'activer derrière son bar, dans un ballet de mouvements si bien coordonnés pour servir sans délai ses clients et les serveuses sur le plancher, lui semblait maintenant abattue et sans vie.

Elle portait les cheveux très courts et n'affichait évidemment aucune trace de maquillage. Ses vêtements (une combinaison de détenue, chaussettes blanches et baskets) ne l'avantageaient pas non plus. Elle fixait le sol et ne s'intéressait pas beaucoup à toute l'activité qui se déroulait autour d'elle. Ce procès n'avait pas attiré l'attention du public, ce qui expliquait l'absence de journalistes de la presse écrite ou des médias télévisés. Les seules personnes présentes étaient celles directement concernées par la cause.

Le greffier fit état du numéro de dossier et expliqua que l'accusée faisait face à des accusations pour meurtre prémédité. Le juge demanda alors au procureur de la Couronne de bien vouloir procéder.

- Très bien, monsieur le juge. Je voudrais appeler à la barre l'inspecteur Joseph Quito!

Joe s'empressa d'aller prendre place et de prêter serment selon la traditionnelle formule, en plaçant la main droite sur la bible et jurant de dire la vérité, toute la vérité, rien que la vérité. Le procureur entama alors sa procédure :

- Inspecteur Quito, veuillez s'il vous plaît décliner votre identité complète pour le bénéfice de la cour.

- Mon nom est Joseph Quito et j'ai le grade d'inspecteur, chargé de la Brigade des Crimes Contre la Personne, de la Sûreté du Québec, à Montréal.

Joe mentionna ensuite son matricule et répondit aux questions du procureur, qui s'appliqua à mettre en évidence ses années de service et l'expérience acquise au sein de la police. Vinrent ensuite les questions à propos de la scène de crime, ce qu'il y avait constaté, en détails, etc. Quito révéla tout ce dont il se souvenait, se référant à son carnet de notes pour répondre aux questions successives à propos de la description des lieux, la position du cadavre, les blessures apparentes et tout le reste.

On lui demanda ensuite comment il avait pu relier Paula au meurtre de Nadine Delma, comment il avait retrouvé l'accusée et obtenu ses aveux. C'était long et fastidieux, mais nécessaire au processus judiciaire.

Suivirent ensuite les dépositions du Coroner, qui expliqua les causes de la mort, plus spécifiquement celles attribuées à l'empoisonnement dont l'accusée s'était avouée responsable, peu avant son arrestation. Chamberland donna tous les détails sur le poison, ses effets, les traces laissées dans le corps de la victime, les niveaux du poison, en parties par million, constatées par le labo, etc.

Vint le tour du contre-interrogatoire de la part de l'avocate de la défense. La petite femme toute menue portant la longue toge noire se leva et fit appeler l'inspecteur Quito de nouveau à la barre. Le greffier lui rappela qu'il était toujours sous l'emprise du serment prononcé auparavant et qu'il devait continuer à dire la vérité. Joe confirma en être parfaitement conscient et l'avocate de la défense put enfin commencer à poser ses questions :

- Inspecteur Quito, avant d'obtenir les aveux de ma cliente, lui avez-vous lu ses droits!

- Non.

Sa réponse fut sèche, mais c'était la stricte vérité. Elle provoqua aussitôt un murmure dans la salle et le juge exigea le silence en frappant un coup de maillet sur la plaque qui trônait sur son bureau à cet effet. L'avocate poursuivit aussitôt :

- Un policier comme vous, avec toutes les années d'expérience que vous avez, comment pouvez-vous expliquer pourquoi vous avez omis de lire ses droits à ma cliente...

- Les circonstances de cet interrogatoire étaient vraiment exceptionnelles... répondit l'inspecteur, mais l'avocate enchaînait déjà :

- Vous confirmez donc n'avoir jamais lu ses droits à ma cliente, inspecteur?

- Oui.

Se retournant brusquement pour faire face au juge, la petite femme frêle lança donc d'une voix forte et bien articulée :

- Dans les circonstances, je demande donc à la cour l'arrêt des procédures pour vice de forme!

Les yeux du juge jetèrent des éclairs en direction du procureur de la Couronne, puis vers le policier. Le procureur regarda Quito de son air ahuri. Jamais, il n'avait posé la question, alors qu'ils discutaient du dossier. Le jeune procureur avait sans doute tenu pour acquis que Quito n'avait pu omettre cette procédure aussi élémentaire. Mais dans le cas présent, les événements ne s'étaient pas déroulés de façon règlementaire... au grand dam du juge!

D'un geste brusque, empreint d'une fureur retenue, le magistrat souleva son maillet puis en frappa un coup sur le socle qui reposait sur son bureau en disant :

- Accordée! La cour abandonne donc sur-le-champ les procédures et libère l'accusée!

Le juge se leva brusquement et quitta la salle en trombe, traînant dans son sillage le greffier et le procureur de la Couronne qui venaient de fusiller du regard le box des témoins, avant d'aller tenter de se disculper face au juge.

Paula se leva alors que son avocate se penchait vers elle pour lui chuchoter quelques mots à l'oreille. Puis l'avocate l'embrassa en lui passant les bras autour des épaules.

Paula resta figée, totalement abasourdie! Elle n'était pas encore vraiment consciente du fait qu'elle était maintenant libre comme l'air. Joe s'approcha d'elle et lui demanda :

- Je peux vous reconduire jusque chez vous?

- Vous... Mon avocate vient de me dire que c'est vous qui lui avez suggéré de poser cette question?

- ...

- Merci.

Chapitre 71.

Le jour où Paula Agostina fut libérée, Tozzi et Quito se réunirent dans le bureau de ce dernier, feuilletant des rapports et classant des documents. Le téléphone de Joe sonna : un dénommé Félix Laporte, notaire de profession, voulait rencontrer l'inspecteur Quito. Joe fit monter le visiteur et le reçut avec courtoisie.

L'homme devait être dans la quarantaine avancée. Bien mis, habit bien coupé, chaussures impeccablement vernies. Début de calvitie laissant paraître un crâne luisant. Yeux bruns derrière des lunettes à monture noire, nez fin, bouche aux lèvres minces, comme s'il les tenait perpétuellement pincées. Un attaché-case noir pendait au bout de son bras gauche. Il offrit sa main droite lorsque Quito se présenta à lui.

- Je suis l'inspecteur Joseph Quito et voici mon adjoint, Marco Tozzi. Que puis-je pour vous, monsieur...

- Félix Laporte, notaire. Je suis le gestionnaire de portefeuille de madame Nadine Delma. Je suis un peu gêné de me présenter à vous avec autant de retard, mais voyez-vous, je n'ai appris le décès de ma cliente que la semaine dernière...

- Je vois. Asseyez-vous, je vous prie.

- Merci.

Marco se leva pour aller chercher une autre chaise dans le bureau voisin. Il questionna Quito du regard, à savoir s'il pouvait rester et écouter ce que maître Laporte avait à dire. Joe lui fit comprendre qu'il était le bienvenu. Le notaire poursuivit donc :

- C'est affreux ce qui lui est arrivé...

- En effet.

- Vous avez trouvé le coupable?

- Oui, maître. Vous avez quelque chose à nous dire concernant cette enquête?

-Non. Enfin, je ne crois pas que cela ait un rapport avec votre enquête, inspecteur Quito.

- De quoi s'agit-il alors...

- Je suis l'exécuteur testamentaire de Nadine Delma... Je suis aussi le gestionnaire du portefeuille de madame et comme elle est décédée, je dois, bien entendu, faire appliquer ses dernières volontés, telles qu'elles figurent dans son dernier testament.

- Je sais que sa sœur Michèle s'est occupée de payer les factures courantes et de fermer les comptes bancaires de Nadine Delma, dans les semaines qui ont suivi son décès.

- Sans doute que cela a-t-il été fait dans les règles, inspecteur. Mais il reste beaucoup d'actifs au portefeuille de madame qui doivent être légués à qui de droit.

- Beaucoup d'actifs, dites-vous?

- Oui, inspecteur.

- De quel genre d'actifs parlons-nous, maître?

- Le portefeuille de madame se chiffre actuellement à près d'un million de dollars.

- Vous êtes sérieux, mec! lança un Tozzi incrédule.

- Neuf cent quatre-vingt-dix-huit mille dollars et des poussières, en date de ce matin, répondit le notaire en se tournant vers Marco. Il est constitué surtout d'actifs monnayables. Bons du trésor, Obligations d'épargne, ce genre de choses, en plus d'argent liquide et de certificats divers.

Joe regarda Marco avec des yeux écarquillés. Ni l'un ni l'autre n'avaient trouvé trace d'aucune somme importante dans les comptes de Nadine Delma. Seuls un compte chèque et un compte épargne à la succursale de la Banque Royale du Canada de Sainte-Adèle avaient été identifiés. Le premier indiquait un solde de mille huit cent dollars et douze cents, tandis que l'autre était mieux étoffé à un peu plus de huit mille dollars. Joe se retourna vers le notaire pour lui demander :

- Vous êtes de quelle région, maître Laporte?

- Oh, pardonnez-moi! Voici ma carte. Nos bureaux sont situés à Montréal. Tour de la Bourse.

- Tour de la Bourse! N'est-ce pas un peu loin du lieu de résidence de la défunte, demanda Quito encore sous le choc?

- Vous devez ignorer que madame Delma a un compte avec notre firme depuis 1990. Nous sommes gestionnaires de son portefeuille depuis plus de vingt ans!

Quito se tourna vers Marco. Ils étaient tous les deux renversés d'apprendre cela. Compte tenu du train de vie de Nadine Delma, jamais ils n'avaient soupçonné la victime d'avoir été prévoyante au point de faire fructifier ses économies! Tout le monde était sous l'impression qu'elle dépensait tout à mesure, achetant vêtements et chaussures de luxe sans regarder à la dépense!

Chapitre 72.

Quito voulut savoir pourquoi le notaire était venu le trouver lui. Pourquoi ne pas avoir communiqué directement avec l'héritier...

- Il s'agit ici d'une héritière. Madame Delma lègue tous ses biens à sa sœur, Michèle Delma. Mais je ne suis pas en mesure de joindre cette personne. J'ai laissé un message sur la boîte vocale de sa résidence lundi. La croyant au travail, j'ai tenté de l'y rejoindre, mais on m'a répondu qu'elle n'était pas à son poste et qu'il était impossible de la joindre dans le cas où mademoiselle Delma était en train de soigner les patients. Hier, jeudi, j'ai laissé un deuxième message sur la boîte vocale de sa résidence. N'ayant pas reçu de retour d'appel, j'ai rappelé ce matin. La boîte vocale de mademoiselle Delma semble pleine et à l'hôpital on me dit que mademoiselle Delma n'est toujours pas là...

- Ah? Ça ne lui ressemble pas... dit Quito, songeur.

- Je me suis rendu chez elle après avoir confirmé son adresse avec son employeur. Elle n'était pas là. Et pourtant, mademoiselle Delma est censée être en congé depuis lundi soir.

- Vous avez vérifié avec le concierge si la sonnette était en état?

- Oui, inspecteur. Ce monsieur m'a fait entrer dans l'édifice et nous nous sommes rendus à la porte du condominium de mademoiselle Delma. Nous avons frappé sans obtenir de réponse. J'ai ensuite patienté devant son immeuble jusqu'à midi, me disant qu'elle était peut-être sortie prendre le petit déjeuner au restaurant ou faire des courses. Je ne l'ai pas vue.

- Vous étiez chez elle à quelle heure?

- J'y suis arrivé vers les neuf heures quarante-cinq.

- Vous avez tenté de joindre quelqu'un d'autre qui la connaît?

- Nous n'avons aucune autre personne sur nos listes, inspecteur. Nadine Delma n'a jamais voulu nous donner d'informations sur un autre parent, son conjoint ou quiconque. C'était son droit, remarquez...

Il y eut une minute de silence pendant que Quito tentait de comprendre où pouvait bien être Michèle Delma. Il savait que la jeune femme ne sortait pratiquement jamais. Il se souvenait qu'à la veille du jour de l'an elle n'avait nulle part où aller!

- Je vous remercie de vous être déplacé jusqu'ici. Dites-moi une chose, comment saviez-vous que je m'occupais de cette enquête, maître Laporte?

- Ma secrétaire s'est renseignée auprès de la Sûreté du Québec et on lui a donné vos coordonnées, après que l'on a appris le décès de Madame Delma.

- Et vous avez appris son décès comment?

- Oh... simple enquête de routine de la part du bureau. Lorsqu'un client cesse de se manifester, après plus de douze mois, le département des relations publiques tente de le rejoindre aux coordonnées que nous avons au dossier. Quand cela ne fonctionne pas, ils effectuent des recherches. Je ne sais pas exactement comment ils procèdent, mais notre personnel est très efficace, inspecteur.

- Je vois. Encore merci de vous être déplacé. Mon adjoint et moi-même allons tenter de rejoindre Michèle Delma. Je vous ferai signe dès que nous retrouverons sa trace.

- Merci beaucoup, inspecteur. Je ferai de même de mon côté, si jamais nous sommes plus chanceux que vous.

Lorsque le notaire eut quitté l'étage, Joe téléphona à l'hôpital qui employait l'infirmière. On lui apprit que Michèle Delma avait quitté après son quart de travail lundi après-midi et qu'elle était en congé jusqu'au vendredi matin, 1er avril, alors qu'elle était censée être de retour à son poste dès sept heures. Joe remercia son interlocutrice et raccrocha. Il ordonna ensuite à Marco d'aller se poster en planque devant le domicile de Michèle Delma et exigea que, s'il devait s'absenter, pour quelque raison que ce soit, il se fasse remplacer par un policier gradé et digne de confiance.

Chapitre 73.

Ce vendredi, premier jour d'avril, Marco passa le reste de la journée à faire le guet devant le condo de Michèle Delma. Il contacta le concierge pour avoir accès à une toilette. Il exigea de ce dernier qu'il reste dans le vestibule à surveiller l'arrivée possible de la disparue, pendant qu'il irait se soulager. Ils se firent même livrer de la pizza qu'ils partagèrent sur l'heure du souper, à même une table de fortune installée par le gentil concierge dans le hall de l'édifice, pour être certains de voir Michèle Delma franchir la porte, le cas échéant. À dix-neuf heures, Marco téléphona à son supérieur :

- Quito...

- Joe, c'est moi. Elle ne s'est pas pointé le nez encore et quelque chose me dit qu'elle ne reviendra pas chez elle ce soir, mec. Ou bien elle est déjà là-dedans et...

Marco ne termina pas sa phrase.

- Vois avec le concierge si sa voiture est sur sa place de stationnement.

- J'ai déjà vérifié...

- Et?

- Sa bagnole est bien là, mec!

- Bon. Dans ce cas, ordonne au concierge de t'ouvrir. Dis au bonhomme de rester sur le pas de la porte. Surtout qu'il n'entre pas! Toi, tu vas faire une inspection visuelle des lieux, sans toucher à rien. Si Michèle Delma n'est pas chez elle, reste quand même sur place, à l'extérieur de son appartement pour faire le guet. Entre-temps, je vais tenter d'obtenir un mandat de perquisition pour entrer chez elle et effectuer une fouille en règle. Marco?

- Oui, j'écoute, Joe.

- Si je ne suis pas là-bas d'ici minuit, ça voudra dire que je n'ai pu joindre le juge. Va te reposer, dans ce cas. On s'occupera de ça dès la première heure demain. Si jamais il y a un corps à l'intérieur...

- Pigé, mec. Je te rappelle sur-le-champ!

Les deux comparses raccrochèrent en même temps, sans attendre autre chose de cet échange. Après des années à faire équipe, parfois les mots devenaient inutiles.

Le concierge obtempéra et demeura sur le palier. Marco fit quelques pas vers la chambre, la salle de bain, le salon, en appelant le nom de Michèle Delma. Pas de réponse. Pas de trace de violence, pas de corps.

Marco demeura assis dans sa voiture jusqu'à minuit trente. Joe ne vint pas. Il démarra et prit la direction de chez lui.

∞∞∞∞

Le lendemain matin, les deux inspecteurs se présentèrent au domicile de Michèle Delma munis d'un mandat en bonne et due forme. L'homme d'entretien leur ouvrit la porte du condo de la disparue sans poser de questions. Il avait cependant l'air très inquiet.

Joe remercia le concierge et lui demanda de retourner à ses affaires pendant que lui et son compagnon procèderaient à la fouille du logis.

Marco se dirigea vers la chambre et la salle de bain, alors que Joe s'occupa du salon et de la cuisine.

Tout était à sa place et Quito n'en revenait encore pas de la propreté des lieux. Les appareils tels la télé, la chaîne stéréo, le lecteur DVD étaient hors-tension. Seul le voyant lumineux rouge du répondeur téléphonique pulsait, indiquant qu'il y avait des messages non encore entendus. La cassette était complètement pleine. Joe appuya sur la touche de rembobinage. L'appareil se mit en marche pour ramener le ruban vers son point d'origine. À peine quelques secondes plus tard, Marco appelait :

- Joe! Viens voir un peu.

Quito stoppa l'appareil et se dirigea d'un pas rapide vers la chambre de Michèle. Marco tenait dans sa main, ce qui ressemblait à un gros livre.

- C'est son journal intime?

- En plein dans le mille, Sherlock!

Joe s'empressa de prendre le journal relié de Michèle Delma. Il admira la couverture aux motifs de fleurs gravées dans le cuir marron. C'était un livre de grande qualité et il en feuilleta rapidement quelques pages, pendant que Marco continuait de fouiller les tiroirs. L'écriture de la jeune femme était penchée vers la gauche, mais les lettres étaient très bien formées, avec une application évidente. Fidèle à elle-même, Michèle écrivait proprement.

Les entrées remontaient à plusieurs années déjà. Quito se dit qu'il y avait là-dedans plein de secrets intimes. Il éprouvait de la gêne à en lire toutes les pages. Mais si Michèle Delma ne refaisait pas surface très bientôt, il serait bien obligé d'en arriver là. Sans doute que le contenu de ce journal les aiderait à retrouver sa trace. Joe examina les dernières pages. Il vit, pour mardi, 29 mars 2011, une entrée qui disait :

« Message tél. de Me F. L., notaire de Nad. Ne me sens pas la force de le rappeler tout de suite. Phase négative ces jours-ci. Pas envie de ressasser les vieilles histoires de ma sœur! Verrai ça + tard... »

Puis au bas de la page, une autre entrée qui le laissa perplexe :

« P. veut me voir jeudi... Je ne suis pas à l'aise et me demande si je n'aurais pas dû refuser. Tant pis, il sera encore temps de changer d'idée d'ici là! Peut-être aussi que j'en aurai fini avant...»

Joe s'imagina que Michèle avait enfin rencontré quelqu'un! « P »? Pour Patrick, Paul, Pierre…? Cette entrée lui fit entrevoir une hypothèse qu'il partagea avec Marco :

- Il y a une entrée pour mardi, Marco. Il est question d'un rendez-vous avec un certain « P ».

- Pierre Bouliane?

- C'est le nom qui te vient spontanément à l'esprit?

- Ouais… Ou un autre Pierre. Sa sœur les collectionnait, pas vrai? Alors peut-être que la petite suit les traces de la grande sœur…

- Possible. Possible aussi que ce soit un rendez-vous galant avec un nouveau copain et que tous les deux ont décidé de le prolonger pour le weekend. Peut-être que le coup de foudre s'est produit entre eux… Je le lui souhaite! Bon, si c'est comme on le pense, on va sortir d'ici et laisser tout à sa place. Je vais laisser ma carte de visite sur le comptoir de cuisine. Elle comprendra que nous sommes passés et elle va me téléphoner lorsqu'elle reviendra à la maison.

- Très bien, mec. Sauf qu'il y a quelque chose qui cloche avec ton histoire, Sherlock…

- Quoi!

- Michèle ne devait-elle pas retourner au boulot hier?

- Oui, mais elle n'y est pas, Marco.

- Oui, je comprends, mec. Mais comme on la connait, Michèle Delma n'aurait pas pris l'initiative de faire l'école buissonnière sans avertir son boss, tu ne crois pas, ma poule?

- Ouais… Tu touches un point, là…

- Content de t'aider, mec. Et c'est quoi ce « *j'en aurai peut-être fini avant…?* »

- Je ne sais pas. Elle voulait peut-être terminer un travail ou faire le grand ménage?

- Refaire le ménage! Non mais t'as vu l'état des lieux, ma poule? On pourrait manger par terre ici!

- Écoutons les messages sur son répondeur. On aura peut-être une explication…

Ils retournèrent à la cuisine et Joe appuya sur la touche de mise en marche. Le message du notaire se fit entendre, dans lequel maître Laporte signifiait à Michèle qu'elle devait le rappeler pour un rendez-vous. Cela était très important, disait-il, sans toutefois en révéler les raisons. Il laissait l'heure et la date, soit le mercredi, 30 mars en matinée. Il y avait ensuite deux appels d'une consœur de travail à l'hôpital où Michèle Delma exerçait sa profession. On souhaitait confirmer la dose donnée à un patient lundi, lorsque Michèle avait quitté. Un autre message se fit entendre; de Maître Félix Laporte, que Quito savait qu'il fût laissé le jeudi matin. Suivaient deux autres appels de la direction de l'hôpital. Mademoiselle Delma était en retard et on s'inquiétait de son silence… Ces derniers avaient donc été laissés vendredi matin, soit la veille, en déduisit Joe. Puis un autre message qui ressemblait à un appel de télémarketing et le robot qui annonçait à mademoiselle Delma qu'elle venait de gagner un prix, n'eut pas le temps de terminer sa phrase. Le ruban s'arrêta de tourner. La boîte vocale était pleine.

Les deux inspecteurs décidèrent de quitter les lieux. Quito se voulait optimiste et se disait qu'il était temps que Michèle rencontre enfin un amoureux et que tous les deux vivent une aventure ensemble. Quitte à faire quelques folies!

Ils quittèrent donc son logis sans trop se soucier de Michèle Delma. Du moins pour le moment.

Chapitre 74.

Cela faisait plus d'une semaine que Quito s'inquiétait pour Michèle Delma. Elle n'était pas retournée à son travail, ni à son domicile. Le notaire Félix Laporte avait rappelé Joe pour lui manifester son impuissance à relever la trace de la jeune femme, malgré tous les efforts déployés par le personnel de son bureau.

Quito téléphona à Pierre Bouliane, afin de savoir si ce dernier n'avait pas eu de nouvelles de son ex-belle-sœur. N'ayant plus de rapports avec elle depuis des années, Bouliane exprima son incapacité à pouvoir aider Quito dans ses recherches. Peut-être que David aurait pu être plus en mesure d'aider, puisqu'il avait, lui, gardé le contact avec sa tante. Les deux se voyaient à l'occasion de leur anniversaire respectif, à chaque année. Mais compte tenu de la perte de mémoire que le fils avait subie l'an dernier, son père ne misait pas gros sur leur chance d'en tirer quelque chose.

- Où est votre fils, en ce moment, monsieur Bouliane?

- Il est à Montréal. Il poursuit ses études en génie informatique. Vous voulez son adresse? Il habite avec deux amis dans un appartement non loin de l'Université McGill.

- Oui, s'il vous plaît. Même si je n'obtiens pas de résultats, ça va me faire plaisir de revoir votre fils.

Bouliane alla consulter l'adresse dans son carnet et la transmit à Joe. Les deux hommes se saluèrent ensuite et raccrochèrent. Aussitôt la tonalité revenue dans l'écouteur, Quito signala le numéro de David Bouliane.

- Ouais…

- Est-ce que je suis chez David Bouliane?

- Ouais… C'est moi. Qui parle?

- Ici Joseph Quito, inspecteur à la Sûreté du Québec. Tu te souviens de moi David?

- Oui, bien sûr!

- Ah! C'est vrai?

- Ben, oui… On est allé manger une pizza ensemble l'an dernier… C'est même à ce moment que j'ai eu mon accident!

Le jeune homme avait lancé la phrase comme si le souvenir venait tout juste de lui revenir. Quito ne voulait pas qu'il en dise plus au téléphone. Il le coupa donc pour lui demander s'il pouvait le rencontrer, là, tout de suite.

- Y'a pas de problème, Joe...

- Tu es chez toi, à ton appartement?

- Ouais... Je ne bouge pas d'ici de la journée.

- Tu es seul?

- Ouais... mes colocataires sont tous partis pour le weekend. Et ils ne reviendront certainement pas avant tard dimanche soir.

- Ne bouge pas de là, j'arrive d'ici quelques minutes!

- C'est bien, Joe. Dis-moi...

- Oui?

- Comment va Kim?

- Très bien, mon garçon. Je te raconterai les détails tout à l'heure!

Joe raccrocha avant que le jeune Bouliane ne puisse ajouter quoi que ce soit. Il avisa le poste de garde qu'il sortait et qu'on pourrait le joindre sur son portable. Moins de quinze minutes plus tard, Joe frappait à la porte du logement de David. Le garçon entrebâilla la porte, reconnut le policier et ouvrit en lui souriant de toutes ses dents.

- Salut, Joe! Content de te voir!

- Moi aussi, fiston, moi aussi!

Les deux hommes se serrèrent dans les bras l'un de l'autre. Ils étaient tous les deux très contents de se revoir. Joe avait hâte de lui poser quelques questions. Il demanda à David s'il avait quelques minutes à lui consacrer.

- Bien sûr, Joe. Viens t'asseoir au salon. Je t'offre une bière? Un verre de jus de fruits?

- Qu'est-ce que tu as comme bière?

- Je ne bois que de la sans alcool... désolé.

- Ce sera parfait, David!

- C'est de la *Broue Blonde*, tu connais?

- Euh, oui...

Quito souriait et se dit que la vie apportait toujours son lot de surprises. Le jeune homme revint avec deux cannettes bien froides et deux grands verres, étonnamment propres. Ils prirent place sur un canapé de cuir brun dont les craquelures et la décoloration par endroits trahissaient son état d'antiquité. Quito se sentit néanmoins confortablement installé et versa le liquide blond dans son verre tout en remerciant son hôte pour sa chaleureuse hospitalité. Après avoir avalé une bonne lampée et essuyé la moustache laissée par la mousse, il attaqua :

- Alors, tu as retrouvé la mémoire?

- Euh, oui... Enfin, je crois...

- Puisque tu t'es souvenu de moi, j'étais sous l'impression que tout était revenu à la normale, non?

- Je ne sais pas, Joe. Quand j'ai entendu ta voix au téléphone, je me suis souvenu de toi. Et de Kim aussi! Elle va bien, que tu m'as dit!

- Oui. Elle est sortie de l'hôpital il y a plusieurs mois déjà et elle est même retournée travailler.

- Ah! Je suis très content pour elle! C'est une chic fille, Joe. Tu as de la chance de l'avoir rencontrée, tu sais!

- Oui.

Joe était ému par les propos tenus par le jeune homme. Cela lui prouvait que David était un garçon très perspicace et qu'il était sans doute très mature pour son âge. Il se rendait compte aussi de la chance qu'il avait d'avoir Kim comme compagne.

- Dis-moi, David, il y a longtemps que tu as eu des nouvelles de ta tante Michèle?

- On ne s'est pas vus pour ma fête, ce printemps... j'imagine que j'étais toujours amnésique à ce moment-là. Donc, la dernière fois qu'on a sans doute été faire la fête ensemble, ça devait être autour du 5 octobre 2009. Je crois bien que c'est à ce moment-là que je l'ai amenée au *Bourbon Street Club*!

- Le bar populaire dans les Laurentides?

- Ouais...! J'étais chez ma mère et tante Michèle est venue pour me voir et on a pris le souper en famille, avec le gâteau, les chandelles et tout le tralala! Vous savez comment c'est!

- Oui. Pourquoi le 5 octobre?

- Oh! C'est la date d'anniversaire de tante Michèle!

- Ah. Donc vous êtes tous sortis faire la fête dans ce bar?

- Non. Seulement tante Michèle et moi. Maman était dans une passe négative. Elle n'avait pas l'esprit à la fête et tante

Michèle et moi avons voulu fuir l'atmosphère trouble qui régnait chez ma mère.

- Je vois. C'était donc il y a deux ans…

- Ouais… On dirait que j'en ai sauté tout un bout. Mais je vais toujours me souvenir de cette soirée en particulier!

- Pourquoi donc?

- Parce que tante Michèle s'est fait draguer par une gouine!

- Vraiment!

- Oui! On a pris place au bar et on a parlé. De moi, d'elle, de mes études. Puis des copains à moi sont arrivés et je me suis mis à leur parler. La barmaid est venue s'entretenir avec tante Michèle, puisqu'on l'avait un peu laissée en veilleuse… Mais même si je me sentais un peu nul de lui tourner le dos pour parler à mes amis, je voyais bien qu'elle était en grande conversation avec Paula.

- Paula Agostina?

- Ouais… Tu la connais?

- Disons que je l'ai rencontrée, oui. Continue ton récit, David…

- Ben, comme je disais, tante Michèle et Paula n'avaient pas l'air de s'ennuyer du tout, alors j'ai poursuivi la conversation avec les copains, puis, comme il y avait aussi des copines, on est allé danser un peu. On s'amusait bien, quoi. Puis, quand est venu l'heure de la fermeture, j'ai demandé à tante Michèle si ça ne la dérangeait pas trop que j'aille terminer la soirée avec mes amis. Elle m'a répondu que non, puis Paula m'a dit : « T'en fais pas, vieux, je vais prendre soin d'elle! »

- Elle a dit ça?

- Ouais… Et tante Michèle m'a fait un clin d'œil avant de m'embrasser et me dire au revoir. Je suis donc parti avec mes amis.

- Et ta tante, elle, est partie avec Paula?

- Je ne sais pas. Mais je peux me l'imaginer, parce que je l'ai revue au bar la semaine suivante!

- Paula?

- Non! Ma tante! Elle était accoudée au bar et regardait Paula travailler. Ça m'a un peu surpris, mais je me disais que c'était bien que ma tante ait enfin une amie. Peut-être même une petite amie… Dans le sens de quelqu'un avec qui elle était, quoi.

- Je vois. Elles ont été ensemble longtemps, tu crois?

- Je dirais plusieurs mois. Ma tante ne m'en parlait pas, mais comme je la voyais souvent dans le nord, j'en déduisis qu'elle et Paula, c'était le match, quoi.

- Ça ne te faisait rien de voir deux femmes ensemble?

- Aujourd'hui, Joe, c'est monnaie courante!

- Oui.

Un silence s'installa entre les deux hommes. Quito avait le cerveau en ébullition et David était à court de mots. Michèle Delma n'avait pas avoué à Joe qu'elle avait eu une aventure avec Paula Agostina. Elle lui avait même avoué qu'elle se sentait mal en sa présence, parce que Paula était lesbienne… Curieux!

- Il y a quelque chose qui te tracasse, Joe?

- Oui. Enfin, pas exactement. Dis-moi, David, ta mère…

- Oui?

- Tu te rappelles…?

- Je me rappelle de ma mère, Joe!

- Je veux dire, ce jour… à Noël l'an dernier…

- Ah, ça! Ouais… C'est moche.

- Oui.

- Mais elle m'avait fait beaucoup de peine, Joe.

- Je sais.

- Je regrette mon geste, tu sais.

- Je n'en doute pas, mon garçon. Tu en as parlé à quelqu'un d'autre?

- De ce que je lui ai fait ce jour-là?

- Oui.

- Non. Tu es la seule personne à qui j'ai confié ce secret, Joe.

- Bien. Gardons ça pour nous, tu veux bien?

- Ouais… si tu le veux.

- Je le veux, David. Parfois il est mieux de garder les gens dans l'ignorance. Savoir ferait plus de tort que de bien, dans le cas présent. Ton père n'est au courant de rien…

- Je vois. Ne lui faisons pas de peine, alors…

- Exactement.

- Je n'en parlerai à personne, Joe. Tu as ma parole d'honneur!

- Bien! Écoute, jeune homme, nous tentons de rejoindre ta tante Michèle. C'est pour cette raison que je voulais te voir. On a de la difficulté à la localiser. Tu n'as pas d'idée où elle pourrait être?

- Désolé, je ne vois pas.

- Tu crois possible qu'elle se soit fait un nouveau copain? Quelle puisse avoir le coup de foudre pour quelqu'un, par exemple?

- Ça m'étonnerait.

- Pourquoi?

- Ma tante est une personne très réservée. Je crois qu'elle a de la difficulté à avoir une relation sérieuse avec quelqu'un…

- Tu lui connais de mauvaises expériences passées?

- Je n'en connais pas les détails, mais ma mère a déjà mentionné des choses qui allaient dans ce sens. Il paraît, selon ma mère, que tante Michèle ait subi une grande peine d'amour lorsqu'elle était toute jeune. Ça l'aurait marquée, supposément.

- Tu sais qui était cette personne?

- Non. Je suis désolé…

- Je comprends. Bon, je dois retourner au travail. Je suis très heureux de te revoir, fiston!

- Moi aussi, Joe!

- On reste en contact!

Sur ces mots, Quito laissa le jeune homme à ses souvenirs. Dieu que les membres de cette famille avaient traversé des étapes difficiles dans leurs vies respectives!

Chapitre 75.

Le 6 mai 2011, un corps fut repêché des eaux du fleuve Saint-Laurent. La nouvelle fit la première page du quotidien « Le Journal de Montréal ». L'identité de la victime n'était pas révélée, mais l'article mentionnait qu'il s'agissait du cadavre d'une femme. Elle avait apparemment séjourné dans les eaux froides du fleuve pendant un certain temps. L'autopsie révélerait la cause exacte du décès et aiderait sans doute à identifier formellement cette pauvre femme.

L'article indiquait aussi que la dépouille mortelle avait été découverte par de jeunes enfants qui s'amusaient à capturer des grenouilles, dans une baie entourée de végétation, tout près de Repentigny, une ville se situant de l'autre côté du pont Le Gardeur, à l'extrémité est de l'île de Montréal.

Si le public avait des informations susceptibles d'aider les enquêteurs à identifier la victime, on le priait de s'adresser sans tarder au poste de police de leur quartier.

Chapitre 76.

Le lundi 9 mai, Maître Félix Laporte reçut à ses bureaux la visite d'une jeune personne qu'il ne connaissait pas. L'individu en question venait le voir pour réclamer l'héritage de feu Nadine Delma!

Maître Laporte tenta de savoir les raisons qui poussaient cette personne à croire qu'elle pouvait réclamer l'héritage de Nadine Delma. Mais les explications qui lui furent exposées n'avaient pas beaucoup de sens aux yeux du notaire. Il tenta d'expliquer qu'il ne pouvait pas remettre comme ça un héritage, sans pouvoir confirmer officiellement les preuves avancées par l'intéressée, à savoir qu'elle était réellement et légalement l'héritière telle qu'elle le prétendait. Il lui faudrait du temps et il devait avant tout communiquer avec les autorités avant de prendre quelque décision que ce fût!

La visiteuse fut donc reconduite, après que la secrétaire du notaire a pris note de toutes ses coordonnées et pièces d'identité photocopiées en tant que preuves à l'appui de ses prétentions.

Après avoir salué cette prétendue héritière, Maître Laporte retourna à son bureau pour téléphoner de facto à l'inspecteur Joe Quito :

- Quito…

- Oui, ici le notaire Félix Laporte, nous nous sommes rencontrés il n'y a pas si longtemps.

- Maître Laporte! Que puis-je faire pour vous? Vous avez des nouvelles de Michèle Delma?

- Non. Enfin, oui, peut-être…

- Expliquez-vous, maître.

- Je suis encore un peu abasourdi par la visite que je viens d'avoir à mes bureaux. Vous êtes au courant d'un corps que l'on aurait repêché dans le Fleuve Saint-Laurent, vendredi dernier?

- Oui. Le cadavre est ici même, à la morgue.

- Vous avez identifié la victime, inspecteur? Il s'agirait de Michèle Delma!

- Quoi! Comment le savez-vous?

- Eh bien j'ai reçu la visite d'une jeune femme cet après-midi. Elle se prétend avoir droit à l'héritage de Nadine Delma!

- Je ne comprends pas. Nous parlions de Michèle Delma, sa sœur...

- Oui. En effet. Nadine léguait tous ses biens à sa sœur Michèle.

- Oui.

- Mais si Michèle Delma est décédée, cette personne prétend être l'héritière de cette dernière, Michèle... vous comprenez?

- Oui. Cette personne, elle a un testament de la main de Michèle Delma? Ou est-ce vous qui étiez...

- Non! Je n'avais que Nadine comme cliente, inspecteur. Il semblerait que Michèle ait écrit une lettre de suicide, dans laquelle elle fait de ma visiteuse son héritière...

- Une lettre de suicide...? Nous avons fouillé l'appartement de Michèle Delma et n'avons trouvé aucune lettre...

- Je vois.

- Dites-moi, maître, qui est cette personne qui se prétend l'héritière de Michèle Delma?

- Cette jeune femme a pour nom Paula Agostina, inspecteur.

Chapitre 77.

Le mardi 10 mai, on repêcha le corps de Michèle Delma, échoué sur la pointe ouest de l'île Charron. Un pêcheur avait aperçu le corps et avait averti les autorités à l'aide de son téléphone cellulaire.

Chapitre 78.

Joe arriva le premier au loft de la rue St-Paul, suivi de peu par une Kim chargée de sacs. Elle avait décidé de passer par ses fournisseurs préférés et avait acheté ce qu'il fallait pour faire un bon repas sans perdre de temps à cuisiner.

- Salut mon beau chevalier! Je suis arrivée!
- Bonsoir, Kim. Je suis au salon.
- Tu as faim?
- Um!
- Qu'est-ce que tu fais?
- J'ai de la lecture à faire… pour le boulot.
- Ah…
- Ça t'embête si je m'y remets après le souper?
- Pas du tout, Joe. Si c'est important pour toi, je vais m'occuper à autre chose. Tu peux continuer, pendant que je prépare les assiettes.
- Ça sent très bon! C'est quoi?
- Plats cuisinés, prêts à servir… Je n'ai qu'à les réchauffer, ça va prendre une quinzaine de minutes.
- Prends le temps de te servir un verre de vin, mon ange. J'ai très faim, mais je ne suis nullement pressé.
- Je t'aime, Joe Quito!
- Je t'aime aussi, mon ange adoré… Tu ne m'as toujours pas dit c'est quoi…
- C'est quoi, quoi…
- Ce qui sent si bon!
- Ah, surprise. Italien. Mais tu verras dans ton assiette!

Sans plus se préoccuper de lui, Kim se mit à déballer les sacs et à préparer les assiettes. Sur le conseil de Joe, elle se versa un verre de vin rouge qu'une amie au bureau lui avait conseillé.

Tout en entendant les bruits de vaisselle, Joe s'était replongé dans la lecture du journal intime de Michèle Delma. Il était fasciné par l'écriture appliquée de cette femme, pour qui il éprouvait une certaine sympathie. Elle avait commencé à écrire ce journal le jour de son dix-huitième anniversaire de naissance. Joe y lisait comment elle s'était sentie délaissée cette journée-là.

Personne n'ayant souligné l'événement d'une carte, d'un cadeau ou même simplement d'un coup de fil!

Joe apprit que Michèle Delma était une jeune femme solitaire, qui avait très peu d'amis et qu'elle aurait aimé que sa sœur aînée s'occupe un peu plus d'elle. Nadine fascinait la jeune Michèle. Mais la cadette trouvait que sa sœur était une écervelée! Elle détestait sa façon de se jouer des hommes. Michèle prenait de plus en plus connaissance des agissements plus qu'intéressés de sa sœur, vis-à-vis la gente masculine!

Joe dût interrompre sa lecture lorsque Kim l'appela pour le repas :

- C'est prêt, monsieur l'inspecteur!

- J'arrive…

- J'espère que tu vas aimer.

- J'aime absolument tout ce que tu fais, mon ange!

- Ce n'est pas moi qui ai cuisiné ces plats…

- Je le reconnais, mais c'est toi qui les as choisis! Ça revient au même, pour moi.

- Tu es gentil, Joe.

Ils s'attaquèrent aux pâtes et à la saucisse épicée sans plus de préambule. Joe avala le tout sans émettre d'autres sons que des : Um! Oh-là! Super! Son assiette était terminée alors que Kim n'en était qu'à moitié de la sienne, qui au départ était beaucoup moins remplie que celle de son homme.

- Eh bien! J'aime te voir manger de si bon appétit!

- C'était absolument délicieux! lui répondit un Joe Quito bien repu. Ça t'ennuie si je retourne à ma lecture?

- Il y a un bon dessert, Joe…

- Ah, dans ce cas, je vais t'attendre.

- Non, je t'apporte ton assiette!

- Je ne suis pas si pressé, Kim.

- Oh que si tu l'es… Je te connais, Joe Quito!

Kim s'était levée et avait rapporté devant lui une assiette où trônait une superbe pointe de tarte au citron, à la meringue épaisse et parfaitement dorée sur le dessus. Joe l'attaqua sans attendre, la mangeant un étage à la fois : meringue en premier, garniture au citron ensuite, suivis de la pâte qu'il aimait bien imbibée des jus citronnés du mélange jaune et crémeux qu'il venait tout juste d'engloutir. Kim demeura silencieuse, faisant non de la tête, comme si l'homme qu'elle avait devant elle était un enfant qui méritait d'être grondé par sa mère, mais que par amour pour lui, elle s'empêchait de le faire. Joe leva les yeux vers elle, un sourire radieux au visage, alors qu'il avalait la dernière bouchée.

- Allez, va! Retourne à ton livre… Je m'arrange avec la vaisselle.

- Tu es un amour… lui souffla-t-il.

Joe l'embrassa sur le front et emporta son verre de vin bien rempli au salon. Il se cala dans son fauteuil de cuir et reprit la lecture du journal de Michèle Delma.

Il feuilleta rapidement les pages sur les années entre les dix-huit ans de Michèle, jusqu'à ce que le contenu le renseigne sur l'époque où Michèle séjourna chez sa sœur, dans les Laurentides, au mois de mai 2009. Nadine avait invité sa jeune sœur à l'accompagner dans le Nord pour la durée complète de la semaine de vacances de Michèle. Elles voulaient se faire bronzer sous le soleil déjà chaud du printemps; aller prendre des marches dans les sentiers de montagne environnants; sortir le soir dans les bars; bref, s'amuser entre femmes, puisque le compagnon du moment de Nadine, Peter Marshall, était « retenu » à Vancouver. L'aînée se sentait seule et voulait profiter de la vie avec sa petite sœur.

Comme le notait cependant Michèle, avec son écriture penchée vers la gauche, les bonnes intentions de Nadine n'étaient que passagères, comme d'habitude! Après une période sereine, sa sœur piquait inévitablement un cafard! C'était donc durant cette période que Nadine avait rencontré, puis fréquenté la barmaid Paula Agostina.

Quito lut les mots exprimant la peine et la déception de Michèle :

« *Ma sœur a fait la connaissance d'une barmaid. Elle se nomme Paula, est assez jolie avec un corps bien sculpté. Ma sœur vient d'atteindre le fond du baril, comme à son habitude. Elle a rencontré cette fille au bar, où elle y est allée sans moi. Elles sont revenues ensemble aux petites heures du matin. Je me suis réveillée à leur arrivée dans le chalet et je les ai entendues* discuter dans le salon. J'hésitais à me lever pour aller les rejoindre, puis je me suis dit que c'était sans doute mieux que je m'en abstienne. J'ai bien fait! Quelques minutes plus tard, ma sœur et cette fille se plotaient sur le divan du salon!

Ça m'a dégoûtée, sur le coup. Puis je me suis sentie l'âme d'une voyeuse. Je n'arrivais pas à retourner dans mon lit et à les oublier, toutes les deux. J'avais le regard rivé sur leurs ébats et lorsqu'elles ont commencé à se déshabiller puis se servir de leurs pieds pour se frotter l'une l'autre, ça m'a excitée! Du coup, j'enviai ma sœur de pouvoir s'offrir un peu de plaisir avec quelqu'un de si attentionné. J'ai atteint l'orgasme, debout derrière la porte entrebâillée de ma chambre, retenant mon souffle pour ne pas trahir mon excitation.

Alors que les deux amoureuses regagnaient la chambre des maîtres, je me suis recouchée en repensant à ce qui venait de m'arriver. J'étais confuse, ne sachant comment réagir à tout ça. Il valait mieux que je m'éclipse en douce… J'ai donc écrit un petit mot à l'intention de Nadine et j'ai fait ma valise pour regagner Montréal avant qu'elle ne se lève. »

Joe était abasourdi par la nouvelle. Il ne pouvait plus lâcher ce bouquin, maintenant qu'il avait appris un secret aussi intime sur la jeune femme disparue.

Chapitre 79.

Joe était bien calé dans son fauteuil et lisait avec grand intérêt les pages qui lui dévoilaient les plus intimes secrets de Michèle Delma. Il n'entendit que d'une oreille discrète le « Bonsoir, Joe… » que Kim venait de lui souffler juste avant de se retirer à l'étage pour aller dormir. Lui, n'avait même pas encore pris le temps d'aller uriner, alors que sa vessie le lui commandait depuis déjà plusieurs minutes.

Incapable d'abandonner sa lecture, Joe se résigna pourtant à se rendre aux toilettes avant qu'un accident ne se produise…

- Kim? Tu es là?

N'obtenant pas de réponse, Joe réalisa que sa bien-aimée s'était déjà endormie. *Bonne nuit, mon ange…* se dit-il *in petto*, le sourire aux lèvres en imaginant Kim dans leur lit, serrant son oreiller contre elle.

Il se réinstalla dans le confortable fauteuil et reprit le journal de Michèle pour en poursuive la lecture. Il sauta quelques pages, les parcourant très rapidement en diagonale. Il cherchait à lire la suite de l'aventure qu'avait vécue Michèle avec la barmaid Paula. Pour Joe, cela ne faisait pas sens. Il lui semblait que les deux femmes étaient à l'opposé l'une de l'autre! Mais comme le veut le dicton populaire qui énonce que « Les contraires s'attirent », Joe n'arrivait pourtant pas à entrevoir la possibilité dans ce cas-ci. Et pourtant, les pages qu'il venait d'atteindre allaient lui prouver le contraire!

En effet, Michèle écrivait de son écriture oblique, le début de son aventure avec Paula Agostina :

20 novembre 2009

Ma sœur a piqué sa crise et foutu Paula à la porte de la maison de Peter Marshall. Paula m'a téléphoné, en pleurs… n'ayant nulle part où aller. Je lui ai dit de m'attendre, que je viendrais la rencontrer à son bar le soir même, au début de son quart de travail. J'ai pris quelques vêtements et me suis dirigée vers Mont-Rolland.

Une fois assise au bar, Paula m'a accueillie avec un sourire timide, qui m'a tout de suite fait craquer pour elle! Cette fille est très jolie et de ce que j'avais retenu de ses ébats avec ma sœur, elle était douce et respectueuse de nature. Elle ne méritait pas le traitement que Nadine lui faisait subir. Je lui ai donc dit que j'allais l'aider à lui trouver un logement dans la région dès le lendemain. Paula me gratifia d'un sourire absolument épatant, laissant voir ses dents blanches et parfaites.

Elle prit soin de me servir et de me parler dès qu'elle avait un temps mort. Mais à ce bar, il y avait toujours beaucoup de clients et d'action. Je ne m'intéressais pas à ce qui pouvait s'y passer. Je n'avais d'yeux que pour Paula qui évoluait efficacement derrière son bar et je la trouvais de plus en plus attirante... J'allais m'en faire une amie, j'en étais persuadée.

À l'heure de la fermeture, Paula me rejoignit dans le parking. Elle ne savait où aller. Je lui ai suggéré de louer une chambre au motel voisin, pour lui permettre de se reposer jusqu'au lendemain après-midi. Je voulais alors aller avec elle pour tenter de trouver un logement pas trop cher, dans un rayon proche de son lieu de travail. Elle insista pour que je reste avec elle. Elle disait que je n'étais pas en condition de conduire jusqu'à Montréal. Je ne me sentais pas du tout éméchée et lui dit que ça n'était rien pour moi que d'aller passer la nuit chez moi.

P. ne me laissa pas partir! Elle me prit par la main et m'attira dans la chambre avec elle. Les choses se sont précipitées sans que je n'en prenne trop conscience... P. m'enleva mon manteau et me pria de retirer mes bottes. Elle fit de même et nous nous sommes assises sur un des deux lits. Elle me prit la main, me dit « Merci », puis m'embrassa sur la bouche! Je ne tentai même pas de me retirer. Ses lèvres pulpeuses étaient bouillantes et son baiser m'alluma sans que je puisse réagir autrement qu'en lui rendant la pareille. Puis sa langue frôla mes lèvres et je l'imitai. Après cela, je ne me souviens plus des détails... Nous avons fait l'amour et avons passé la nuit toutes les deux dans le même lit!

Joe laissa retomber le livre sur la table du salon. « P. » Elle avait écrit P. pour Paula, évidemment! Ce que lui et son acolyte Marco avaient pris pour un nom masculin représentait-il donc

Paula Agostina? Il fallait lire la suite du journal intime pour en avoir la confirmation…

Chapitre 80.

Joe termina la lecture du journal de Michèle Delma un peu avant minuit. Mais ce n'est pas avant deux heures du matin qu'il put enfin trouver le sommeil. Ce que le journal lui avait appris avait lancé ses neurones à plein régime. Il se devait de comprendre ce qui avait bien pu pousser Michèle Delma su suicide. Hypothèse qu'il avait beaucoup de mal à accepter, malgré que la jeune femme en faisait mention dans son journal.

Si cela n'avait été que de lui, Quito aurait tout de suite téléphoné à Marco pour pousser l'enquête plus avant. Mais Joe savait que Marco avait eu une longue journée et qu'il n'aurait pas été au meilleur de sa forme. Et puis, tout le monde dormait à cette heure-ci. Il eut été difficile d'obtenir des rendez-vous, de conduire des interrogatoires auprès de gens réveillés en plein milieu de la nuit! Valait mieux qu'il s'endorme lui-même au plus vite, afin d'être en plein contrôle de son corps et de ses facultés mentales le lendemain.

Plus facile à dire qu'à faire! Son cerveau n'arrêtait pas de ressasser les informations secrètes recueillies dans le journal de Michèle en soirée. C'était difficile d'accepter le fait que la sœur de Nadine ait été à son tour l'amante de Paula! Quito n'arrivait pas à se l'imaginer. Mais le récit était pourtant bien clair : Michèle et Paula avaient eu une aventure qui avait durée plusieurs mois.

Michèle avait écrit noir sur blanc qu'elle avait aimé Paula et que ce sentiment lui semblait réciproque de la part de sa bien-aimée barmaid. Joe savait d'instinct que Paula avait très bien pu tomber en amour avec Michèle. Lesbienne inconditionnelle, Paula flirtait avec toutes les femmes qui venaient s'accouder à son bar. Elle s'était entichée de Nadine et de ce que Paula lui avait elle-même raconté, elle était devenue sincèrement amoureuse de cette femme, malgré sa maladie bipolaire. C'était d'ailleurs à cause de cette même maladie, en phase particulièrement dépressive, que Nadine avait mis un terme à leur relation de façon pour le moins abrupte et cavalière, soit en jetant carrément l'autre à la porte du logis dans lequel elle l'avait pourtant accueillie peu de temps auparavant!

Michèle aussi avait initié la décision de s'éloigner de Paula. Comme elle l'avouait à son journal, Michèle ne se sentait pas bien dans une relation homosexuelle. Elle aimait profondément Paula et voulait qu'elles demeurent de bonnes amies. Mais elle ne se sentait plus la force morale d'accepter que les deux femmes soient aussi intimes et qu'elles éprouvent le besoin d'avoir des ébats sexuels entre elles. Et comme Paula venait d'être arrêtée et accusée du meurtre de sa sœur, elles devaient se quiter de toute façon.

Au moment d'annoncer sa rupture, Michèle avait mis de l'avant les raisons les plus logiques et qui, selon elle, allaient de soi : leur milieu respectif de travail et la distance physique séparant les deux femmes. Michèle qui avait son condo à Montréal et qui exerçait sa profession de jour, versus Paula travaillant de nuit et habitant un logement à Mont-Rolland, avec quatre-vingt-cinq kilomètres de distance les séparant l'une de l'autre.

Donnant suite à la facilité avec laquelle les deux femmes s'étaient séparées, elles avaient gardé le contact. Paula semblait toujours plus sentimentalement attachée à Michèle, alors que cette dernière s'était convaincu que leur relation relevait plus d'un genre d'amitié entre deux soeurs. Mais Michèle s'avouait du même coup au bord de la dépression. Son milieu de travail, constamment entourée de gens psychologiquement dérangés, n'avait rien pour l'aider à traverser cette phase négative de sa vie.

Joe rêva cette nuit-là. Il voyait la frêle Michèle courant dans les rues de Montréal pour échapper au délire d'une Paula amère qui n'acceptait pas la rupture! Il se réveilla en sueurs; il était cinq heures dix à son cadran. Kim dormait à poings fermés.

Incapable de rester une minute de plus au lit, Joe plaqua un doux baiser sur l'épaule dénudée de Kim et se leva pour aller prendre une douche. Il se ravisa et enfila aussitôt un t-shirt noir et une paire de jeans. Il fourra ensuite quelques vêtements dans son sac de sport et prit la direction du bureau, où il passerait l'heure suivante dans le gymnase à évacuer son anxiété.

En route à pied vers le Quartier Général de la Sûreté du Québec, rue Parthenais, il téléphona à Marco de son portable. Ce dernier décrocha à la deuxième sonnerie :

- Tozzi...

- Marco, je suis presqu'arrivé au gymnase! Amène-toi que je te botte les fesses!

Sans laisser le temps à son partenaire de lui rétorquer quoi que ce soit, Quito raccrocha. Il arriva à l'accueil moins de cinq minutes plus tard et se dirigea vers le vestiaire pour enfiler ses vêtements de jogging.

∞∞∞

Marco arriva une vingtaine de minutes plus tard et s'empressa de se changer à son tour. En peu de temps, il courait à côté de Joe sur la piste tracée de lignes vertes sur tout le pourtour de l'immense salle au plancher de lattes de bois franc.

- Tu t'ennuyais de moi, ma puce?

- Salut, Marco. Content de te voir.

- Tu es très tôt ce matin, camarade... Kim t'a foutue dehors parce que tu l'as mal baisée?

- Ne dis pas de conneries, Tozzi!

- Alors raconte, ma puce...

- Combien de fois faudra-t-il que je te répète que je déteste que tu m'appelles comme ça!

- C'est bien pour cette raison que je continue! Ça met du piquant dans nos vies...

- Bon, assez tergiverser...

- Tergi... quoi?

- Tergiverser, Tozzi. Ça veut dire déblatérer sur un sujet pour gagner du temps!

- Débla... quoi?

- Tourner autour du pot, si tu préfères...

- Comme on tourne autour du gymnase? Ça me va de tergiverser, mec!

- Ça suffit, Marco! J'ai lu le journal de Michèle Delma hier soir et je suspecte que Paula Agostina ait quelque chose à voir avec la mort de Michèle...

- Ah bon? Qu'est-ce qui te met la puce à l'oreille?

- Elles ont été amantes…

Tozzi s'arrêta net de courir. Droit comme un piquet, les bras ballants, il regarda Joe prendre la courbe au fond du gymnase. Il n'y avait personne d'autre dans la grande salle qui faisait écho aux pas réguliers de Joe. Marco était estomaqué.

- Tu me fais marcher! cria-t-il à Joe qui arrivait à sa hauteur de l'autre côté du large plancher de lattes de bois vernies.

- Non.

Marco demeura sur place et attendit que Joe complète son tour de piste avant de repartir à courir à ses côtés. Joe poursuivit :

- Elles se sont rencontrées le soir où Nadine a foutu Paula à la porte de la maison de Peter Marshall.

- Michèle était là?

- Non. Paula lui a téléphoné. Elle était désemparée, surprise par la tournure imprévue des événements.

- Pourquoi Michèle…

- Parce qu'elles s'étaient vues à quelques reprises, durant la relation que Paula et Nadine avaient entretenue pendant un temps.

- Juste « vues »…?

- Oui.

- Pourquoi l'avoir appelée elle et non pas une de ses nombreuses connaissances ou relations de travail?

- Parce que je pense, mon cher Marco, que Paula avait peut-être un plan!

- Un plan? Quelle sorte de plan…

- C'est ce qu'il nous faudra découvrir, mon cher Watson!

Sur ces derniers mots, Quito partit d'un sprint frénétique! Marco étant bien réchauffé, mais surtout piqué au vif par cet appel à la compétition, il ne se fit pas prier pour accélérer la cadence! Ses longues jambes musclées eurent tôt fait de lui permettre de combler l'avance qu'avait pu prendre son compagnon. Arrivé à sa hauteur, Tozzi se permit une pique :

- Tu ramollis, ma puce!

Joe réagit à la seconde et y mit toute la gomme! Les deux hommes effectuèrent deux tours complets dans un côte-à-côte parfait, sauf dans le détour des coins, où celui occupant le corridor extérieur perdait une enjambée. Mais dans un esprit sportif, chacun changeait alors de corridor au tournant suivant, laissant à l'autre l'avantage du rayon le plus court pour le tournant suivant.

Les deux athlètes suaient à grosses gouttes mais souriaient alors qu'ils franchirent ensemble la porte donnant sur les vestiaires. Il n'y aurait ni gagnant, ni perdant, dans cette course improvisée. Chacun ayant même ralenti imperceptiblement leur élan lorsque l'autre tirait de l'arrière au sortir des tournants extérieurs, afin de permettre à son ami de revenir à sa hauteur et de continuer alors à plein régime! Ainsi étaient ces deux inséparables partenaires. Bien que Quito ait été le supérieur hiérarchique de Tozzi, ni l'un ni l'autre ne se sentait supérieur ou inférieur dans leur relation professionnelle ou personnelle.

- On file aux douches et on se rejoint à mon bureau!
- D'accord, ma poule!

Chapitre 81.

Lorsque les deux comparses se retrouvèrent dans le bureau de Quito, Joe demanda à son partenaire de tenter de retrouver Paula Agostina. Après vérification, Joe sut que Paula avait été libérée à la fin du mois de mars, date de son procès. Il fallait retracer ses allées et venues à partir de sa libération du pénitencier. Marco saurait renifler sa piste et il avait ordre de la ramener au QG pour un interrogatoire en règle.

De son côté, Joe voulait retourner au domicile de Michèle Delma et pousser plus à fond la fouille des lieux. Son intuition lui disait qu'il avait dû manquer quelque chose... Sans trop savoir ce qu'il cherchait, Quito s'empressa de prendre la direction du condo de la jeune femme.

Rendu sur place, Joe se rappela un détail qui lui avait jusque-là échappé : lorsque Tozzi l'avait appelé de la chambre de Michèle, après avoir trouvé son journal intime dans le tiroir contenant sa lingerie, il était en train de rembobiner la cassette du répondeur téléphonique. Il avait alors appuyé sur « stop » pour aller retrouver Marco, mais la cassette avait-elle eu le temps de se rembobiner jusqu'au tout début?

Cette fois-ci, il fit dérouler le ruban jusqu'au bout et appuya sur la touche « play ». Ils avaient effectivement raté deux messages lors de leur perquisition précédente... En les écoutant, Joe sut alors qui était P. Il prit la cassette et la mit dans une enveloppe pour pièces à conviction avant de l'enfiler au fond de sa poche de veston.

Chapitre 82.

Joe fut le premier à regagner le quartier général de la police. Marco arriva quelques minutes plus tard et s'amena au bureau de Joe après avoir invité Paula Agostina à les attendre dans la salle d'interrogatoire numéro un.

- Tu l'as retrouvée?
- Tu ne me fais plus confiance, ma poule?
- Oui.

Sans autre préambule, Joe se leva et suivit son compagnon dans le couloir. Il ouvrit la porte et s'installa devant la jeune femme qui avait un air très inquiet. Marco prit place de l'autre côté de la vitre au miroir sans tain, dans une pièce adjacente.

- Bonjour, Paula.
- Salut!
- Content de vous voir.
- Ouais, moi aussi. Malgré que je n'aime pas trop me retrouver dans ce cageot sans fenêtre donnant sur l'extérieur! On étouffe ici.
- J'ai quelques questions à vous poser.
- À quel sujet?
- À propos de Maître Félix Laporte, que vous avez rencontré il y a quelques jours.
- Ah bon.
- Si vous n'y voyez pas d'inconvénient, notre entretien sera enregistré. Ça vous va? Il y a une caméra vidéo au plafond qui capte tout, image et son. Ça évite les désaccords éventuels, vous comprenez? « J'ai dit ceci, mais pas cela… » On a qu'à repasser la bande pour tout éclaircir.
- Ouais, pas de problème. J'ai rien à cacher, moi.
- D'accord. Donc vous êtes allée retrouver Maître Laporte pour lui apprendre que vous deviez hériter d'une certaine somme?
- Oui.
- Vous pouvez élaborer, s'il vous plaît?

Paula se lança alors dans un monologue que Joe n'interrompit que par quelques questions brèves servant à bien orienter la déposition de la jeune femme. Cette dernière raconta comment elle avait vécu quelque temps avec Nadine Delma à titre d'amante de cette dernière, comme elle l'avait précédemment dit à l'inspecteur. Durant les beaux jours de leur relation, Nadine avait fait état de certains détails concernant ses avoirs. Les deux jeunes femmes étant à ce moment-là du même côté de la clôture, c'est-à-dire à détester la gente masculine, Nadine s'était vantée d'en avoir déplumé quelques-uns! Sans lui préciser tous les détails de ses réussites, Nadine avait néanmoins avoué à Paula qu'elle avait pu investir de sérieuses sommes qui étaient sous bonne garde, chez un gestionnaire de portefeuille, et en donna même le nom à Paula. Nadine lui suggérait d'y placer elle-même ses économies pour les faire fructifier plus rapidement que dans un compte épargne.À la suite de plusieurs conversations entre les jeunes femmes, Paula avait fini par apprendre que Nadine avait fait un testament auprès du gardien de ses avoirs, soit le notaire Félix Laporte, et qu'elle léguait tous ses biens à sa sœur Michèle.

-Vous saviez donc que Nadine Delma avait un portefeuille bien garni.

- Je ne connaissais rien de ces sommes, au moment où elle m'apprenait tout cela. Mais Nadine se vantait parfois qu'elle serait « millionnaire » avant la fin de l'année 2011! J'en ai donc déduit que sa fortune frôlait le million... si, évidemment, elle me disait la vérité!

- Oui.

- Mais je n'en ai jamais vu la couleur et même aujourd'hui je ne sais pas de quelle somme il s'agit!

- Mais vous prétendez avoir droit à cet héritage...

- Oui!

- Pourquoi!

- Parce que je suis devenue l'amante de sa sœur, Michèle Delma après que la garce m'a mise à la porte de chez elle!

- Ça ne fait pas de vous l'héritière de cette dernière pour autant...

- Michèle m'a nommément désignée comme telle! J'ai montré la lettre au notaire Laporte!

- Il l'a gardée, cette lettre?

- Il en a une photocopie! Je n'ai pas voulu lui laisser l'original. Pas confiance!

- Je vois. Et cette lettre, l'original, vous l'avez toujours?
- Non, pas avec moi...
- Elle est où, alors?
- Chez Michèle.
- Bien. Et que dit cette lettre, au juste?
- ...

Paula sembla tout à coup moins volubile. Son regard se porta vers le sol, recouvert de tuiles de vinyle beige tachetées de gris et de vert. Elle enroula une mèche de cheveux autour de son index droit et fit la moue avec ses lèvres charnues.

- J'ai soif! dit-elle.
- Bien. Faisons une pause. Vous m'attendez ici et je vais vous chercher à boire.
- Un *Coke diète* serait sympa.
- Je vais voir ce que je peux faire.

Quito quitta la salle et referma la porte derrière lui.

Chapitre 83.

Quito fut apostrophé par Tozzi dès sa sortie de la salle d'interrogatoire :

- Elle se défend bien, la petite?
- Tu crois?
- Moi, j'en sais rien, ma poule. C'est toi le Sherlock!
- On a du cola diète quelque part dans la baraque?
- Il doit bien y avoir ça dans la distributrice au bout du couloir. T'as de la monnaie? Je vais aller te le chercher.
- Oui, merci Marco.

Quito était songeur. Il avait l'esprit occupé à réviser tous les détails connus des agissements de Michèle Delma au cours des derniers jours. Paula n'avait été relâchée du Palais de Justice que depuis une dizaine de jours et il n'arrivait pas à comprendre comment elle avait pu en arriver là en si peu de temps. Il devrait la questionner plus à fond pour démêler l'énigme.

Marco revint et lui tendit une cannette bien froide de cola diète.

- Tu crois qu'elle voudra une paille ou un verre?
- Non. J'y retourne.
- T'as pas bonne mine, mec.
- Merci, Marco.

Quito rentra dans la minuscule pièce et posa le breuvage devant la barmaid. Il se fit la remarque en silence que les rôles étaient inversés, alors que c'était maintenant l'inspecteur qui servait la barmaid...

- Merci, dit Paula.
- Oui.

Quito laissa le temps à la jeune fille d'avaler une bonne rasade du breuvage glacé. Puis, sans autre préambule, il attaqua :

- Nous parlions de la lettre de Michèle Delma, sa lettre de suicide.
- Um...
- Vous m'avez dit que l'original se trouvait dans le logis de Michèle, c'est bien ça?
- Oui, c'est ce que j'ai dit.

- Comment le savez-vous?

- Que je sais quoi?

- Que la lettre se trouve chez Michèle!

- Ah. C'est simple, Michèle l'a rédigée devant moi…

- La lettre?

- Ben, oui.

- Il y a quelque chose qui ne tient pas la route, Paula. Vous prétendez connaître l'existence de cette lettre de suicide, dans laquelle Michèle Delma vous désigne comme son héritière éventuelle puis que vous avez tout bonnement laissé votre amante chez elle alors qu'elle se disait suicidaire!

- Ben quoi… j'étais certaine qu'elle n'irait pas jusqu'au bout; que c'était du bluff pour que l'on reprenne notre relation.

- Mais c'est vous qui avez téléphoné à Michèle pour la revoir, à votre sortie de prison! Juste mousse le tribunal vous a relâchée!

- Euh… Oui. Mais si c'est moi qui ai voulu la revoir en premier, ce n'était pas pour que l'on se remette en couple…

- Ah non?

- Je voulais seulement être avec quelqu'un… Vous comprenez, après une incarcération, j'avais besoin d'une présence, disons, amicale. Mais Michèle, elle, a tout de suite insisté pour qu'on arrête définitivement de se voir…

- Et c'est lors de votre rendez-vous, à un dîner en tête-à-tête que Michèle vous a dit qu'elle mettait fin à votre relation?

- Oui.

- Et?

- Et quoi…?

- Et vous avez accepté?

- Ben, oui.

- Pourquoi?

- Ben, parce que je sortais de prison… Je ne voulais pas que Michèle se retrouve en situation problématique…

Paula tournait toujours cette mèche de cheveux autour de son index. Elle était nerveuse et ne répondait pas avec aplomb, comme Quito l'avait constaté lors de ses interviews passés avec cette fille. Le policier ne la croyait pas et il le lui fit savoir sans mettre de gants blancs :

- Vous me mentez, Paula!

- Non! Je vous dis la vérité! J'ai dit à Michèle que j'allais partir… que ma vie était foutue ici au Québec… que je voulais aller me refaire une carrière quelque part en République Dominicaine. Mais Michèle s'est mise à chialer. Elle s'avouait elle-même déprimée. Elle disait vouloir en finir avec sa vie, qu'elle mettrait fin à ses jours…

- Et vous n'avez pas tenté de l'en dissuader?

- Sur le coup, je m'en foutais. Puis tout-à-coup, j'ai eu cette idée. Je lui ai dit : « Dans ta lettre de suicide, tu devrais me nommer ton héritière universelle! » « Mon héritière… je ne possède rien, pauvre cloche… » « C'est pas vrai », que je lui ai répondu, « Tu as ta collection de timbres et de monaies… et il y a tes meubles, ta voiture… » « Oui, t'as raison » qu'elle me dit. « Passe-moi un stylo et une feuille de papier… »

- Vous lui avez donné ce qu'elle demandait?

- Oui. Elle a pris la feuille et s'est mise à écrire qu'elle allait se suicider et qu'elle me laissait tout ce qu'elle possédait…

- Je ne vous crois pas!

- Eh bien ça n'est pas mon problème…

- Oh que si, ça l'est!

Quito quitta la salle en coup de vent. La porte se referma derrière lui et Paula demeura immobile pendant une minute entière, avant de tranquillement reporter la cannette de cola à ses lèvres. Elle cala le reste de son contenu et déposa le récipient d'aluminium sur la table au fini de Formica.

Marco sortit lui aussi de la pièce fantôme, du fond de laquelle il avait suivi l'interrogatoire. Il regarda son supérieur se passer la main dans les cheveux, le regard fuyant.

- Ça va, ma poule?

- Oui.

- On dirait pas, mec!

- Cette fille ment, Marco. Je la sens coupable… du moins, responsable de la mort de Michèle Delma.

- Je te crois, Sherlock.

- Tu le penses aussi?

- J'ai un peu tendance à pencher du même bord que toi.

- Oui. Mais encore faut-il prouver le tout! Laisse-la partir, Marco.

- T'es sérieux, là? Tu ne crains pas qu'elle foute le camp et qu'elle disparaisse à tout jamais?

- Non. Il y a un héritage en jeu!

- Oui, je vois.

- Dis-lui que le notaire Félix Laporte désire la rencontrer ce vendredi, 13 de mai, à son bureau du centre-ville pour dix heures pile!

- Il a été averti, le notaire? Il sera disponible?

- Non. Oui, il le sera!

Marco prit le temps de digérer la réponse de Joe, alors que ce dernier avait tourné les talons et se dirigeait vers son bureau. Puis, hochant la tête pour se confirmer qu'il avait bien saisi, il entra dans la salle d'interrogatoire.

- Mademoiselle Agostina?

- Oui…

- Vendredi prochain, 13 mai, soyez au bureau du notaire Félix Laporte pour dix heures du matin. C'est clair!

- Euh, oui…

- Vous pouvez partir!

Chapitre 84.

Le vendredi 13 mai 2011, Paula se présenta aux bureaux de Maître Laporte avec quinze minutes d'avance. Lorsque la secrétaire vint la chercher dans la vaste salle d'attente, Paula frétillait d'excitation à l'idée qu'elle toucherait bientôt le quasi million de dollars des placements de Nadine, dont cette dernière lui avait dévoilé l'existence secrète par le passé.

Quelle ne fut pas sa surprise de constater, en entrant dans le bureau de Maître Laporte, la présence de l'inspecteur Joseph Quito!

- Mademoiselle Agostina, prenez siège, je vous prie. Vous connaissez l'inspecteur Quito?

- Oui, on se connaît, dit-elle d'un ton bourru.

- Content de vous revoir, Paula, dit Quito.

Les trois se dévisagèrent quelques instants, puis Paula prit place dans un des deux fauteuils en cuir qui faisaient face au bureau de Maître Laporte. Ce dernier se cala dans son propre fauteuil et se rapprocha de son bureau, où plusieurs dossiers étaient soigneusement empilés. Quito resta debout, au côté du long et massif bureau du notaire. De son point de vue, il pouvait regarder le notaire et la barmaid sans avoir à tourner la tête. Seuls ses yeux suivaient les échanges entre l'homme de loi et la prétendue héritière. Maître Laporte brisa le silence :

- Mademoiselle Agostina, vous m'avez montré l'autre jour, une lettre signée de la main de Michèle Delma, la sœur d'une de mes clientes, à savoir mademoiselle Nadine Delma. Ladite lettre semblait relater deux faits bien précis, à savoir, primo, que mademoiselle Michèle Delma entendait mettre fin à ses jours et que, secundo, elle vous nommait spécifiquement son héritière universelle. C'est bien exact?

- Oui, Maître.

- J'ai fait authentifier la lettre, ou plutôt, devrais-je dire, que j'ai fait analyser l'écriture figurant sur la photocopie de l'original, afin d'établir si c'était bien de la main de la sœur de ma cliente. Les deux graphologues auxquels notre bureau a eu recours ont en effet confirmé que cette lettre avait bel et bien été rédigée par mademoiselle Michèle Delma. Les analyses ont été conduites en comparant certains documents qui étaient au dossier de Mademoiselle Nadine et dont nous étions certains qu'ils furent écrits de la main même de sa sœur Michèle, puisqu'ils avaient été rédigés ici-même, à nos bureaux, en présence de témoins, dont moi-même. Disons de plus, que l'écriture de mademoiselle Michèle présente des caractéristiques bien particulières, ce qui en a facilité l'authentification.

Paula tourna la tête vers Quito et le gratifia de son sourire des grandes occasions! Quito resta de marbre et dévia son regard du côté du notaire qui poursuivit :

- Puisque le document a été authentifié véridique, et que, du même fait, nous avons accepté de reconnaître en celui-ci les dernières volontés écrites de façon olographe par la testatrice, il ne nous restait plus qu'à confirmer de façon officielle le décès de mademoiselle Michèle Delma. Je suis donc en mesure de vous dire que nous avons en effet obtenu du bureau du Coroner un certificat de décès en bonne et due forme, confirmant que ladite sœur de ma cliente est morte par noyade, dont copie dudit certificat a été versée au dossier... De plus, il a été établi que mademoiselle Michèle Delma était l'unique l'héritière de feu sa sœur Nadine, dont le décès survenu antérieurement n'est pas remis en cause... Il est donc établi que selon les termes du testament olographe de mademoiselle Michèle Delma, l'héritage de feu Nadine Delma passera directement entre les mains de celle étant désignée par ledit testament olographe, c'est-à-dire...

Paula se mit à trembler. Sa vie allait changer du tout au tout! Finies les longues soirées juchée sur des talons vertigineux à courir derrière un bar; de devoir faire la belle façon à des tas de pauvres types qui ne songeaient qu'à la mettre dans leur lit! Elle se voyait déjà prendre l'avion, direction les Îles Caïman ou n'importe quelle autre île des Caraïbes. Là-bas, elle ne serait plus barmaid, mais cliente! Ça serait son tour de se faire servir une Margarita au bord de la plage, les orteils bien ancrés dans le sable chaud...

Ce sont les mots de Quito qui la firent sortir de sa rêverie :

- ...il faudra auparavant éclaircir certains faits.

- Quoi? Je m'excuse, j'ai raté le début de votre phrase, inspecteur.

- Je disais, ma chère Paula, qu'avant d'autoriser Maître Laporte à procéder au transfert des avoirs de Nadine Delma en votre faveur, il faudra éclaircir certains faits.

- Non, mais de quel droit vous mêlez-vous de cette affaire, Quito!

- C'est au nom de la Justice, que je m'en mêle, ma chère!

Chapitre 85.

- Paula, quand êtes-vous venu rencontrer Maître Laporte la première fois?

- Quelle importance!

- Cela est très important pour mon enquête, Paula. Alors répondez à ma question.

- C'était un lundi, je crois…

- C'était effectivement le lundi, 9 mai dernier, intervint Maître Laporte.

- C'est ça! Lundi 9 mai, ça vous va, Quito?

- Bien. Et pourquoi êtes-vous venue voir Maître Laporte ce jour-là, précisément?

- Parce que dans le journal du matin on a confirmé que le corps de Michèle avait été repêché des eaux du fleuve St-Laurent!

- Non.

- Comment, non! Je vous dis que j'ai lu l'article. Je l'ai même découpé! Je crois que je l'ai là, dans mon sac…

Paula farfouilla dans son sac à main et en retira une découpure de journal, dans laquelle on relatait la découverte d'un corps près d'une île quelconque en face de Repentigny. Malgré son acharnement à tenter d'y trouver le nom de Michèle Delma, Paula ne put que constater dans l'article, la seule mention des mots : une inconnue. Son identité n'ayant pas encore été établie au moment d'aller sous presse, le journaliste n'avait pas donné de nom pour la noyée. On demandait même l'aide du public dans cette affaire… Pendant qu'elle relisait l'article une troisième fois, Quito poursuivit :

- Inutile de chercher, Paula. Le nom de Michèle n'y figure pas.

- Mais si! Je l'ai vu, j'en suis certaine!

- N'insistez pas, Paula. Michèle Delma n'a été repêchée des eaux du fleuve que le lendemain de votre visite à Maître Laporte. Soit le mardi 10 mai. Ce qui m'amène à poser la question suivante : Comment saviez-vous que Michèle Delma s'était noyée!

Paula resta sans voix, clouée à son fauteuil. Ses yeux allaient de Quito au notaire, implorant ce dernier de lui venir en aide. Mais celui-ci avait les bras croisés et attendait la suite, impassible.

- Elle me l'a dit! Voilà!

- Michèle vous a dit qu'elle s'était noyée!

- C'est idiot ça, Quito! Les noyés ne parlent pas. Elle me l'a dit avant! C'était son plan que de se lancer à l'eau à partir d'une jetée qu'elle connaissait. Quelque part sur la Rive Sud, il me semble…

- Donc, vous avez cru que l'article parlait du cadavre de Michèle…

- Ouais! Ça m'a semblé évident, à ce moment-là!

- Mais pourquoi ne pas avoir averti quelqu'un des intentions de Michèle…

- Avertir qui! l'interrompit Paula. Sa sœur était déjà morte. Si j'avais été à la Police, vous croyez qu'elle aurait fait quelque chose?

Quito était bien obligé de demeurer silencieux. La Police n'intervenait jamais avant qu'un acte ne soit posé! Il lui fallait intervenir après les faits : coups et blessures, vol, accident grave, meurtre avec un cadavre pour le confirmer. On ne pouvait pas intervenir sur des intentions…

- Oui, vous avez sans doute raison… fit Quito.

- Ben voilà! Vous voyez bien que je dis la vérité.

- Pour ce qui est de la vérité, permettez-moi d'en douter.

- Comment ça! Et puis allez-vous faire foutre, Quito! Vous m'emmerdez avec vos questions!

Maître Laporte regarda Quito qui semblait K.O. Le notaire attendait la suite, qui ne venait pas. Il allait parler pour conclure l'entretien lorsqu'enfin Quito sortit de sa torpeur :

- Paula, il y a quelque chose qui me turlupine…

- Hein?

- La lettre. La note de suicide que Michèle a couchée sur papier, elle l'a écrite où, exactement?

- Je… Elle l'a écrite chez elle.

- Vous étiez avec elle à ce moment-là?

- Euh… Oui. C'était après notre souper de retrouvailles. Je l'ai reconduite chez elle. Michèle m'a demandé si je prendrais un dernier verre, alors j'ai accepté.

- Vous avez passé la nuit avec Michèle Delma?

- Ça, ça ne vous regarde pas!

- Au contraire, cela fait partie de l'enquête! Vous êtes la dernière personne à avoir vu Michèle Delma vivante, ce qui fait de vous un témoin important! Il me faut des réponses à toutes mes questions, Paula.

Quito était sur la corde raide, car il savait très bien qu'il ne pouvait rien exiger d'elle. Si Paula se rebiffait et qu'elle demande à consulter un avocat, les questions prendraient fin sur-le-champ! Il changea de ton et adopta l'approche sympathique :

- Paula, je vous demande gentiment de m'expliquer ce qui s'est passé le soir du 31 mars. J'ai besoin de votre aide pour comprendre ce qui est arrivé à Michèle Delma.

Quelque peu rassérénée, Paula se redressa dans son fauteuil de cuir. Puis elle ajouta :

- Écoutez, Quito. Vous m'avez sauvé la peau lors de mon procès et je vous en suis reconnaissante. Vraiment. Mais je n'ai pas envie de vous dévoiler tous mes petits secrets intimes…

- Je ne vous demande pas de me raconter votre nuit avec votre amante. Je veux simplement éclaircir quelques détails. Vous voulez bien m'aider?

- Quels détails!

- Premièrement, avez-vous passé la nuit, ou une partie de la nuit, chez Michèle Delma.

- Oui.

- L'avez-vous vue écrire sa lettre de suicide?

- Oui.

- Vous avez donc une idée de ce qui aurait poussé Michèle Delma à prendre une telle décision?

- Oui.

- Vous pouvez élaborer un peu?

- Non.

- Pourquoi?

- C'est personnel.

- Ais-je raison de croire que vous et Michèle vous vous êtes disputées?

- …

- Michèle vous a demandé si vous l'aimiez toujours?

- Oui.

- Et la réponse à sa question…

- C'était oui! Bon sang…

- Dans ce cas, pourquoi Michèle aurait-elle décidé de se suicider… si vous lui aviez confirmé que vous l'aimiez toujours?

Paula se ferma comme une huître. Elle croisa les bras, puis la jambe. Il était clair qu'elle ne voulait rien ajouter de plus. Quito l'aida donc :

- Laissez-moi vous suggérer une autre version des événements de cette soirée. Sans doute la dernière qu'a vécue Michèle Delma.

Paula arrêta de balancer sa jambe croisée et fixa Quito d'un regard mauvais. Le notaire en fit autant, bien que son expression faciale à lui fût plus curieuse qu'inquiète.

Chapitre 86.

- Jeudi le 31 mars dernier, vous vous rendez chez Michèle pour l'emmener dîner au restaurant, comme vous le lui aviez suggéré lors d'un coup de fil, passé peu de temps après avoir été libérée de prison. Vous vouliez lui annoncer que votre procès avait avorté et que vous étiez maintenant libre et que vous vouliez refaire votre vie ailleurs. Vous souhaitiez peut-être inclure votre amante Michèle Delma dans vos plans... Michèle étant à son travail, vous avez laissé un message pour qu'elle vous rencontre sur un coin de rue, près de chez elle, pour que vous la preniez en passant. Jusque-là, ça va?

- Ouais.

- Bien. Michèle hésitait à accepter ce rendez-vous car elle n'était plus certaine de sa réaction, comment elle devait se comporter avec vous...

- Comment pouvez-vous savoir ça, vous! l'interrompit Paula.

- Je l'ai lu, dans son journal intime.

- Michèle tenait un journal? demanda la jeune femme d'une voix incertaine.

- Oui.

- Je l'ignorais...

- Donc, Michèle a hésité, mais s'est tout de même présentée à ce rendez-vous sur le coin de rue spécifié. Vous avez décidé d'un restaurant tranquille, où vous vous êtes rendues pour un petit souper en tête-à-tête. Sur place, vous lui faites part de vos sentiments envers elle, insistant sur le fait que vous l'aimiez toujours, etc. Exact?

- Oui, dit-elle en faisant la moue.

- Michèle n'est pas très chaude à l'idée de se remettre en couple avec vous et vous décidez de rentrer. Michèle accepte que vous la reconduisiez chez elle et elle accepte même que vous entriez pour un dernier verre ou un café. Et c'est là que vous l'avez droguée...

- Quoi! Vous êtes cinglé, Quito!

- Vous l'aviez déjà fait à sa sœur, vous vous rappelez?

- J'ai été acquittée de ça, je vous ferai remarquer...

- Oui. Pour vice de procédures, mais non parce que vous n'aviez pas posé le geste!

- Bon... si vous le dites.

- Michèle était déprimée et se sentait de plus en plus fatiguée et elle risquait de s'endormir. Elle vous a néanmoins parlé de ses intentions de mettre fin à ses jours. C'est mentionné dans son journal...

-. Ha! Vous voyez bien...

- Vous êtes alors passé à l'action, vous lui avez apporté une feuille de papier, puis lui avez donné votre stylo bille. Celui que vous traînez au fond de votre sac. Le labo confirmera que l'encre de la lettre provient de votre crayon à vous. Vous lui avez dicté les mots et Michèle les a couchés sur la feuille sans trop s'objecter. Ce qu'elle voulait c'était que vous la laissiez tranquille pour qu'elle puisse aller dormir. Elle a accepté de de la rédiger selon vos propres termes. Vous ne la lâchiez pas, exigeant qu'elle écrive clairement qu'elle vous nommait unique héritière de tous ses biens.

Paula esquissa un demi-sourire lorsque Quito prononça ces mots. Elle semblait revivre l'événement.

- Je vois que vous vous rappelez. Michèle Delma ne possédait rien d'enviable, sinon son condo, ses meubles et probablement quelques économies dans un compte-épargne. Elle ignorait tout du capital investi de sa sœur Nadine. Mais pas vous! Michèle devait donc croire à un jeu de votre part et elle a tout écrit sans se douter de vos motivations à vous.

Quito fit une brève pause. Ses deux auditeurs étaient suspendus à ses lèvres. Le notaire semblait curieux de connaître la suite, tandis que Paula s'était isolée dans sa bulle, revivant sans doute ces derniers moments en compagnie de Michèle...

- Lorsque Michèle a enfin signé cette lettre, certaine que vous la laisseriez enfin tranquille, vous lui avez fait avaler d'autres relaxants musculaires, car vous vouliez vous assurer que Michèle ne changerait pas d'avis lors de son réveil le lendemain matin! Michèle est ensuite tombée dans les pommes!

- Je l'ai aidée à rejoindre le lit de sa chambre et je l'ai bordée... dit Paula de sa voix douce et faible.

- J'ignore si vous avez passé la nuit sur place et comment vous vous y êtes prise pour la déplacer jusqu'au fleuve...

- Chaise roulante... se surprit à avouer la barmaid. Il y en avait une dans le hall d'entrée de son condo.

- Ah! C'est donc ça... Vous êtes allée chercher la chaise roulante, y avez installé Michèle, puis l'avez roulée jusqu'à votre voiture. Vous l'avez basculée sur la banquette arrière, avez embarqué la chaise roulante dans le coffre et avez pris la direction de la Rive-Sud, m'avez-vous dit tout à l'heure?

- Oui.

- Où ça, Paula...

Quito parlait tout en douceur, sans aucune brusquerie dans le ton, bien au contraire. Le notaire Laporte était sous l'impression que Quito avait réussi à hypnotiser la jeune femme, en quelque sorte! Paula, toujours en train de revivre la scène, donna les explications :

- Une cliente du bar m'avait déjà invitée à la rejoindre sur le yacht de son mari, parti en Europe trois semaines pour affaires, l'été dernier. Le bateau était amarré à la Marina de Longueuil. Il était près de quatre heures du matin, la place était déserte... J'ai stationné le véhicule tout au bout du terrain de stationnement et j'ai sorti la chaise du coffre. Ça m'a pris un temps fou pour installer Michèle sur la chaise... Elle était comme de la guenille, toute molle, à peine consciente. Une fois sur la chaise, je l'ai enveloppée dans une couverture puis j'ai roulé le fauteuil le long de la piste cyclable. Michèle s'est rendormie tout de suite. Elle s'est réveillée un peu plus loin, lorsque j'ai quitté le chemin pavé pour prendre le sentier de terre menant à la jetée. Il m'a fallu toute ma force pour pousser le fauteuil jusqu'au bout de la langue de terre s'avançant dans le fleuve. Une fois au bout, je l'ai embrassée sur le front, puis j'ai poussé le fauteuil dans la pente et il a dévalé jusque dans l'eau.

- Elle est tombée dans l'eau directement, demanda Quito?

- Non. La pente était très abrupte et il y avait des gros cailloux. La chaise a rebondi plusieurs fois et Michèle en a été éjectée. Elle a roulé jusqu'au bas de la pente, suivant la même trajectoire que la chaise. Lorsqu'elle a atteint l'eau, cela l'a momentanément ranimée, mais ses muscles étaient tellement relâchés qu'elle n'arriva pas à se remettre debout. Elle est tombée à la renverse et est demeurée comme ça sur le dos à flotter dans l'eau froide. L'hypothermie a dû avoir raison d'elle en quelques minutes seulement. Elle n'a pas souffert…

- Vous êtes ensuite retourné à son condo pour vous assurer que tout était impeccable et que vous n'aviez laissé aucune trace…

- Elle était tellement maniaque de propreté!

Quito se leva et s'approcha du fauteuil de Paula sous les yeux du notaire Laporte complètement abasourdi. Quito plaça sa main droite sur l'épaule gauche de Paula, puis lui faisant face et la regardant directement dans les yeux lui dit d'une voix monocorde :

- Paula Agostina, vous êtes en état d'arrestation pour le meurtre de Michèle Delma. Vous avez le droit de garder le silence. Tout ce que vous direz pourra dorénavant être retenu contre vous en cour de justice. Vous avez droit à un avocat et si vous n'avez pas les moyens d'en engager un, vous pouvez en avoir un commis d'office sans frais. Est-ce que vous désirez faire appel à un avocat tout de suite?

Paula tourna la tête du côté du notaire Laporte.

- Vous êtes aussi avocat, maître?

- Je ne suis que notaire, mais nous avons un avocat à notre service… Bien que ce dernier ne soit pas spécialisé en droit criminel, sans doute pourra-t-il vous référer à quelqu'un…

Pendant que Maître Laporte donnait ses explications à Paula, Quito lui passa les menottes.

- Qu'est-ce que j'ai fait qui m'a trahie, Quito?

- Vous avez été trop envieuse, Paula.

- Sans doute… Mais je n'ai fait que donner suite aux intentions de Michèle… Pourquoi m'avez-vous soupçonnée?

- Ce qui vous a donné, Paula, c'est que vous vous êtes trompée lors de la découverte du corps de la première noyée.

- Évidemment! Quelle poisse que cette bonne femme se soit suicidée pratiquement en même temps que Michèle!

- C'est terminé, Paula. En route pour le QG.

- Mais mon avocat!

- Maître Laporte va s'occuper de vous envoyer quelqu'un. Ne vous inquiétez pas.

Épilogue

Paula Agostina fut trouvée coupable du meurtre non-prémédité de Michèle Delma. Quito avait pris l'initiative de convaincre maître Laporte de placer une caméra vidéo dissimulée dans sa bibliothèque de bureau, le jour ou Paula était venue réclamer son héritage. Toute l'entrevue avait donc été enregistrée, puis produite en cour. L'avocat de Paula avait fait déclarer l'enregistrement irrecevable, puisque Paula n'avait pas été avertie de l'usage de la caméra AVANT que ne débute l'entrevue. Mais Paula jugea qu'elle avait perdu la bataille et qu'il serait préférable qu'elle avoue sa culpabilité. Ce qu'elle fit. Le juge accepta le plaidoyer et prit la cause en délibéré avant le prononcé de la sentence. Paula risquait la prison à vie... Sans doute serait-elle éligible à une libération conditionnelle après un certain nombre d'années... Mais serait-elle encore assez jeune et en forme pour refaire carrière derrière un bar, le cas échéant?

La note de suicide fut retrouvée coincée derrière un bureau, dans la chambre de Michèle Delma. Paula l'y avait déposée après en avoir tiré des photocopies. La lettre avait échappé aux inspecteurs parce qu'elle avait sans doute été soufflée par un courant d'air, alors que Marco était entré avec l'aide du concierge la première fois...

Le testament de Michèle Delma fut jugé irrecevable, puisqu'il avait été obtenu sous la menace ou par des moyens jugés trompeurs et illégaux. De plus, le document ne comportait pas la signature de témoins, ce qui en principe l'invalidait. La fortune de Nadine Delma fut donc octroyée au fils de cette dernière : David Bouliane.

Lorsque Quito rencontra le jeune homme pour lui apprendre les événements qui avaient entouré la mort de sa tante, le jeune David fit part à Joe qu'il avait l'intention de se trouver un autre appartement non loin de l'Université McGill et qu'il étudierait l'informatique de façon soutenue. Déjà que les ordinateurs passionnaient le jeune homme, il avait bien l'intention de faire carrière dans ce domaine.

David décida de laisser la plus grande part de son héritage entre les mains du notaire Laporte, afin que ce dernier administre son nouveau portefeuille tel un bon père de famille.

Le bureau du notaire s'occuperait de payer les frais reliés à ses études, le loyer et autres dépenses connexes. Une juste allocation hebdomadaire serait versée au jeune étudiant pour couvrir ses autres frais. Quito était ravi de constater combien était sérieux ce jeune homme pour qui il éprouvait une certaine compassion.

Quant au père de David, ce dernier avait fait la connaissance d'une femme d'âge mûr résidant à Baie-Saint-Paul, qu'il fréquentait depuis que son fils s'était définitivement installé à Montréal.. Veuve, dans la jeune quarantaine, elle était elle-même héritière d'une fortune qui la mettait à l'abri de la misère. Pierre Bouliane s'en trouva complètement ravi!

Arrivé au loft, peu de temps avant l'heure du repas du soir, Quito s'installa au salon avec une bière fraîche. Il avait le sentiment du devoir accompli. Kim entra sans faire de bruit, se croyant sans doute seule dans la place. Elle allait monter l'escalier vers la mezzanine lorsqu'elle aperçut Joe affalé sur le divan du salon.

- Ah, tu es déjà rentré?
- Oui, mon ange. Approche que je t'embrasse.

Kim fit quelques pas en sa direction, son sac de sport toujours à la main. Elle se pencha pour embrasser Joe et ce dernier la fit basculer sur lui pour mieux l'enlacer. Un fougueux baiser s'ensuivit, puis les deux tourtereaux finirent par rejoindre le confort de leur lit pour faire l'amour.

Lorsque Joe redescendit les marches pour aller se chercher une autre bière, il vit le sac de Kim, ouvert, qui laissait voir des vêtements inhabituels.

- Mon ange? Tu arrives de ton club sportif?
- Euh, oui. Pourquoi tu me demandes ça?
- Il y a ton sac ici…

Kim s'empressa de descendre les marches à toute vitesse, faisant mine de s'excuser de l'avoir laissé traîner là.

- C'est quoi ces vêtements, Kim?
- Ah, ça c'est mon attirail pour mes leçons de Yoga!
- Depuis quand porte-t-on un *judogi* pour pratiquer le yoga!
- Ben, c'est un vêtement ample qui me convient très bien à moi!

- Kim…
- Quoi!
- Tu me caches quelque chose, mon ange…
- Non… Enfin, rien d'important.
- Oh que si! Dis-moi…
- Bon! C'est comme tu voudras. Je pratique le *Shaolin kung-fu*. C'est Tozzi qui m'y a initiée…

Quito se précipita sur le téléphone et composa le numéro de son partenaire.

- Tozzi.
- Écoute-moi bien, espèce d'enfoiré de mes deux! Pourquoi as-tu forcé Kimberly à s'adonner au kung-fu!
- Content de te parler moi aussi, ma puce!
- Marco! Ne fais pas le mariole avec moi et réponds à ma question!
- Quoi! C'est bon pour elle.
- De quoi je me mêle!
- Ta chérie s'ennuie, parfois. Et le tricot, c'est pas son genre, mec!
- Marco…

###

Remerciements

Cher lecteur, chère lectrice,

Pour un auteur auto-publié, comme c'est le cas pour moi, il est très important d'obtenir des commentaires (critiques) sur son roman. C'est le seul outil dont il dispose pour faire connaître son livre à un maximum de gens possible.

Je vous demande donc humblement de bien vouloir aller sur les sites suivants pour y laisser votre appréciation de lecture :

Amazon.ca : http://www.amazon.ca/LAffaire-Delma-MR-Pierre-Bougie/dp/2981405799/

Babelio.com: http://www.babelio.com/livres/Bougie-LAffaire-Delma/527079 (vous serez invité à vous inscrire gratuitement.)

CreateSpace.com : https://www.createspace.com/4359447 et cliquez sur le symbole "like" pour "aimer" mon roman sur votre page Facebook

N'hésitez surtout pas à en parler à vos parents et amis! Le bouche-à-oreille est une excellente façon de faire connaître mon livre.

Je vous en remercie très sincèrement!

Pierre Bougie

Je remercie de tout cœur ma formidable conjointe Sylvie, qui m'a enduré et appuyé pendant les trente ans (et plus) que cela m'a pris pour compléter ce premier roman. Ouais, on ne me donnera pas le premier prix en vitesse d'exécution! Mais il y avait les factures à payer... Les deux romans suivants de cette trilogie prendront pas mal moins longtemps à compléter!

À mon ami et beau-frère Pierre Ménard, un très gros merci pour tout le temps passé à corriger mon manuscrit, je dirais même trois fois plutôt qu'une! Le prof à la retraite me permet de publier un roman dans un français pas mal moins martyrisé que si je ne le faisais sans son aide! Puis j'ai rencontré Agnès Rabotin, via Internet et nous sommes devenus de bons amis. Agnès a elle aussi contribué à la correction de mon texte.

Merci aussi à tous ces gens qui sur la Toile, prodiguent leurs encouragements, leurs trucs, partagent adresses et conseils envers les écrivains en herbe comme je l'ai été tout au long de ces années. Je pense plus particulièrement au site Smashwords.com qui m'a permis de publier en premier la version numérique de ce roman, tout en me renseignant sur une foule d'autres informations reliées au domaine de l'édition et de la publication au format numérique.

Je dois aussi remercier tous les éditeurs à qui j'ai soumis mon manuscrit et qui l'ont poliment refusé. Certains d'entre eux m'ont fourni commentaires et annotations qui m'ont permis d'améliorer à nouveau le roman, allant même jusqu'à en modifier certains chapitres de façon significative.

Merci aussi au personnel dévoué de la Bibliothèque et Archives nationales du Québec pour leur rapidité dans l'attribution des numéros d'ISBN et les informations connexes au dépôt légal de mon livre. Même chose du côté de la Bibliothèque & Archives Canada.

www.ingramcontent.com/pod-product-compliance
Lightning Source LLC
Chambersburg PA
CBHW070545030726
47505CB00001B/169